빠담빠담

그와 그녀의 심장 박동 소리

1

빠담 빠담… 그와 그녀의 심장 박동 소리 1
ⓒ 노희경, 2012

1판 1쇄 인쇄 2012년 2월 15일 인쇄 **1판 1쇄 발행** 2012년 2월 25일 발행
펴낸이 박종암 **펴낸곳** 도서출판 르네상스 **출판등록** 제313-2010-270호
디자인 허은정 **캘리그래피** 전은선 **작가 사진 제공** 안은화
주소 131-842 서울시 마포구 서교동 460-14번지 2층
전화 02-334-2751 **팩스** 02-332-2672 **전자우편** rene411@naver.com

ISBN 978-89-90828-56-9, 978-89-90828-55-2(전2권)

• 이 도서의 국립중앙도서관 출판시도서목록(CIP)은 e-CIP 홈페이지(www.nl.go.kr/ecip)와
  국가자료공동목록시스템(www.nl.go.kr/kolisnet)에서 이용하실 수 있습니다. (CIP제어번호 : CIP2012000654)

• 이 책은 저작권법에 따라 보호받는 저작물이므로 무단 전재와 무단 복제를 금합니다.
  이 책 내용의 전부 또는 일부를 사용하시려면 반듯이 저작권자와 출판사의 동의를 받아야 합니다.

※ 잘못된 책은 구입한 곳에서 바꿔 드립니다.

빠담 빠담

그와 그녀의 심장 박동 소리 1

노희경 대본집

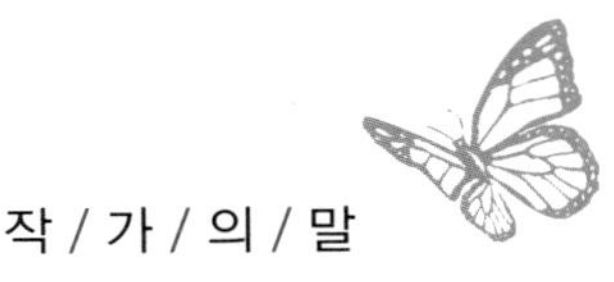

오래전에 결론지은 일이다. 드라마 작업은 세상 어떤 일 중에서도 가장 말이 안 되는 일이다. 어이없는 일이다. 한 사람의 머릿속에서 나온 지도를 들고 감독, 연기자, 스태프까지, 무려 백여 명이 넘는 사람들이 함께 길을 찾아나서는 일이다. 근데 그 지도가 상세 지도가 아닌 모자라고 어설프기 짝이 없는 지도다. 지름길은 생략되고, 괜히 돌아가기도 하고, 이유 없이 주저앉아 쉬라고 하기도 하고, 알 수 없는 갈래길까지 종종 출몰하고, 가끔은 같은 사람 말인데도 '아' 다르고 '어' 달라서 당최 알아듣지 못할 때도 많다. 게다가, 목적지는 어딨는 건지, A4 용지 수백 장에 걸쳐서 그린 지도는 그린 사람도 목적지를 알고나 그린 건지 의심스럽기 그지없다. 근데 달리 어떤 부호를 써도, 어떤 장치를 해도, 그게 전달이 안 된다. 배우가 호흡으로 처리해야 되는 것이다. 감독이, 카메라를 이용해 느낌을 주고, 조명에, 편집, 소품, 해나 달, 바람, 하찮다 거들떠도 보지 않는 길가 들풀까지 이용해야만 간신히 해독되는, 참 난감한 일인 것이다.

선무당이 사람 잡는다고, 어려선 내 지도가 꽤 상세 지도인줄 알았다. 그래서 내가 그린 지도로 내가 정한 목적지에 감독, 배우, 스태프는 물론 시청자까지 제대로 따라와 주리라, 믿어 의심치 않았던 때도 있었다. 데뷔 18년차, 이제야 내가 그린 지도가 내 눈에 보인다. 내 지도는 말이 안 된다. 그 모자란 지도를 펴들고, 목적지를 향해 선 감독과 배우, 스태프들은, 참 운 없는 사람들이다. 무모한 사람들이다. 적어도 목적지는 아는 지도를 그리자고, 그리고 가는 길은 험난해도 끝내 당도한 목적지가 가볼만 한 곳이었다고 믿게 하자고, 다짐에 다짐을 하고 글을 쓰지만, 《빠담빠담》 역시 다짐에서 끝난 작품이다. 전작과 별로 나은 것이 없다. 생각한다. 내가 죽기 전에, 가볼만 한 목적지를 찾을 수 있을까, 내가 죽기 전에 목적지를 향해 가는 그 길에 고단한 땀내만이 아닌, 한때라도 설익은 풀내 나는 5월이나, 10월 이른 서리 맞은 국화 같은 그런 글, 한 톨이라도 쓸 수 있을까? 그냥 살거나, 치열하게 살거나 둘 중 하나를 선택하라면 나는 오늘 죽어도 치열이다. 이 앙다물고 다시 해볼 일이다. 글 쓰는 일 말고는 별로 할 일도 없는데, 해보자 한다.

평생을 남 덕에 산다. 언제나 글의 모든 주제는 어머니와 아버지, 가족들이 보여준 세상이고, 소재는 내가 함부로 한, 지나간 사랑들이다. 일은 내가 저지르고, 해결은 감독과 배우, 스태프에게 맡기면서, 나이를 잘도 먹었다. 염치없는 일이고, 고마운 일이다.

작품을 마무리 지으며, 나문희 선생님 때문에 가슴이 아팠다. 나와 인연 맺은 지 18년, 그간 단 한 번도 찬란한 시청률로 보답을 못했다. 칠순 연세에 온몸으로 울게 해놓고, 다수가 잘 알지도 못하는 드라마를 한 편 또 짐 지웠다. '나중에 또 보자, 샘.' 뻔뻔스러워도 욕심을 부려본다.

나의 불친절한 지도에 친절한 이정표를 달아, 배우와 스텝을 인도한 김규태 감독에게 고맙다. 그리고, 배우 정우성과 한지민. 작가 인생에서 참 치열한 젊은 그들을 안 게 소중한 기억으로 남을 거다. 미소년 같은 김범과 재우, 민경, 태준도 함께해서 즐거웠다. 그리고 장항선 선생님께 많이 감사하다. 늘 뒷전에서, 부모처럼 든든히 버팀목이 되어준 촬영·조명 감독님과 스태프 분들에게 머리 숙여 너무 고맙다. 부디 차기 작품에선 가시는 길이 덜 고단들 하시길 진심으로 바란다.

작가 노 희 경

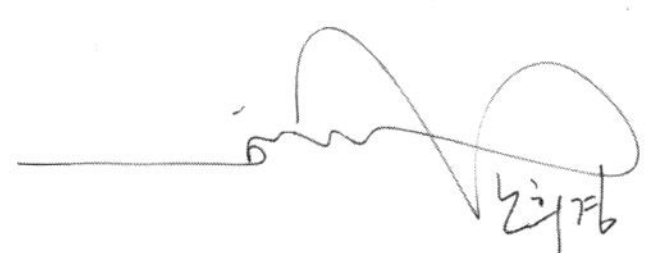

양 강 칠 역 `정우성`

> "인간답게 살아본 적이라곤 한 번도 없는 그런 남자를 내가 하나
> 아는데요, 그런 애도, 남들처럼 여자랑 연애라는 걸·· 할 수 있을까요?"

열아홉에 살인죄로 감옥에 들어갔다가 서른다섯이 되어서야 세상에 나온다. 하지만 세상에 대해 별반 기대도 미련도 없다. 잘난 친구 대신 살인죄를 뒤집어쓰면서, 돈 있고 빽 있으면 한 사람 인생 망치는 것쯤 일도 아닌 세상이라는 걸 뼈저리게 느낀 탓이다. 칼에 찔려 망신창이가 된 몸으로 간신히 살인 현장을 빠져 나왔을 때, 어머니가 자신을 보고도 못 본 척 외면해 버린 것 또한 일조를 했다. 그리고 더 밑바닥에는 어린 시절 세상을 떠난 형에 대한, 씻을 수 없는 죄책감이 있다. 아버지의 폭력을 피해 달아나던 중 벗겨진 자신의 신발을 주우러 갔다 당한 사고였던 까닭이다. 온 세상을 둘러봐도 비빌 언덕 하나 없는 강칠에게도 그를 믿어주는 단 한 사람이 있었다. 그리고 이젠 그 사람의 딸이 운명처럼 강칠 앞에 나타난다.

이 국 수 역 `김범`

> "오직 지금 이 순간이 기적을 만드는 열쇠지도 몰라.
> 지금 이 순간 니가 가장 원하는 걸 해.

귀엽고 넉살 좋고 엉뚱한 4차원 청년. 평생을 청소부로 일하며 고생만 하던 어머니가 위암에 걸리자, 현금 인출기를 털어 수술비를 마련하다 잡혀 감방 생활을 하게 된다. '천사 같이 착한 놈이 왜 그랬냐'는 어머니의 마지막 말 때문에 진짜 천사가 되기로 마음먹는다. 열 명, 스무 명은 몰라도 단 한 사람의 생명은 반드시 살려내는 천사. 그리고 그 단한 사람이 바로 감옥에서 자신을 지켜준 양강칠이다.

정 지 나 역 한지민

> "내가 당신 없인 힘들어서 당신을 선택한 거야,
> 당신이 힘들까 봐가 아니라. 난, 언제나 내가 먼저야."

통영에서 동물병원을 운영하는 수의사. 딸이라면 사족을 못 쓰는 아버지와 친구처럼 다정한 어머니 밑에서 더할 나위 없이 행복한 유년을 보냈다. 그러나 삼촌 민호가 살해당하면서, 그녀의 행복한 유년도 막을 내린다. 아버지가 살해 용의자인 강칠에게 무자비한 폭력을 휘두르는 것을 본 어머니가 강칠을 비호하고 나서면서 두 사람이 별거에 이르게 된 것. 어머니는 강칠의 항소를 준비하다 지병인 천식 발작으로 끝내 세상을 뜨고 만다. 그 뒤 자신에게 집착하는 아버지에게서 벗어나려고 유학을 준비하던 중 우연히 강칠과 조우하게 된다. 그리고 어린아이처럼 천진하고도 열정적으로 지금 이 순간을 살아가는 그에게 자꾸만 마음이 끌린다.

김 미 자 역 나문희

> "나는 내 자식 그저 귀하게만 보이는데, 니들은 전과자로,
> 니들은 깡패 새끼로밖에 안 보고 이 대접할 줄 내가 아니까!"

강칠의 어머니로 통영 시장에서 생선 장사를 하며 살아간다. 큰아들 강우를 잃은 뒤 작은 아들 강칠을 데리고 집을 나와서 줄곧 혼자 살아왔다. 겉보기에는 입도 걸고 성정도 거친 듯하지만, 남의 자식인 국수나 효숙까지도 내 자식처럼 감싸 안는 따뜻한 어머니이다.

민 효 숙 _역 김민경

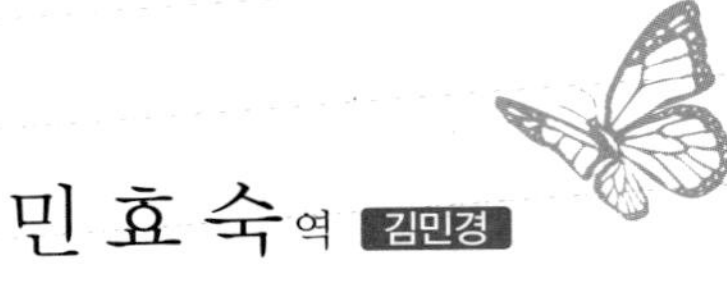

> "내 여덟 살 때, 니 진짜 좋아했거든?
> 감방에 면회도 내 종종 갔잖아, 잊었나?"

통영 토박이로 국숫집을 하면서 두 살 난 딸을 홀로 키우는 이혼녀다. 홀로 지내는 강칠 모를 친엄마처럼 돌보는가 하면 강칠이 출소한 뒤 사회에 적응할 수 있도록 돕는다. 그 야말로 정 많고 변죽 좋고 의리 있는 캐릭터다. 어릴 적부터 강칠에게 좋은 감정을 품어 왔지만, 강칠과 지나가 깊은 사랑을 나누는 것을 지켜보며 마음을 접는다.

정 민 식 _역 장항준

> "나는… 동생, 마누라, 딸까지 포기하는데,
> 왜 너는 아무것도 포기할 수가 없는데?"

지나의 아버지이자 정년퇴직이 머지 않은 형사. 아들처럼 키운 동생 민호를 죽인 범인 이 강칠이라고 굳게 믿고 있다. 천식을 앓던 아내가 강칠을 비호하다 세상을 떠난 뒤, 하나밖에 없는 딸 지나에게 몹시 집착한다.

김 영 철 _역 이재우

> "내 생애 가장 잘못한 일이 있음, 널 놓친 거야."

지나의 옛 연인이자 같은 동물병원에서 일하는 수의사이다. 종합병원 원장인 아버지의 뜻에 따라 의사가 되려 했지만, 자신을 경쟁자로 여기는 형을 배려해 수의사의 길을 택했다. 강칠과 지나가 점점 가까워지는 것을 보고 질투를 느낀다.

임 정 _역 최태준

> "나 능력 있거든요, 돈 없어도 날 모셔갈 대학들 줄 섰거든요?"

강칠이 어린 시절에 짝사랑했던, 그리고 딱 하룻밤을 함께 보낸 여자 임수미가 홀로 낳아 기른 아들. 전국 석차 일이 등을 다툴 만큼 천재적인 두뇌를 지녔다. 세상사에 무심하고 차가운 듯 보이지만 속은 누구보다 여리고 착한 아이다.

박 찬 걸 _역 김준성

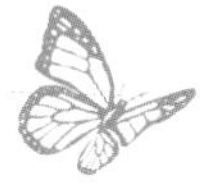

> "나한테 복수할 생각은 안 하는 게 좋을 거야."

현직 검사로 권력욕이 강하고 냉혹한 성격. 차기 대법관으로 거론되는 아버지에게 인정받고 싶은 욕구, 그 명성에 누를 끼치면 안 된다는 강박에 점점 더 악의 구렁덩이로 빠져든다. 자신의 어두운 비밀을 쥐고 있는 양강칠을 집요하게 감시하고 괴롭힌다.

용 / 어 / 정 / 리

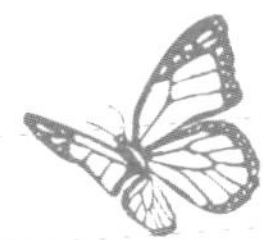

디졸브*
dissolve, DIS
한 화면이 점차 사라지면서 동시에 다른 화면이 점차 나타나는 장면 전환기법이다. 시간의 경과를 표현하거나 씬을 마무리 할 때 자주 쓴다.

몽타주*
montage
따로따로 촬영한 화면을 적절하게 이어 붙여서 긴밀하고도 새로운 한 장면이나 내용을 구성하는 방법을 말한다.

씬*
scene
드라마나 영화를 구성하는 극적 단위. 같은 장소, 같은 시간 안에서 이루어지는 일련의 행동이나 대사가 한 씬을 이룬다.

이펙트*
Effect, (E)
효과음. 주로 화면 밖에서 들리는 대사나 음향에 의한 효과를 말한다.

인서트*
insert, Ins
'끼워 넣다' 는 뜻으로 화면의 특정 상황이나 동작을 강조하기 위해 삽입한 화면을 말한다.

점프컷*
jump-cut
장면을 급전환하여 연속적인 흐름을 깨뜨리는 편집 방식을 말한다. 점프컷을 적절히 사용하면 이야기 진행이 빨라져서 드라마나 영화 전개에 활력이 생기기도 한다.

페이드아웃*
fade-out, F. O
장면전환 기법의 하나로 화면이 밝았다가 점차 어두워지면서 장면이 바뀌는 것을 말한다. 주로 시간의 경과를 나타내기 위해 쓴다.

페이드인*
fade-in, F. I.
페이드아웃과 반대로 어두웠던 화면이 점차 밝아지면서 장면이 전환되는 것을 말한다. 주로 시간의 경과를 나타내기 위해 쓴다.

플래시백*
flashback
몽타주 기법의 하나로 과거 회상을 나타내거나 환상적인 분위기를 만들 때 주로 사용한다.

플래시컷*
flashcut
화면과 화면 사이에 삽입하는 아주 짧은 화면을 말한다. 주로 극적인 인상이나 시각적인 충격을 주기 위해 쓴다.

오버랩*
overlap, O.L.
한 장면이 점점 사라지면서 다음 장면으로 점점 바뀌는 장면전환 기법을 말한다. 대사에서 앞 사람 말을 끊고 다음 사람이 말을 할 때도 오버랩이라고 한다.

CONTENTS

Padam Padam

| 일러두기 |

1. 이 책은 노희경 작가가 집필한 드라마 대본의 형식을 최대한 살려서 편집하였습니다.

2. 드라마 대사는 글말이 아닌 입말임을 감안하여, 한글 맞춤법에 어긋나는 표현도 그대로 살렸습니다.

3. 말줄임표는 두 개(..), 세 개(...), 네 개(....) 등으로 다양하게 썼습니다. 이는 대사를 할 때 호흡의 길이를 다양하게 표현하고자 한 작가의 의도를 반영한 것입니다.

4. 쉼표나 마침표, 물음표와 같은 구두점 사용도 작가의 의도를 따랐습니다.

5. 드라마의 한 장면을 뜻하는 '씬(scene)'의 경우, 표준국어대사전에는 '신'으로 등재되어 있지만, 이 책에서는 작가의 뜻에 따라 '씬'으로 썼음을 밝힙니다.

제 1 부

그와 그녀의 심장 박동 소리 *Padam Padam…*

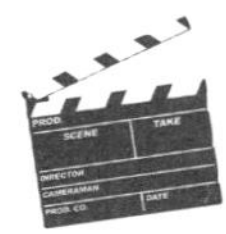

씬1.   프롤로그.

1, 감방, 낮.

강칠, 독방에 앉아, 혼자, 무표정하게 닭튀김을 먹는 데 열중하는, 꼼꼼히 뼈를 잘 발라서, 신중하게 먹는, 맛이 있어서 허겁지겁 먹는 게 아닌, 오직 먹는 데 최선을 다하는 느낌이다. 그때, 출입구의 작은 창 열리고, 교도관(뒤 씬에 없는), 얼굴 디밀고, 담담히,

교도관   7774번 양강칠.. 면회다.
강 칠   (덤덤히 보고, 다시 닭을 먹는)

2, 교수대, 낮.
강칠, 덤덤히 걸어와 교수대에 앉는,

집행관   마지막 할 말은?
강 칠   (담담한) 없어요.
집행관   (한쪽의 목사, 스님, 신부와 다른 참관인들을 보고, 강칠 보며) 기도.. 안 하십니까?
강 칠   (담담한데, 눈가 그렁해지는, 눈물이 뚝 흐르는, 담담히 소매로 닦고, 담백하게) 안 해요, 기도. (하고, 눈 뜬 채, 두렵지만, 차분한)
집행관들 (흰 천을 강칠의 얼굴에 씌우고 목에 줄을 단단히 매는)

3, 교수대 밑, 낮.
교수 장치의 버튼 누르는,
쾅 하는 소리와 함께 바닥의 판이 열리고, 강칠의 다리가 밑으로 뚝 떨
어지는, F. I.

* 자막 〉〉 1개월 전

씬2.　　동물병원 마당, 낮.

　　　　지나, 집에서 땡이에게 입 맞추고,

지 나　누나 서울 다녀올게, 집 잘 지키고 있어.
영 철　(그런 지나 보며, 서서, 맘에 안 드는) 그래서 넌 이틀이나 집엘 안 온
　　　　다고?
지 나　동물연대 미팅, 세미나, 유학원 면담까지 일이 많아. (하고, 차로 가며)
　　　　서울 있는 동안 진영이네 있을 거니까, 일 있음 전화해.
영 철　알았으니까, 가. 운전 조심하고.

씬3.　　통영 시내 일각 + 지나의 차 안, 낮.

　　　　지나의 차, 바닷가를 통과하는,
　　　　강칠 모, 생선 장사를 준비하는 게 보이는,

씬4.　　사무실 안(책상만 하나 놓여있는), 낮.

　　　　강칠, 국수, 외출복을 입은 채 앉아, 편지를 보고 있는, 국수, 그 편질
　　　　건너다보며 읽는,
　　　　바닥에 가방이 놓여있는,

국 수　저는 임수미의 친구입니다. 수미가 강칠 씨를 찾아요. 죽기 전에 꼭 한
　　　　번 보고 싶어합니다. 형, 임수미가 누구야?

강 칠   (편지를 주머니에 넣으며, 답답한) 몰라!

국 수   말해줘 봐, 말해줌 내가 흰 별 두 개 줄게? 아니, 세 개. 내가 흰 별 많이
        그려줌 천국 가는 거 알지?

강 칠   (어이없이 보며) 니가 별 그려줌 누가, 천국 간다 그러대? 또라이 새끼
        (팔로 툭 치며) 저리 가!

국 수   (웃고) 싫어. 안 가, (하며, 팔짱 끼고)

둘이 '떨어져', '싫어' 하며 실랑이를 하는데,

그때, 김교도관, 오교도관 들어오면,

두 사람 자리에서 일어나고,

* 점프컷 〉〉

오교도관, 김교도관 앞에, 강칠(양복 입은)과 국수, 가방 바닥에 내려놓

고 서있는,

<u>오교도관</u> (귀휴증과 핸드폰과 돈을 강칠과 국수에게 각각 주는)

김교도관 핸드폰은 보고용으로, 수신만 된다, 전화를 걸 순 없단 얘기야. 전화벨
        은 이 시간 이후 4시간 간격으로 울릴 거다.

<u>오교도관</u> 5분 동안 울려서 안 받음 바로 수배령이다. 귀소 시간은 72시간 후 단
        1초만 늦어도, 역시 바로 수배령이다. (강조하는) 기억해라, 수배령?

강 칠   (짐 들고, 나가려는데)

<u>오교도관</u> (발로 짐을 멀리 차는)

강 칠   (보면)

<u>오교도관</u> (강칠 싫게 보며) 김교위님 나한텐 하늘 같은 선배다. 니가 16년 억울한
        누명 쓰고 감방살이한단 말에 속아, 귀휴 안 되는 거 착한 김교위님이
        퇴직 선물로 달래서 어렵게 주는 거야. 이분 관복 벗기는 일이 생김,
        (강조) 넌 평생 독방이다. (하고, 가는)

강 칠   (가는 오교도관 화나 보면)

김교도관 (오교도관 보고, 강칠 보며) 원래 귀휴 신청은 가족이 해야 허락이 되는
        데, 이번엔 국수 아버지가 어렵게 널 위해 신청서를 써주고, 나도 귀휴
        심사위원회에 여러 번 선처 구한 거 알지?

강 칠   누가 그러랬어요?

김교도관 세상은 네 생각보다 살만해. 이제 한 달 후면 석방돼서 나갈 세상이 어
       떤지 잘 보고, 즐겁게 지내고 와. (강칠의 머리를 흐트리며, 웃고, 국수
       에게) 부탁한다, 강칠이.

국 수   (경례하며, 좋은) 넵!

김교도관 (가는)

국 수   (가방 들고, 떨떠름한 강칠의 어깨 잡으며) 가자, 가자. (하고, 나가는)

씬5.   교도소 앞, 길, 낮.

       강칠, 국수, 가방을 어깨에 메고 걸어가는, 느린 그림.

씬6.   도심 터미널 앞, 도로, 낮.

       강칠, 국수, 넋을 놓고 보는, 사람들 많은, 여자들 옷차림이며, 신형 핸
       드폰 등이 신기하고도 어리둥절한,

국 수   와....

강 칠   (넋이 나간, 너무 변한 풍경과 사람들이 낯선)

국 수   (강칠에게, 흥분한, 감탄사 연발하며) 와.. 와.. 와지, 형? 와...

       강칠과 국수, 손 잡고 마구 달리는,

강 칠   (손 뿌리치려 하며) 야, 손 놓고 뛰어! 야! 너 안 놔!

국 수   싫어, 못 놔, 빨리 뛰기나 해!

강 칠   야야야야! 넘어져, 자식아!

       하며, 지하철 계단을 내려가는데, 그때, 지하철 오는 소리 들리고, 강칠
       과 국수 더욱 빨리 뛰는데, 그때, 지나, 있는 힘껏 달리며, 강칠의 어깨
       를 치고, 아랑곳없이 앞질러가는, 강칠, 그 바람에 휘청하고,

씬7.   지하철 승강장 앞, 낮.

강칠과 국수 앞으로 빠르게 달리는 지하철.
그때, 문 열리고, 사람들 내리고 우르르 타는, 국수와 강칠 얼결에 사람
들한테 밀려 안으로 들어가고, 배식(강칠, 국수 뒤따르는), 신문 들고
몰래 타고, 옆 출구에선 지나도 타는,

씬8.   지하철 안, 낮.

사람들, 몹시 북적대는,
강칠과 국수, 자칫해 손을 놓치고,
국수, 당황해 '형, 형' 하고 손을 내미는, 강칠, 국수의 손을 사람들 얼
굴 사이로 잡는,

* 점프컷 〉〉
문 열리고, 더욱 많이 타는, 사람들,
그 바람에 강칠과 국수, 떠밀려서 코너로 가고, 코너에 있던 지나와 강
칠이 거의 입을 맞출 듯 서게 되는, 강칠, 그래도 국수와 손을 놓지는
않는, 사람들, 강칠과 국수의 손이 얼굴에 닿자 싫어하는,

사람들 아, 정말... 뭐 하는 거야..
국 수 (아랑곳 않고, 강칠의 손을 팽팽하게 잡고, 미안한) 죄송합니다. 우리
형이랑 저랑 떨어지면 안 돼서.. 죄송합니다!
강 칠 (쪽팔려 고개 돌리다, 지나의 뺨에 얼굴이 스치는데, 땀이 흐르는)
지 나 (기분이 찝찝한)

그때, 뒷사람이 밀어서, 강칠, 지나의 몸에 더욱 몸이 밀착되는,
지나의 가슴에 강칠의 가슴이 맞닿는 느낌이다.
강칠의 심장 소리가 크게 들리는,
강칠, 몸을 밀치며 후 하고 자기도 모르게 숨을 내뱉는데,
지나, 싫은,

지 나   (참다가, 도저히 못 참겠는, 차분히, 짜증내지 않는) 저기.. 미안한데,
        숨 좀 어떻게 딴 데로 뱉으면 안 돼..요?

강 칠   (힘들게 목을 빼서, 숨을 딴 데로 뱉는)

지 나   (강칠 싫은, 그러다 뭔가 이상한, 어이없는 웃음이 살짝 나는, 궁시렁)
        진짜.. (강칠에게 말하는) 이봐요.. 지금 뭐하는 짓이에요?

강 칠   (안 보고, 힘든) 내가 뭘..요?

지 나   어떻게 좀 해봐요, 아래.

강 칠   아..래? (뭔가 싶어, 아랠 보면)

강칠의 다리가 지나의 치마 사이로 밀려 들어가 있다.

강 칠   (난감한, 한쪽 손을 지하철 벽에 대고, 있는 힘껏 발을 빼기 위해 버티
        는, 땀이 흐르는) 그게.. 나도 안 그러고 싶은데, 뒤에서 자꾸 밀어서..
        있잖아요, 내가 정말 나도 안 이러고 (하다가, 다시 밀려, 더 지나에게
        밀착되는) 싶거든요.

지 나   (국수[잘 안 보이는]와 팔을 잡은, 강칠의 손을 보고) 그럼 안 하면 되겠네.

강 칠   반말했어요, 지금?

지 나   누구 손을 그렇게 애타게 잡고 있는지 몰라도 좀 놓고, 양손으로 버티
        면 버텨질 거 같은데.. 그렇게 좀 해보죠?

그때, 뒤에서 '어어어' 하며 강칠을 더 밀어서, 강칠, 지나의 이마에 살
짝 입을 맞추게 되는,
국수, 강칠 쪽 보다가, 순간 눈이 번쩍 뜨이는,

* 현실 〉〉
지나, 뭐 이런 자식이 있나 싶어, 어이없어 웃음이 나는,

강 칠   그러니까, 이건 말이에요? 뒤에서 그냥 밀어갖고 어쩔 수 없이,

그때, 정차하는 역 안내 메시지가 나오고, 지하철 멈추면,
사람들, 내리고, 지나, 내리면서, 순간 뒤돌아 강칠(좀 어리버리한 상

황)의 국부를 가방으로 있는 힘껏 치고 내리는,
강칠, 놀라 국부를 손으로 잡고, 비명도 못 지르는데,
지나, 가다 돌아서서, 강칠 쪽에 대고,
엿 먹으라고 손가락을 추켜올리고 가버리는,
그때, 지나 전화 오고, '아빠'를 확인하곤 그냥 안 받고 가는,
지하철 가는,

씬9.　　조금 널널한 지하철 안, 낮.

강 칠　（숨을 못 쉬게 아파하고, 주변 사람들 의식해 손으로 잡지도 못하는）
국 수　（강칠 보며) 형의 운명의 여자가 갔다.
강 칠　（아파하며, 국수 보며) 뭐?

씬10.　유학원, 전경 + 유학원 안, 낮.

지나, 상담원과 상담하는,

상담원　（팸플릿 보여주며) 이 학교로 한번 고민해보세요.
지 나　（팸플릿 넘기며, 좋은) 학교 부설로 따로 야생동물보호병원이 있네요?
상담원　아시아 지역에 유일하게 있드라구요.
지 나　（좋은, 고개 *끄덕이며*) 아.. (하며, 팸플릿을 신중하게 보는)

씬11.　버스 안, 낮.

국수와 강칠, 버스에 올라타는,
국수, 버스비를 내고, 강칠과 여전히 손을 잡은 채, 뒷좌석으로 가서 앉
으며, 창가 보는 강칠에게,

국 수　형, 나와보니까 서울 진짜 별거 아니지? 겁먹지 말고, 그냥 형은 내 옆
　　　에만 딱 붙어있음 우린 72시간 후 빵 안으로 무사 귀환이야, 알겠지?
　　　근데 우리 석방돼서 나옴 어디서 살지?

강 칠   (아무렇지 않게 보며) 빵에서 나오는 순간, 난 너랑 끝이야. 쓸데없는
        말 말고 종민이나 만나러 가자?
국 수   (싫은) 김교위님이 만나지 말랬지, 우리 집 가.
강 칠   내가 너희 집 가서, 뭐 하게? 네 아버지가 너 패는 거 보게? 아님 네 형
        이 너 줘패는 거 보게? 은행 강도질 하고 감방에서 4년 만에 나온 주제
        에 누가 널 반긴다고? 자식이.. (제 무릎으로 툭툭 국수의 무릎을 치며,
        달래는) 종민이한테 가자. 종민이 자식이 우리만 나옴 거하게 한턱 쏜
        댔잖냐? 위스키 양주, 맥주.. 그리고 (의미심장하게) 여자까지.
국 수   형은 종민이가 빈말로 찾아오랜 거지, 그 말을 믿냐? 안 가. (하고, 고
        개 모로 틀면)

        그때, 버스 안내 메시지 들리고, 차 멈추는,
        국수의 얼굴 위로,

강 칠   진짜 안 가지?
국 수   (안 보고) 진짜 안 가.
강 칠   진짜!
국 수   그래.
강 칠   말어라, 그럼.
국 수   (답답한, 돌아보며) 형 이번에 사고 침 정말.. (하다, 앞을 보면, 강칠이
        이미 없는, 놀라, 창가를 보면)

        앞좌석에 배식, 신문을 내리고 서둘러 버스에서 내리는, 국수, 버스 문
        을 보면, 문 닫히는,

씬12.   버스 정류장 밖 + 가는 버스 안, 낮.

        강칠, 웃으며, 국수에게.

강 칠   (잘 들리게 소리치는) 들어가는 날 역에서 보자! 술하고 여자 생각남 담
        정거장서 내려 뛰어오든가! (하고, 웃고 가는)

국 수   (창가로, 소리치는) 형! 강칠이 형! 야, 양강칠!

씬13.   중국집, 낮.

강칠, 자장면을 두 그릇이나 허겁지겁 먹는, 그때, 전화 오고, 강칠, 먹
으며 전화 받는,

강 칠   7774번, 양강칠. 현재 시각 16시. 서울 도착, 광화문 일대에 있음. (하
고, 전화 끊고, 자장면을 마구 먹다가, 이상해 옆을 보면)

사람들, 음식 먹다가, 강칠을 이상하게 보는,
강칠, 먹다가, 무섭게 그들을 보면,
사람들, 고개 돌리는,
강칠, 다시 자장면을 무섭게 먹는,

강 칠   (주인에게) 여기 단무지 하나 더 주세요. (하고, 문 쪽 보면, 배식, 순간
문 앞에서 몸을 숨기는)

강칠, 이상한,

씬14.   모텔 안 욕실 전경 + 욕실, 밤.

강칠, 샤워하며, 좋아서 소리치는,

강 칠   (신나서, 말하는) 아! 아! 죽인다!

씬15.   모텔 방 안, 밤.

강칠, 수건으로 아랫도릴 가리고, 웃통 벗고 (윗몸에 여러 개의 칼자국
이 보이고, '강우형'이라고 거칠게 문신이 새겨진) 머릴 말리며, 창문
열어 시내 야경을 보는, 좋기도 하고, 두렵기도 하고, 맘이 복잡한, 그

러다, 모텔 전화로 전화를 하는,

강 칠   (거울 보고, 머리를 폼 나게 만지며, 마치 어제 전화한 사람처럼) 어디
         냐? 나야, 강칠이. 근데 목소리가 왜 그래. 전화 끊어?

씬16.   시내, 도로, 밤.

         강칠, 옷의 먼지를 털며, 택시를 잡으러 가다, 상가 앞을 지나치다가, 상가
         의 유리 앞에 서서, 머릴 다시 만지며, 단장을 하는데, 지나의 목소리 들
         려, 고개 돌려 보면, 5미터쯤 떨어진 거리에서, 지나와 남자 실랑이하는,

지 나   (남자를 쫓아가며) 왜 말을 못 해요? 그거 아저씨 개냐니까?
남 자   (개를 끌고 가며) 내 개니까, 끌고 가지, 내가 왜 남의 갤 끌고 가? (하
         고, 사납게 끄는, 개가 힘들어하는, 사납게 줄을 당기며) 이게 왜 안 오
         고, 지랄이야!
지 나   (답답한, 속상한) 개 목 졸려요!
남 자   니가 뭔 상관이야!
지 나   그 개 종이 뭐예요?
강 칠   (지나 보고, 뭔가 싶다가, 지하철이 생각나는, 어이없어 웃는)
지 나   그 개 종이 뭐냐니까요?
남 자   (모르겠는) 푸들이다, 왜?!
지 나   그거 순종 마르치스거든요. 푸들 아니고?
남 자   (주변 사람이 보는 걸 느끼고, 버럭) 내, 내가 언제 푸들이랬어, 마르치
         스랬지?
지 나   그거 마르치스 아니고, 푸들 맞거든요. 그 개 아저씨 거 아니죠? 아까
         카페에서 여자 손님 거 훔쳤죠?
남 자   훔치긴 뭘 훔쳐! 이 기집애가 못 하는 말이 없어?! 너 한 번만 더 나 쫓
         아와, 그땐 진짜 가만 안 둬. (하고, 개를 들고 가는)
강 칠   (둘을 보고, 몸을 돌려, 의도적으로 오는 남자와 부딪치는)

         남자, 놀라, 순간 개를 놓치고,

강 칠   똑바로 보고 다녀, 콱! (하며, 남자를 칠 듯이 하는)
지 나   (이때다 싶어, 뛰어와 개를 안고 도망가는, 강칠을 모르는)
남 자   (놀라, 지나 보며) 저게.. 개 도둑년 잡아라! (하고, 뛰어가는)

강칠, 가는 두 사람 재밌게 보고, 택시를 잡으려다가, 뭔가 이상해, 한 쪽을 보면, 배식, 강칠을 보고 당황해 방향 바꿔, 길을 가는 게 보이는,

강 칠   (가며) 야, 야야야야, 너 뭔데, 자꾸 날 따라다녀? 너, 거기 서봐!
배 식   (빠르게 걷다 뛰며, 힐끗 돌아보고, 강칠 보고 놀라, 뛰어가는)
강 칠   (얼굴 보고, 생각이 난, 이 앙다물고, 뛰어가며) 야, 너 거기 서!

씬17.   플래시백, 처리. 경찰서 안, 낮.

배식(얼굴이 엉망진창으로 붓고, 휠체어를 탄)에게 소리치는,

강 칠   (눈가 붉어 억울한) 내가 10년 넘게 감방에서 살다 오늘 아침 출소했는데, 내가 널 언제 만나 언제 패?! 내가 널 모르는데 내가 널 왜 패, 이 새끼야!

씬18.   도로, 밤.

강 칠   (오기에 차, 뛰며) 너 그 새끼 맞지, 너 죽었어, 이 새끼! 야, 서!

* 점프컷 ≫
지나, 사람들을 밀치며, 뛰어가는, 그 뒤에서 남자, 다리를 다쳤는지, 절뚝이며 뛰어가는,

남 자   너 거기 서! 개 도둑년 잡아요! 저년 개 도둑이야!
지 나   (놀라, 뛰어가며) 믿지 말아요, 개 도둑하는 개장수예요! 비켜요, 비켜!
남 자   개 도둑년 잡아라!

* 점프컷 ≫

강칠, 배식을 쫓아 죽기살기로 뛰다가, 힘들어, 숨을 헐떡이며, 배식을 찾지만 없는, 그러다 골목 보고, 누군가가 있는 걸 감지한, 조심스레 다가가, 순간적으로 한손으로 상대의 목을 조르고, 주먹으로 치려다, 멈추는,

지 나   (놀란, 개 들고, 숨을 몰아쉬며) 자..잘못했어요..
강 칠   (지나를 보는, 긴장한 가운데서도 황당하고) 뭐야.. 너?
지 나   (강칠 보고, 지하철 생각나, 더 놀라, 소리치려는데) 사, 사, 살, (려주세요)
강 칠   (느낌이 이상해, 순간 손으로 지나의 입을 틀어막고, 마치 키스하듯 [제 손등에 입 맞춘] 선)

* 점프컷 〉〉
그때, 남자, 골목 멀리서 강칠 쪽 보며, 두리번거리며,

남 자   이 개 도둑년이... 어딜 갔지?... (하다, 강칠 쪽 보면)

강칠과 지나를 보곤, 인상 쓰고 다른 데로 가며,

남 자   아, 쌍.. 간만에 돈 될만한 개 잡았구만... (하고, 강칠을 스쳐 지나가는)

* 점프컷 〉〉
강칠, 제 손에서 입 떼고,
지나, 멍한, 놀라 말도 못 하겠는,

강 칠   (어이없단 듯 웃으며) 날 지하철 성추행범으로 몰더니, 그쪽은 개 도둑이야?
지 나   (겁에 질려, 버벅대는) 그, 그게.. 개장수가 개를 훔쳐서.... 안 팔리면 죽여서..
강 칠   (말 없이, 지나 품안의 개 머릴 만지는)
지 나   (겁먹은) 근데... 그쪽이.. 왜, 왜.. 여길...
강 칠   (개만 보고, 만지며) 그냥.. 그럴 일이.. 있어서..

지 나   (두려운) ..그그..그럼, 저.. 가도 돼요?

강 칠   (보며) 안 된다면?

지 나   (놀란) ?

강 칠   안 갈라구? (하고, 개 머릴 만지고, 웃으며) 자식... 디게 귀엽게 생겼
         네. (하고, 골목으로 나가는)

지 나   (간신히 숨죽이고, 강칠과 반대편으로 가려는데)

강 칠   거기!

지 나   (굳어서, 천천히 돌아보면)

강 칠   개장수가 도로 건너편에 있어요. 이리로 와서 밝은 데로 가요. 거기 뒷
         골목 위험해. (하고, 환하게 웃고, 가는)

지 나   (가는 강칠 보는) ?

씬19.   달리는 택시 안, 밤.

         강칠, 주변 구경하며 가는,

강 칠   (생각 많은) 그 자식이.. 분명 맞는 거 같은데.. 아닌가?.. (한숨 쉬고, 좌
         석에 기대며) 내가 잘못 봤나.. (모르겠다 싶은, 밖을 보며) 이박삼일 술
         이나 잔뜩 먹고 들어갔음 좋겠네.

씬20.   룸살롱 주차장, 낮.

         강칠의 택시 서고, 택시비를 내는데, 한쪽에 조금 멀리 종민의 차가 서는
         게, 보이는, 강칠은 알지 못하는, 강칠, 내려서 룸살롱으로 가려 하는데,
         종민, 친구와 내리면서 말하는 소리가 들리는,

종 민   짜증나, 죽겠네, 진짜!

         * 점프컷 〉〉

강 칠   (종민 보고, 반가운) 종민아..

* 점프컷 〉〉

종 민　(못 듣고) 쌩양아치 양강칠, 진짜 왜 이게 처나오고 지랄이야, 지랄이!

강 칠　? (멈추는)

친 구　(재밌는) 얌마, 빵에서 네 목숨 두 번이나 구해줬다며? 그럼 술 한잔은 사야지. 의리 없이 자식이.

종 민　의리? 지킬 의리가 없어서 양아치 의릴 지키냐? 내가 같이 살 부비고 사는 마누라한테도 의리 못 지켜! 니가 양강칠을 몰라 그러는데, 양강 칠 완전 쌩양아치야,

강 칠　(멀리서 황당하게 듣는) ?!

종 민　인생의 반을 빵에서 썩었다니까! 오죽함 걔 엄마도 날렀댄다, 걔 무서 워서. 알지도 못하면서.. 아, 안 만남 죽일 거 같고... (하고 가는) 아, 보 기 싫은데, 진짜...

* 점프컷 〉〉

강 칠　(착잡하고, 어이없는, 가는 종민 보다, 그냥 돌아서서 가려다가, 종민의 차를 보고, 그리로 가선, 큰 돌 주워, 차를 마구 때려 부수는)

종민과 친구　(가다, 그 소리에 돌아보며, 놀라, 울상 돼선) 야야야! 너 뭐 하는 짓 이야, 너?! 그 차 값이 얼만데! (하고, 뛰어와, 친구 강칠의 팔을 잡으면)

강칠, 친구를 밀쳐, 넘어뜨리고,
종민, 강칠을 치려 하면,
강칠, 피해서, 종민을 치고, 종민, 나가떨어지고,
강칠, 더 화가 나, 차를 더 깨고, 옆에 있는, 몽둥이로, 다시 차를 박살 을 내고, 몽둥이 던지고, 종민한테 가, 종민의 멱살을 잡아, 차에 기대 게 하며,

강 칠　(친구에게) 엎어져있어라, 넌? (하고, 종민 보며) 네 목숨 두 번 살려준 값 으로 내가 네 차 아작 좀 냈다고, 억울해? 왜 깔래? (하고, 얼굴 디미는)

종 민　(화난, 숨을 씩씩대는)

강 칠 씩씩대지 말고, 까? 니가 나 깜 나도 너 까고, 둘이 치고받고, 그렇게 다시 우리 둘 다 그리운 감방으로? 어때?

종 민 (강칠에게, 안 지고) 조용히 가라.

강 칠 (눈 마주치고, 보며) 양은냄비.. 요즘도 나한테 편지 무지기 온다. 너 찾아달라고. (하고는, 가는)

종 민 (잠시 생각하다가, 놀라, 뛰어가며) 가, 강칠아! 강칠아!

강칠, 가는데, 종민, 뛰어와 팔을 잡으면,
강칠, 어느새, 뒤돌아 종민을 낚아채, 다릴 걸어 넘어뜨리고 보며,

강 칠 따라오지 마. (하고, 가는)

종 민 (울상) 강칠아, 잘못했어, 강칠아!

씬21. 신사역 고개 같은 거리, 깊은 밤.

강칠, 터덜터덜 걸어가는, 제 신세가 답답한,
강칠, 길가의 깡통을 보고, 톡톡 축구하듯 차며, 마치 여럿이 축구하듯, 멀리 차고, 뛰어가선, 다시 깡통을 잡아서 차다가, 있는 힘껏 멀리 깡통을 차면, 길 건너편 셔터 문에 깡통이 날아가 부딪히는, 강칠, 그걸 보고, 착잡한,

씬22. 모텔 안, 새벽.

강칠, 답답하게 앉아, 편지를 보며, 소주를 마시다, 전화해 뭐 하나 싶어, 편질 한쪽에 놓고, 누웠다가, 작심하고, 다시 일어나 편지를 들고, 모텔 전화기를 누르는,

강 칠 (신호음 떨어지면) 임수미 어딨어요?

씬23. 봉은사 정도의 서울 절, 낮

강칠(모자 쓴), 절 한쪽에 놓인, 위패와 납골함을 어이없게 보는,

강 칠   (황당한) 뭐야...? 죽었어?
여 자   (E) 양강칠 씨세요?
강 칠   (소리 난 쪽으로 고개 돌리는)

씬24.   절 일각, 낮.

강칠, 어이없이 보고, 서있고,
여자, 화난, 차가운 얼굴로 서있는,

강 칠   (어이없어, 허허허 웃고는, 빠른 걸음으로 복도로 가는)
여 자   어디 가요! (하고, 달려와 강칠의 팔목을 잡는)
강 칠   (거칠게 뿌리치며, 버럭) 말 되는 소릴 해?! 이 여자야! (버럭 소리치는)
         내가 빵에 들어간 게 열아홉이야! 내가 임수미 쟤 얼굴 본 게 16년 전이
         라고?! 근데 임수미가 왜 내 앨 나!
여 자   당신, 빵에 들어가기 전에, 수미랑 관계 있었잖아!
강 칠   (어이없어 웃고, 이내 웃음 가신 얼굴로, 여자 보며) 우리 딱 하루 자고,
         임수미 그담 날로 딴 놈이랑 튀었거든?!
여 자   (어이없게 웃으며) 횟수가 문제니, 잔 게 문제지!
강 칠   (버럭) 임수미가 나랑만 잤단 증거 있어?!
여 자   (놀라, 앞을 보며) 정이야...
강 칠   (뭔가 싶어, 뒤돌면)
정 이   (서있는, 교복을 입은, 맘 아프고, 화난)
여 자   벌써 학교에서 끝났어? 왜 여길 또 와.. 삼우제 끝났는데.. 엄마한테 가
         있어.
정 이   (강칠을 쏘아보는)
강 칠   뭘 봐. (하고, 정이를 어깨로 치고 가는)
여 자   (강칠의 팔을 잡고, 늘어지며) 어딜 가, 정이 어쩔 거야, 그 말은 하고
         가야지, 어딜 가?!
강 칠   (뿌리치며) 빵에 간다 왜?!

여 자 (악착같이 강칠의 팔 잡고) 너 곧 석방이라며? 수미 말이 너 엄마도 있
      다며? 니 엄마한테 정이 덱고 가!

강 칠 (정이에게) 너 나랑 빵에 갈래? (하고, 가는)

여 자 야! (하고 강칠에게 달려들려 하면)

정 이 (여자를 잡고, 생각 많은) 그만해.

여 자 (가는 강칠 보며, 속상한) 야, 드런 새끼야! 그래 자식 버리고, 너 혼자
      잘 먹고 잘살아라, 이 개가 물어갈 놈아! (하고, 납골당으로 가면)

정 이 (뒤따라 가다가, 멈춰 서서, 잠시 생각하더니, 다시 강칠이 간 곳으로
      꼬나보는)

강 칠 (가며, 궁시렁) 가뜩이나 사람 속 뒤집어지는데... 어디서.. 구랄 쳐도
      쌩구랄.

씬25. 달리는 지나의 차 안 + 도로, 낮.

      민식에게서 전화가 계속 오는,
      지나, 스피커폰 쪽 보고, 그냥 운전해 가는,

씬26. 통영 시장 일각, 낮.

      민식, 영철(수의복을 입은)과 얘기하고 있는,

민 식 (전화기 내려놓고, 영철에게) 내가 모를 줄 아냐, 니들이 짜고 고스톱인
      거? 지나가 동물원만 갈라고 서울 갔어? 유학원 갈라고 서울 갔지?

영 철 (어이없는) 부녀지간 일을 아버진 왜 뻑함 나한테 따져요? 아, 나 일 가
      야 돼. (하고, 제 차로 가서, 차 타고 가는)

민 식 (가는 영철 보고, 버럭) 내가 자식아, 지날 유학 보낼 거 같애, 어림 반
      푼어치도 없는 소리라고 전해, 나쁜 새끼들. (하고, 제 차 운전해 가는)

      카메라, 한쪽으로 가면, 강칠 모, 좌판 앞에서 싸 온 밥하고, 김치를 손
      으로 집어 먹다가, 제 앞의 손님이 분희에게 가는 걸 보고,

강칠 모　(입에 밥 물고) 아니, 물건 안 사고 어디 가!
분 희　(옆 좌판 상인, 강칠 모 또래, 손님 맞으며) 어서 오소, 어서 와!
강칠 모　(밥 먹다, 화나 보는)

씬27.　지나의 달리는 차 안, 낮.

지 나　(스피커폰 오고, 아빠가 싫어, 외면하다, 화면 다시 보면, 영철이다, 연
　　　　결하고) 어, 오빠? (사이) 답답한 소리 하지 마. 내가 아빠랑 얘기가 되
　　　　는데, 괜히 그래?

씬28. 거리, 낮.

　　　　강칠, 걸어와 건널목에 서는데, 누군가, 강칠의 어깨를 치고, 강칠, 돌
　　　　아보면, 정이가 서있는,

강 칠　(화나는 거, 참고, 보면) ?
정 이　(사진을 강칠의 눈앞에 보여주는)

　　　　* 인서트, 사진 〉〉
　　　　강칠과 수미가 즐거운 한때. (민박집에서 익살스레 찍은)

강 칠　(사진 보고, 정이 보며 담담한) 그래서?

씬29.　동물병원 안, 낮.

영 철　(웃으며, 차 마시며) 아주 부녀지간에 전쟁을 해라, 전쟁을? 뭐? 개 도둑?

씬30.　달리는 지나의 차 안, 낮.

지 나　그래, 개 도둑.. 동물연대 진영이가 개 도둑 소탕한다는 거 과민 반응인
　　　　줄 알았는데, 내가 어제 카페서 딱 목격했다니까... 다행히 카페 단골이

라 주인 찾아주고 이제 통영 가는 길이야. (사이) 여보세요, 오빠? 뭐라
고? 다시 말해봐, 안 들려?

씬31.   건널목 앞, 낮.

강칠, 정이 서로 가만 보고만 있는,

강 칠   뭘 봐? 할 말 없음 가지? 어디서 으른한테 눈을 부라리고, 그냥 콱! (하
고, 검지와 중지로 눈을 쑤실듯, 겁을 주는데)

정 이   (얼굴에 침을 툇 뱉는)

강 칠   (어이없는, 침을 닦고, 보면)

정 이   (사진을 주머니에 넣고 가는)

강 칠   (가는 정이 보다가, 참자 싶어서, 숨 고르다가, 못 참겠는지, 가서는, 뒤
통수를 그냥 치는)

정 이   (넘어져서, 화나, 보면) ?!

씬32.   달리는 지나의 차 안,

지나, 운전하며, 스피커폰으로 전화하는,

지 나   (전화가 이상한, 혼잣말) 왜 이래.. (좀 크게) 오빠 전화 다시 해, 안 들
린다고, (하고, 시계 보고, 앞의 차를 추월하고, 앞의 신호등 파란불인
걸 보고, 액셀 밟는데)

씬33.   건널목 근처, 낮.

강 칠   (씩씩대며) 별게 다.... (하고, 가는)

정 이   (눈가 붉어져, 이 앙다물고, 빠르게 걸어가는)

강 칠   (건널목에 도착하는 즉시, 노란불일 때, 건널목을 걸어가는데, 갑자기
차에 그대로 부딪혀, 날아가는)

건널목의 사람들, 놀라 보는, 멍한, 웅성이는,
강칠(모자 쓴), 바닥에 엎어져, 눈을 꿈벅이는, 눈 주위가 터지고, 입에
서 피가 흐르는,

씬34.   지나의 차 안, 낮.

지나, 멍한,

지 나   (멍한, 그러나 침착한, 안전벨트를 풀고, 바깥으로 나가는)

씬35.   건널목, 낮.

지나, 차에서 나와, 두렵고 긴장한 표정으로 사람들 사이에 둘러싸인
강칠에게로 가는, 강칠의 앞에서, 무릎 꿇고 손을 내밀어, 강칠의 코에
손을 대보고, 이내 목에 손을 대보는, 사람들 '어때요? 살았어?' 하는,
지나, 차로 가 전화기를 꺼내 전화 거는,

지 나   (떨리지만, 차분히) 여기.. 호림 시장 사거린데, 교통사고가 났어요..

* 점프컷 〉〉
강칠, 엎어진 채, 입가에서 피 흐르는, 눈만 껌벅거리는,

씬36.   달리는 구급차 전경, 낮.

씬37.   구급차 안, 낮.

119 요원, 응급처치를 하는 게 보이고,
강칠, 누워있는데, 바지에서 귀휴증이 바닥에 떨어지는,

씬38.   응급실 앞, 낮.

강칠, 사람들에 의해 차에서 내려져, 침대에 실려 응급실로 급하게 들
어가는, 강칠, 주머니에서 핸드폰 울리지만, 못 받는,
의사들, 간호사에게 'MRI 준비해! 전신 MRI!'

씬39.   검사실 안, 낮.

강칠, 검사를 받는,

씬40.   경찰서 안, 낮.

지나, 경찰들에게 조사를 받는,
주변 증인들, 다른 경찰들에게 조사를 받는,

씬41.   교도소 사무실, 밤.

김교도관, 전화기를 들어 전화하고 있는, 신호음만 가는, 시계를 보면,
11시 30분이다.

오교도관 (들어오며, 다급한) 강칠이 연락 아직도 안 돼요?
김교도관 (나가는)
오교도관 (가는 김교도관에게) 그러게 내가 뭐래요! 강칠이 새낀 안 된다고 했죠!
(서류 집어 던지며) 아쌩!

씬42.   응급실 안, 밤.

강칠, 침대에서 눈을 뜨고, 주변을 살피는, 다들 번잡한 분위기다.
강칠(얼굴만 긁힌), 일어나, 제 몸에 붙은, 여러 가지 링거를 떼고, 옆에
있는 옷을 들고 나가는,
의사나 다른 사람들, 바빠 보지 못하는,

씬43.   병원 일각, 밤.

강칠, 힘들게 걷는데, 전화가 오고, 받는,

강 칠　네, 7774번 양강칠.. 사고가 있어서, 보고 전화 못 받았(습니다)
찬 걸　(E) 많이 다치진 않았나 보다?
강 칠　(순간 이상한, 전화기를 보면, 발신자 정보 없음이란 게 뜨는, 주변을
　　　　돌아보는, 배식을 찾는데, 없는, 긴장한, 차분한) 너.. 찬걸이지?

씬44.　회상, 공사장 건물, 밤.

열아홉 살의 어린 강칠이, 민호의 칼에 여러 번 찔려, 고통스러워하는,
어린 강칠, 넘어져, 옆에 있는 깨진 병을 들려는데, 순간 민호가 어린
강칠의 품으로 넘어지는, 강칠, 놀라, 정면을 보면, 어린 찬걸(두려운,
자신도 얼결에 한 짓이다)이 민호를 등 뒤에서 찌르고, 칼을 뽑아 울 듯
한 얼굴로 칼을 어린 강칠에게 쥐여주고는, 달아나버리는,

어린 강칠　(어리버리한, 상황이 어떻게 된 건지 모르겠는, 민호를 밀치려 하지만
　　　　　잘 안 되는) 차, 차, 찬걸아, 찬걸아...

씬45.　호텔 연회장 밖, 밤.

찬 걸　(주변 보고, 한쪽에 서서 전화하는 담담한) 나는 너한테 절대로 눈을 안
　　　　떼고 있단 얘길 하고 싶어, 전화했다.

씬46.　병원 일각, 밤.

강 칠　(심호흡을 하며, 힘든) 4년 전... 노숙자 폭행도.. 네가.. 꾸몄지? (두려
　　　　운 눈으로 주변을 살피는)

씬47.　호텔 연회장 밖, 밤.

찬 걸　울 아버지가 법관으로 있는 이상, 내가 검사로 있는 이상 아주 조심해

야 할 거다. 단, 니가 조용히 살면, 나도 조용히 있지.

씬48.　병원 일각, 밤.

강 칠　(주변을 살피며) 난 조용히 있고 싶지 않아도, 조용히 있을 수 밖에 없어. 알잖아. 힘없는 거. (골똘히 생각하다, 문득) 근데, 니가 왜.. 내가 두렵지?

씬49.　호텔 연회장 밖, 밤.

찬 걸　?

씬50.　병원 일각, 밤.

강 칠　니가... 그냥 놔둬도, 내가 널 어쩌진 못할 건데... 지난번처럼 또 누군가 맞았다고 하고 가짜 증인 하나 내세우면 난 끝인데, 왜 이번엔 안 그러고 날 감시하지? 혹시.. (말이 채 끝나기 전에 그때, 전화의 배터리 나가는, 전화기 보고, 주변을 살피고, 걸어가는, 억울함에 이를 앙다무는)

씬51.　호텔 연회장 안, 밤.

찬걸, 답답한 얼굴로 들어서면,
찬걸 부, 목소리 들리는,

찬걸 부　(찬걸에게) 박검 이리 와 주검사님하고 술 한잔해. (하고, 가는)
찬 걸　(칵테일 들고, 주검에게 와 인사하며) 잘 지내셨죠? 같은 데 근무해도 뵙기가 힘드네요.
주검사　(찬걸 부 보며) 아버님이 이번에 대법관에 내정될 거란 말 들었지?
찬 걸　저한텐 그런 말씀 안 하십니다.
주검사　내가 아버님을 참 좋아하는데, 자넨 아버님과 달리, 말이 많든데.. 마약사범 관련해서?

찬 걸   (보며, 지지 않고) 소문일 뿐입니다.
주검사   실적 챙기려고, 중간 조직원 두고 딜 한단 말, 소문이라도 안 듣고 싶은
         데, 난. 자네 아버님을 무척 존경하거든. (하고, 가는)
찬 걸   (술을 한 잔 마시며, 주검사를 보는)
         (E) (전화벨 소리)

씬52.   경찰서 안, 밤.

경 찰   (전화하는) 뭐, 환자가 없어져요? 그게 무슨 말이에요?
지 나   ?

씬53.   교도소 사무실 안, 밤.

오교도관   이제 어쩌실 거예요? 양강칠이... 어쩌실 거냐고요? 그러게 내가 뭐래
         요, 그런 놈은 내보내면 안 된다고 했잖아요! 수배령 내려요, 수배령 내
         려요!
김교도관   (답답한, 전화하고 있는, 신호음 떨어지면) 여보세요? 어, 그래 국수야.
오교도관   (전화를 뺏으며) 야, 이국수! 양강칠 어딨어? 너는 알지 새끼야!

씬54.   터미널 근처, 아침.

         국수, 죽어라 땀을 흘리며, 뛰어가는,

김교도관   (E) 어디든 수소문해볼 데 다 해봐. 지금 교도소 분위기 살벌해. 만약
         못 찾음 너라도 늦지 말고 오고. 12시에서 1분도 늦지 마.
국 수   (E) 야, 이종민, 강칠이 형 어딨어?
종 민   (E) 깡칠이 어딨는 줄 내가 어떻게 알어? 몰라! 끊어!

씬55.   터미널 입구 쪽 아침.

         국수, 뛰어와 터미널 안쪽으로 뛰어가다가, 뭔가 이상해, 한쪽을 보면,

강칠, 계단에 앉아 자고 있는,

국수, 헉헉대며, 반가워 환하게 웃는데, 전화가 오는,

국 수 7774번 양강칠, 1003번 이국수, 지금 귀소합니다. 예, 둘이서 동시에, 귀소합니다. 예, 예! (전화 끊고, 다시 강칠에게로 옆에 가서 앉아, 강칠을 끌어안고, 이마에 입 맞추고) 아이고, 내 새끼. (하다가, 강칠의 얼굴 보고, 얼굴을 두 손으로 잡고, 놀라) 얼굴이 이게 뭐야?

강 칠 (졸린) ..

씬56. 동물원 사육장, 낮.

지나, 진영, 철호, 동물연대 사람들, 물청소를 하는, 모두 열심이다.

씬57. 동물원, 벤치, 낮.

영철, 커피를 사 와, 지나에게 주며,

영 철 그냥 동물병원이나 하지, 야생동물은 왜 다시 공불 한다고.. 수업은 언제 끝나?

지 나 (차 마시며) 세 시간 정도.

영 철 보험사 사람들하고 같이 경찰서 다녀왔는데, 피해자 연락 오면 연락 준다고 기다리래. (하고, 차 마시는)

지 나 (골똘히 생각하며) 출혈이 심했는데...

영 철 괜찮으니까, 갔겠지, 걱정 마.

지 나 (영철 보며, 걱정스럽지만) 그지, 괜찮으니까, 갔겠지?

씬58. 고속버스 안, 낮.

강칠, 국수, 버스 안의 TV를 보는,

* 인서트, 화면 》

찬걸, 인터뷰 세례를 받는(마약 사범 일당 소탕작전을 끝낸 기분이 어
떠냐? 아직 수사가 덜 끝났다는데 무슨 이유냐? 차기 대법관으로 주목
받는 박주석 씨 아들 박찬걸 검사가 이번 마약범 검거로 다시 한 번 주
목받고 있다는 내용이 나가는), 찬걸, 대답 없이 차를 타는,

* 점프컷 〉〉

강 칠　(화나고, 속상한, 맘 아프고, 창가를 보며, 혼잣말) 그냥 콱 죽어서, 하
　　　　늘나라 간 강우 형이나 만났으면 좋겠네!
국 수　(보며) 복수하고 싶은데, 못 하니까, 죽겠다고? 칫, 그딴 맘으로 살면,
　　　　형은 절대 죽어서도 강우 형 못 만날걸.
강 칠　(보면) ?

씬59.　교도소 앞 가는 길, 낮.

　　　　강칠, 앞서 가고, 국수, 뒤처져 가며, 말하는,

국 수　생각해봐? 강우 형은 아빠한테 매를 맞는 형을 살리고 어린 열여섯 살
　　　　에 차에 치여 죽었어. 그럼 당근 천국행이지, 남의 목숨 구한 댓간 무조
　　　　건 일만 이천 개 흰 별이니까. 근데 형은 (하고, 멈춰 서서 품에서 노트
　　　　꺼내, 확인하며) 착한 짓한 흰 별이 육천 개 좀 넘는데,
강 칠　(가다, 국수 보며, 어이없는)
국 수　나쁜 짓한 검은 별이 오천구백이십 개가 넘어. (수첩 품에 넣고) 따라서
　　　　흰 별 빼기 검은 별 하면... 거의 똔똔, 절대 천국은 구경도 못해.
강 칠　(어이없이 보며) 니가 뭔데? 니가 그려준 흰 별이 일만 이천 개면 천국
　　　　엘 가는데, 니가 뭔데?
국 수　(진지하게 보며) 천사.
강 칠　(어이없는) 미친 놈. 그럼 넌 왜 (턱으로 하늘을 가리키며) 저기 안 살
　　　　고, 여기 사는데?
국 수　천사들이 하늘에만 산다고 누가 그래? 사람들도 서울·대전·대구·
　　　　부산 흩어져 살 듯, 천사도 땅 위에 하늘 아래 산 밑에 사람 옆에 흩어

져 살어. 그러지 말고 우리 희망을 갖자, 형. 이제 곧 사회 나가 일도 하고 돈도 벌고,

강 칠　(보며) 전과자한테 누가 일을 줘?

국 수　형이 빵에서 딴 국가 공인 자격증이 몇 갠데, 일자릴 못 구해? 우리 둘이 포장마찰 해도,

강 칠　(짐짓 과장되게 밝게) 아! 맞다, 넌 음식 솜씨 좋으니까, 포장마차 하면 되겠다? 그래, 너랑 나랑 포장마찰 하는 거야, 그런데 어느 놈이 와서 술 먹고 개꼬장을 부려서, 내가 그놈을 한 대 치니까, 그놈이 날 열 대 쳐, 그래서 억울해서 고소하니까, 판사가 내가 전과자라 내 말을 안 믿어, 그래서 난 다시 감방.

국 수　형!

강 칠　그럼 이건 어때? 우리가 포장마찰 하는데, 어떤 놈이 막 날 때려도 내가 참고 막 맞아, 절대 안 패고 막 맞아.. 니가 흰 별도 주니까.. 막 착하게 맞아.. 그런데 어느 날 우리 포장마차로 경찰이 들이닥치더니, 적반하장 나보고 폭행했다면서, 알지도 못하는 증인을 막 세우고, 살인죄에 폭행에 폭행이라고 이번엔 종신형을 그냥 땅땅! (자조적으로, 낄낄대고 웃으며) 진짜, 웃기다, 그지, 국수야. (하고, 눈물까지 찍으며, 가는)

국 수　근데 아까 한 아들 얘긴 뭐야?

강 칠　(험악하게 돌아보며) 누가 아들이야? (하고, 가는)

국 수　(따라가며) 석방돼서 나감 엄마는 찾을 거야?

강 칠　(순간 굳은, 돌아서서, 쏘아보며) 울 엄마 얘기 하지 말랬지?

씬60.　사무실 안(책상만 놓여있는), 낮.

강칠, 국수, 외출복을 책상 위에 곱게 벗어놓고, 죄수복으로 갈아입는, 김교도관, 책상 위에 소포를 풀어보며, 속옷을 확인하고,

김교도관　윤미혜 씨가 속옷을 또 보냈구나. 암튼 지극정성이다.

강 칠　(옷을 갈아입으며, 속상한) 지극정성은.. 더런 놈 속옷이나 갈아입으란 거겠지.

국 수　(옷을 입으며) 근데 윤미혜 씬 왜 통 면회 안 와? 7, 8년 전엔 자주 왔다

며, 근데 왜 그 이후론 안 오는 거야?

강 칠 내가 알어? (하고, 뒷짐 지고, 교도관 앞에 서는)

국 수 괜히 성질이야. (하고, 뒷짐 지고, 강칠 옆에 서는)

김교도관 (일어서, 강칠 보며) 소포는 사물함에 보관하마, 그리고, 석방되기 전까지 조심해라. 수감자들이 석방자들이 힘 못 쓰는 거 알고, 괴롭히는 거 다반산 줄 알지? 말려들지 마.

강 칠 (답답한)

국 수 (강칠 보고, 교도관 보며) 걱정 마세요, 죽으나 사나 한 달 남았는데, 두들겨 맞아도 참을 거예요, 절대 안 말려들어요, 절대 (강칠 보며) 그지, 형?

강 칠 (교도관 보며, 답답한) 이제 나가도 되죠?

씬61. 통영 전경, 낮.

씬62. 지나의 집 안, 낮.

민식, 앞치마를 하고 밥상을 차리는,
지나, 수의복 차림을 하고 전화를 걸고 있는, 민식과 떨어진,

지 나 (답답한, 사이) 사람이 피를 흘리고 사라졌는데, 어떻게든 찾아봐야 하는 거 아니에요? 혹시 보험료 때문에 일부러 안 찾는 거 아니에요? (사이) 다시, 전화할게요. (하고, 주방으로 가는)

민 식 (멀리 떨어져, 잘 못 들은 상황) 왜 그래?

씬63. 주방, 낮.

민식, 지나, 밥을 먹는,

민 식 너... 유학은 포기한 거야, 만 거야?

지 나 ...

민 식 아빠가 말하는데, 입을 닫아걸고, 넌 대체 누굴 닮아 그러냐, 너는... 누굴 닮아 그렇게 쌀쌀맞어, 애비는 그저 너라면 사족을 못 쓰는데, 대체

넌 누굴 닮아,

지 나 (보고, 편안하게) 엄마 닮아서 그래. (하고, 나가는)

민 식 아빠 생일날 상천 와! 어? 올 거지! (화나는 참는, 그러다 밥을 먹다가, 한쪽을 보면, 지나와 지나 모가 서로 친구처럼 장난하며 찍은 사진이 보이는[고등학생 지나가 아이스크림을 지나 모의 얼굴에 묻히고, 그 때문에 활짝 웃는 지나 모의 사진, 지나 모 손이 부각돼서 보이는 사진이다], 민식, 그걸 보다가, 사진을 빼서, 주머니에 넣는, 그러고는 제 사진[민식과 어린 지나가 찍은]을 바꿔 껴놓는, 집 전화 오고) 네, 여보세요? (사이) 어디요, 부동산? 뭐, 집을 내놨냐구?

씬64. 병원 밖 + 병원 안 수술실, 낮.

지나, 병원 마당 가로질러 (집이 병원 뒤에 있는) 병원으로 들어가는,
영철, 강아지 수술을 하고 있는,

지 나 (마스크 하고, 영철의 땀난 이마를 수건으로 닦아주며) 삐삐, 다리 절단 안 해도 될 거 같지?

영 철 최선을 다하는 중. 근데, 넌 (수술하며) 유학 일자 언제야?

지 나 (수술하며) 다음 달 말 출발.

영 철 (보며, 웃음 띤) 나도 같이 갈까?

지 나 (농담처럼) 우리 헤어진 거 잊었어? (하고, 일하는)

씬65. 교도소 운동장, 낮.

강칠(즐거운), 진구와 몸싸움하며, 공을 뺏으려, 열심히 뛰는,
강칠 편은 모두 웃통을 벗고, 국수 팀은 모두 위에 러닝을 입은,
강칠, 헤딩을 해서, 공을 넣는, 기쁘게 세리머니하고,
강칠 팀 모두 신이 난,
국수, 답답한 표정으로 돌아서는데, 갑자기, 진구가 팔꿈치로 치는,
국수, 아파하며 얼굴을 잡고, 교도관들 심상찮게 보면,
진구, 과장되게 '미안 미안 미안' 하며, 국수의 얼굴을 만져주는,

교도관들, 안심하면,

진 구 (국수에게 으름장) 잘해라, 죽는다 그러다, 나한테? (하고, 가는)
김교도관 (수감자들에게, 웃으며) 야야야, 애지간히 몸싸움해! 친선이야, 친선!!

　　　　　* 점프컷 〉〉
　　　　　강칠, 죽어라, 공을 드리블해 가고, 공을 제 편에게 패스하면, 국수, 공
　　　　　을 뺏어서 진구에게 패스하고, 진구, 뛰다, 그대로, 태민의 얼굴을 들이
　　　　　받는, 태민, '아!' 하고, 넘어지고, 코피 나고, 강칠, 태민에게 '괜찮아,
　　　　　형?' 하면, 태민, 괜찮다고 하고,
　　　　　강칠, 태민 일으키고, 화나 진구 보는,

씬66.　　교도소 식당, 다른 날, 아침.

　　　　　수감자들 밥을 먹는, 진구와 태민은 강칠과 국수 뒤쪽에 앉아 밥을 먹
　　　　　는, 긴장된 살벌한 분위기다.
　　　　　진구 (자기 밥을 우악스레 먹고) 앞에 태민(기죽은, 힘든 모습이다)의
　　　　　밥까지 놓여있는,
　　　　　강칠, 밥을 먹다가, 진구를 노려보며, 담담히 말하지만, 위압감이 드는,

강 칠 (진구에게) 태민이 형 밥 주랬지?
진 구 (아무렇지 않게) 소화가 안 돼 안 드신대.
강 칠 (진구 앞의 식판을 뺏어서, 태민에게 주며) 드셔. 형님. (하고, 밥을 먹는)
수감자들 (모두, 긴장해 보는)
진 구 (강칠 보며) 자식 진짜... (태민에게 더럽게 먹다 남은 밥을 주고) 이거
　　　　　먹어. (하고, 태민의 밥 먹는)
강 칠 (화가 끓는)
국 수 (강칠의 귀에 대고, 조심스레) 참아.. 우리 나갈 날 이제 열흘 남았어,
　　　　　참아.
진 구 (비웃으며, 일어나) 오늘부로 내 밑으로 안 서고, 양강칠 편에 서는 놈
　　　　　은 가만 안 둔다. (하고, 강칠을 꼬나보는)

강 칠   (밥만 먹는)

씬67.   목욕탕, 낮.

강칠, 국수, 샤워기 앞에서 목욕하고,
태민, 서서 목욕대에 누워있는 진구의 때를 미는,

태 민   (진구의 몸에 물을 붓는)
진 구   앗, 차거라! (하고, 일어나, 목욕대에 앉아, 태민의 뺨을 치는) 이게 진짜..
강 칠   (참기 힘들어, 씻던 걸 멈추고, 힘들게 심호흡을 하는)
국 수   (씻으며, 진구의 눈치를 보고, 강칠에게) 일부러 저러는 거야, 형 보라
         고.. 말려들지 마. 우리만 나감 태민이 형도 편할 거야.
태 민   미안... 누워, 내가 물 잘 맞출게.

그때, 오교도관, 들어와 '그만! 오늘 특별 체력 보강이다, 운동장 집
합!' 하는,

수감자들 아, 목욕하는 날 무슨 체력 보강 훈련... (하며, 답답하고, 맘에 안 드는)
오교도관 뭐랬어?
국 수   우리 암 말도 안 했는데요, 곧 나가요! (주변에 대고) 3분 안에 운동장
         집합! (하는데, 강칠이 나가는) 어디 가?
진 구   나한테 오냐?
강 칠   (보면)
진 구   세상 나가보니, 별로였다며? 그냥 나랑 붙고, 여기 눌러 살지?
강 칠   (그냥 지나쳐 밖으로 나가는)
진 구   (강칠, 밉게 보는)

씬68.   운동장, 낮.

두 줄로 둥글게 원을 그려 뛰는, 모두들 '하나, 둘, 하나, 둘' 구호를 붙
이며 뛰고 있다. 그때, 진구, 강칠을 맘에 안 들게 보며 뛰다가, 태민을

툭 치는, 태민, 휘청이며, 다시 뛰는,

씬69.　　운동장, 낮.

　　모두 구령을 외치며, 뛰고 있는, 힘든 모습이다.
　　그때, 강칠의 시선에, 태민이 진구가 밀어, 푹 쓰러지는 게 보이는, 다
　　시 일어나 뛰는,
　　강칠, 뛰다가, 진구를 보고, 화가 나는, 구호하며, 교도관1을 보면,
　　교도관1, 진구를 제지하려는데, 오교도관 말리고, 강칠 보고 웃으며,
　　서있는,
　　교도관1, 밉게 오교도관을 보고 그냥 가버리는,
　　강칠, 화를 참으며, 구호를 하는,
　　국수, 앞만 보고 뛰며,

국 수　무조건 참아. 무조건. 죽으나 사나 시간은 가는 거 알지? 참아.
강 칠　(구호하는)

　　진구, 강칠을 보고, 다시 태민을 밀어, 넘어트리는,
　　그 바람에, 앞서 가던 수감자도 넘어지는,

오교도관　거기 뭐야?! 뭐?! 대오 정렬!

　　모두들, 자리로 가서 서는,
　　태민, 지친, 무릎이 깨진, 자리에 서는,

강 칠　(멈추며, 오교도관에게) 그만하죠, 오늘은?
오교도관　(꼬나보며) 건방진 7774번 양강칠이 땜에 오십 바퀴 더 뛴다! 시작! (호
　　루라기를 부는)

　　* 점프컷 ≫
　　다들, 뛰는, 모두 땀에 젖고, 기진맥진한,

* 점프컷 〉〉
진구, 강칠을 의식하고, 원을 그린 탓에 강칠이 볼 때쯤, 다시 태민을
밀치는, 이번엔 태민, 못 일어나는,
강칠, 그걸 보고 멈추는, 그러고는 진구에게로 가는,
국수, 땀이 흥건해, 강칠을 말리며,

국 수 형, 참아, 형, 참아, 참아.
강 칠 (국수 밀치며, 가는, 오기에 찬)

오교도관, 호루라길 불며,

오교도관 양강칠, 7774번 양강칠, 너 뭐해? 대오 정렬 안 해?!
국 수 (교도관 보고, 강칠을 앞에서 말리며, 뒷걸음치며) 형, 형, 이럼 지는 거
야, 지금까지 잘 참았잖아. 우리 이제 곧 나가는데.. 제발, 형 참아, 제발..
강 칠 (차분히, 밀치며) 너나 나가. 난 여기 산다. (하고, 진구에게로 가며) 태
민이 형 가만 안 놔둬!

수감자들 무서워 비키고,
진구, 웃으며 고갯짓으로 어서 오라고 하는,
국수, 넘어져, 다시 강칠에게 가는데, 오교도관 뒷덜미를 잡는,

국 수 (두려운) ?!

* 점프컷 〉〉
강칠, 가며, '고만하랬지, 너!' 하는데, 진구가 먼저 강칠을 들이박고,
발로 밟는,

진 구 내가 그만 안 하면, 안 하면!

강칠과 진구, 엎치락뒷치락 주먹질을 하는, 강칠, 치고 맞고를 반복하
는데,

* 점프컷 >>

김교도관 (운동장 쪽으로 오다 강칠과 진구 보고, 놀라 호루라기 불며, 뛰어오며,
교도관들에게) 뭐 해, 다들 안 말리고?! 말려!

교도관들, 다들 뛰어와, 수감자들을 끌고, 한쪽으로 몰고,
강칠, 죽어라 진구를 발로 짓밟는,

강 칠 너두 맞으니까 아프지, 새끼야! 니 형 같은 사람을.. 개 패듯, 계속, 죽
게, 아프게, 이 나쁜 새끼! 이 새끼!
김교도관 (강칠을 뒤에서 안으며) 그만해, 양강칠!
진 구 (그 사이, 일어나, 강칠의 얼굴을 패는)
강칠, 돌아간 머릴 돌려서, 그대로 진구에게 박치기를 하고는, 넘어진,
진구를 일으키는데, 김교도관, '강칠아!' 하며 다시 강칠을 잡으면, 얼
결에 '놔!' 하며 김교도관을 주먹으로 치고, 다시, 진구의 배 위에 올라
가, 치는데, 뭔가 이상한, 땅을 보면, 피가 흘러나오는, 강칠, 피가 오는
방향을 보면, 김교도관, 넘어져, 벽에 부딪혀, 머리에서 피가 나는, 강
칠, 놀라고 당황하고 맘 아파 김교도관에게로 기어가, 김교도관 안으며
'김교위님, 김교위님!' 하고 소리치는데, 교도소의 사이렌이 울리는,

씬70.　몽타주.

1, 교회 밖.
김교도관의 영정 사진을 든 사람 앞서 나오고, 김교도관의 가족들 울며
따라오고, 다른 교도관들 줄지어 뒤따라 나오는,
2, 심문실 안.
오교도관, 열을 내며, '강칠 자식이, 먼저 쳤어요!' 하며 증언을 하는,
3, 독방.
강칠, 맘 아픈, 눈가가 붉어, 마룻바닥 먼지 위에 김교도관님이라고 쓰
고, 벽에 기대 멍한,

씬71.　　법정 전경, 다른 날, 낮.

판 사　　(나이 많은, E) 구형하겠습니다. 사건번호 1987번, 김형순 교도관 살인
　　　　사건.

씬72.　　법정 안, 낮.
　　　　강칠, 수갑 차고, 앉아있는,

판 사　　(나이 많은, 정년 즈음) 피고인 양강칠, (사이, 강칠을 쏘아보고) 사형.
　　　　(하며, 망치를 세 번 내리치는)
변호사　　(서류 챙기며) 항소하자.
강 칠　　(고개 젓고)
변호사　　항소 안 하면 판사 임기 내 집행이야, 재수 없게 담 주면 옷 벗는 판사
　　　　라구, 그 말은 바로 집행이 들어간다 얘기야!
강 칠　　(담담한) 잘됐네요, 죽고 싶어, 환장했는데.. (하고, 일어나서, 교도관에
　　　　게 끌려 나가는)

씬73.　　교수대 안, 낮.

　　　　강칠, 교수대에 앉아있는,
　　　　감독관들, 보이는,
　　　　강칠, 담담한,

집행관　　마지막 할 말은?
강 칠　　..

　　　　* 점프컷, 플래시백 ≫
　　　　1, 민식이 어린 강칠을 '죽어, 새끼!' 하며 짓밟던, 극악한 얼굴.
　　　　2, 공중전화 부스 안, 밤.
　　　　어린 강칠, 배에 피를 흘리며, 공중전화 부스 바닥에 앉아, 건너편 식당
　　　　안을 보며,

강 칠   (정신없는, 기진맥진) 엄마 좀 바꿔주세요.. 아줌마..

*점프컷 >>

아줌마   (전화기 들고, 일하는, 강칠 모에게) 전화 받아요, 아줌마, 아들이야.
강칠 모   (한쪽 보며[카메라, 안 보여주는], 두려운, 와서 전화기 잡아, 끊어버리는)

*점프컷 >>

집행관   마지막 할 말은?
강 칠   (담담한) 없어요.
집행관   (한쪽에 목사, 스님, 신부와 다른 참관자들을 보고, 강칠 보며) 기도..
        안 하십니까?
강 칠   (담담한데, 눈가 그렁해지는)

*점프컷 >>
강우, 수영하는, 그러다 뒤돌아, 애들이 뒤처진 걸 확인하고, 웃던,

*플래시백, 면회소 >>
지나 모 강칠을 보며, 면회소의 유리벽을 만지는 모습, 강칠을 만지고
싶지만, 유리벽 때문에 유리벽을 만지는 손. 강칠이 눈물 때문에 희뿌
옇게 면회소 유리벽 너머 지나 모의 손만 부각되어 보이는,

지나 모   (E) 기다려, 내가 너 여기서 반드시 빼내줄게. 나만 믿어. 강칠아.

*점프컷, 교수대 >>

강 칠   (눈물이 뚝 흐르는, 담담히 소매로 닦고, 담백하게) 안 해요. 기도. (하
        고, 두렵지만, 차분한)
집행관   (강칠의 얼굴에 흰 천을 씌우고 목에 줄을 단단히 매는)

* 점프컷 〉〉
교수 장치의 버튼 누르는,
판이 열리고, 강칠의 다리가 밑으로 뚝 떨어지는, F. I.
잠시 후,

강 칠　(E, 담담하고, 막막한) 여기가.. 어디지? 내가 죽었나? 그지, 죽었지. 그럼 여기는.. 어디야? 천국, 아니 지옥..인가?

씬74.　도로, 낮.
화이트에서, 아스팔트가 눈에 들어오는, 검어지는,

* 플래시컷 〉〉
교수대 앞에서 나온 지나 모의 손.

* 현실 〉〉
그때, 지나 모의 손과 비슷한 지나의 손이 강칠의 코 (숨을 쉬나 안 쉬나 싶어) 앞에 놓인,

강 칠　(E) 이건 뭐...야... 이 손은..?

강칠, 눈을 껌벅이는,
카메라, 풀샷 보여주면,
지나의 차와 교통사고 당한 상황,
지나, 119에 전화하는 소리가 들리는,
강칠, 누운,

강 칠　(누워서, 눈을 껌벅이며, 먹먹한 E) 이건.. 또 뭐지? 이건 며칠 전에 다 있었던 일인데... 내가 죽어서도 꿈을 꾸나? ...근데, 이상하다. 사람이 죽어서도.. 꿈을 꾸나?

씬75.　응급실 안, 낮.

강칠, 응급처치를 받는, 주변이 앞 상황과 바뀐, 이상하고 믿기지 않아
서, 눈이 휘둥그레진,

강 칠 (E) 여긴... 그래, 교통사고 나고, 병원 갔지, 뭐야? 또 이건..

그때, 주변이 모래성처럼 부서지듯 내려앉고, 뒤 씬 교도소 목욕탕에서
강칠이 거울 닦는 컷으로 DIS 되는,

씬76. 목욕탕, 낮.

수감자들, 모두 목욕을 하는,
강칠(자신만 시공간이 점핑하는 걸 알고, 나머지 사람들은 처음인 상황
같은), 두려운, 거울을 닦아, 자신을 보고, 모든 상황이 이해가 안 되는,
힘들게 고갤 옆으로 돌리면, 국수, 샤워기 앞에서 목욕하는데,
강칠, 숨이 막힐 듯 두려운데, 그런 강칠의 얼굴 위로 앞 씬이 다시 반
복되는,

진 구 앗 차거라! (하고, 일어나, 목욕대에 앉아, 태민의 빰을 치는) 이게 진짜..
강 칠 (이 상황이 이해되지 않아, 힘들게 심호흡을 하는)
국 수 (씻으며, 진구의 눈치를 보고, 강칠에게) 일부러 저러는 거야, 형 보라
고.. 말려들지 마. 우리만 나감 태민이 형도 편할 거야. (하고, 가는)
강 칠 (가는 국수 보며, 두려운, 버벅대는) 구, 국수야.. 나, 나 이상해. 내가
죽었는데, 분명히 죽었는데, 내가 왜 여깄어! (하다, 놀란, 주변을 두리
번거리는)

주변이 모래성처럼 부서져 사라지는,
모래성처럼 부서지는 사람들 사이로 국수가 고갤 돌리고, 강칠을 담담
히 보고,

강 칠 (놀라, 주변을 보며, 울부짖는) 국수야, 나 왜 이래!
그런 강칠에서 엔딩.

제 2 부

그와 그녀의 심장 박동 소리 *Padam Padam…*

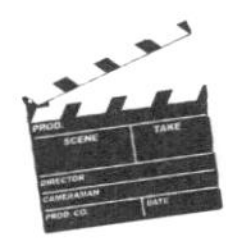

씬1.   응급실 안, 낮.

강칠, 응급처치를 받는, 주변이 앞 상황과 바뀐, 이상하고 믿기지 않아
서, 눈이 휘둥그레진,

강 칠   (E) 여긴... 그래, 교통사고 나고, 병원 갔지, 뭐야? 또 이건..

그때, 주변이 모래성처럼 부서지듯 내려앉고, 뒤 씬 교도소 목욕탕에서
강칠이 거울 닦는 컷으로 DIS 되는,

씬2.   목욕탕, 낮(1부 엔딩 씬).

강 칠   (E) 그래, 나는 교수대에서.. 분명히 죽었지. (하고, 너무 놀라, 숨이 막
히는 듯한)
진 구   앗, 차거라! (하고, 일어나, 목욕대에 앉아, 태민의 뺨을 치는) 이게 진짜..
강 칠   (참기 힘들어, 씻던 걸 멈추고, 힘들게 심호흡을 하는)
국 수   (씻으며, 진구의 눈치를 보고, 강칠에게) 일부러 저러는 거야, 형 보라고..
말려들지 마. 우리만 나감 태민이 형도 편할 거야. (하고, 나가려 하면)
강 칠   (E, 두려운 듯 주변을 보며) 그래, 이때 오교도관이 들어왔지. 그리고
운동장으로 나오라고... (순간, 문소리 나 입구를 보는)

그때, 오교도관, 들어와 '그만! 오늘 특별 체력 보강이다, 운동장 집

합!' 하는,

수감자들 아, 목욕하는 날 무슨 체력 보강 훈련... (하며, 답답하고, 맘에 안 드는)

오교도관 뭐랬어?

강 칠 (E, 두려운 듯 국수를 보며) 이제 국수가 말을 하겠지.

국 수 우리 암말도 안 했는데요, 곧 나가요!

강칠 (두려운, 국수와 같은 말을 하는)

국 수 (아무것도 모르는) 3분 안에 운동장 집합!

강 칠 (더욱 두려운, 숨을 몰아쉬는)

국 수 (강칠 보고) 왜 그래?

강 칠 (놀라고, 두렵고, 당황한 얼굴로, 국수를 잡아서, 한쪽 구석으로 몰고) 국수야, 이상해, 나 왜 이래?

국 수 (황당한, 담담히) 뭐가? 왜 그래? (하고는, 강칠을 뿌리치고 가려는데)

강 칠 (놀라, 국수를 다시 벽에 밀치며) 국, 국수야. 내, 내가 죽었는데, 자, 자 꾸, 자꾸 살아나!

국 수 ?

강 칠 너 몰라? 내가 교수대에서 죽은 거 너 진짜 몰라?

국 수 뭐래?

강 칠 내가 죽었다구.. 내가 분명히 교수대에서 죽었는데 자꾸자꾸 살아난다 구, 임마! 빨리 말해, 내가 시간도 장소도 엉망진창으로 왔다갔다한다 구! 나.. 또 여기서 사라져서 딴 데로 갈지 몰라, 나..나 왜 이러냐? 국 수야, 나 왜 이래?

국 수 (어이없게 보며) 형이 왜 죽어? 쓸데없는 말 말고, 나가자. (하고, 다시 가려는데)

강 칠 (국수를 벽에 밀고, 못 나가게 팔로 목을 누르고, 두려워 떨며) 농담 아 냐! 내, 내가 지금부터 일어날 일을 말해줄까?

국 수 ?

* 인서트, 플래시백 〉〉

1, 진구가 태민을 괴롭히고, 강칠이 진구를 치고, 김교도관이 와서 말리 고, 강칠의 주먹에 김교도관이 죽던 그림 위로 강칠의 대사가 들리는,

강 칠   (두려워, 버벅대며) 이, 이제 우린 운동장을 뛸 거야. 그리고, 진구가 태
민이 형을 괴롭히면서 자꾸 시비를 걸고 밀치고, 그..그럼 내가 열이 받
아서, 진구를 치고, 그래서 진구랑 나랑 개싸움이 나고, 김교도관님, 그
래, 착한 김교도관님이 날 말리다, 내 주먹을 맞고 죽는 바람에.. 그 일
로 난 교수대에,

* 인서트, 플래시백 〉〉
2, 교수대에서 죽던 강칠,

국 수   (답답한, 어이없이 보며) 얼굴이 벌겋네, 감기 기운 있다. 약 먹자. 석방
날짜 잡아놓고 불안해서 그래. (하고, 가려 하면)

강칠, 국수의 팔을 잡으면,
국수, 이번엔 강칠을 벽에 밀치고, 강칠의 목을 손으로 잡고, 화나 진지
하게 보는,

국 수   (버럭, 악쓰는) 왜 그래, 진짜! 3분 안에 나오란 소리 못 들었어!
강 칠   (울 듯한, 두려움에 소리치는) 내가 자꾸 죽었다 말았다 한다고, 자식아!
과거로 갔다 현재로 갔다, 내가 계속 죽었다... 말았다를 반복... 내 목 봐.

국수, 보면,
선명한 밧줄 자국이 보이는,

강 칠   교수대 밧줄 자국..이야.. 이제 믿겠어? (울부짖는, 버럭) 나는 죽었다고!
국 수   (진지한, 버럭) 죽은 게 아니라, 죽고 싶겠지!
강 칠   ?!
국 수   형 말대로라면, 진구가 태민이 형을 쳐도 형이 못 본 척함 되는 거 아
니! 그럼 진구랑 형이 안 싸워도 되고, 그럼 말리던 김교도관님도 형 주
먹에 안 죽고, 그렇게 되면 형도 안 죽겠네! 뭐가 문제야?!
강 칠   ?!
국 수   (버럭대며, 속상한) 솔직히 말해, 형 죽고 싶어 환장했지! 세상 나가긴

무섭고, 복수는 하고 싶은데 방법이 없고! 그래서 차라리 죽고 싶은 거잖아!

강 칠 ?

국 수 진구가 태민이 형을 갈구는 목적은 단 하나, 형이야. 형이 곧 나갈 거면서, 자꾸 짱 노릇 하니까! 여기 감방서 짱 먹는 게 그렇게 중요해! 세상 나가 살 용기는 없으면서! 지금 말하는 거 보니까 형도 대충 아네, 쟤들이 운동장 나가면 형 신경 건드릴 거!

강 칠 ?

국 수 모른 척하라고! 무조건 참으라고! 살고 싶어하라고, 이 등신아! (하고, 나가는)

강 칠 .... (두렵게 보는데, 다시 주변이 모래성처럼 부서져 내리는, 악쓰는) 국수야! 국수야!

씬3. 운동장, 낮.

수감자들 원을 그리며 뛰는, 다들 지친, 힘들게 뛰고 있는,
태민, 밀려서 넘어지는,

* 점프컷 〉〉
카메라, 강칠과 국수가 뛰고 있는 상황으로 가는,

강 칠 (뛰며, 힘든, 두려운, 버벅대는) 구, 국수야, 내, 내 맘대로 안 돼. 난 안 뛰고 싶은데, 발이 자꾸 뛰어.

국 수 (강칠을 두렵게 보며, 이제부턴 상황을 아는, 진지한) 지금은 뛸 때야. 그냥 뛰어. 진구 신경 쓰지 마. (하고는, 주머니에서 돌 천사를 꺼내 입 맞추고, 강칠의 윗옷 주머니에 넣어주며) 이거, 갖고 있어.

강 칠 (진구에게로 가는, 멍한, 자기 의지가 아니다)

국 수 (강칠 보며) 뭐해, 형? (하고, 강칠의 앞을 가로막는) 형,

강 칠 (국수를 밀치고, 가며) 나도 멈추고 싶은데, 내 의지가 없어. 몸이 그냥 가. (하고 가는)

교도관 양강칠, 7774번 양강칠, 너 뭐 해? 대오 정렬 안 해?!

국 수   (교도관 보고, 강칠을 앞에서 말리며, 뒷걸음치며) 형, 형, 형. 이제 곧
         이야, 곧 나간다고 우리?! 형, 제발, 형 참아, 제발..
강 칠   (국수를 밀치고, 진구에게로 가는, 정신이 나간 듯한)

         수감자들 무서워 비키고,
         진구, 웃으며 고갯짓으로 어서 오라고 하는,
         국수, 넘어져, 다시 강칠에게 가는데, 오교도관 뒷덜미를 잡는,

국 수   (돌아보고, 두려운)
오교도관   (무섭게 보며) 가만있어.
국 수   (강칠 보고, 오교도관 보고, 잠시, 어쩔까 싶어, 심호흡하고, 갑자기 소
         리치는) 악!

         * 점프컷 〉〉
         강칠, 가자마자, 주먹을 휘둘러 진구의 얼굴을 날리는,

         * 점프컷 〉〉

국 수   (악을 쓰며, 뒷덜미 잡은 오교도관의 팔을 뿌리치며, 다른 교도관들 듣
         게 악랄하게 주변에 악쓰는) 악! 악! 악! 교도관님들 저기 쌈 나요! 저기
         쌈 나요! 진구가 자꾸 태민이 형을 괴롭혀요! 살려주세요! 교도관님들,
         살려주세요! 악! 악! 살려주세요! (계속 소리치는)

         * 점프컷 〉〉

김교도관   (호루라기 불며, 뛰어오며, 교도관들에게) 뭐해, 다들 안 말리고?! 말려!

         교도관들, 다들 뛰어나와, 수감자들을 끌고, 한쪽으로 몰고,
         강칠, 죽어라 진구를 발로 짓밟는,

김교도관   (강칠을 뒤에서 안으며) 그만해, 양강칠!

진 구   (그 사이, 강칠의 얼굴을 패는)

        강칠, 돌아간 머릴 돌려서, 그대로 진구에게 박치기를 하고는, 넘어진,
        진구를 일으키는데, 김교도관, '강칠아!' 하며 다시 강칠을 잡으면,

강 칠   (뒤돌아, 김교도관에게 주먹을 날리려 팔을 뒤로 빼는데, 심장이 마구
        뛰는 소리가 나는)
국 수   (멀리서 소리치는) 형, 안 돼! 멈춰!
김교도관 (두렵게, 강칠 보고)
강 칠   (주먹을 뻗지 않으려, 이를 앙다물고, 땀을 흘리며, 안간힘을 쓰는, 심
        장 소리가 나는)
국 수   (멀리서 소리치는) 형이 참으면 끝나. 형, 치지 마, 형, 제발 치지 마!
강 칠   (주먹을 뻗지 않으려, 이를 앙다물며, 애를 쓰는, 주먹과 팔이 떨리고,
        얼굴이 붉어지는)
진 구   (일어나, 강칠을 돌려, 주먹으로 치고, 발로 짓밟는)
김교도관 사이렌 울려!

        그때, 사이렌 소리 요란하게 나고,
        그때, 우르릉 쾅 천둥치고, 먹구름이 몰려와 하늘이 검어지는,
        교도관들, 진구를 말리고,
        국수, 넘어진 강칠을 일으켜 세워, 벽으로 데려가 벽에 기대게 한 후,
        두 손 올리게 하고, 자기도 두 손을 올리는,
        수감자들, 빠르게 벽에 붙어 두 손을 올리는,
        그때, 강칠, 느낌이 이상해, 주머니를 보면, 주머니에서 밝은 빛이 나오
        는, 강칠, 주머니에서 돌 천사를 꺼내 보는, 돌 천사가 반짝이는, 그러
        다 돌 천사의 날개가 밝고 큰 그림자로 강칠의 다리로 흘러나와 운동장
        전체에 가득 퍼지는, 강칠, 놀라, 입이 안 다물어지는, 두려운, 손은 올
        린 채, 옆의 국수를 보며,

강 칠   이, 국수, 이국수..
국 수   (보면)

강 칠. (두려운, 가라앉은) 너... 너.. 저, 정체가 뭐야? 이 새, 새끼야!
국 수 (담담히, 깊게, 강칠을 보고, 얼굴 돌려 앞 보는) ...
강 칠 (국수를 보는데, 이상하고도, 두려운)

씬4. 농장 앞, 낮.

지나, 영철, 농장에서 나와 걸어가는데, 부동산업자, 손님을 데리고 오
며, 지나에게 말하는,

부동산 정선생 집 안 내났어?
지 나 (보며) 내났는데요?
부동산 근데 아버지가 왜 그런 일 없다고 난리 난릴 치지?
지 나 예?

씬5. 경찰서 밖, 낮.

민 식 (화나, 전화하며, 소리치는) 얌마, 내가 통영 내려와 3년 있음 집 준댔
지! 언제 그거 팔아 유학 가랬냐! 니 인감 내가 가져왔어, 1년만 더 여기
있어. (하고, 전화 끊고 가는)

씬6. 지나의 집 안, 낮.

지나, 집으로 들어와 가방을 챙기는, 영철, 따라 들어와 그런 지나를
보며,

영 철 (타이르듯) 야, 정지나.
지 나 (가방에 옷가지를 챙기며) 서울 오빠 오피스텔 키나 줘.
영 철 이러지 말고, 상천 가. 가서 아버님이랑 얘기하고 조율하고 합의 봐서
결정 내.
지 나 (답답한, 보며) 우리 아빠가 얘기해서 조율되고 합의될 사람이야? 근데
내가 성질이 못돼서 괜히 이래? 울 아빠 겪어보고도 몰라? 뭐든 당신

맘대로라고! (가방 챙기는) 대학 때 여기 안 내려온다고 학비 끊고, 알
바 하는 데 찾아와 깽판치고... 나 찾아 친구들 집 수색하고, 근무하는
동물원 찾아와 소란 피고, 오빠가 아는 건 그 정도지만, 내가 말하지 않
은 건 더 많아. (하다가, 사진이 지나 모와 지나의 사진에서 지나와 민
식으로 바뀐 걸[1부] 보고는, 속상한) ..또 엄마 사진을 가져갔네. 그거
하나 있는데.. (땡이에게) 땡이 네 짐 챙겨서, 차에 타.

땡 이   (옆의 제 조끼[안내견 조끼]를 물고 나가는)

영 철   오피스텔 키 못 줘. 너는 내가 네 말이면 뭐든 다 들어줄 줄 알지? 나도
           안 되는 게 있어. 그게 이번이야.

지 나   (손 흔들며) 오빠가 키 주면 오빠 사정거리 안에 내가 있는 거고, 안 주
           면, 오빠한테도 연락 두절이야.

영 철   (보다, 어이없어, 웃고 마는) 넌 대체 그런 협박을 어디서 배웠니?

씬7.   교도소 다른 날, 밤.

           진구, 독방에 갇힌, 화가 나 앉아 있는,

씬8.   교도소 운동장, 다른 날, 낮.

           국수, 강칠, 앉아 있는,
           강칠, 국수를 이상하게 보는,
           태민, 운동장에 앉아 기분 좋은,

국 수   (그런 태민 보고, 웃고, 강칠 보며) 우리 드뎌 낼이면 석방이다. (그러
           다, 강칠의 굳은 얼굴을 보며) 눈빛이 왜 그래? 아직도 내 정체가 궁금
           해, 그래?

강 칠   (보는)

국 수   천 번 만 번 말했잖아. 난 천사라고. 증거 보여줘? (하며, 배의 칼자국
           을 보여 주는)

강 칠   (답답하게 보며) 그건 맹장 수술 자국이잖아.

국 수   (웃고) 크크.. 진짜 증건, 다음과 같애. 내가 암 걸린 엄마 수술비 마련

을 할라고, 은행의 현금인출기를 도끼로 (흉내까지 내며) 막 깨고 있었을 때, 갑자기 어디선가, 엄마 목소리가 들려왔어.

강 칠 (말꼬리 자르며, 답답한, 진지한) 국수야, 그러지 마! 그래서 넌 깜짝 놀라 곧바로 도낄 내려놓고, 엄말 찾아가니까, 니네 엄마가 너더러.. 천사같이 착한 놈이 왜 그랬냐고 하며 우셨지. 그래서 니가 천사라고? 니네 엄마가 천사랬으니까?

국 수 그래. 울 엄만 거짓말 안 해.

강 칠 (답답하게 보는) ?

국 수 (가만 보다) 내가 꿈꾼 거라고 해도 안 믿고, 천사라고 해도 안 믿고, 날 보고 그럼 어쩌라구? 형은 인간이고, 내가 천산 게 성질나? 그래서 몇 날 며칠 시비야?

강 칠 (차라리 일을 하자 싶은, 일하며) 됐다, 내가 널 천사라고 믿느니, 차라리 니 말대로 내가 살짝 스트레스로 미친 게 낫지. 니가 무슨 천사야.. 천사는. 내가 미쳤던 거야, 내가 석방되는 게 스트레스가 쌓여서.. 내가 미쳤던 거야. 이제 그 얘기 끝.

국 수 그럼 목에 있던 밧줄 자국은 뭘로 설명할 건데?

강 칠 (순간, 옷을 내려, 목을 보면, 아무것도 없는)

국 수 (차분히) 엊그제 사라지드라. 밤부터 옅어지더니, 새벽에 완전히.

강 칠 (보는, 이상한) ?

국 수 (강칠의 눈을 빤히 보며, 진지하게) 이제 난 그렇게 빌고 빌던 진짜 천사가 됐어, 기적을 만드는. 앞으로도 형한텐 두 번의 기적이 더 올 거야. 왜냐? 모든 기횐 삼세번이거든.

강 칠 (진지한) ?!

씬9. 주차장, 밤.

찬걸, 배식과 짱구(우두머리 같은 느낌), 뭔가 얘기하고, 알겠다는 듯 고개 끄덕이고, 가고,
찬걸, 차로 가다가, 뭔가 이상해, 뒤돌면,
용학, 차 안에서 숨는 바람에 찬걸이 못 보는,
찬걸, 이상한, 차 몰고 가고,

용학, 우유를 마시는,

씬10.   교도소 운동장, 낮.

강칠(양복 차림, 긴장한), 국수 걸어가는,

씬11.   교도소 사무실, 낮.

김교도관, 가는 강칠과 국수를 물끄러미 내려다보고 있는, 따뜻하고 안
쓰러운 맘이다. 자리로 가는,

씬12.   교도소 앞, 낮.

문 열리고, 국수 나오고, 강칠, 뒤따라 나오는, 강칠의 얼굴 위로 국수
의 목소리 들리는,

국 수   (E, 진지한) 첫 번째 기적에서 배운 걸 잊지 마. 형의 의지가 형을 살린
거야. 말은 죽고 싶다고 해도, 한 번쯤은, 인간답게 멋지게 살고 싶어하
는 형의 삶에 대한 강한 의지가, 김교위님을 치려는 형의 주먹을 멈추
게 만든 거라고.

씬13.   교도소 앞 길, 낮.

강칠, 국수 가는,

국 수   큰형님이 우리 나가는 것 보면 울 것 같다고 그냥 가라는데, 꼭 우리 엄
마 같드라?
강 칠   (맘 짠한) ..
국 수   형, 근데 어디로 갈 거야?
강 칠   너나 어디로 갈지, 생각해, 난 나대로 갈 거니까.
국 수   우리 형이 성공해서 돌아오기 전엔 집에 얼씬도 말랬단 말야. 아빠도 나

보면 더 아프다고, 집에 오지 말래. 난 성공해, 집에 갈 거야. 같이 가. (강
        칠의 목을 안으며, 장난스레) 절대 안 떨어질 거야, 완전 딱 붙을 거야.
강 칠   (버럭, 밀치며) 떨어져, 콱! 죽을라고 씨..

        국수, '싫어,싫어' 하고, 더 붙고, 강칠, 떨어지라고 하며 실랑이하는,

씬14.   서울 오피스텔 안, 낮.

        영철, 커피를 끓이고 있고,
        지나(민소매에 반바지 차림으로), 소파에 길게 누워 말하는,
        땡이, 옆에 있는,

지 나   (영철을 보며, 편하게) 그래서, 간만에 집에서 푹 쉬니까, 좋았어?
영 철   (웃고, 담담히) 아버진, 아는 척도 안 하고, 형은 출장 가 얼굴도 못 봤
        고, 형수는 괜히 날 경계하고, 엄마는 아버지, 형수, 내 눈치 보느라 전
        전긍긍. (하며, 옆에 와, 지나에게 커피 주는)
지 나   (안됐단 듯, 혀 차며) 쯔쯧...
영 철   낼모레 어머니 생신 보고 내려가게.
지 나   그러지 말고, 나 통영 정리하면, 서울 올라와. 엄마가 그렇게 원하신다며?
영 철   싫어, 너랑 유학 못 가면, 통영에서 너 기다릴 거야.
지 나   (어이없단 듯 웃으며) 내가 그렇게 좋은데, 결혼은 왜 싫은데? 너 바람
        핀 거 두 번이나 봐주고 내가 먼저 청혼했는데?
영 철   (웃으며) 사랑만 하자.
지 나   말을 제대로 해, 사랑만 하자가 아니라, 장난만 치자겠지? (하고, 화장
        실로 들어가, 문 열고, 수건을 머리에 쓰는, 맘이 안 좋은)
영 철   (화장실 문 앞에 서서, 보며) 솔직히 너도 나 못 잊었잖아, 다시 사귀자,
        지나야, 어?
지 나   (양치만 하는)
영 철   (지나 그립게 보는데, 전화 오는, 받으며) 네, 아버님 왜요?
지 나   (양치하다 말고) 아빠?
민 식   (E) 지나가 원하는 게 뭐야?

영 철   (지나 보며, 강조) 초지일관... 인감밖에 더 있겠어요. (하고, 손 내밀면)
지 나   (하이파이브를 해주고, 양치하는)
영 철   왜요, 인감 주시게요?

씬15.   통영 시장 일각, 낮.

민 식   (속상한) 야, 자식아, 넌 대체 누구 편이냐? 지나 유학 감 너 여기서 뭐 할
         거야? 너 여기 내려온 거 지나 때문 아니야? 그런데 걜 유학을 왜 보내?

씬16.   오피스텔 안, 낮.

영 철   (거실로 와서, 앉으며) 아버님 지나가 인감 안 주실 거면 전화 끊으라는
         데, 어떡할까요, 전화 끊을까요?

씬17.   통영 시장 근처, 낮.

민 식   (버럭) 지나 상천 내려보내! 인감 줄게! (속상한, 머리 긁고, 차 타고 가는)

         효숙, 스쿠터 타고 오며, 민식과 스치며 강칠 모에게 ‘엄마!’ 하는,

         * 점프컷 ≫

강칠 모 (국수를 먹는)
효 숙   (국수 먹는 강칠 모 보며) 국술 그리 잘 먹음서, 진짜 성질 별나네. 앉은
         자리에 풀도 안 나겠네 진짜로.. 국수 한 그릇에 신세 짐 얼마나 진다
         꼬, 글고 돈 벌어 다 뭐 하는데 반찬이 이기가? 나물 쪼매 사 무쳐 먹음
         뭐 살림이 풍지박산이 나나.
강칠 모 장사가 돼야, 반찬을 사 묵지! 지랄, 신경 쓸 거나 안 쓸 거나. (하며, 국
         수 먹는)
분 희   (옆에서 우체부로 보이는 자식과 국밥을 맛나게 먹으며) 아이고, 효숙
         이 니도 지극정성이다. 뭐 한다꼬 지 에미도 아인데, 그리 챙기나, 존

소리도 못 들으매.

강칠 모 밥이나 처묵어.

분 희 안 그래도 처묵는다, 아들내미랑. (하며, 아들의 입가를 닦아주며) 니는
직장서 묵지, 뭐 한다꼬 내 땜시 난장서 고생이고..

효 숙 (분희 보다, 강칠 모 보는, 안된) 그릇 놔둬라, 낭중에 찾아가께. (하고,
스쿠터 타고 가는)

강칠 모 (국수 먹다, 손님에게) 뭐 사게?

씬18. 지나의 차 안, 낮.

지나, 운전해 가는데(땡이 뒷좌석에 있는), 차에서 소리가 나는,

지 나 (이상한) 이게 무슨 소리지?

씬19. 달리는 버스 전경, 낮.

강 칠 (E, 가라앉은) 야, 이국수. 넌 정말,

씬20. 달리는 버스 안, 낮.

강 칠 (앞만 보며, 담담한) 김교도관님 말씀처럼 세상이 아름답고, 공평하고,
살만한 거라고 생각하냐?

국 수 응.

강 칠 아니, 세상은 엿 같고, 불공평하고, 절대 살만하지 않아.

국 수 형의 그 못된 생각은 검은 별 스무개짜리야. (하고, 노트 꺼내 검은별을
그리다가, 강칠을 보며) 진짜, 인간이 왜 그러냐?

강 칠 (앞의 짱구만 보는)

그때, 카메라, 앞좌석을 보면, 짱구, 신문 보는 척하고 있는,

찬 걸 (E) 나는 너한테서 한시도 눈을 안 뗄 거다.

강 칠   (짱구에게서 눈을 안 떼며) 좋다고, 함 붙어보자구..

국 수   (감에 안 들게 보며) 미쳤어, 왜 그렇게 궁시렁대?

강 칠   (창가 보며, 혼잣말) 죽거나, 까무러치거나... 세상과 한판 뜨겁게 맞짱...

씬21.   서울 터미널 일각, 낮.

        강칠, 돈을 세어서 국수 주머니에 넣어주며,

국 수   뭐 하는 거야?

강 칠   여기서 헤어져. 너 나랑 있어서 좋을 거 하나 없어. (하고, 짱구를 의식
        하는, 멀리 짱구, 강칠을 안 보는 듯, 보는)

국 수   나는 물론 형이랑 있어서 좋을 거 없지, 근데 형은 아니지. 배고파. 밥
        먹어. (하고, 강칠의 손을 끌면)

강 칠   (국수의 손을 잡아, 넘어트리고, 발로 몇 번 밟는, 짱구를 의식해서, 더
        하는) 너 왜 그렇게 말을 안 들어, 가람 가지, 이 미친..! 천사는 니가 무
        슨 천사! 이 돌아도 한참 돈 새끼야, 이거! 가, 가, 제발 가라구!

국 수   (맞으며) 형, 형, 이러지 말고 말로 해, 형.

강 칠   (짱구를 의식하고, 국수에게 으름장을 놓는) 니가 말로 함 들어처먹어,
        이 미친 새끼, 너, 나 쫓아옴 죽어? 진짜, 진짜, 죽어. 콱! (하고, 가는)

국 수   (입가를 닦으며, 강칠을 보며) 형.. (하다가, 배 아파하는)

씬22.   번화한 지하도 상가 안, 낮.

        강칠, 걸어가는데, 뒤에서 짱구 따라오는, 진땀 나는, 강칠, 서둘러, 다
        른 길목으로 들어서면, 짱구, 계속 쫓아오는, 강칠, 머릿속이 복잡하다,
        그러다 어디 갈 데가 없어서, 한 분식점으로 들어서서, 자리에 앉는,

씬23.   분식점 안, 낮.

        강칠, 짱구 때문에 긴장한,
        그때, 종업원 오는,

종업원   주문 뭐 하실 거예요?
강 칠   (출입문으로 짱구를 찾지만 없는, 눈은 밖을 보며) 라면.

그때, 누군가 앞자리에 앉는,

강 칠   (보면)
국 수   (상황을 전혀 모르는) 왜 사람 배를 차, 곱창 터짐 어쩔려구, 못됐어, 아
        주! (아줌마에게) 저도 라면이요!
강 칠   (어이없는, 밖을 보면, 아무도 없는, 물 마시는데 짱구, 강칠을 보고, 숨
        는, 강칠 긴장한, 어쩔까 싶은)

씬24.   지하도 화장실 안, 낮.

국수, 배를 움켜잡고 뛰어와 노크를 하다가, 남자 나오면, 바로, 들어가
문 열고 바지를 내리고 변기에 앉는,

국 수   양강칠!

강칠, 들어와 국수의 앞에 가방 놔주는,

국 수   어디 가지 말고, 꼭 거깄어. 나 곧 싸, 금방 싸. 빨리 싸, 그러니까 거기
        꼼짝 말고 있어! (하며, 바쁘게 휴지를 돌돌 푸는)

강칠, 주머니에서 돈을 더 꺼내, 국수의 앞에 던져주며,

강 칠   똥 편히 싸, 어? 빨리 싸지 말고, 편히 싸라고. 전과자 둘이.. 뭐 한다고
        붙어 다녀, 너는 니네 집에 가, 아버님께 효도하고 잘 살어, 어?
국 수   (항문에 힘주며, 얼굴 붉어) 형..형, 형, 그러지 말고, 내가 잘할게,
강 칠   너 나 다시 쫓아옴 그땐 진짜 반 죽어. (하고, 돈봉투를 국수의 손에 쥐
        여주고 가는)
국 수   (문 열고, 일어서려다, 앉으며, 나가지도 못하고, 문 잡고 가는 강칠 보

며, 울부짖듯, 소리치는) 야, 양강칠, 나 덱고 가, 양강칠!

씬25.　　지하도 안, 낮.
　　　　강칠, 걸어가는, 짱구가 쫓아오는, 의식하며 가는,

씬26.　　민식의 방 안, 낮.

　　　　문 열리고, 지나 들어서는, 초라한 중년 남자의 방이다, 온통 소주병이
　　　　며, 옷가지가 널린,
　　　　지나, 땡이 서서 그 모양을 보는, 방 안의 벽엔 온통 지나 모와 지나, 민
　　　　식의 행복할 때 사진이 걸려 있는, 맘이 짠한,

지 나　　내 사진을 다 훔쳐다 여기 놨네. (옷을 벗다가, 민호의 사진을 보고 착
　　　　잡한)

씬27.　　회상, 경찰서 뒤 주차장, 밤.

　　　　민식, 어린 강칠(머리며, 눈, 배에 붕대를 잔뜩 감은)을 발로 짓밟는,
　　　　주변의 동료들, 민식을 말리고, 민식은 사나운, 어린 강칠은 불쌍한 느
　　　　낌, 어린 강칠 위주로 보여 줄 것.

민 식　　(화난, 악에 받쳐, 발길질하며) 어떻게 키운 내 동생인데, 어떻게 키운
　　　　내 동생인데?!
어린 강칠　(맞으며, 아파하며) 살려주세요, 제발 살려주세요. (하고, 엎어져, 입
　　　　에 피를 토하며) 살려주세요.

　　　　그때, 다시 일어나는 어린 강칠을, 민식이 발로 턱을 걷어차, 어린 강
　　　　칠, 피를 토하며, 넘어지는,
　　　　어린 지나, 그 모습을 보고 있고, 지나 모, 어린 지나에게 뛰어와 안으며,

지나 모　　지나야, 보지 마.

어린 지나　엄마.. (두렵게, 지나 모 품안에서, 아빠와 어린 강칠을 보는)

씬28.　민식의 방 안, 낮.

지 나　(답답한, 팔 걷어붙이고, 청소하며, 답답한)

씬29.　매표소 입구, 낮.

강칠, 통영 버스비를 보고는, 제 주머니에서 돈을 꺼내, 세보는, 부족한,
강칠, 돈을 매표 입구에 넣는, 짱구, 근처에서 얼쩡거리는,

강 칠　통영 방면으로.. 돈 되는 거 만큼만 줘요.
종업원　(강칠 보고, 표 한 장 주며) 바로 출발합니다.

강칠, 표 받아 뒤돌아 걸어가다가 한쪽 건물 벽에 숨는,

* 점프컷 〉〉
강칠, 가만 벽에 기대 있다가, 짱구가 걸어오면, 짱구의 발을 걸어, 넘
어뜨리고, 주먹으로 얼굴을 치고 멱살을 끌고, 한쪽 구석으로 몰자마
자, 다시 주먹으로 치고, 멱살 잡고, 보며,

강 칠　박찬걸이한테 전해. (하고, 표를 보여주며) 난 통영에 있다고. 놈이 너
같은 놈 시켜서 날 감시만 하고 안 건드리는 덴 이유가 있을 거야? 그
지? 그럼 내가 피해 다닐 이유가 없지. 내가 나도 모르게 뭔갈 가지고
있는 게 분명해, 그지? 그걸 찾음 만나고 싶지 않아도 박찬걸이랑 나랑
만나게 되겠지. 기다리라 그래. (하고, 밀치고, 가는)
짱 구　(목이 아파, 만지는, 전화하는)

씬30.　상천 경찰서 일각, 낮.

찬 걸　(답답하고, 화나는 참고) 알았어, 일단 철수해. (전화 끊는)

그때, 안형사와 민식이 오며,

민 식   벌써 문 닫아걸었는데? 그러지 말고, 박검산 서울 올라가, 우리가 초
         단위로 보고할게, 약 하는 애들 잡는 덴 우리도 도 텄어. 나도 오늘은
         일도 좀 있고,
찬 걸   (차로 가며) 그러죠.
민 식   (찬걸에게 가며, 웃으며) 아버님은 요즘 승승장구하시대?
찬 걸   (차문 열다 보면)
민 식   자넨 차기 검사장 나설 준비한다며? 야.. 근데 너무 이른 거 아냐? 나이
         나 경력이나?
찬 걸   (맘에 안 들게 보면) 말투 좀 고치시죠? (하고, 타는)
민 식   (어색하게 웃으며) 아이고, 내가 자꾸 옛날 생각만 하네. 미안, 미안.
찬 걸   (이내 차 타고 가는)
안형사   자식이 재수 없게 무게는... (차로 가는, 민식을 따라가며) 그거 알아요,
         이번 마약단 검거, 일은 우리 상천 쪽 오검이 다 했는데 저놈은 수저만
         얹은 거? 그리고 선배님은 뱔도 없어요, 말 한마디 살갑게 안 붙이는
         데, 볼 때마다 친한 척하고,
민 식   내 동생 민호 살았을 땐 임마, 쟤 나한테 쨉도 못 썼어. 알기나 하고 그
         런 소리 해. (하고, 차 타는데, 안형사가 타려 하면 말리며) 딸내미 기다
         려. 버스 타. (하고, 가는)
안형사   (가는 민식의 차에 대고, 웃으며) 으이, 딸바보.

씬31.   버스 터미널 승강장, 낮.

         국수, 강칠을 찾아 두리번거리다, 뭔가 이상해 이미 출발한 버스를 보
         면, 강칠이 타고 있는 게 보이는, 국수, 사람을 밀치고 뛰어가며, '형,
         형, 버스 좀 세워요!' 하지만, 이미 가버린, 그때, 국수, 멍한,

         * 인서트 >>
         버스 뒷유리창에 정이(4부에 나오는)의 모습이 스쳐 지나가는,

국 수   (멍한) ..쟤는 또 누구야?

씬32.   꽃집, 낮.

민식, 꽃집에서 꽃을 들고 나와, 냄새 맡으며, 신이 나 걸어가는,

씬33.   국도, 해질녘.

버스 서면, 강칠 내리고, 주변을 둘러보고, 답답한, 걸어가는,

씬34.   횟집, 밤.

민식, 지나, 앉아 있는,
민식, 회를 먹는,
주인, 소주를 들고 오는,

여주인   아이고, 오늘 과음하시네, 정형사님.
민 식   (좋은) 딸내미가 2년 만에 왔는데, 이 정돈 마셔줘야지.
지 나   6개월 만이야.
민 식   같이 술 마시는 건 2년 만이야.
여주인   아이고, 따님이 정말 이쁘네, 형사님 안 닮았네, 대체 누구 닮아 이리
고와. 아주 그냥 눈이 부시네.
민 식   (좋은) 죽은 우리 마누라에 비하면 앤 인물도 아냐?
여주인   여복 많아, 좋겠네요. (하고, 가는)
지 나   (사이다를 마시다, 민식 술을 마시는 걸 보고) 그만 좀 마셔, 왜 그렇게
마셔?
민 식   (웃으며) 괜찮아, 그리고 오늘 자고 가. 아빠랑 아침 먹고.. 그리고 가.
지 나   (외면하며) 그냥 갈래, 인감이나 줘요.
민 식   유학, 1년 더 있다 가. 1년 후면 아빠 여기 근무 끝나. 그럼 안식년 갖고
아빠가 너 유학 가는 데 따라가서'집도 얻어주고, 살림도 장만해주고,
지 나   아빠 제발.. 우리 이제 그만 하자,

민 식   (보면) ?

지 나   지금까지 아빠가 하란 대로 다 했잖아, 내가 원하는 건 아빠가 나랑 같
         이 유학 가는 게 아냐.. 아빠가 그냥 날 놔두는 거야.

민 식   (속상한, 인감을 주머니에서 꺼내, 상 위에 놓으며) 그래, 가져가 임마!

지 나   ?! (민식 안쓰레 보는) ...

민 식   (맘 아프게 말하는, 버럭) 나도 더 이상은 비참하게 너한테 구걸하듯 매
         달리기 싫어. 근데, 임마 너랑 나랑 꼭 이렇게 헤어져야 되냐?! 부녀지간
         에 웬수지간처럼?! 이 갈면서!... (눈가 붉은, 버럭) 니 엄말 내가 죽였냐?!

지 나   (머리 쓸어올리며, 맘 아픈)

민 식   (맘 아픈, 가라앉은) 너 진짜 그렇게 생각해?! 그래서, 니 엄마 죽은 지,
         7년째 너 나한테 남보다 못하게 대하는 거야, 그래?!

지 나   (민식 보며, 맘 아픈)

민 식   (달래는) 니 삼촌 민호가 죽고 나서... 내가 맘을 못 잡아서, 니 엄마한
         테 소홀했던 거 알어. (가슴 치며, 속상한) 그런데, 동생 잃은 내 맘은
         생각해봤냐?! 자식처럼 업어 키우던 동생 죽은 이 애비 맘은! 니 엄마는
         나보다, 니 삼촌보다 니 삼촌 죽인 놈이 더 중요했어! 왜, 그놈이 더 중
         요했어야 돼?! 왜 그놈이 더 중요해서, 빵에 있는 놈한테.. 이미 사건이
         다 끝났는데, 변호사를 찾아가, 항소 준비를 한다고 해서 내 속을,

지 나   (맘 아픈, 눈가 붉은, 일어서 나가는)

민 식   (인감 들고 뛰어가, 팔 잡는) 야, 지나야!

지 나   (팔 뿌리치고 보며, 속상한, 차분한) 그래서 아빠 잘못은 정말 없어? 아
         무리 화가 나도, (눈가 붉어져) 엄마가 천식으로 스트레스 받으면 숨 못
         쉬는 거 뻔히 알면서, 한여름에 힘들게 운전하고 가는데, (눈가 붉어져,
         격앙되는, 소리치는) 전화해서, 악을 악을 쓴 게 잘했어?

민 식   (맘 아픈, 소리치는) 야, 그건,

지 나   (눈가 붉어, 정확하게 소리치는) 한여름에 찌는 길거리 차 안에서 엄마
         혼자 돌아가시게, 나도 이런 말 하는 거 맘 아프지만, 엄마가 돌아가신
         건 다 아빠 탓(이야)

민 식   (말꼬리 끊고, 뺨 치는)

지 나   (고개 돌아간 채, 가만있는)

민 식   나쁜 놈. (하고, 인감을 옆 테이블에 놓는)

지 나 (가만있는)

민 식 (지나 안 보고) 그래, 내가 죽일 놈이다. 가! 민호도 가고, 니 엄마도 가
고, 너도 가고, 가, 자식아!

지 나 (그냥 가는)

민 식 (테이블 보면, 꽃다발이 놓여있는, 맘 아퍼, 술 마시고, 먹먹한)

씬35. 달리는 지나의 차 안, 밤.

지나, 눈가 그렁해, 울지 않으려 애쓰며, 속상해하는,

씬36. 회상, 민식의 집(서울 옛날), 밤.

어린 지나, 땡이 안고 두려운, 두 사람을 보는,
열린 방문 사이로, 지나 모와 민식이 다투는 게 보이는,

지나 모 (눈가 붉어, 맘 아픈, 격앙된) 법이 있는데, 왜 당신이 나서서 그 애를
무자비하게 짓밟아, 그럼 민호가 살아 돌아와! 그렇게 민호가 좋았으면
살아있을 때, 잘하지!

민 식 (술 취해, 지나 모 뺨을 연거푸 치는) 입 닥쳐!

씬37. 급하게 달리는 지나의 차 안, 밤.

지나, 맘 아픈,

씬38. 국도변, 밤.

강칠, 힘들게, 풀길을 헤치고, 빈집을 찾아 두리번거리는, 그때 천둥 번
개가 치며, 비가 오고, 강칠, 멀리 빈집을 발견하고, 그리로 가는,

씬39. 폐가 안, 밤.

강칠, 비를 맞으며, 처마에서 라이터를 켜는, 그리고는 주변의 휴지를 집어서 말아 불을 붙이고, 부엌을 찾아가서 뭔갈 찾는, 바닥에 렌턴이 보이는, 그걸 집어서 켜보면, 안 켜지는, 강칠, 다시 찬장을 뒤지는, 배터릴 발견하는,

씬40.   국도변, 밤.

지나의 차 급하게 오다가, 갑자기, 끽 하고 급하게 멈춰 서며, 타이어 터지는, 지나, 나와서, 바퀴를 보는, 그때, 땡이, 나와 그 옆에 앉는,

씬41.   지나의 차 안, 밤.

지나, 답답하지만, 차분히, 땡이에게,

지 나   (만지고, 입맞추고) 놀랬지? 역시 듬직하네, 짖지도 않고, 잘했어. 근데, 누난 놀랬다 야, 잠깐 기다려. (하고, 전화기를 꺼내고, 수첩을 꺼내, 서비스센터로 전화를 하는데, 배터리가 나간, 당황한) 내가 미친다... (하고, 밖을 보면, 모두 깜깜한, 지나, 추운지, 시동을 거는데, 시동이 걸리다, 꺼져버리는) 뭐야, 이건 또? .. (다시 시동을 걸어보지만, 안 되는, 답답한, 그때 옆 좌석을 보면)

땡이, 열린 문틈으로 빠져나가, 마구 뛰어가는,
지나, 놀라, '땡이야, 땡이야!' 하며 땡이를 쫓아가는,

씬42.   폐가, 밤.

땡이, 폐가로 가고,
지나, '야, 너 어디 가!' 하며 쫓아가는,

씬43.   폐가, 밤.

땡이, 힘든지, 폐가 마당에서 물을 먹는.
지나, 힘든, 답답한,

지 나　　야, 집이 있으면 말을 해야지, 너 왜 이렇게 천방지축이야, 내가 가라
　　　　그랬어? 너 이럼 나중에 훌륭한 안내견 못 돼, 가랠 때 가야지, 너 지금
　　　　은 교육 중이라 봐주지만, 담에 진짜 혼나! 누나, 걱정했잖아. (하다가,
　　　　지쳐, 마루에 앉는데, 마루를 짚은 손에 뭔가 잡힌, 놀라서, 조심스레
　　　　마루를 보면, 번개가 치고, 지나의 손 밑에 강칠의 손이 보이는, 놀라,
　　　　입을 못 다물고, 앞을 보면)
강 칠　　(렌턴을 켜, 제 얼굴을 비추는)

그때, 천둥 번개 치고,

지 나　　(놀라) 악! 악!

씬44.　　폐가 부엌 안 + 폐가 밖 마루, 밤.

　　　　강칠, 와이셔츠 차림으로 옆에 웃옷과 가방은 벗어둔 채, 아궁이에 쪼
　　　　그려 앉아, 불을 피우고, 그 앞에서 작대기로, 감자며, 고구마를 꺼내,
　　　　손으로 들려다 뜨거워하고는, 지나가 생각나 자꾸 웃음이 나는,

씬45.　　플래시백, 회상.

　　　　1, 지나와 강칠, 지하철에서 몸이 맞닿은,
　　　　2, 골목에서 입 맞추는 것처럼 있었던 두 사람.

씬46.　　부엌 안, 밤.

　　　　강칠, 잔뜩 기분 좋은 기대감에 웃음이 나는, 밖으로 나가면,

씬47.　　폐가 밖, 밤.

지나, 땡이와 처마에 앉아있지만, 처마도 새는,

강 칠　(환하게 웃으며) 저기... 여기로 들어오실래요?

지 나　(보면)

강 칠　(웃으며) 방엔 구들이 깨져서 연기 나고, 거긴 비 새니까.. 여기 내가.. 아궁이에 불 피워서 따뜻한데 비도 안 새는데?

지 나　(조금 불편하지만, 일어나며) 그럼 신세 좀 질게요. (하고, 가는)

강 칠　신세는 뭐... 내 집도 아닌데요.

씬48.　부엌 안, 밤.

지나, 자리에 땡이와 앉다, 경직돼서 보면,
강칠, 부엌문을 닫고, 앉다가, 지나 보고, 이상한, 부엌문 보고,

강 칠　(웃으며) 아 참... 여자랑 단둘이 있는데 문 닫으면 안 되죠... 내가 그런 매너.. 에티켓인가, 아무튼 그런 걸 잘 몰라서.. (하고, 문 열고, 다시 자리에 앉으며) 우리가 인연이 깊네요?

지 나　(어색한 웃음 지으며, 조심스런) 그러게요..

강 칠　(고구마를 까며, 웃음 띤) ..근데 어쩌다.. 여길 왔어요?

지 나　그게.. 차가 고장 나서.

강 칠　(웃으며, 조금 과장되게) 아.. 차? 야, 되게 당황했겠다. 국도에서 비도 오는데, 여자 혼자 놀랬겠네.

지 나　그땐 고마웠어요.

강 칠　(고구마 먹다가) ?

지 나　개장수.

강 칠　아... 뭐 그 정도야.. 근데 갤 좋아하나 봐요? (하고는, 앗차 싶은) 참, 고구마 드실래요? (하고, 먹던 거 주면)

지 나　(어색한 웃음 짓고) 아니에요. 제가.. (하고, 다른 고구마 집다가, 뜨거워 놓치며) 앗, 뜨거!

강 칠　(깔깔대고 웃는)

지 나　(이상한) 그렇게.. 웃겨요?

강 칠　(웃음을 참으며) 아니, 그게... 내가 여자 본 지가 오래돼서..

지 나　?

강 칠　난 여자들이 말만 해도 귀여운 거 있죠? 얼굴 하얗고, 손 작고, 그런 것
　　　도 웃기고.. (하고, 편하게, 고구마 까서 주며) 먹어요. 이제 덜 뜨거울
　　　거예요. 껍질 까서.

지 나　(고구마를 잡다가, 손이 살짝 스치는, 어색한 웃음 짓는)

강 칠　(얼른 떼며, 어색한, 다른 고구마를 까서 먹으며) 개가 근데 되게 크고,
　　　멋지네요. 옛날에 우리 집에도 똥개 키웠는데... 얜 똥개 아니죠? (하
　　　다, 조끼를 보고) 안내견 공부 중, 애가 무슨 공불 해요, 영어, 수학?

지 나　(웃고) 시각장애우 안내견 수업 중이에요. 퍼피워킹이라고 사회화 수업
　　　이에요?

강 칠　그게 뭔데?

지 나　안내견 되기 전에 사람과 세상에 대한 두려움을 없애는 교육이요.

강 칠　(웃으며) 사람과 세상에 대한 두려움을 없애요? (고구마 먹으며) 그건
　　　나도 필요한데?

강 칠　(땡이 보고, 장난치는) 근데 넌 짖지도 않네.. 왈왈, 왈. 너 왈왈 못 짖어?

지 나　(환하게 웃고) 갠 잘 안 짖어요, 사람이 놀랠까, 배려하는 거예요.

강 칠　(고갤 크게 끄덕이며) 아.. 배려?

지 나　근데 그쪽은 어떻게 하다 여길 들어오게 됐어요?

강 칠　(아무렇지 않게, 고구마 먹으며) 그게, 그냥 걷다가 비가 너무 와서..

지 나　(조금 이상한, 궁금한 정도) 걸어요? 왜요? 어디서부터.. 걸었는데요?

강 칠　(아무렇지 않게) 도산인가, 거기서부터요.. 여기까지 한 4시간 걸었나..

지 나　(놀란) 4시간이요? 원래 걷길 좋아하시.. (하다가, 강칠의 옷을 보고, 깨
　　　끗한 구두를 보며, 이상한) 근데 옷하고 신발이 그렇게 긴 시간 걷기엔,
　　　조금.. 불편했겠다..

강 칠　(아무렇지 않게, 먹으며) 그게 돈이 없어서, 원래 돈이 좀 있긴 했는데,
　　　친한 동생 놈을 좀 줘가지고.. 사실은 제가 오늘 출감했, (아차 싶다, 가
　　　만 고구마를 보다, 천천히 고개 돌려 지나를 보면)

지 나　(순간 굳는)

강 칠　(어색한, 웃으며, 괜히 말하는) 날이 너무 후덥지근... (바깥 보며) 비가
　　　와 그런가.... (하며, 와이셔츠를 양 어깨 쪽으로 살짝 내리는, '강우형'

이란 문신이 보이는)

지 나   (문신에 놀란) ?! (고구마 먹으며, 눈치껏 강칠의 가방 보는데, 가방의
          모양새와 강칠의 양복이 뭔가 언밸런스하다, 조금 두려운, 땡이 만지
          며, 고구마 먹으며, 생각 많은)

강 칠   (아무렇지 않게) 이름이 뭐예요?

지 나   (못 들은 척하는)

강 칠   하늘? 은비? 요즘은 여자들 그런 이름 많던데.. 참 이름 묻는 거 실롄가?

지 나   (머리를 만지며, 어쩔까 싶은)

강 칠   (아무렇지 않게) 좀 잘래요? 내가 깨워줄게...

지 나   (고구마 놓고, 웃음기 가신, 난감한, 땡이를 만지는) 아뇨. 됐어요.

강 칠   (암것도 눈치 못 채고, 부드럽게) 고구마 더 드시지? 왜 안 드세요?

지 나   (땡이만 보며) 배가 부르네요.

강 칠   배가 주먹만 한가 보네.. (하다가, 가만 보는데, 지나의 어깨선이며, 목
          선이 이쁘단 생각이 드는, 자기도 모르게 지나의 목선을 보며, 고구마
          를 먹으며) 근데 집은 어디예요?

지 나   (땡이만 만지며) 제가 좀 피곤해서 말하기가 싫은데, 안 해도 되죠? (하
          다가, 고개 들면 강칠이 제 목선을 보는 게 보이는, 굳는)

강 칠   (목선 보다가, 느낌이 이상해, 고개 들어, 지나 보며, 조금 놀라고 난감
          한, 고개 돌리며, 고구마 새 것 먹다 캑캑대는)

지 나   (이상한, 일어나는)

강 칠   왜?

지 나   비가 그친 것 같아서 밖에 나갈,

강 칠   (팔 잡는)

지 나   ?! (싫은)

땡 이   (앉아있다, 벌떡 일어나는)

강 칠   (땡이 보고, 놀라) 이런.. (하고, 팔 놓고, 가방들과 옷 챙기고, 일어나
          며) 제가 갈게요.... 여기 계세요.. (땡이 보며) 알았어 갈게. 갈게. 그
          럼.. (하고, 인사하고, 나가는)

지 나   뭐 저런 인간이 다 있어.. 땡이 가서, 멀리 쫓구 와.

땡 이   (나가는)

지 나   (가는 땡이 보며) 웃겨, 진짜... 무서워 죽는 줄 알았네. (문 쪽 보며) 뭐

야, 진짜?

씬49.   도로, 비가 그친 밤.

강칠, 뒤에서 쫓아오는 땡이 보며,
강칠, 뛰면, 땡이도 뛰고, 멈추면, 땡이 멈추는,
강칠, 발을 떼려고 하면, 다시, 땡이도 가려고 하고,
강칠, 멈추면, 다시 멈추는,

강 칠   (조금 겁나는, 버벅대며) 야야야야야! 너, 너 뭐야?! 내, 내가 뭘 어쨌다
고 날 자꾸 쫓아와!, 내가 내가 뭘 너한테 뭘 어쨌다고!, 어디까지 어디
까지 쫓아올 건데, 어디까지, 지구 끝까지! 자식이.. 말이야, 나 이번엔
저쪽으로 간다, 쫓아오지 마, 콱, 죽어, 나보다 쪼그만 게, 무섭게... 새
끼가, (하고, 가는데)
땡 이   (강칠의 등에 올라타는)
강 칠   악! (하고, 놀라, 넘어지고)
땡 이   (강칠을 핥고)
강 칠   (놀라) 야야야야, 너 뭐야? 뭐야, 뭐야, 뭐?! (하고, 땡이를 밀치고, 두려
워, 씩씩대면)

땡이, 이번엔 지나의 차 앞에 가서 서는,

강 칠   (이상한) 뭐야, 그 찬? (터진 타이어 확인하고, 웃으며, 일어나, 땡이에
게로 가서, 머리 만지며) 너 이것 땜에 나 쫓아왔어! 야, 너 진짜, 완전,
똑똑하구나!? 사람 볼 줄 아는구나, 너? (웃옷 벗고, 팔을 걷어붙이고,
일할 차비를 갖추며) 내가 이런 건 식은 죽 먹기지. 한번 봐봐, 내가 어
떡하는지?

씬50.   폐가 부엌 안, 새벽, 빛이 드는,

지나, 자고 있는,

씬51.   도로 + 지나의 차 안, 새벽.

강칠(땀 난), 차 안에서 철사 두 개로 시동을 거는, 한 번은 부릉거리며,
꺼지고,
두 번짼, 부릉거리며, 시동이 걸리는,

강 칠   (신나, 버럭) 아자!
땡 이   (옆 좌석에서 컹컹 짖는)
강 칠   (땡이 머릴 만지며) 너도 좋냐?! (땡이 코에 제 코를 대며) 너도 좋아?!
        (하다가, 느낌 이상해, 바깥 보면, 지나가 굳은 얼굴로 의심스런 눈빛으
        로 서있는) ?

씬52.   지나의 차 안, 낮.

지나, 차 키로 시동을 거는,
강칠, 땀이 난 채 옆자리에서 기분이 좋은, 웃는, 땡이, 앉아있는,

강 칠   (기분 좋은, 웃으며) 시동 부드럽게 걸리죠? 차가 좋드라구요. 그래도
        고치기가 쉽지 않았어요.
지 나   (시동 끄고, 심난한, 강칠 보며) 차 문 어떻게 열었어요?
강 칠   (와이셔츠 주머니에서 철사 꺼내며) 이거로.
지 나   (황당한) ?
강 칠   (그런 줄 모르고) 오늘은 아침부터 무지 덥네. (하고는, 배 부분의 와이
        셔츠를 손으로 잡아, 얼굴을 닦는데, 배에 여러 개의 칼자국이 선명한)
지 나   (어이없는, 조금 두려운, 강칠 보는)
강 칠   (암것도 모르고, 지나를 보면)
지 나   (얼른 고개 돌리고, 생각 많은)
강 칠   내가 차도 고쳐주고 했으니까, 신세 좀 집시다. 난 통영 가는데, 어디
        가요?
지 나   (생각 많은, 안 보는)
강 칠   (어색해, 자꾸 웃으며) 뭐, 내가 꼭 통영까지 데려다 달라는 건 아닌데,

지 나	(어쩔까 싶은, 생각이 복잡한) ...
강 칠	싫어요? (서운한 웃음 짓고) 좀 그러네. 아니.. 내가 차까지 고쳐줬는
	데, 그 정도는 뭐 해줘도 안 되나? 보기보다 인정머리가 없나 보네, 이
	쁘장하게 생겨갖고,
지 나	(작심하고, 차를 몰아 가는)
강 칠	(좋은, 창문 열고, 고개 디밀며, 바람 맞으며, 기분 좋은) 야.. 바람 좋다!

씬53.	소도시, 건널목, 낮.

	지나의 차, 서있는, 지구대(파출소)는 아직 안 보여주는,

강 칠	(E) 왜 찰 세워요?

씬54.	지나의 차 안, 낮.

지 나	(몇만 원을 지갑에서 빼, 강칠의 다리에 놓으며) 가져가세요.
강 칠	(이상한, 사태 파악이 안 되는) ?
지 나	그거 가지고 갈래요, 아님 (턱으로 건너편 가리키며) 저기 갈래요?
강 칠	(이상한, 건너편을 보면)

* 인서트, 길 건너편의 지구대(파출소) 〉〉
	그 앞에 경찰들 두엇, 커피 마시며, 즐겁게 얘기하는,

지 나	(O. L. 차분한) 내 생각엔 그냥 그쪽이 내리는 게 좋을 거 같은데?
강 칠	(어이없고, 화나, 지나를 보는, 어이없어 웃음 작게 짓다, 사라지는, 굳
	은, 지나 보며) 이봐, 그쪽이 얼마나 잘났는지 몰라도, 어떻게 사람 성
	일 이렇게 무시,
지 나	(말꼬리 자르며) 내 차 뭘로 땄다고 했죠?
강 칠	(아차 싶은, 손에 든, 철사를 멍하니 꼬나보다, 지나 보며) 저기 나는..
	(화나는) 야, 내가 널 뭘 어쨌는데, 때렸냐? 아님 뭘 훔쳤냐? 한 번도 아
	니고 두 번씩이나 사람을 개무시하고, 의심하고,

지 나   (어이없이 웃고, 차창문을 열고, 경찰을 부르는) 아저씨!

        * 점프컷 〉〉
        경찰들, 누군가 싶어, 두리번거리는,

        * 점프컷 〉〉

강 칠   (어이없어 웃음 나는, 혼잣말처럼) 야야야.... (보며) 너 뭐냐?
지 나   (강칠 보고, 안 지며) 내려.
강 칠   (지나 보며, 어이없는, 버벅대는) 너, 너 지금.. 나한테 말 깠냐?
지 나   니가 먼저 말 깠잖아?
강 칠   (어이없어 보면)
지 나   (와이셔츠 주머니에 돈 넣어주며, 웃으며) 이걸로 계산 끝내자고요.
강 칠   (화를 참기 위해, 심호흡을 길게 하는, 잠시 생각하다, 뒷좌석의 가방을
        들고, 내리는데) 그래, 가라, 가. 치사해서 진짜...
지 나   (웃으며) 차 고쳐준 건 고마워요. (하고, 가버리는)

        그때, 땡이, 지나의 차 뒤에서, 강칠을 보는,

강 칠   (가는 지나를 보며, 어이없어 서글픈 웃음 짓고) 세상 인심 이런 거구
        만... 야.. 무섭다... 무서워.. (하고, 표지판 보면, 통영이 얼마 안 남은,
        주머니에서 돈 꺼내 보고, 버스 정류장으로 가는)

씬55.   달리는 지나의 차 안, 낮.

        땡이, 창가에 고개 빼고, 강칠을 계속 보는,

지 나   (운전해 가며) 땡이야, 뭘 그렇게 봐, 바로 앉아, 말 들어, 어서! 야, 정
        땡이! 말 안 들어, 너!

씬56.   바닷가, 낮.

아이들, 수영을 하며, 즐거운, 카메라가 한쪽으로 가면,

강칠, 아이들의 그 모습을 쓸쓸하게 보고, 웃는,

씬57.   회상, 낮.

어린 강우와 강칠, 수영하는 모습.

씬58.   바닷가, 낮.

강 칠   (맘 아픈, 그러나 짐짓 담담히) ...뭐 한다고 나 같은 놈 때문에... 죽냐
... (맘 아픈, 고개 숙이다 다시 바다 보며) 일자리 구하면.. 형 좋아하는
건빵이랑, 소주 한 병 사 들고 또 올게.. (하고, 가는, 착잡한)

씬59.   통영 시내, 밤.

강칠, 버스에서 내려, 주변을 둘러보고, 국밥집을 보고, 그리로 가려는
데, 순간, 발을 멈추는, 강칠의 얼굴 위로 강칠 모의 목소리 들리는,

강칠 모   (E) 물건 사지도 않을 거면, 뭐 한다고 지분대, 지분대길!
강 칠   (이게 뭐지 싶은, 천천히 돌아보면)

* 점프컷 〉〉
강칠 모, 손님과 다투고 있는,

손 님   이 아줌마가, 아니 물건을 살라면 물건을 봐야죠! 그게 뭐가 잘못이에요!
강칠 모   물건을 꼭 만져봐야 아나? 생선 눈알 봄 알지? 생선살이 다 물러터지게
주물주물.. 그라고, 어데서 눈을 그리 희뻗득하니 뜨노? 내가 니 엄마
뻘은 몰라도 니 이모뻘은 되겠다, 어데서 나이 많은 사람한테 눈을 흘
기고, 어데서!
분 희   (일어나, 손님을 말리며, 제 쪽으로 몰며) 아이고, 놔두소, 쌈해봤자, 뭐
할끼요. 내 거 사소, 내 후히 줄게, 함 만져보소, 살이 을매나 탱탱한지,

젊은 년 히프짝처럼 탱글타!
강칠 모   (화난, 어질러진, 생선을 만지며) 하루 진종일 장사 안 돼 성질나 죽겠
          는데.. (하다, 앞을 보면, 남자의 다리가 보이는, 고개 들면)
강 칠   (담담히 강칠 모를 보고 있는)
강칠 모   (맘이 짠하지만, 감추고, 무심하게 외면하며) 저리 가! 손님 쫓아!
강 칠   (보는, 어이없고, 맘 아픈) 왜 여깄어? 나 여기 올 줄 모르고.. 여깄나?
강칠 모   (보며) 이게 왜 이러고 있나? 안 가고? 장사 망치게?
강 칠   남처럼 말하시네. 나 몰라?
강칠 모   내가 널 우찌 알어?
강 칠   (맘 아픈, 서글픈 웃음 짓고) 나를 모르신다... 그럼 이럼 좀 기억이 날
          라나? (하고, 생선 대야를 들어, 바닥에 내팽개치는)

          사람들, 모두 놀라 보면,

강 칠   어때 이젠 기억이 좀 나시나?
강칠 모   미친 놈... (하고, 생선을 줍는)

          그때, 젊은 남자들 두엇 강칠에게 오며,

남 자   당신, 뭐 하는 짓이고!
강 칠   (아랑곳 없이, 강칠 모 보며) 아직도 기억이 안 나나 보네.. (하고, 맘 아
          파, 바닥의 생선을 짓밟으며) 이래도, 이래도, 이래도, 기억이 안 나, 내
          가 누군지?!
강칠 모   (말 없이 생선 대야에 뒹구는 생선을 담는)

          남자, 뛰어와, 강칠의 멱살 잡으며,

남 자   뭐꼬, 이 새끼!
강칠 모   (그 말에 일어나, 남자를 밀치며) 가라, 오씨, 가!
남 자   (강칠 멱살 안 놓고) 놔보소, 아주매. 자식이 말이야, 너 뭐야?

강칠, 화나, 남자를 주먹으로 치려는데, 누군가, 뒤에서 강칠의 손을 비틀어, 넘어뜨리고, 강칠을 주먹으로 치는데, 국수다.

강칠 모 (놀라, 보고, 옆의 생선을 집어, 국수를 때리며) 너, 너 손 안 놔!
국 수 (강칠 모 밀치고, 강칠을 넘어트려 발로 밟는)
강칠 모 (당황해, 넘어져, 주변에) 어떻게 좀.. 저기.. 어떻게 좀... (하다가, 멀리 효숙이 뛰어오는 걸 보며, 울부짖는, 소리치는) 효숙아!

＊ 점프컷 〉〉
효숙, 죽어라 뛰어오는,

＊ 점프컷 〉〉
국수, 한쪽에서 울상이 돼서, 강칠을 짓밟는,

강 칠 (국수 보며, 눈이 터진, 정신없는) 너..
국 수 (발로 한 번 더 짓밟고, 무릎 꿇고, 강칠의 멱살을 잡고) 그냥 엎어져있어, 형 일쳐 이번에 경찰서 감 끝이야! (하고, 강칠을 바닥에 팽개치고, 도망가는)
강 칠 (눈가가 찢어져, 피가 나며, 아파하며, 뒹구는)

그때, 멀리서 용학, 강칠을 보고 있는,

씬60. 지나의 동물병원 가는 길, 밤.

강칠, 손수건으로 한 눈을 가리고 가는, 나머지 눈도 잘 못 뜰 정도다.
효숙, 그런 강칠의 손을 잡고 끌고 가는,

강 칠 어디 가!
효 숙 병원 가지, 어데 가?
강 칠 (손을 뿌리치며) 됐어, 넌 가서 너 할 일이나 해?!
효 숙 (강칠 보며, 속상하고, 웃기기도 한) 잘한다, 빵에서 나오자마자, 잘해!

그래도 한때 사겼던 사인데, 니 내한테 요 꼬라지밖에 몬 보여주나?

강 칠 (버럭) 이게 오빠한테 뻑함 반말이야? 그리고 너랑 나랑 열두 살 때 헤
어졌는데, 우리가 뭘 사겨?

효 숙 통영선 아래위로 다섯 살은 말 깐다? 그리고 내 여덟 살 때, 니 진짜 좋
아했거든? 감빵에 면회도 내 종종 갔잖아, 잊었나?

강 칠 4년 전부터 안 왔거든?

효 숙 (귀여운 듯, 웃으며) 서운했나 보네? 기다렸나?

강 칠 기다리긴....

효 숙 그 짬에 결혼하고 애 낳고 이혼하고 일 많았다, 내도?

강 칠 이혼? 너 이혼했어?

효 숙 (그때, 한쪽 보고, 소리치는) 정샘, 애 좀 우째 봐!

지 나 (집 밖에 쓰레기 버리러 나왔다가, 효숙 보며) ?!

씬61. 동물병원 안, 밤.

지나, 개를 상자에 넣으며, 어이없는, 난감한,
강칠(아직 지나의 존재를 모르는), 두 눈을 감고, 한 손에 손수건으로
눈을 가리고 의자에 앉아있는,
효숙, 지나에게,

효 숙 아이고, 내도 안다, 여긴 사람 병원 아이고 동물병원인 거, 그래도 뭐
반창고 하나 붙이는데, 병원까지 갈 거 뭐 있노, 고마 해줘라. 대충. 인
정머리 없게 그라지 말고, 어서.

지 나 (답답한, 진료대로 가, 등 돌린 채, 약을 준비하며) 담부턴 이러지 마세요.

효 숙 (지나 보고, 웃으며) 알았다..

강 칠 (눈 감고, 말하는) 근데, 넌 남자가 속 썩였어? 그래서 이혼한 거야?

효 숙 (웃으며) 와, 어릴 때처럼 내 괴롭히는 아 있음 혼내줄 끼가? 지랄.

강 칠 못 할 건 뭐야?

효 숙 (웃고) 아이고, 내가 든든한 빽 생깄네. 치료하고, 있어라, 가게 문 닫고
오게. 그라도 니 오니, 낸 좋다. (하고, 지나 보며) 정샘 치료 잘해도.
(하고, 가는)

지 나   (가는 효숙 보고, 소독제를 가지고, 와서 강칠을 보며, 난감하지만, 작
         심하고) 수건 내려봐요. 눈 좀 보게.

강 칠   ... (싫은) 됐어요, 대충 소독솜이나 좀 줘요, 내가 할게.

지 나   (답답한) 소독솜으로 될지 말지, 봐야 판단을 내리죠, 손 내려요, 눈 보게.

강 칠   ..

지 나   그냥.. 가실래요?

강 칠   (어쩔까 싶다, 그러다가, 수건을 내리며) 대충 합시다.

지 나   (눈 상태를 보기 위해, 손을 강칠의 눈 쪽으로 가져가는)
         카메라, 강칠의 시선으로, 지나의 손이 강칠의 눈 쪽으로 다가오는,

씬62.   플래시백, 회상.

         지나 모의 손.

씬63.   동물병원 안, 밤.

         강칠, 놀란, 눈의 상처를 만지는, 지나의 손을 잡는,
         지나, 놀란,
         강칠, 다른 손으로 눈가를 닦고, 지나를 보려 하며,

강 칠   ......당신... 누구야?

         지나, 두려운, 왜 이러나 싶은, 놀란,
         강칠, 지나, 두 사람의 모습에서 엔딩.

제 3 부

그와 그녀의 심장 박동 소리 *Padam Padam…*

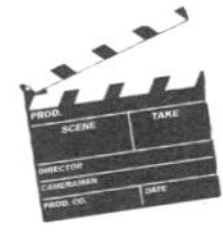

씬1.   동물병원 안, 밤(2부 엔딩 씬 이후).

       지나, 두려운, 왜 이러나 싶은, 놀라서 손을 빼려 하며,

지 나   뭐하는 짓이에요?!
강 칠   (천천히, 눈을 떠 지나를 보는, 카메라, 강칠의 시각으로)
지 나   (손을 빼려, 버둥대며) 왜 이래요!
강 칠   (지나를 보며, 조금 실망한, 여전히 손 잡고) 이런 난 또 누군가.. 했네..
        또 만났네?
지 나   (두려운, 손 빼려 하지만, 안 되는)

       그때, 전깃불이 갑자기 파파박 소릴 내며, 몇 개가 꺼져버리는,

지 나   (놀라, 소리도 못 지르고, 강칠 보고)

씬2.   강칠 모의 집 마당, 밤.

       강칠 모, 세수를 하고 있는,
       효숙, 평상에 앉아, 강칠 모에게,

효 숙   (답답하고, 화난) 엄마 니도 참, 별시럽다, 별시러?
강 칠 모   (얼굴에 비누질을 하며) 나 별시러운 거 이제 알았나?

효 숙   (달래는) 내가 강칠이래도 이거는 진실을 안 말함 절대 화해가 안 된다.
         엄마 니도 함 생각해봐라, 열아홉 어린 나이에 칼 맞고 엄마 찾아서 길
         건너편 공중전화서 뻔히 봄서 엄마 바꿔주세요 카는데.. 엄마 니가 받
         으란 전화 안 받고, 확 끊어뿌는 거 내도 두 눈 시퍼렇게 뜨고 봤다카면
         가슴에 피멍 맺혀, 엄마 니 용서 몬 한다!

강칠 모   (버럭, 화난) 용서하지 말라 케라, 그럼! 지가 날 용서 안 함 우짤긴데
         지가 뭐 에미한테 주먹이라도 쓸랑가? 지랄.. 말도 안 되는 소릴?! 내가
         지 칼 맞은 걸 보고도 그랬나?! 못 보고 한 거잖아! 그라게 쌈질을 왜 하
         고 다니노?!

효 숙   아부지 와서 그랬다꼬 말해라!

강칠 모   (세숫대야 물을 효숙에게 확 뿌리는)

효 숙   (얼굴에서 물기 털어내며, 버럭) 에헤!

강칠 모   강칠이한테 아부지 얘기, 입 뻥긋만 해봐라! 아주, 그냥.

효 숙   함 어때?!

강칠 모   부모 자식 간에 칼 드는 꼴 볼래!

효 숙   (안쓰레, 속상해 보면)

강칠 모   지 형이 와 죽었는데? 강우가 강칠이 대신 지 아부지한테 맞다, 도망가
         는 길에 차에 치여 죽었다! 니라면 부모보다 더한 형제가 죽었는데, 아
         부지라고 참겠나?!

효 숙   (답답한)

강칠 모   내가 강우 뼛가루 바다에 뿌리던 날, 열두 살 처먹은 강칠이가 자기도
         물에 빠져 죽겠다는 걸 끌어안고 야반도주할 때 생각함 지금도 무서워
         다리가 후달리누만! 말만 해, 그냥 너 죽고 나 죽고 할 테니까.

효 숙   낭중엔 강칠 오빠도 알기다, 뻔연히 산 사람을 죽었다 카면 죽나? 아부
         지 3년 전에도 와서 돈 뜯어 갔잖아! 또 옴 그땐 우짤긴데?

강칠 모   그전에 내가 콱 죽어삐릴 기다, 와?!

효 숙   (갑자기 '악!' 하고, 옆을 보면)

강칠 모   (놀라, 평상을 보면)

국 수   (하드 먹고, 생글생글 웃으며, 강칠 모 앞에 앉아, 목인사하며, 살갑게)
         안녕하세요, 엄마, 전 이국수라고 합니다.

효 숙   (보며, 놀라) 야, 너 아까 강칠이 패던 놈이재?

강칠 모	(뭐가 뭔지 모르겠는, 효숙 보고 국수 보는)
국 수	(웃으며, 아무렇지 않게) 그게요. 형이 사회에 나오자마자 또 물의를 빚
	으면 바로 가중처벌 받아 별일 아닌데도 중형을 받아 감방 가서 제가
	일부러 그런 거예요. 제 소개 마저 하면 전 형하고 교도소 동기구요. 같
	은 모범수예요. (하고, 비닐봉지에서 하드 꺼내 까서, 효숙과 강칠 모에
	게 하나씩 주며) 날이 되게 덥죠?
강칠 모, 효숙	(뭔가 싶은, 놀라) ?
국 수	(눈짓, 손짓으로 하드를 권하는)

씬3.	동물병원 안, 밤.

	지나, 화가 나, 숨을 고르며, 한쪽에 서서, 강칠을 보는,
	강칠, 의자에 올라가 입에 랜턴 물고 두꺼비집을 만지는,

지 나	(강칠 보며) 내가 됐다고, 놔두라고 했죠?
강 칠	(랜턴 손으로 잡고) 날 치료할라면 뭐가 보여야 치료 하든 말든, 할 거
	아니에요? (하고, 다시 랜턴 물고, 일만 하는)
지 나	말하는 거 보니까, 많이는 안 다쳤나 보네요. 집에 가서 빨간약 바르면
	되겠네요.

	그때, 꺼진 불이 몇 개는 들어오는,

지 나	(불을 보면) ?
강 칠	대대적으로 공사 한 번 해야겠네, 임시방편으로 손은 봤는데, 전기 배
	선이 너무 낡았어요. (의자에서 내려와, 그 의잘 들고 지나 앞에 앉으
	며, 지나 보면)
지 나	(강칠을 맘에 안 들게 빤히 보며, 가시 돋힌) 뭘 봐요?
강 칠	많이 배운 사람 같은데, 학교에서 고맙단 말 같은 거 안 배웠어요?
지 나	?
강 칠	내가 어젯밤엔, 폐가에서 그쪽한테 고구마도 구워주고, 오늘 새벽엔,
	차를 고쳐주고, 지금은 그쪽 집에 두꺼비집까지 고쳐줬는데,

지 나　(맘에 안 드는) 아까, 남의 손목은 왜 잡아요?

강 칠　(뻔뻔히 보며, 지나처럼 간결하게) 그건 미안. 내가 아는 사람 손이랑
　　　넘 닮아서... (고개 돌리고, 웃으며) 야... 이렇게 퉁치네. (하고는, 지나
　　　옆으로 가는)

지 나　?

강 칠　(지나 옆의 약상자에서, 소독한 거즈를 제 상처에 붙이고, 입으로 테입
　　　을 뜯고 길게 두 개 붙이는)

지 나　(어이없게 보면) ?

강 칠　(지나 보며, 차분히) 내가... 딱 봐도 가진 거 없고, 딱 봐도 배운 거 없어
　　　보이니까, 딱 그냥 무시하나 본데, 그러지 맙시다. 나 그런 대접받을 만
　　　큼 당신한테 잘못한 거 없어요. 안 그래요? (하고는 주머니에서, 돈을
　　　꺼내, 한쪽에 놓으며) 몇만 원 썼어요. 차 고쳐줄 때 돈 받을 맘 없었거
　　　든. 쓴 돈은 이것저것 내가 댁한테 잘한 걸로 퉁칩시다. (하고, 가는)

지 나　나는 몰랐거든요?

강 칠　(돌아보면)

지 나　(보며) 그쪽을 딱 (강조) 봤을 때 그쪽이 딱 가진 게 있는지 없는지, 배
　　　운 게 있는지 없는지, 그래서 딱 (강조) 그냥 무시해야 될지 말지, 몰랐
　　　다구요?

강 칠　?

지 나　(차분히) 지나가는 대로에 서서 한번 물어봐요? 남의 차를 고쳐주는데,
　　　차 주인한테 고쳐두 되냐 마냐 묻지도 않고 자기 맘대로 남의 차 문을
　　　도둑놈처럼,

강 칠　뭐뭐.. 도, 도둑놈?

지 나　도둑놈이라고 한 적 없어요, 말을 똑똑히 들어요, 도둑놈처럼... 이라고
　　　나는 말했어요.

강 칠　그거나 그거나,

지 나　(말꼬리 자르며, 할 말만 하는, 강조) 철사로!

강 칠　?

지 나　(지지 않고, 또박또박 말하는) 맞죠? 철사로!

강 칠　(좀 미안해지는)

지 나　키가 아닌 철사로! 보통 사람은 철사로 차 문 안 따거든요?

강 칠   (좀 당황한) 그거야, 키는 없고, 차를 딱 보니까 고칠 순 있을 거 같고,

지 나   내가 고쳐달랬어요? 그쪽은 어느 집에 대문이 고장 나면 주인한테 물
         어보지도 않고, 철사로 문 따고 들어가 막 고쳐요?

강 칠   그래서 내가 차 문 따고 차 고치고 그담에, 댁 차를 갖고 날렀어, 뭘 어
         쨌어?

지 나   하지만 내 입장에서 보면, 그쪽이 내 차를 고친 후에 내 차를 타고, 갈
         지도 모른다고 (강조) 나는 착각할 수 있어요. 그쪽을 모르니까. 우리
         모르잖아요. 그러니까 의심할 수 있죠? 의심 안 할 이유가 없으니까?
         안 그래요?

강 칠   (할 말 없는, 답답한)

지 나   (뒤돌아, 약을 준비하며) 의자에 앉아요.

강 칠   (맘 상한) 됐습니다. (하고, 가려 하면)

지 나   (강칠의 팔을 끌고, 의자에 앉히는)

강 칠   (얼결에 앉고, 보며) 뭐 하는,

지 나   (말꼬리 자르며, 순간, 아프게 강칠의 눈에 붙인 거즈를 떼내는)

강 칠   아! (하고, 보면)

지 나   (집게로 소독솜을 집어 강칠의 눈의 상처를 소독을 하며) 효숙 씨랑 친하
         진 않지만, 부탁을 거절할 만큼 안 친한 것도 아니에요. 좀만 참아요.

강 칠   (어이없이 웃는) 아주 지 멋대로구만..

지 나   (약을 바르고, 작게 거즈를 이쁘게 붙이는)

카메라, 강칠의 시선으로 지나의 손을 보는, 맘이 편안해지는,

강 칠   손이... 이쁜.. 편이네요.

지 나   (치료 끝내고, 강칠 보며, 맘에 안 드는)

강 칠   (버벅대며) 아니 나는 뭐.. 시비가 아니라... 그냥 손이... 이쁘다 (순간
         화나는) 내가 손 이쁘다 그런 게 그렇게 화가 나요? 밉다 그럼 좋겠어
         요? 참내, 거, 화낼 거나 안 낼 거나 내네.

그때, 전화 오는,

지 나   (전화 받으며) 네, 내 친구 동물병원입니다.

강 칠   (어색한) ?

의 사   (E) 여기 **병원인데요, 지난번 정지나 씨가 교통사고 낸 환자 말인데요,

지 나   연락 왔나요?

씬4.   응급실 의사 테이블, 밤.

의 사   (차트 보며, 심각한) 그게 아니라, 이 사람을 찾을 수가 없어서요... 혹
         시 그쪽으로 연락이 갔나 싶어서...

씬5.   동물병원 안, 밤.

지 나   왜요, 그 사람한테 무슨 일이 있나요?

강 칠   (지나의 전화 내용이 궁금한) ?

의 사   (E) 조직검살 해봐야 알겠지만, 간암 소견이 있어요. 연락이 닿아야 알
         릴 건데..

지 나   간암..이요?

강 칠   (지나의 전화 내용이 궁금한) ?

씬6.   응급실 의사 테이블, 밤.

의 사   교통사고랑 관련 있는 건 전혀 아니니까, 염려 마세요... 암튼 연락 오
         면 병원으로도 바로 연락 바랍니다.. 네... (하고, 전화 끊는데)

간호사   (쪽지를 가져다주며) 한선생님, 이거 지난번 환자가 구급차에 흘린 거
         래요. 깜빡 잊고 있었다면서 이제야 주네요.

의 사   (쪽지 펴보는) 귀휴증?

씬7.   동물병원 안, 밤.

         지나, 심각한, 전화 끊은 채, 생각 많은,

강 칠   (지나 눈치 보며) 나 가요? 치료 다 된 거예요? 가도 돼요?

지 나   (안 보고, 주변 정리하며, 심란한) 네.

강 칠   (뻘쭘히 일어서서 뒤돌아 가려다가 영철을 보고 멈추는)

영 철   (인사하고, 강칠에게 조용하라고 손가락에 입을 대고, 지나에게 살금살
        금 가서, 툭 치며) 지나야!

지 나   (안 놀라고, 보며, 짐짓 밝게) 왔어?

영 철   뭐야, 놀래지도 않고... 재미없게.. 밥 있니? 나, 밥 좀 주라, 배고프다...
        (하고, 가며, 지나에게) 여기 불이 왜 이래? 또 전기 배선 고장 났니? 큰
        일이다, 이거.. 진짜 (하며, 윗옷을 훌렁 벗으며, 마당을 가로질러 가는)

강 칠   (영철 보다, 지나 보며) 결혼했어요?

지 나   (어이없이, 보며) 아직 안 갔어요?

강 칠   가요... 누가 여기 살 줄 아나. (하고, 가다, 유리벽에 쾅 하고 부딪히고,
        아파하는)

지 나   (황당하게 보는) ?

씬8.   강칠 모의 집 밖, 밤.

        국수, 뛰어가고, 강칠, 뒤에서 신발 벗어, 국수의 머리통을 맞히고,
        국수, '아' 하고 아파하며 강칠 보는, 효숙, 강칠 모의 집 앞 계단에 앉
        아 둘을 어이없이 보는,

강 칠   (손가락질하며) 너 이리 안 와, 이리 안 와!

국 수   (뒷걸음치며) 내가 뭘 그렇게 잘못했어! 내가 거기서 안 나섰어봐, 형
        성질에 주먹 써서 그길로 다시 (수갑 찬 시늉하며) 빵이야. 그냥 나한테
        몇 대 맞고 끝내는 게 낫지, 뭐 그립다고 빵엘 또 가? 미쳤어?

강 칠   (버럭) 내가 다시 빵에 가든 말든 니가 뭔 상관이야, 자식아!

국 수   (버럭) 상관있지, 내가 형 수호천산데!

        그 순간, 구두 한 짝 더 날아와, 국수의 얼굴에 맞는,

국 수   (코피 나는, 보며) 어쨌든 난 갈 데가 없어, 같이 살어. (하고, 그 자리에

퍼질러 앉는)

강 칠　저 저승사자 같은 놈 진짜... 저거, (하고, 효숙 옆에 앉는)

국 수　(그 자리에 양반다리로 앉아, 별을 올려다보며) 이 동네 별 많다.

효 숙　(부엌에서 물 잔 가지고 나와, 강칠 주며) 잔 뭐 좀 모자른 아가?

강 칠　좀 모잘라 보여? 많이 모잘라 보이지! (하고, 집을 돌아보며) 야, 사는 꼴이 이게 뭐니?

효 숙　(웃으며) 와, 쫌 그렇나?

강 칠　집구석이라고 개판, 귀신 나오겠다.

효 숙　(어깨로 강칠을 치며) 그라도 니 있던 빵보다 안 낫나?

강 칠　그게 그거거든. (하는데, 길가에서 강칠 모 오는 게 보이는)

강칠 모　(봉지 들고 오며, 강칠 보고, 집으로 들어가며, 궁시렁) 왜 남의 집 앞에서, 퍼질러 앉아있고 난리야.

강 칠　(효숙 보며) 뭐야?

효 숙　드가라. (하고, 일어나 가려 하면)

강 칠　(팔 잡으며) 여기 니네 집 아냐?

효 숙　우리 집은 저게 (하고, 아파트를 가리키며) 저게... 낸 이런 데 몬 산다.

강 칠　(화 참고, 일어나며) 니네 집에서 하루만 신세지자.

효 숙　(막아 서며) 지랄. 사내놈이 밤늦게 지집아 집에 와 가노? 이게 이게 웃기네 아주.

강 칠　싫어? (국수에게) 너 돈 있지? 나가서 여관 잡어. (하고, 가려 하면)

효 숙　(몸으로 강칠을 막는, 진지한 눈빛이다) 니 뭐 그리 잘나서, 이래?

강 칠　(화나 보면)

효 숙　니가 꼬나보믄 자슥아, 우짤래, 팰래, 낼? 니도 자슥아, 그라는 거 아이다. 14년 빵에 살다, 나와, 늙은 어무이 봤으면 무릎 꿇고 잘몬했습니다, 다신 속 썩이는 일 없을 깁니다, 어무이! 하고 고분고분히 나와야지, 니가 뭘 잘했다꼬 어무이한테 행팰 지기나, 행팰 지기길?

강 칠　고만해라.

효 숙　니가 진짜 어무일 필요로 할 때 어무이가 니 곁에 없었다꼬? 그럼 닌 어무이가 니 필요로 할 때, 어무이 곁에 있었나, 이 개자슥아.

강 칠　뭐, 개자슥?

효 숙　그래 개자슥. 욕은 이랄 때 하라꼬 있는 기다, 이 개자슥아. 이게 아주

오빠라꼬 오냐오냐 귀엽다 귀엽다 카이까네, 이기 진짜 하는 짓마다 가
관이네! 어무이가 니 없이 우찌 살았는지 아나! 나가 남이래도 안시러
버가 눈을 몬 뜰 지경이었다! 뭐, 집구석이 개판이야? 이 개판인 집구
석 니 오면 같이 살 끼라고 얻는 데만 숱해 걸린 거 아나, 개자슥아!

그때, 강칠 모 문 열고,

강칠 모 (버럭) 뭐 하는데 남의 집서 이 소란이고?! (강칠 보며) 여관 가서 잔다
고? 미친, 그래, 여관 가 자라, 이 미친놈아, 그럼 뭐 내가 겁날 줄 아는
갑네? 지 돈만 쓰지?! 가, 가, 어서! 지가 무슨 금의환향이라도 한 줄 아
는가 보네, 아나 똥이다. (하고, 문을 쾅 닫는)

강 칠 (강칠 모 문 쪽 보고, 화나는, 참는)

효 숙 잘한다, 이제 됐네, 여관 가(서) 잠(자면). 승질머리 하고는.. 진짜.. (하
고, 짜증스레 제 어깨로 강칠의 어깨를 치고 가버리는)

강 칠 (강칠 모의 집을 보다가, 화나 들어가는) 국수야, 들어와!

국 수 (일어나, 따라 들어가는)

씬9.   강칠 모의 집 안, 밤.

강 칠 (평상에 앉아, 방 쪽 보며, 버럭) 국수야! 평상에 이불 깔아라!

국 수 ?! (방문 열려 하면)

강칠 모 (문 열고, 버럭) 어데 이불을 깔어, 어데?

강 칠 내가 애지간하면 갈라 그랬거든, 근데 오기가 나서 못 가겠네?

강칠 모 뭐?

강 칠 (서운한 눈빛) 나 안 가. 나 보기 싫지? 그래서 못 가. 누구 좋으라고 내
가 가! (국수에게) 뭐 해, 이불 깔지?!
국수, 서둘러, 방 안으로 들어가려 하고,

강칠 모 (국수를 못 들어가게 하며) 어델 들어가노, 어델..

국 수 엄마, 에이, 왜 그래? 이불 한 개만 줘요.. 어?!

강 칠 (강칠 모와 국수의 실랑이 아랑곳 않고, 평상에 드러눕는, 그러다 문 쪽
을 보면, 뭔가 사람이 있는 느낌이 드는, 가만 주시하다, 아닌가 싶은,

하늘 보는)

평상이 조금 삐그덕대는,

씬10.   강칠 모의 집 마당, 밤에서 새벽 되는, DIS.

강칠, 평상에 옷 입은 채, 이불을 돌돌 말고 누워있고,
국수, 머리 산발하고 팬티 차림으로 대야 안을 심각하게 보고 있는,

* 인서트, 대야의 물 〉〉
정이, 4부에서 나온 장면이 물 위에 어른대는,

국 수   (마치 대야의 정이에게 말 걸듯) 너.. 누구니? 누군데, 자꾸 나타나?

그때, 강칠 모(일할 준비하고), 방에서 나오다, 국수를 보고,

국 수   (모르고, 대야만 보며) 자식.. 이게 정체가.. 뭐지?
강칠 모   (E) 으이구..
국 수   (강칠 모 보며, 밝게) 엄마! 안녕 주무셨어요.
강칠 모   (답답하게 보며, 궁시렁) 저게 병원에 갈 놈이 내 집구석에 왔네, 저게..
         으이구, 내 팔자야... 빤스만 처입고 뭔 지랄인지.. (하고, 부엌으로 들
         어가는)
국 수   (웃고 일어나, 한쪽의 수건으로 얼굴 닦으며, 부엌으로 가면서 말하는)
         엄마, 제가요, 천사라서 잘 때 옷을 못 입어요.

씬11.   부엌 안, 낮.

국 수   (문지방에 선 채) 등이 근질근질하거든요. 날개 날라고. 무슨 얘긴지 잘
         모르시겠죠? 나중에 아실 거예요. 제가 천산 거. 근데 밥 안 먹어요?
강칠 모   (바가지로 항아리의 물을 떠서 한가득 퍼 마시고, 나가며) 밥 먹고 장사
         준비 언제 해? 장사 준비해놓고, 밥을 처먹든지 말든지 해야지. (하고,

국수를 밀치고) 나와. (하고, 나가는)

국 수   같이 가요. (하고, 가는)

씬12.   강칠 모의 집 앞 거리, 새벽.

강칠 모, 리어카를 끌고 가는,
국수, 리어카를 뺏으려 하며,

국 수   이거 저 주세요.

강칠 모   (안 뺏기려 하며) 놔, 이게 왜 이래?!

국 수   (뺏고, 웃고, 리어카 몰며) 엄마가 이런 거 몰면 안 되죠, 사람들 욕하
죠! 아들이 둘씩이나 있는데..

강칠 모   뭐 아들이 둘?

국 수   강칠이 형이 첫째 아들, 나 이국순 둘째 아들.

강칠 모   (어이없는)

국 수   (웃으며) 엄마, 어제 강칠이 형 줄라고 참외 사 왔죠?

강칠 모   이게 진짜 미쳤나, 와 이리 웃어?

국 수   강칠이 형 참외 귀신인 거 저도 알거든요.

강칠 모   아우, 나와, 정신 사나워.

국 수   (웃으며 가며, 노랠 신나게 부르는)

씬13.   강칠 모의 집 마당, 아침.

강칠, 길을 내려다보면,
강칠 모와 국수 가는 게 보이는,
강칠, 한쪽 보면, 봉지에 참외 있는, 그걸 하나 들어서, 옷에 문질러 먹
으며 다시 평상에 앉으면, 평상이 무너져내리는, 놀라는,

씬14.   어시장 일각, 아침.

생선 경매를 하는, 강칠 모, 구경만 하는, 물건이 비싼지 못 사는,

국수, 강칠 모에 '엄만 안 사요?'
강칠 모, '비싸 못 사' 하며 답답한,

씬15.   강칠 모의 부엌, 아침.

강칠, 찬장을 보면, 문짝이 너덜너덜하고 경첩이 흔들리는, 그 옆에 보
면 낡은 기타가 보이는,

강 칠   산 건 아니고, 이건 또 어디서 주워다 났어. (하고, 몇 번 쳐보고, 그러
다 무심히, 부엌 천장을 보면, 뻥 뚫린)

씬16.   강칠 모의 집 마당, 아침.

강칠, 허접하게 보이는 사다리를 들고, 지붕으로 올라가면, 지붕이 거
의 땜빵 수준이다. 답답한, 그러다, 무심히, 멀리 보면, 지나의 동물병
원이 보이는,

* 인서트, 지나의 동물병원 마당 〉〉
지나, 커피를 마시며 생각하고 있고, 그때 영철이 나와 지나를 등 뒤에
서 안고, 지나와 뭔가 말을 주고받는,
강칠, 왠지 부러운, 지붕에서 내려오다, 갑자기 지붕에 발이 푹 빠지는,
강칠, 아파하며 집이 왜 이런가 싶은.

강 칠   (난감한) 이게 사람 사는 집이야, 뭐야?

씬17.   동물병원 마당, 아침.

영철, 뒤에서 지나를 안고 말하고 있는,

영 철   (편하게, 웃으며) 잘 생각했어. 나도 아무리 생각해도 니가 유학 갈 시
기가 지금은 아닌 거 같애. 왜냐면 난 너랑 다시 시작하고 싶거든? (지

나의 목 냄새 맡으며) 그립다, 이 냄새.

지 나　(팔꿈치로 배를 치는)

영 철　(아파하는)

지 나　그러게 정도껏 해. 어디다 입을.. (하고, 벤치에 앉는)

영 철　넌 날 다시 사랑하게 될 거야! 전처럼 아주 뜨겁게?

지 나　(어이없이 보며, 속상한) 그러다 또 배신당하고? 서울에 일 보러 간다고 하고, 다른 여자랑 여행하고, 아프다고 결근하고, 또 딴 여자랑 침대에 있고?

영 철　(웃음기 가신, 보며) 넌.. 다른 건 머리 좋은지 모르겠는데, 어떻게 그런 건 그렇게 안 잊니? 좀 잊어주면 안 돼?

지 나　머리가 나쁘니까, 오빠 보는 거야, 안 그럼 벌써 끝났을 건데.

영 철　(웃고, 보며) 유학 나 피해서 가는 거면, 가지 마.

지 나　(보며, 조금은 놀리듯) 갈 거야. 그래서, 남자 없이도 행복하게 잘살 거야. 내가 좋아하는 동물들 맘껏 보면서. 그리고 후배들에게 말해줄 거야. 남자를 만나려면, 책임감 있는 놈을 만나고, 전부를 주는 놈을 만나라고. 유머 있고 돈 많고 바람기 많은 놈 재밌다고 만났다가, 나처럼 큰 코다친다고 알려줄 거야.

영 철　(보며) 난 좀 미쳤나? 니가 날 싫다니까 왜 이렇게 막 좋아지지?

지 나　(속상한) 고개 돌려, 꼴 보기 싫어. (하고, 차 마시는)

영 철　(웃고) 결혼 말고 연애만 하고 싶어짐 언제든지 말해라, 난 무조건 콜이니까. 참 근데 어제 말한 그 교통사고 환자? 밤에 잘 때 생각하니까 좀 그렇드라. 젊은 사람이 간암 소견이라니.. 그지?

지 나　그러게. (하다가, 오는 땡이를 보고, 만지며) 우리 땡이 인제 인났어요? 에고, 잠꾸러기... 이제 인났으니까, (하고, 옆에 있는 칫솔을 들고, 땡이의 이를 닦으며) 이, 닦자, 이 닦자..

영 철　(지나 이쁘게 보는)

씬18.　어시장 일각, 아침.

강칠 모, 상인과 실랑이를 하고,
국수, 그 옆에서 강칠 모를 딱하게 보며, 속상해 기죽은,

상 인　　(버럭) 내가 아까 전에 경매하는 거 못 봤소?! 박스당 2만 5천 원에 도
　　　　매 끊었는데, 소맬 우찌 2만 5천 원에 주노? 내는 뭐 땅 파 장사하는 줄
　　　　아는갑네. 번번이, 진짜로... (하고, 생선 박스를 챙기는)
강칠 모　에이고, 쏘가지.. 알았다, 알았다, (하고는, 속주머니에서 5천 원을 더
　　　　꺼내, 손에 쥔 돈과 주며) 이걸로 그만 퉁치자. (하고는 박스를 제 리어
　　　　카에 담는)
상 인　　에헤! (하고는, 상자를 다시 꺼내며) 벌써 임자 있다꼬, 내 꺼는 다! 좋
　　　　게 말하이까네, 농인 줄 아는 갑네. (화난, 혀 차는) 쯧! (하고, 가는)

　　　　그때, 분희 오며, 상인에게,

분 희　　장씨, 내 물건 있지요!
상 인　　(웃으며) 그람 있지!
강칠 모　(속상한, 분희와 상인을 보며, 리어카를 잡으면)
국 수　　(얼른 리어카를 잡는)
강칠 모　(가는)
국 수　　(옆에서 걸어가며) 물건 못 사서... 장사 못 해요?
강칠 모　시끄러! (하고는 다른 상인에게) 강가야, 내 물건 좀 줘라!
국 수　　(따라가며, 강칠 모가 안된)

　　　　그때, 효숙 '엄마' 하고,
　　　　국수, 돌아보면,
　　　　효숙의 차에 강칠과 효숙이 있는,

씬19.　　교도관실 안, 낮.

　　　　김교도관, 답답하고, 걱정스런 얼굴로 컴퓨터로 신상 자료 파일을 검색
　　　　하는,

오교도관　병원에서 양강칠을 왜 찾는 거예요? 걔 어디 아프대요? 네?
김교도관　(국수의 자료를 찾고, 전화를 하며) 조용히 좀 해라.. (하고, 신호음 떨

어지면) 거기 국수네죠?

씬20.　　　달리는 김교도관의 차 안, 낮.

　　　　　　김교도관, 심각하게 운전해 가는,

극수 형　(E) 어제 국수가 전화해서 알려준 주소예요, 자긴 거기 있으니까 걱정
　　　　　　말라고.. 근데 국수가 또 무슨 일을 저질렀나요?

씬21.　　　바닷가, 낮.

　　　　　　효숙의 차 놓여있고, 돗자리에 둘러앉은,
　　　　　　강칠 모, 강칠, 말 없이 식사를 하는,

국 수　　(말 없이 밥만 우적우적 먹는 강칠에게) 형, 나 먹어도 돼?
강 칠　　(먹는)
국 수　　(침 삼키며) 형 나 먹어도 돼?
강칠 모　(버럭) 먹어! 와 밥을 지 앞에 놓고도 못 처먹어!
강 칠　　(안 보고, 국수에게) 먹어.
국 수　　(그제야 먹는)
강칠 모　(어이없는) ?
효 숙　　(차에서, 물 가져오며) 빵간 의리 무섭네? 꼬봉 잘 뒀네?
강칠 모　(어이없는) 지랄하네, 진짜로.
강 칠　　(째려보면)
강칠 모　니가 보면?
효 숙　　(눈치 보며) 고마해라, 고마. 밤새 식구들 모여 경치 좋은 데서 밥 한 끼
　　　　　　묵을 끼라꼬 잠도 몬 자고 음식한 사람 성일 생각해서 고마해라. 밥상
　　　　　　머리서, 밥 체하게?
강 칠　　(화나, 밥 먹으며) 효숙아, 돈 좀 빌리자?
효 숙　　뭐?
강 칠　　집구석이 천장 무너지고, 사방 삐그덕대고 개판이잖아, 내가 뱃일을 해

서라도 갚을게, 돈 좀 줘?

효숙, 강칠 모   ?

강 칠   아, 싫음 말든가, 겨울에 눈 오면 지붕이 내려앉든 말든.

강칠 모   지가 무슨 집을 고친다고, (하고, 고기를 강칠 밥에 주고, 먹는)

강 칠   (보는)

국 수   (밥 먹으며) 강칠이 형 집 잘 고쳐요, 감빵도 몇 개씩 졌는데? 목수랑 미
장, 전기 국가 공인 자격증이 디게 많아요! 기술자예요, 진짜로!

효 숙   진짜?

강칠 모   (강칠 보는, 진짠가 싶은)

국 수   엄만 이제 신세 핀 줄 알면 돼? 우리 돈 많이 벌 거예요. (강칠 보며) 그
지, 형?

효 숙   (웃으며, 밥 먹고 김치 손으로 집어 먹으며) 야, 근데 닌 곱상히 생겨
가... 빵엔 와 갔노?

국 수   (아무렇지 않게, 맑게) 은행 강도랑 살인미수요.

순간, 놀라, 강칠 모, 효숙 입안의 것을 다 뿜는,

강 칠   (얼굴에 묻은 걸 털어내며) 아이.. 진짜...

국 수   (안 웃고, 계속 말하는) 은행 강도는... 엄마 병원비 땜에 도끼로 은행
인출기 털다 그렇게 된 거구요. 근데 그때 청원경찰이 와서, 내가 놀라
서 나도 모르게 도낄 휙 들었는데 (의미심장, 남 말하듯) 글쎄 그게 법
적으론 끔찍하게 살인미수래네요. 나도 재판 때 그 말 듣고 깜짝 놀랐
는데, 놀랬죠?

강칠 모, 효숙   (멍) ?

국 수   (밥 먹으며) 근데 이제 개과천선할 거예요. 초범이고, 그 후론 다시 안
했어요. 그지, 형?

강 칠   (강칠 모랑 효숙에게) 얘 조심해. 나보다 무선 애야. (하고, 밥만 먹는)

강칠 모, 효숙   (서로 보며, 걱정스런, 심란한, 강칠과 국수 밥 먹는 걸 보는)

씬22.   철물점 안, 낮.

강칠, 공구들을 확인하는, 전기드릴을 작동해보며, 맘에 안 드는, 국수
(못을 고르고 있고)와 효숙은 강칠을 기특하게 보고 있는, 주인, 서있는,

강 칠   (말도 안 된다는 듯) 이게 20만 원이라구요? 야.. 완전 뭐야? 성능은 애
들 장난감 같은 게... 뭐가 이렇게 비싸,

효 숙   안 좋음 존 거 사라, 이왕 사는 질에..

강 칠   (주인에게) 다른 거 줘 봐요.. 기술자용으로... (하고, 다른 물건들을 보
는데)

강칠의 얼굴 위로, 효숙의 말소리 들리는,

효 숙   아이고, 김샘이 우짠 일로 여길. 두 식구 운동했는갑네.

강칠, 무심히 보면,
영철과 지나 들어오는,
지나, 강칠 보고, 어색한 눈인사, 강칠도 눈인살 하는,

강 칠   ..

국 수   (지나 보고 이상한, 심각해지는, 혼잣말, 갸웃하며) 어디서 봤는데...

* 점프컷 〉〉

영 철   (효숙에게 말하는, 웃으며) 효숙 씬 왜 여길...

주 인   (공구 찾아서 강칠 주며, 영철에게) 김샘, 오늘 간 기술자들이 일 몬 하
겠다드라.

영 철   왜요?

주 인   집이 보기만 멀쩡하지, 건물 내부가 엉망진창이라 카대.. 전기 배선, 누
수, 침수까지... 지들 기술론 안 된다 카대, 돈도 넘 적고?

효 숙   ?

지 나   (영철에게) 그냥 가자. (하고, 가는)

영 철   알았습니다. 또 올게요. (하고, 효숙에게) 또 봬요. (하고, 가는)

효 숙   (가는 영철 보다, 생각난 듯 나가는)

강 칠   (지나가 신경 쓰이지만, 공구만 보는)

국 수   (강칠에게) 형.. 저 여자.. 얼굴 하얀... 내가 전에 어디서 본 여자 같애.

강 칠   지하철.

국 수   아! 운명의 여자!

강 칠   ?

씬22.   철물점 밖 일각, 낮.

　　　　지나, 영철, 효숙 얘기하고 있는,

효 숙   (영철에게) 진짜라카이.. (강칠 있는 쪽 가리키며) 자가 국가에서 인정
　　　　한 목수라카이. 전기 배선, 목수, 미장, 자동차 수리, 이거저거 몬 하는
　　　　게 없다카이, 남 주는 거 8할, 아니 7할만 줘도 되는데.

영 철   (웃으며, 좀 이해가 안 가는) 아니, 근데 좀... 기술자가 너무 많은 걸 잘
　　　　한다니까, 이상하네요. 전문 분야가 있는 게 기술잔데,

효 숙   그게 자가 감옥소서 할 지랄이 없어가, 밤이고 낮이고 일만,

영철, 지나   ?!

효 숙   (아차 싶다) 아, 그게 그러니까.. (머리 굴려, 거짓말하는) 자가 주, 주먹
　　　　을 좀 써가 감옥솔 드갔다 나왔다, 드갔다 나왔다 좀 했거든, 김샘. 성
　　　　질이 욱해가.... 근데 죄는 미워도 사람은 미워함 안 되는 거 아이요. 갱
　　　　생의 기회 한번 줘보지, 일 몬 함 돈 안 받으면 될 꺼 아이가, 김샘.

영 철   (생각하다, 지나에게) 해보자, 당장 의료 장빌 하나도 못 쓰잖아. 오늘
　　　　은 막 벽 쪽에서 스파크까지 일던데... 너 있는, 1년은 병원을 꾸려야
　　　　할 거 아냐.

효 숙   낭중에 병원을 팔 때 팔드라도, 고쳐 팔믄 그 돈은 뽑는다 아이가.

지 나   (답답한, 생각하다, 효숙 보며) ...진짜, 효숙 언니가 책임지는 거예요.
　　　　그럼?

효 숙   (웃으며, 좋은) 백 번, 천 번도 책임진다. 책임하면 민효숙이 아이가?그
　　　　럼 내 간다. 정샘. (하고, 가는)

지 나   (영철 보며, 걱정스런) 괜찮을까?

영 철   (웃으며) 왜 주먹 좀 썼다니까, 겁나?

지 나   (대수롭지 않단 듯) 쪼금! 사실 악연이거든, 내가 그 사람이랑. (하고,
        가며)
영 철   (놀라) 악연?! (따라가며) 무슨 소리야, 그 사람이 나 모르는 옛날 애인
        이라도 돼?

        그때, 전화 오고,

지 나   (전화를 받으며) 네.. 정지납니다.... 환잘 찾았다구요?
영 철   (지나, 보는) ?

씬24.   철물점 앞, 낮.

        강칠, 국수, 목재며, 공구를 트럭에 싣는,
        강칠, 목재들을 트럭에 실으며, 한쪽의 건물을 보는,
        아무도 안 보이는,

국 수   (일하며) 왜 그래?
강 칠   (일만 하며, 조금 심각한) 찬걸이 놈이 애들을... 또 풀었어.
국 수   또 과대망상 나온다. (하고, 건물 쪽을 보면, 첨엔 아무도 안 보이다가,
        아래로 시선을 훑으면, 발이 삐죽이 보이는, 놀라, 강칠 보면)
강 칠   이제 믿겠냐?
국 수   (진지하게) 신경쓰지 마.
강 칠   (일하며) 근데 이해가 안 가는 게... (국수 보며) 지난번엔 자작극 벌여
        서, 그냥 나한테 죄를 덮어씌웠잖아?
국 수   ?!
강 칠   (트럭에 올라가, 물건들을 밧줄로 동여매며) 이번에도 그럼 되는데, 왜
        안 그러는지 이율 모르겠어. 놈이 나한테 뭔가 캥기는 게 있는 거 같은
        데 그게 뭔지도 모르겠고.
국 수   (트럭에 올라가, 강칠을 보며, 의미심장하게) 혹시 말이야.
강 칠   (보다가, 문득 생각이 나는, 순간 눈이 휘둥그레지며, 트럭에서 뛰어내
        려 건물 뒤로 가는)

국 수   (뛰어내려, 강칠을 쫓아가는)

씬25.   다른 골목, 낮

         강칠, 헉헉대며, 건물 뒤로 가보지만, 아무도 없는,
         국수, 뛰어와 주변을 살피지만, 없는,

국 수   (강칠이 보며) 설마, 형이 말하던 오용학?
강 칠   (숨 몰아쉬고) ..가능성이 있지.. (하고, 가는)
국 수   (가다가, 뒤돌아보고, 다시 가는)

         * 점프컷 〉〉
         카메라, 한쪽 건물을 돌아가면,
         용학, 숨어서 씩 웃는,

씬26.   상천 시내 골목, 낮.

         남자1(이후, 뒷 회에 더 나옴, 캐스팅 때 참조), 2(마약 사범, 앞부에서 보
         지 못했던) 죽어라, 가방을 들고 뛰어가다가, 남자1, 가방에서 봉투를 하
         나 꺼내, 남자2에게 주고, 자긴 왼쪽으로 가는, 남자2, 오른쪽으로 가는,
         카메라, 뒤로 가면, 민식과 안형사, 다른 형사 두 명이 함께 남자들을
         쫓는,

민 식   안형사 넌, 오른쪽으로 돌아! (하고, 직진하고)
안형사   (형사들에게) 나 따라와! (오른쪽으로 뛰어가는)

         * 점프컷 〉〉
         남자1, 골목으로 죽어라 뛰어서는, 막다른 골목 담을 뛰어넘어가는,
         민식(땀이 난), 쫓아와, 넘어가는, 남자1의 다릴 잡고, 내리려 하는,
         남자1, 가방으로 민식을 쳐서, 넘어뜨리고, 다시 담을 넘는데,
         민식, 넘어지며 뒹굴다, 총을 꺼내 남자1을 쏘는,

* 점프컷 〉〉
남자2, 뛰다가 세워둔 자동차에 올라, 운전해 가는,
안형사와 다른 형사 둘 남자2를 쫓다가, 총소릴 듣고, 놀라, 총소리 난
곳으로 가는,

* 점프컷 〉〉
안형사 외, 뛰어오면,
민식, 남자1(허벅지에 총 맞은)을 엎드려놓고, 등 뒤에 올라가 수갑을
채우고, 발소리에 돌아보며, 옆의 가방을 던져주며,

민 식 확인해.
안형사 (가방 열어, 봉투를 꺼내, 그 안을 뜯어보면, 마약이 나오는, 민식 보고,
웃는)
민 식 (남자1의 머릴 냅다 치며) 개자식! (안형사에게) 박찬걸 검사한테 연락
해, 큰 놈 하나 잡았다고!

씬27. 법정 안, 낮.

찬걸, 재판 준비를 하다가, 신호음을 듣고, 핸드폰을 켜면,

* 인서트, 핸드폰 액정 〉〉
강칠과 국수가 일하는 사진이 뜬,

찬 걸 (뭔가 싶은데, 문자 오는)
용 학 (E) 나, 강칠이 옆에 있다. 아직 계좌에 돈 안 들어왔드라.
찬 걸 (O. L. 분노스런, 난감한, 핸드폰을 순간 내팽개치는)
주변 사람들 (보는)

씬28. 강칠 모의 집 앞, 낮.

주인이 트럭 몰고 오는,

강칠, 국수 트럭 짐칸에 타고 있는,

국 수　(놀란) 큰형님!
강 칠　(무심히, 국수가 보는 쪽 보면)

* 점프컷 〉〉
김교도관, 과일 바구닐 들고 차에서 내리다가, 둘을 보고, 웃는.

씬29.　달리는 김교도관의 차 전경 + 차 안, 낮.

김교도관, 운전하고.
강칠, 조수석, 국수, 뒷좌석에 탄,

국 수　진짜, 귀신이다 사람 찾는 데.. 김교도관님, 교도관 하기 전에 형사였
　　　　어요?
김교도관　(웃으며) 아들놈이 속을 하도 썩여서, 늘 찾으러 다닌 탓에 사람 찾는
　　　　덴 내가 이골이 났다. (하고, 강칠 보며) 집에 오니까 어때? 어머니 좋아
　　　　하셔?
강 칠　(웃으며) 좋아서 미치시죠, 뭐. 욕을 막 해대시면서, 왜 살아 돌아왔냐
　　　　고, 악담을 막 퍼부으면서, 힘만 있음 애랑 나 반 죽었을걸요?
국 수　(낄낄대고, 웃으며, 김교도관 보며) 근데 우리 어디 가요?
김교도관　(조금 어두운, 앞 보고) 서울.
강칠, 국수　서울이요?

씬30.　동물병원 앞, 낮.

지나, 차를 타고 있고, 영철, 밖에서 차 창문으로 말하는, 땡이 차 밖에
있는,

영 철　야, 보험회사에서 알아서 한다고 오지 말래잖아, 근데 왜 가?
지 나　뻔히 차로 치어놓고 돈만으로 해결한다는 게 찝찝해서 그래. (안전벨트

하며) 인테리어 공사 들어갈 준비해두고, 입원 환자들 돌려보내는 거 잊지 마.

영 철   몰라, 자식아.
지 나   (땡이에게) 땡이, 형 말 잘 듣고 있어! 누나 곧 올게. (하고, 가는)
영 철   (가는 지나 보다, 문 쪽 보면)
민 식   (모퉁이에서 멋쩍게 나오며) 쟤 짐 안 쌌냐? (하고, 들어가는)
영 철   (따라가며, 웃으며) 딸내미가 그렇게 무서워요, 숨어 보게?

씬31.   동물병원 안, 낮.

민식, 영철 라면 먹으며,

영 철   이제 현장에서 좀 나오셔야 되지 않아요? 밥도 못 먹고 뛰어다니는, 현장 뭐가 좋다고..
민 식   그래서 지나는 유학 안 간대?
영 철   (웃으며) 1년 있다 간대요. 아버님 뜻대로 돼서 신나시겠어요?
민 식   (웃으며, 라면만 먹는)
영 철   (민식이 안된) 그래서 생일엔 미역국도 못 드셨어요?
민 식   인스턴트 하나 사서 끓여 먹었어.
영 철   (안된, 농담조) 담 생일엔 제가 끓여드릴게요. 제가 그냥 이쁜 여자 얻어서... 아버님 생일상을.. 근사하게 아주,
민 식   (젓가락으로 영철 머리 패며) 나쁜 놈.
영 철   ?
민 식   지나 두고 그렇게 왜 바람을 펴! 그리고 결혼이 왜 싫어! 자식이.. 그냥.. 잊었다가도 생각이 나면 피가 솟구치네. (하고, 라면 먹는)
영 철   저 정신과 한번 다녀볼까요? 바람기가 자제가 안돼요, 전. (하고, 라면 먹는)

씬32.   서울 병원 안 조직검사실, 밤.

강칠, 의사에게 검사를 받고 있는,

강 칠   (아파하며) 대체 왜 이런 검살 하는데요? 예?
의 사   (일만 하며) 말씀하지 마시구요.
강 칠   (혼잣말처럼) 아, 노친네 정말... 왜 갑자기 나타나서, 이런 걸 받으라
고... (아파하는)

씬33.   병원 일각, 밤.

지나, 서둘러 계단을 올라가는,

국 수   (E) 고만 하랬죠, 내가!

씬34.   병원 복도, 밤.

국수와 김교도관, 심각하게 앉아있는, 보험사 직원에게 말하고 있는,

국 수   (직원에게, 화난) 교통사고 건으로 당신들한테 돈 달라고 안 한다고!
(버럭) 그러니까, 가라고! 제발, 치근대지 말고!
직 원   (영리해 보이는, 굽신대며) 사실 건널목 사고는 쌍방과실이고... 우리
고객은 당시에 최선을 다해서, 119도 부르고.. 근데, 이제 와 교통사고
와 전혀 관계가 없는,
국 수   (화난) 그러니까 가라고... 가라는데, 무슨 말이 많아?
김교도관 (국수 잡으며, 직원에게) 그쪽한테 불이익 안 가게 할 테니, 그만합시다.
직 원   (주머니에서 돈 꺼내주며) 이건 위로금.
김교도관 (받아서, 한쪽에 놓는)
직 원   그럼 저는 그만 가보겠습니다. (하고 인사하고, 일어서다가, 멀리 지나
가 오는 걸 보고, 놀라 뛰어가서, 지나를 낚아채 김교도관과 국수가 안
보이게 다른 곳으로 끌고 가는)

* 점프컷 >>

김교도관 너무 낙담 마, 일단 검사해보고 나서... 그때도 결과가 같으면, 방법을

찾아보자.

국 수   (생각 많은) ...

* 점프컷 〉〉
지나, 직원에게 끌려서 가며,

지 나   왜 이래요?

직 원   위로금 주고 끝냈어요. 내가 의사랑 상담했는데, 그 환자, 고객님과 교
         통사고로 인한 후유증이나 증상은 전혀 전혀 없대요. 그러니까 안심하
         시고, 가세요, 댁에.

지 나   먼저 가세요, 전 사고 당사자 보고 갈게요. 이후에라도 교통사고로 인
         한 후유증 있다면 연락하라는 말도 해야겠고. (하고, 가려는데, 멀리,
         강칠이 검사복을 입고 간호사와 가는 게 보이는) ?

직 원   (강칠을 보고, 지나의 시선을 막아서며) 저 사람 안 보는 게 좋아요,

지 나   (조금 놀란) 저 사람이에요?

직 원   (조용히 으름장 놓는) 범죄자예요. 악질. 잘못 걸렸다간 큰일난다구요?!

지 나   ? (가는 강칠을 보는)

* 점프컷 〉〉
강칠, 다른 검사실에 가며, 간호사에게,

강 칠   뭔 검사를 또 해요?

간호사   아뇨, 이제 여기서 옷 갈아입으시면 돼요.

강 칠   (들어가는)

* 점프컷, 병원 일각 〉〉
의사, 서류 보며 나오는 (조직검사 결과가 나온),

김교도관, 국수   (일어서면)

의 사   (답답한, 보며) 아무래도 간 이식밖에 방법이 없는 거 같습니다. 일단
         저 따라오시죠. (하고, 진료실로 들어가는)

김교도관, 국수   (따라 들어가다, 한쪽에 서있는 강칠을 보는, 멈추는) ?!
강 칠   간 이식이라니? 내 얘기야?

씬35.   병원 주차장 일각, 밤.

지나, 차 안에서 골똘히 생각하는.
보험사 직원, 차 창문으로 지나에게 잘 가라 말하고 가는 게 보이는.
지나, 답답한, 잠시 심호흡하고 가만있다가, 시동 걸려는데, 앞에 강칠
이 보이는, 순간 조금 놀라는,

* 점프컷 〉〉
강칠, 덤덤하게 가는데, 국수, 강칠의 팔을 잡으며,

국 수   (버럭) 어딜 가!
강 칠   (황당한) 왜 소릴 질러?! (아무렇지 않게) 술 마시러 가. 됐냐? (하고, 가
          려 하면)
국 수   (버럭) 지금이 술 마실 때야, 대책을 세워야 할 거 아냐, 대책을?!
강 칠   (어이없이 웃으며) 대책? 무슨 대책?! 간을 뭐 이식? 누구 간을 이식해?
          너는 B형이고 나는 AB라며.. 그 자리에서 의사가 너는 안 된다며? 그
          럼 누구? 낼모레 칠순 바라보는 엄마한테 간 발라달라 그래? 그게 대책
          이냐? 수술비가 뭐? 최소 오, 천? 너 그딴 돈 본 적 있어? 난 없어. 됐
          어. 난 됐다고. (하고, 침을 바닥에 칵 소리나게 뱉다가, 뭔가 이상해 한
          쪽을 보는)

* 점프컷 〉〉
지나, 순간 놀라, 차를 강칠과 반대편으로 몰아서 가는,
강칠, 지나인 줄 모르고,

강 칠   (편하게, 국수에게) 나가서 소주나 마시자. 큰형님 모셔와. (하고, 가고)

씬36.   의사의 진료실 안, 밤.

김교도관, 맘 아프고, 의사, 심각하게 설명을 하고,
김교도관, 수술만 하면 그럼 괜찮은 거냐, 가능성은 몇 프로냐, 묻는,

씬37.　도로, 달리는 지나의 차 안, 밤.

지 나　(룸미러로, 강칠을 보며, 답답한, 차 몰아 가는)

씬38.　한강 포장마차, 밤.

　　강칠, 소주를 마시고, 김교도관(강칠이 안된), 국수(팔짱 끼고, 심각한
　　생각 많은, 뭔가 자신만의 생각에 빠져있는 듯)는 술을 안 마시고 있는,

강 칠　(술을 마시고, 김교도관 보며, 작게 편하게 웃음 지으며) 큰형님 인상
　　좀 펴요, 뭐 초상났어, 지금?

김교도관　강칠아,

강 칠　(말꼬리 자르며) 내가 뭐 아는 건 없지만요, 인생은요, 원래 이런 거예
　　요. 지지리 복 없는 놈은 더 지지리 복 없게 흘러가는 게 인생이라구요.
　　큰형님도 보세요, 마누라랑 이혼하니까, 애들이 속 썩이고, 애들이 속
　　안 썩이니까, 나 같은 수감자가 속 썩이고, 이제 보세요, 조만간 큰형님
　　건강이 안 좋아질걸. 악담이 아니라.. 인생이요, 원래 그래. 그렇게 엿
　　같이 흘러가는 게.. 저 강물처럼 이쁘게가 아니라 엿같이... (자조적으
　　로 웃다가, 서글퍼지는, 맘 아픈, 소리가 좀 더 커지는, 맘에 없는 말을
　　하는) 난요, 억울한 것도 없고, 화도 안 나고, 그래요. 진짜 솔직히 그
　　래! 아니 뭐 대충... 뭐 사는 데 기대가 있어야, 억울도 하고 화도 나지!
　　(하다가, 갑자기 국수의 뒤통수를 냅다 치는)

국 수　(강칠을 꼬나보는) ?

강 칠　(맘 아픈, 비아냥) 니가 내 수호천사라며? 그럼 자식아, 니가 날 살려야
　　지, 간암 걸리게 함 돼?! 왜 (손가락으로 하늘을 가리키며) 저깄는 양반
　　이 나 같은 놈은 죽어도 하자 없으니까, 죽이래대? 그것도 이렇게 악랄
　　한 방법으로? 그래? 그래서, (조금씩 격앙되는) 어려선 아부지한테 맨
　　날 죽게 맞어, 그러다 하늘 같은 형 죽어, 그것도 모자라 억울하게 누명

쓰고 빵에서 16년 살다 나온 날 간암 걸리게 해서 종국엔 죽이는 게.... 목적이래! (버럭) 그래?!

국 수   (담담히 보는) 형.

강 칠   (못 듣고, 제 말만 하는, 버럭 술 마시며, 눈가 붉어져, 소리치는) 좋다, 그래! 쌍! 붙어! 내가 죽어서 함 당신 만나 따져볼 거야! (하늘 보고, 소리치며) 왜 나야?! 왜 나야! 하필, 왜, 나야?!

국 수   (꼬나보며, 차분히) 형, 너면 왜 안 되는데?

김교도관 (보면) ?

강 칠   (국수 보고, 화난, 황당한) 뭐?

국 수   (진지하게 보며, 말하는) 형, 너면.. 왜 안 되는데?

강 칠   (뭔 소린가 싶은, 김교도관 보며) 얘가 뭐래요? (하고, 국수 보며) 붙을래?

국 수   (지지 않고, 보며) 우리 엄마는 고아로 자라 열아홉 살에 지지리 가난한 아버지랑 결혼해서 평생 길거리 휴지 줍다, 위암 걸려 수술도 못하고 돌아가셨어, 근데 형은 왜 암 걸리면 안 되는데?

강칠, 김교도관   (보는) ?

국 수   형 말고, 여깄는 김교도관님이 암 걸림 그럼 좀 낫나? 아님 평생 남편한테 맞고, 큰아들 비명횡사에 작은 아들은 빵에 살다 나온 형 엄마가 암 걸리면.. 좀 나? 아님.. 나? 그럼 좀 세상이 공평해져?

강 칠   (뭐 이런 놈이 있나 싶은, 버럭) 너 그걸 지금 말이라고 해? 자식아?

국 수   (강칠의 눈을 보며, 진지한) 왜 형이냐는 안 중요해, 그래서 이제부터 어떻게 하느냐가 중요하지.

* 플래시백 〉〉

1, 예지력으로 본 정이의 모습.
2, 1부 길거리.

강 칠   누가 아들이야?

* 현실 〉〉

국 수   (벌떡 일어나, 가는)

강 칠   (국수만 보며) 야, 너 말하다 어디 감 마!

국 수   (앞만 보고 가며, 김교도관에게) 큰형님 나중에 봐요!

강 칠   (술 따르며, 가는 국수 보며, 소리치는) 천사? 니가? 에라이, 이 저승사
       자 같은 새끼야! (하고, 술 마시고)

씬39.   회상, 1부.

       강칠, 지나의 차에 치이던,

씬40.   지나의 방 안, 새벽.

       지나(강칠 생각을 한), 침대에서 벌떡 일어나 앉는, 그러곤 땡이를 보며,

지 나   땡이야, 누나, 신경 쓰여.

땡 이   ..

지 나   너 같아도 신경 쓰이겠지?

땡 이   ...

지 나   근데.. 신경 써도 내가 뭘 어쩔 거야, 그지?

땡 이   ...

지 나   (한숨 쉬고, 편하게) 누나, 산이나 가야겠다. (하고, 일어나는)

씬41. 동물병원 앞, 새벽.

       '리모델링 관계로 임시 휴업합니다' 란 간판이 보이는,
       지나, 고구마 자루를 들고 나와 차 트렁크에 넣고, 땡이 태우고 가는,

씬42.   봉은사 앞, 아침.

       국수, 절을 올려다보며, 심호흡하고 들어가는,

씬43.   시골길 버스 정류장, 아침.

김교도관의 차 서있고, 김교도관과 강칠 서있는,

김교도관 10분이면 가는데 데려다줄게.

강 칠 됐어. 나는 차에서 좀 자기라도 했지, 빨리 가서 한숨 자요. 나 데려다
줌 괜히 빙글빙글 돌아가. 난 여기서 버스 탈래요, 어서 가요.

김교도관 (맘 아픈) 강칠아, 포기하지 마라. 어머니도 계시고, 억울하게 산 세월
도 있는데.. 포기하면 안 되잖아.

강 칠 괜찮아요, 나. 어젠 그냥 순간 억울하기도 하고, 솔직히 말은 아니라고
해도 두렵기도 하고 그랬는데,

김교도관 ?

강 칠 (서글프게 웃으며) 지금은 괜찮아. (대수롭지 않게 말하는) 뭐, 살면 좋
지만, 지금 당장 죽는 것도 아니고, 아픈 것도 아니고.. 미리 슬퍼할 필
욘 없지 싶어요. 암 걸렸다고, 꼭 죽는 것도 아니고, (웃으며) 안 그래
요? 큰형님?

김교도관 (강칠 머리 만지고, 등 쳐주며, 편하게) 맞다. 내가 너 이런 게 좋다. 의
외로 긍정적이고 희망적이고.

강 칠 (웃으며, 강하게) 오직 지금 이 순간! 내 좌우명! (편하게) 가요.

김교도관 (따뜻하게) 또 연락하자! (하고, 운전해 가는)

강 칠 (가만 차 가는 거 안 보고, 생각 많게 있다가, 주머니에 손을 꽂다, 주머
니에서 뭘갈 꺼내면, 국수가 준 천사다, 순간 생각하는)

　　* 인서트, 회상(2부) 》》

국 수 (강칠의 눈을 빤히 보며, 진지하게) 앞으로도 형한텐 두 번의 기적이 더
올 거야.

　　* 점프컷 》》

강칠, 혹시나 하는 맘에 정류장 한쪽에 붙어있는, 거울에 제 목을 비춰
보는,

　　* 플래시컷 》》

1, 교수대에서 목에 밧줄이 걸리던,
2, 2부 목욕탕에서, 목에 밧줄 자국이 보이던,
3, 운동장에서 봤던 천사의 날갯짓.

* 점프컷 〉〉
강칠, 거울 앞에서 제 손에 놓인 천사를 보며, 덤덤히, 그러나 서운한
듯 말하는,

강 칠   그냥 꿈이지, 그게 무슨... 기적이겠어.. (하고, 천사를 주머니에 넣고,
가는)

씬44.   산, 아침.

지나, 장갑을 끼고, 자루의 고구마를 곳곳에 뿌려주는, 그러다, 발자국
을 보며,

지 나   (웃으며) 여기에 고라니 친구들이 있는 거 같은데.. (하다가, 주변 돌아
보다가, 고라닐 보는, 얼굴이 환하게 밝아지는)

* 인서트 〉〉
고라니, 서서 지나를 보는,

지 나   (고라니 이쁘게 보며) 일본 유학 못 가서 서운했는데... 너 보니까.. 안
가길 잘했다 싶다. 너 전번에 덫에 걸린 꾸리꾸리 맞지? (하고, 고라니
다릴 보면, 붕대가 매어진, 웃고, 고구마 주고) 많이 먹어. (고라니, 놀
라지 않게, 살금살금 뒷걸음치며) 다시 또 보자, 잘살아 돼. 여기 덫 많
으니까, 조심하고... (하고, 가는)

씬45.   국도, 낮.

지나, 산에서 자루를 들고 나와, 걸어가다가, 조금 놀라 멈추는,

* 점프컷 〉〉
카메라, 앞으로 가면, 강칠이가 지나의 차에 기대 서서, 지나를 보고
있는,

강 칠   (웃으며) 지나가다 그쪽 찬 거 같아서.
지 나   ? (조금 굳은)
강 칠   (차에서 몸을 떼고, 지나 보고) 내가 서울 갔다가.. 집에 갈라고 버스 기
         다리다.. 귀찮아 그냥 걸었는데... 다리가 아파서..
지 나   ?
강 칠   (웃으며) 그러니까, 내 말은.. 뭐냐면, 차 좀 얻어 타면 안 될까?
지 나   ..
강 칠   버스로 10분 거리 만만히 봤는데, 내가 어제 잠을 잘 못 자 그런가.. 다
         리가 좀 아픈데?

         그때, 삐삐 소리 나, 강칠 놀라면,
         지나, 자동키로 트렁크 문을 열고, 걸어와 트렁크에 자루 넣고,

지 나   (문 닫고, 운전석에 타는)
강 칠   (궁시렁, 서운한) 참 싸가지 진짜... 내가 타면 차가 빵꾸 나냐? (하고,
         걸어가면)

         경적 소리 나는,
         강칠, 돌아보면,
         지나, 보고 있고,

강 칠   (자나 보며, 떠보듯) 타? 타요?
지 나   (고개 끄덕이는)
강 칠   (좋은, 조수석에 타는)
지 나   (바로 차 출발시키는)

씬46.   달리는 지나의 차 안 + 국도, 낮.

강 칠   (아무 생각 없이, 불쑥) 어디 갔다 왔어요? 산에서 내려오든데, 등산한
       건 아닌 거 같고, 자루 들고 오던데, 그건 뭐예요?

지 나   (운전만 하는, 심란한) ..

강 칠   말 좀 하지, 사람이 묻는데 대답도 않고?

지 나   (답답하고, 심란한, 앞만 보며) 그냥.. 가면 안 돼요. 별로 말하고 싶지
       않은데..

강 칠   (아랑곳없이) 참 근데 남편은... 같이 안 다녀요? 왜 그 키 큰 허여멀건
       한 남자?

지 나   ...

강 칠   남편.. 아니에요? 약혼잔가? 아님 애인,

지 나   (작게 한숨 쉬고, 마지못해) 그냥 선배예요.

강 칠   (괜히 좋은, 웃으며) 아... 그냥.. 선배구나..

지 나   (보면)

강 칠   (내가 왜 웃지 싶은, 입 다물며, 외면하다, 생각난) 참, (다시 지나 보며)
       동물병원 공사 나한테 맡긴다면서요?

지 나   (뭐라 말할지 모르겠는)

강 칠   내가 그렇게 이상해요? 나만 보면 얼굴이 왜 그래요?

지 나   (앞 보며, 미안한) 그게 아니라, 운전할 때 말 시키니까.. 앞을 봐야 하
       는데... 신경 쓰이게.. 자꾸 말을 시키니까...

       순간, 쾅 하고, 고라니가 부딪히는,
       지나, 놀라, 차를 끽 세우는,
       지나, 강칠, 차에서 내리는,

강 칠   (놀란) 뭐였어요?

지 나   (심각한, 바닥을 보면, 피가 몇 방울 보이는, 길가를 보면, 자연수로 쪽
       으로 피가 점점이 길게 난 게 보이는) 아무래도 고라니 같아요.. (하고,
       수로 쪽으로 가는)

강 칠   고라니? (따라가는)

씬47.   수로(자연수로로 낮은), 낮.

지나, 풀숲을 내려오는,
강칠, 쫓아오며,

강 칠 고라니가 있어요, 여기? 야... 신기하네, 아직도 여긴 고라니가 살고..
지 나 (허겁지겁 풀숲을 내려와, 한쪽 보면)

* 점프컷 〉〉
고라니, 죽은 듯 누워있는, 발목에 붕대 한,
지나, 속상한, 고라니에게 다가가며,

지 나 꾸리꾸리...네.
강 칠 꾸리꾸리?
지 나 아는 애예요. 내가 살려준 앤데..
강 칠 아.. 저거 죽었나... (하며, 조심스레 지나 지나쳐, 고라니를 만지려고
       하면)
고라니 (벌떡 일어나 달려가고)
강 칠 (그 바람에 놀라, 악! 하고 넘어져, 물웅덩이에 빠지는)
지 나 (달리는 고라니 보고, 강칠을 보며) 괜찮아요?
강 칠 (물에 빠져, 깔깔대고 웃는)
지 나 (이상한) ?
강 칠 (깔깔대고, 웃는) 나는 죽은 줄 알고.. 진짜 놀랬네.. 아이고 진짜... (지
       나보고, 웃으며) 그쪽도 놀랐죠, 난 간이 배 밖으로 뚝 떨어지는 줄 알
       았네, 진짜! 너무 놀랬어, 너무 놀랬어.
지 나 (강칠 보며, 웃음이 번지는, 어이없는)
강 칠 (일어나, 가며, 웃으며) 아우.. 놀래라... 간이 배 밖으로 뚝.. 아이고 놀
       래라..
지 나 (자기도 모르게 그런 강칠이 어이없어 하하 웃는)
강 칠 (다시, 멈춰 서서, 두 손으로 두 무릎을 잡고, 웃는) 너무 놀랬어요, 진짜!
지 나 (강칠이 신기한, 웃으며, 편하게) 그게 그렇게 재밌어요? (하고, 가는)
강 칠 (옆으로 따라가며, 불쑥) 이름 뭐예요?
지 나 ? (보는)

강 칠   난 양강칠인데.. 나인, 서른 다섯.. 이름 뭐예요? 나인?

지 나   (웃으며, 가는)

강 칠   참 요즘도 여자한테 이름 물어봄 실례예요? 옛날엔 실례였는데.. (하
        고, 내려온 둑으로 올라가서, 지나 보고, 손 내밀며) 손 잡아야 올라올
        거 같은데..

지 나   (웃고, 손 내밀고)

강칠, 지나를 확 당겨, 위로 올리는, 그 바람에 입 맞출 듯 다가선 두
사람.

강 칠   (불쑥) 이름?

지 나   (강칠이 신기한, 편한) ..

강 칠   이름?

지 나   정지나.

강 칠   (그대로 가까이 얼굴 대고 묻는) 나인? 누가 위고 누가 아랜진 알아야
        할 거 아니에요. 서른? 스물.. 여섯? 스물여덟?

지 나   (편하게) 스물아홉. 그리고 좀 뒤로 가면 안 돼요. 나 넘어질 거 같은데,

강 칠   (아차 싶은, 뒤로 물러나며) 앗차.. (웃으며, 앞에 가는 지나 따라가며)
        그럼 내 동생뻘이네. (하고, 보며) 걱정 마요, 말 안 까.

지 나   (보면)

강 칠   왜냐면, 그건 실례니까. (하고는, 옷을 벗어, 차의 고라니 부딪힌 곳을
        닦으며) 이건 차비 대신.

지 나   (그런 강칠 보며, 편안한, 신기한, 궁금한)

강 칠   (지나 보고) ?!

지 나   (편하게, 웃음 띤) 가요, 이제? (하고, 차 타고)

강 칠   (차 타는)

씬48.   차 안, 낮.

강칠, 차에 타 안전벨트 하며, 휘파람을 부는,
지나, 그런 강칠 보고, 조심스레 묻는,

지 나   혹시.. 어제 무슨.. 좋은 일 있었어요?

강 칠   (생각하며) 어제? (담백하게) 아뇨. 굳이 뭐 좋은 일도 나쁜 일도 없었는
        데.. (보며) 왜요?

지 나   (작게 웃고, 운전해 가며) 아니, 그냥... 휘파람 부니까, 잘 웃고.. 그래
        서 좋은 일 있나 싶어서요.

강 칠   어제 좋은 일 있었음 어제 웃었겠죠. 뭐 오늘까지 웃겠어요. (하고, 창
        가 보며) 난 복잡하게 안 살아요 지금 웃는 건.. (보며) 지금이 좋아서..
        (환하게 웃고, 창가 보는)

지 나   (운전해 가며, 강칠이 신기한, 궁금한, 편안한 웃음 짓는)

씬49.   달리는 지나의 차, 뒷 전경, 낮.

강칠 모   (E) 말해봐라, 이년!

씬50.   시장, 낮.

        강칠 모, 분희 머릴 뜯고 싸우는, 주변 사람들 말리는,

강칠 모   말해봐라, 이년아! 누가 그러데, 어디 개잡놈이 내 아들 보고 깡패라데,
        어느 개잡놈이! 내 그놈 아가릴 찢어놀라니까, 말해라, 이년아!

분 희   구암리 살던 박가가 그라드라, 이 할망탱이야! 내가 뭐 없는 말 하는 줄
        아는갑네! 내도 다 듣고 하는 말이지?

사람들   (말리며) 와 이래, 참아들!

강칠 모   이런.. (하고, 분희를 밀치고, 그 위에 올라타 머릴 뜯으며) 터진 입이라
        고, 니가 들음 그 말이 다 사실이냐! 와 내 아들이 깡패야, 이 동네 와
        깡패짓 한 적도 없는데, 내 아들이 왜 깡패야! 나이도 나보다 어린 게
        뻑함 반말 찍찍 해대고, 오늘 니 죽고, 나 죽자, 니 죽고, 나 죽어!

분 희   아이고, 이제 보이, 에미도 자식 닮아 깡패질에 이골이 나누만! 그래,
        죽이라, 죽이, 어데 아들놈이고, 에미년이고, 깡패 모자 손에 내 죽어보
        자, 죽어봐!

강칠 모   (싸우며) 죽이람 못 죽일까, 죽이람 못 죽여!

* 점프컷 〉〉
한쪽에 꽉 막혀 멈춰 선, 지나의 차 안.

강 칠   (어이없고, 속상한, 멍하니, 엄마와 분희 싸우는 모습을 보고) 노친네,
         진짜.. (지나 보며, 편하게) 고마웠어요! (하고, 문 열고 나가는)
지 나   (뭔가 싶어, 고개 빼고, 보면)

* 점프컷 〉〉
강칠, 머리 뜯는 강칠 모의 손목을 잡는,

강칠 모   (화난) 뭐야?!

사람들, 다 보면, '누구야? 왜 그래?' 하면,

강칠 모   (화나, 버럭) 이 손모가지 안 놔!
강 칠   (속상한, 버럭) 뭐가 화가 나, 이래?!
강칠 모   (팔을 거칠게 빼려 하며) 저리 가! 닌!
강 칠   (안 놓치고, 격앙되는) 뭐가 화가 나, 이러냐구?! (더 크게) 뭐가 화가
         나서!

사람들, 놀라, 강칠 보면,

강칠 모   (지지 않고, 맘 아픈, 눈가 붉어) 어데서 에미한테 소릴 지르노, 어데서!
강 칠   (속상한, 강칠 모만 보며) 깡패 새끼를 깡패라 그러지 그럼, 뭐라 그래?!
         나는 누가 봐도 딱 깡팬데, 이 아줌마가 (분희를 턱으로 가리키며) 뭘
         잘못했어! 깡패 새끼를 깡패 새끼라 부르는데, 대체 이 아줌마가 뭘 잘
         못했냐구! 깡패를 그럼 뭐 선생이라고 불러? 사장님이라고 불러? 깡패
         를 깡패라 부른 게 뭐가 잘못됐어!

* 점프컷 〉〉
지나, 속상하게 강칠 보고, 차 돌려 가는, 맘이 안 좋다.

강 칠   집에 가... (하고, 끌고 가는)

강칠 모   (속상한, 버티며) 놔, 생선은 우짜고 가!

강 칠   (가서, 한쪽의 리어카를 가져와 생선을 막 담는)

강칠 모   (왈칵 눈물 나는, 참는) 진짜 내가 속이 상해서... (하고, 집 쪽으로 가는)

강 칠   (가는 강칠 모 보며, 맘 안 좋은, 리어카에 물건 담다, 보며) 쌈 구경 끝
         났어요, 가요들! (하고, 물건 담는)

씬51.   지나의 차 안, 낮.

         지나, 강칠이 안쓰럽고, 연민이 느껴지는, 자기도 모르게 자꾸 사이드
         미러로 강칠을 보게 되는, 이러지 말자 싶어, 앞 보고 가는,

씬52.   강칠 모의 집 마당, 밤.

         한쪽에 목재들 수북이 쌓여있는,
         강칠, 전기톱질을 하는데,

강칠 모   (참외를 씻으며, 꾸짖는) 그만해, 잘 밤에.. 사람들 뭐라 그러는구만.

강 칠   (멈추고, 한쪽에 앉으면)

강칠 모   국순지, 당면인진 와 안 와노? (하며, 참외를 하나 주고, 자기도 하나
         베어물고, 평상에 앉는)

강 칠   (참외 껍질째 먹으며) 궁금해?

강칠 모   (일어나, 부엌으로 가며) 궁금하긴 안 옴 좋지. (하고, 일어나, 부엌에
         서, 그릇 하나와 소주 한 병 가지고 나와, 잔에 술 따라 마시며) 캬.. (하
         고, 참외 먹는)

강 칠   (보며) 나는 술 안 줘?

강칠 모   (보며) 지랄하네, 니 먹고 싶음 니가 따라 먹지, 뭐 에미가 자식새끼 술
         을 따라줄까 봐? (하며, 참외 먹는)

강 칠   나도 나이가 만만찮어, 엄마만 늙어? 나도 늙어! 같이 늙어가면서.. (하
         다가, 한쪽에 놔둔 기타를 들고, 튕기고, 술 따라 먹고, 안 보고)

강칠 모   에미 앞에서 뭐 나도 늙어? 자랑이다, 뭐 하나 이뤄논 거 없이 나이만

처먹은 게!

강 칠   고만해, 암튼 한마디를 안 지니까! 노래 한번 해봐, 옛날처럼? (하고, 기
         타 치고)

강칠 모   (참외만 먹으며) 뭘 노랠 해. 이 밤에 귀신 시끄럽게.

강 칠   옛날엔 노래 잘했잖아, 빽하면? 불러봐? 튕기지 말고!

강칠 모   (못 들은 척, 참외만 먹는)

강 칠   형이 불러달랠 땐 잘도 불러줬으면서, 내가 해달라니까 안 하냐? 내가
         칼 맞았을 때도 모른 척 외면하더니, 난 자식도 아니냐? 으이, 진짜..
         (실망) 말어라, 말어. 치사빤스다. (하고, 참외 먹는데)

강칠 모   (구름도 울고 넘는... 노랠 부르는)

강 칠   (귀여운, 웃으며) 시킨다고 또 한다, 진짜 웃겨.

강칠 모   (계속 노랠 부르고, 조금 디스코풍으로 빠르게)

강 칠   (기타 치고, 같이 노랠 부르는)

둘 다, 서로 보며, 조금씩 흥이 나는지, 강칠, 일어나, 춤을 추고, 강칠
모 손잡고, 같이 추자 하고, 장난치며, 재밌게 부르는데, DIS.

* 점프컷, 시간 경과, 밤 >>
1, 부엌.
강칠, 전동공구로 찬장의 경첩을 박는,
2, 강칠, 찬장과 대문과 사다리를 올라타 더러운 전등갓을 페인트칠하
는, 그러다, 마당을 보면, 제법 예쁘게 정리가 된,
3, 강칠, 평상을 제법 그럴듯하게 짜서, 앉아보고는, 기분이 좋은, 그러
다 고개를 들면, 방안에 강칠 모가 온몸을 웅크리고 곤히 자고 있는 게
보이는, 귀여운,

강 칠   자는 건 애기네.. 근데.. 감빵도 아닌데, 왜 저렇게 불편하게 쭈그리고
         자. (웃고, 엄마가 귀여운, 짠한)

씬54.   동물병원 마당, 아침.

요란한, 해머 소리가 나는, 집을 부수는 소리가 큰,
지나, 땡이, 현관문 열고 동물병원 쪽으로 가는,

씬55.   동물병원 안, 아침.

지 나   (한쪽을 보면, 아직 졸린 듯, 눈을 다 못 뜨는) 뭐해요?
강 칠   (땀난, 망치질을 하다, 멈추고, 보며) 일하는데요? (하고, 일하는)
지 나   몇 시예요?
강 칠   일곱 시 안 됐을걸요. (하고, 일하는)
지 나   무슨 일을 이렇게 꼭두새벽에..
강 칠   돈 벌어야 해요, 빨리빨리.. (하고, 일만 하는)
지 나   (못 말린다는 듯, 고개 젓고, 가려다, 문 쪽 보면)
강칠 모   (강칠이 일하는 걸 훔쳐보고, 그러다 지나 보고, 못 본척 하라는 듯 손
             사레 치고, 가는데, 입가에 웃음이 도는)
지 나   (맘 짠해, 강칠 모 보고, 강칠 보고) 밥은 먹었어요?
강 칠   (땀 닦으며) 왜 안 먹었음 주게요?
지 나   아뇨. (하고, 가는)
강 칠   (웃고, 일하는)

씬56.   동물병원 안 + 밖, 낮.

1, 강칠, 건물 내부 부수는,
2, 강칠, 자루에 건물 내부에서 나온 쓰레기를 담아, 밖으로 나와, 마당
에 쌓아두는,
3, 강칠, 바닥에 앉아, 자장면을 혼자 마구 먹는, 그러다, 한쪽 보면, 큰
보온병이 보이는, 강칠, 이상해서 보온병 열어보면, 냉커피가 가득 든,
강칠, 좋은, 지나가 줬나 싶다, 강칠, 보온병을 입을 대고, 껄떡껄떡 마
시고, 그걸 들고선, 바깥으로 나가, 야외 전경을 보며, 다시 커피를 마
시다가, 한쪽 파라솔에 앉아, 커피를 마시며, 책(인테리어)을 읽는 지나
를 보는,
강칠, 냉커피를 마시며, 지나의 전체 모습, 다리, 어깨, 머리카락을 쓸

어 넘기는 손 등을 보며, 이쁘단 생각이 드는, 그러다 제 몰골을 보고,
한 번 훑어보는, 조금 실망스런,

강 칠　(잠시 생각하다, 다시 지나 보고, 용기 내서 가서, 지나 앞에 쪼그려 앉는)
지 나　(강칠 보는) ?
강 칠　(보는, 진지한, 그러다 용기 내 말하는) 저기,
지 나　(왜 그런가 싶다) ?
강 칠　(불쑥 담담한, 남 얘기하듯, 가볍게) 있잖아요, 내가 뭘 몰라서 묻는데,
　　　　내가 아는 어떤 인간이 있는데.. 음 나인 한 나 정도 되고 평생을 억울
　　　　하게 산, 그러니까 뭐냐, 나이가 있는데 어디 뭐 놀러도 제대로 못 가보
　　　　고 그렇다고 뭐 돈을 많이 벌어서 흥청망청 써본 적도 없고, 여자라곤
　　　　구경도 제대로 못 해보고.. 암튼 뭐.. 인간답게 살아본 적이라곤 한 번
　　　　도 없는 그런 남자를 내가 하나 아는데요, 그런 애도,
지 나　(보는) ?
강 칠　(보고, 쑥스러워도 웃음 짓고, 조심스런) 남들처럼 여자랑 연애라는
　　　　걸.. 할 수 있을까요?
지 나　?!

지나의 멍한 표정과, 강칠의 모습에서 엔딩.

제 4 부

그와 그녀의 심장 박동 소리 *Padam Padam…*

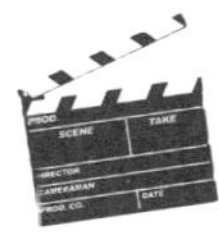

씬1. 동물병원 마당(3부 엔딩 상황), 낮.

강칠, 지나 얘기하는(3부 엔딩 씬 이후에 이어지는 상황),

지 나 (난감하게 강칠을 보는)

강 칠 (쑥스럽고, 어색한) 왜.. 대답도 않고 사람을 빤히 봐요? 이런 거 묻는 것도.. 실례예요? 아님.. (생각하며, 아무렇지 않게) 평생을 억울하게 살고, 나이가 있는데 어디 뭐 놀러도 제대로 못 가보고 그렇다고 뭐 돈도 없고, 여자도 모르고 인간답게 살아본 적 없는 그런 놈은 연애 같은 거... 할 수 없어요?

지 나 ..

강 칠 (웃음 띤) 그렇게 생각해요? 그래서 말 안 해요? 네?

지 나 (보는)

씬2. 정이 학교의 운동장, 낮.

점심시간인 듯, 정이, 학교 친구들과 농구를 하는, 현란하게 공을 잡아서, 골대에 슛하지만, 안 되는, 정이 답답한, 다시 친구들과 몸싸움을 하며, 공 뺏어, 넣고, '아자!' 하고 친구들과 세리머닐하고, 즐겁다기보단, 승부욕에 차 뛰는,

선생님 (E) 학내 석차는 물론 전국에서도 둘째 가라면 서운할 만큼 애가 아주

뛰어납니다.

씬3.　　교무실 안, 낮.

국수, 학적부를 보고 있는,

국　수　　(학적부를 넘기면, 거의 100점이나 98점, 등수는 다 1등이다, 내심 놀
　　　　　라는, 진지한)
선생님　　(국수를 보며, 웃으며) 우리 학교는 말할 것도 없고 서울시의 자랑이죠,
　　　　　벌써 카이스트에서도 오라고 난립니다. 천재라고 봐야죠.
국　수　　(보며, 아무렇지 않게, 진지하게) 정이가 전학을 해얄 거 같은데, 어떻
　　　　　게 해야 돼요?
선생님　　(놀란, 싫은) 예, 전학이요?

그때, 정이 문 열고,

정　이　　선생님 저 찾으셨어요?!
국　수　　(고개 돌려, 정이 보고, 웃으며 윙크를 하는)

씬4.　　동물병원 안 + 밖, 낮.

강칠, 지나 얘기하는(3부 엔딩 씬 이후에 이어지는 상황),

지　나　　(강칠을 보다, 피하는 마음에 책을 보며) 글쎄요.
강　칠　　(커피 마시며, 어이없단 듯 웃으며) 글쎄요는 무슨 글쎄요예요? 그런 놈
　　　　　이 연앤 무슨? 배부른 소리지.
지　나　　(보면)
강　칠　　(보며, 웃음띤 채, 편하게) 사실 그렇잖아요... 돈 없어, 빽 없어, 배운 거
　　　　　없어, 그런 놈이 연앨 한단 게, ...돈도 있고, 빽도 있고, 배운 것도 많아
　　　　　야 연애도 하는 거지. 암것도 없는 놈이 무슨 연앨 하고 사랑을 해요?
지　나　　..

강 칠   (괜히 웃으며) 괜찮아요. 그놈도 아마 알고 있을걸요, 지까짓 거한텐 그
        런 거.. 연애니, 사랑이니, 여자니 하는 게 웃기지도 않는 거라는 거..
        내가 전해줄게요, 꿈 깨라고. (하고, 커피를 마시는)

지 나   (불쑥 물어봐야겠단 생각이 드는) 근데, 그 사람은, 왜 그 나이 먹도록
        연애 한번 못 해봤대요?

강 칠   (커피 마시다, 순간 놀라 보고, 그 바람에 커필 조금 흘리는) ?!

지 나   (보며, 편안하게) 좀 궁금해서요. 거기랑 나이가 같다면.. 사랑도 했을
        나이고, 연애도 했을 나이고, 이별도 했을 나이 아닌가 싶어서요. 근데
        대체 왜 그런 것도 못 해봤는지, 그런 것도 안 하고 대체 지금까지 뭘
        하며 산 건지, 궁금하잖아요, 내 입장에선.

강 칠   (보는, 멀뚱히, 너무 심각하진 않은) ...

지 나   (보는) ...

강 칠   (말할까 말까 싶다, 잠시 커피 마시고, 생각하다 보며, 불쑥 말하는, 남
        말하듯 하는) 억울한 누명을 써서, 감방에 있었대요.

지 나   (가만 보는, 놀란) ?!

강 칠   그것도 아주... 아주, 길게.

지 나   ...

강 칠   (가만 보다, 웃고) 놀랬나 보다?

지 나   (말꼬리 돌리며) 근데, 인테리어는 어떻게 할 생각이에요? 난 좀 심플하
        면서도 이뻤으면 싶은데..

강 칠   (지나의 무릎에 있는 책을 건너다보며, 턱짓하고) 그런 느낌 좋은데요?

지 나   (책을 보며) 돈이 너무 많이 들 거 같은데...

강 칠   (웃고, 차 마시며) 돈 안 들고 이쁘게 해보죠, 뭐. (하다가, 지나 보며)
        근데, 자재 사러 언제 가요?

지 나   ?

강 칠   (어색한) 뭐 꼭 같이 가잔 얘긴 아니구요.. (곰곰 생각하는, 진지한 듯
        혼잣말) 근데, 내가 골라온 자재가 맘에 안 들면, 이런 건 서울에 가야
        있을 건데..

지 나   (보는) ?

강 칠   (웃으며, 지나 보며) 뭐, 굳이·같이 가자는 건 아니고요.. 뭐.. 사 와서
        맘에 안 들면 돌려보내죠, 뭐.. 내가 한 번 더 가든가.. (다시, 진지한

듯, 지나 보며) 근데 계속 자재 때문에 왔다갔다함 돈이 좀 들긴 할 건데.. (체념한 듯) 돈 많죠?

지 나   (웃으며) 언제.. 갈까요?

강 칠   글쎄 언제가 좋을까? 지금 당장? (웃음 띤 채, 지나를 빤히 보는)

지 나   (웃음 띤) 근데.. 왜 그렇게 사람을 맨날 빤히 보고 웃고 그래요?

강 칠   전에 내가 빈집에서 내가 말했을 건데.. 그냥.. 난 여자만 보면 웃겨요. 여자들 얼굴 하얀 것도 웃기고, 머리 긴 것도 웃기고, 목소리 가는 것도 웃기고, 그쪽처럼 눈 동그랗게 뜨고 놀라는 것도 웃기고, (지나 손 보며) 손가락이 만지면 부서질 거처럼 여리여리한 것도 웃기고...

지 나   (어이없이, 웃는) ? (그때, 차 소리 나는, 문 쪽 보는)

그때, 효숙 (애기 안고, 두 살 정도 된) 들어서며,

효 숙   오빠 닌 일 안 하고 농땡이 치나?

강칠, 지나   (문 쪽 보는)

효 숙   (지나 보며) 야 일 잘하나, 정선생, 일 몬 함 돈 주지 마라.

강 칠   (웃으며, 일어나) 임마, 오빠라고 하질 말든가, 애, 쟤 소릴 말든가.. 둘 중 하나만 해. (효숙에게 와 애기 안으며, 신기한, 환한, 좋은) 이거 뭐야? 이게 사람이야?

효 숙   조영자, 내 애다.

강 칠   (애기가 너무 이쁜, 신기한, 말은 투박해도 이뻐하는 게 느껴지는, 애기를 하늘 높이 쳐들고, 빙글빙글 돌며) 와... 뭐 요만한 인간이 다 있냐? 얌마, 너 말할 줄 알어? 말할 줄 알면 말해봐, 오빠, 해봐, 오빠!

효 숙   (좋은, 웃으며) 니가 무슨 오빠가, 아저씨지.

강 칠   (애기 보며, 좋고, 빙글빙글 돌며) 이게 이게 쪼만한 게 입도 있고, 코도 있고, (효숙 보며, 놀란 듯) 야, 애 이빨도 있어! 와, 눈썹도 있네! 진짜 신기하네, 이거!

효 숙   (애기 받으며) 사람 갖고 물건 보디끼.. 밖에나 함 나가봐라.

강 칠   왜? (하고, 나가는)

효 숙   (발로 차며) 나가람 좀 나가, 사내 자슥이 씨불씨불 참 말 많네.

강 칠   뭔데 그래? (하며, 나가는)

효 숙   (따라 나가는)

강 칠   (E, 좋고, 놀란) 와! 야, 이거 뭐야?!

지 나   (열린 문으로 보는)

씬5.   동물병원 밖, 낮.

강칠, 차에 올라, 시동을 걸어보는,
거칠게 시동이 걸리지만, 강칠, 좋은,

강 칠   (너무 좋아, 말까지 버벅대는) 야, 이건 죽인.. 야, 너 혹시 이거 나.. 줄
         라고...

효 숙   (애기 안고, 웃으며) 백오십 준 똥차가, 그리 좋나?

강 칠   이쁜 기집애. (하고, 뛰어내려, 효숙의 얼굴을 잡고, 효숙의 볼에 강하
         게 입맞춤을 해주는)

효 숙   (강칠 때리며) 자슥이.. 어데... 드럽게..

강 칠   (애기를 뺏어, 안고 빙글빙글 돌리며) 야, 호빵.. 아저씨 차 생겼다! 차
         생겼다! 내 차 생겼다!

씬6.   동물병원 마당, 낮.

지나, 강칠이 신기하고도 귀엽단 생각에 자기도 모르게 웃음이 나는,
그때 문득 드는 생각.

         * 플래시백 〉〉
         1, 병원에서 검사복 입은 강칠, 지나가 '저 사람이에요?' 하는 부분,
         2, 병원 주차장 차 밖 (앞 씬에 없는 부분, 촬영 요)

보험사   (귀찮은 듯) 간암이래요, 간 이식밖엔 방법이 없고... 우리 교통사고랑
         은 상관이 없으니까, 신경 끄세요.

         * 현실 〉〉

지나, 다시 강칠을 보는데, 기분이 묘한, 그런 상태에서도 밝게 웃음이 날까 싶다. 고개 젓고 가는,

강 칠　(웃다가, 지나 보며) 우리 자재 사러 가요! 옷 입고 나와요!

지 나　...

효 숙　내 그냥 준 기 아이라 꿔준 기다, 계산은 계산이니까네 낭중에 은행 이 자 확실히 쳐 갚아라.

강 칠　(애기 안고, 애기한테 말하듯) 백 배, 천 배 쳐줄게! (하고, 애기, 비행기 태워주는)

씬7.　동네 높은 곳, 지나의 집이 내려다보이는, 낮.

용학, 한쪽에 앉아 빵과 우유를 먹으며, 강칠 보고 있다가, 느낌이 이상 해 돌아보면,
배식, 숨을 고르며 용학에게 다가오는,

용 학　(보고, 웃다가, 재빠르게 도망을 가는)

배식, 짱구　(용학을 뒤쫓는)

씬8.　몽타주, 낮.

1, 텅 빈 서울의 한 폐가, 낮.
남자들(짱구 부하), 답답하게 방이며, 부엌이며를 둘러보고, 나가는,
이미, 오래전에 집을 비운 느낌이다.
2, 통영 시내, 낮.
용학, 죽어라 달리는,
배식, 짱구, 용학을 뒤쫓는,
용학, 뛰어가다가, 마주 오는 오토바이 탄 남자를 낚아채고, 남자 넘어 지면, 그 오토바이를 타고, 달아나는,

씬9.　국도변 도로, 낮.

용학, 오토바이를 타고 달려오다 멈춰 서서, 오토바이 버리고, 한쪽 길
가에 앉아 숨을 몰아쉬는,
그때, 전화 오고 용학 받는,

용 학 날 이렇게 대접하면 안 될 건데?

씬10. 검찰청, 조사실로 가는 길, 낮.

찬 걸 (담담한, 걸어가며) 아버진 걱정이 되나 보다, 벌써 다른 곳으로 모신
걸 보니까. (멈춰 서며) 참 효자였지?

씬11. 도로, 낮.

용 학 (어이없고, 쓸쓸한) 너만큼은 아니지? 아버님 대법관 내정되셨다고? 너
같은 아들놈만 아님, 참 축하받을 일인데, 그지? 찬걸아, 내가 있잖아,
강칠일 만나볼까 싶은데,

씬12. 검찰청, 조사실 가는 길, 낮.

찬 걸 강칠이도 널 반가워할 거 같진 않은데... 날 찾아와. 더는 흥정 같은 거
없어. (하고, 끊고, 조사실 앞으로 가서, 유리문 안을 보며, 전화하는)

씬13. 조사실 안, 낮.

남자1, 앉아있는,

* 점프컷 ≫

찬 걸 (조사실 안을 건너다보며, 전화하는, 버럭) 니네들은 왜 일을 이따위로
해?!

씬14.   통영 시내 일각의 차 안, 낮.

짱 구   (전화 받으며, 담담히) 그게 놈이 날쌔서. 그나저나 우리 쪽 애 하나 검
사님한테 오늘 넘어갔는데.. 만나셨나?

씬15.   조사실 밖, 낮.

찬 걸   (조사실 안의 남자1을 보며, 난감한) 니들 조직원만 빼내고, 내가 부탁
한 일은 게을리하는 건 아니겠지? 용학이가 강칠일 만나기 전에 나한
테 데려와. (하고, 전화 끊고, 조사실로 들어가려는데)

그때, 주검사와 사무관, 다른 쪽에서 오는, 주검사와 찬걸 눈이 마주치는,

찬 걸   (긴장하는, 인사하고 조사실로 들어가는)
주검사   (찬걸을 의식하고, 사무관과 가며, 사무관에게) 박찬걸이 맡은 마약 사
건, 요즘 어떤가?

씬16.   통영 시내 일각의 차 안, 낮.

짱 구   (비웃음 띠고) 박찬걸이나 나나, 어려서 한 단 한 번의 실수가 일파만파
네, 서울 가자.
배 식   오용학은?
짱 구   (웃으며) 냅둬. 끝까지 써먹자고.

씬17.   국도변, 낮.

용학, 전화기를 만지작거리며 생각이 많은,
그때, 강칠의 트럭(지나와 함께 탄)이 그 앞을 지나가는,

씬18.   달리는 강칠의 차 안, 낮.

강칠, 휘파람을 불며, 운전해 가는,
지나, 그런 강칠 보고, 웃음이 나는, 자꾸 궁금해지는,
강칠, 뭔가 이상해 보면,
지나, 들키지 않으려 고개 돌려 창가 보는,

씬19.   산동네 일각, 낮.

정이 앞서 가고, 국수, 뒤쫓아가는, 빌라로 들어서는,

국 수   야, 임정! 아빠한테 가자! 어?
정 이   (어이없게 웃으며, 편하게 가며) 따라와 봤자, 소용없으니까, 가세요.
국 수   아빠가 데려오래, 삼촌이랑 같이 가자.
정 이   (비웃는) 아빠? 웃기고 있네. (하고, 빌라로 들어서는)
국 수   (따라가며, 궁시렁궁시렁) 야, 너 아빠한테 그따위 말버릇 하면 안 돼.
        근데 이해해, 화났을 테니까. 나 같아도 그래. 아빠가 너 만났을 때, 싸
        가지 없이 한 건 니가 아빨 이해해야 돼. (빌라로 들어가는)

씬20.   빌라 안, 낮.

국 수   (정이 따라가며) 야, 빵에서 16년 있었는데, 갑자기 등치 산만 한 놈이
        나타나 불쑥 아들이라면... 순간 어이없잖아? 안 그래?
정 이   관심 없거든요. (하며, 계단을 올라가, 빌라의 현관문을 열쇠로 따고, 들
        어서다가, 남자 구두를 보고는, 잠시 머뭇대고, 다시 계단을 내려가는)

국수, 뭔가 싶어 정이 뒤따라가려는데, 뒤에서 말소리 나는,

남 자   야, 새끼야, 이 싸가지 짱박은 놈의 자식 이거..
정 이   (보면)
남 자   (정이 머리통을 몇 대 때리며) 이 새끼가 어디서 눈알을.. 너 나 있어서,
        문 열었다가 집에 안 들어오는 거지? 야, 새끼야, 내가 이 집 주인이야,
        나갈람 새끼야, 니가 나가야지, 왜 내가 나가! 이 자식이... 아주 그냥..

나와, 새끼야! (하고 밀치고, 가는)

정 이   (모멸감에 찬)

국 수   누구야? 니네 엄마 남편?

정 이   (무섭게 보면)

국 수   아니... 니네 친아빠가 빵에 있었으니까, 니네 엄마가 뭐 다시 결혼했을
        수도 있잖아.

정 이   (뭔가 이상해, 문 쪽 보면)

그때, 남자아이(사탕을 빨며), 무심히 정이를 보는, 별로 관심 없는 얼
굴이다.

정 이   (그 애를 보다가, 계단을 내려가는)

국 수   (남자애 보며) 너 정이 동생이냐?

남자애   (뚱하게) 친동생 아닌데요?

국 수   같이 살고 너보다 나이 많으면 형이지, 자식아... 사탕 먹지 마, 이 썩
        어! (하고, 남자애 사탕 뺏어 먹으며) 정이야, 어디 가, 같이 가!

씬21.   서울 일각, 편의점 안, 낮.

강칠, 과자를 이것저것 사고,
지나, 음료수 냉장고에서 음료를 하나 꺼내서, 계산대로 가, 강칠을 보면,
강칠, 과자를 고르다, 내려놓고, 다른 과자를 고르고, 아니다 싶은지,
'이것도 먹고 싶고, 저것도 먹고 싶고' 하며 또 과자를 보는,

지 나   다 안 샀어요?

강 칠   (웃으며) 잠깐만요, (하고, 과자 몇 개를 들고, 계산대로 오는)

지 나   (이상한) 그걸 누가 다 먹어요?

강 칠   내가요. (하고, 돈을 주머니에서 주섬주섬 꺼내, 계산대 여자 보며) 얼
        마죠?

씬22.   모델하우스 안, 낮.

강칠, 주변을 구경하고, 이층으로 오르는,
지나, '자재 산다며, 여긴 왜 와요?' 하는,
강칠, 아랑곳없이 주변만 구경하는,

씬23.   압구정동의 가로수 길, 낮.

강칠, 과자를 먹으며 주변 건물들을 구경하는,
지나, 따라가다, 힘이 든, 고개 돌려 머리카락을 쓸어넘기다, 보면,
강칠이 없는,
지나, 강칠을 찾아, 근처 카페로 가보지만, 없는, 지나, 조금 걱정스런,
다시 길을 나와 두리번거리다가, 조금 급하게 강칠을 찾아 두리번거리
는, 그때, '정지나!' 하는 소리에 돌아보면,
강칠, 예쁜 건물 앞에서 앉아 지나 보다, 일어나, 가는,

지 나   (혼잣말) 뭐야? (강칠에게) 이봐요, 저기요, 양강칠 씨!

씬24.   가로수 길, 낮.

강칠, 건물을 구경하고 (집의 문이며, 전등이며, 소품들),
지나, 시계를 보며, 지루한,

지 나   (강칠 보며, 독촉하듯) 자재 사러 안 가요?
강 칠   지금 갈려구요.
지 나   난 지금 너무 피곤해서, 더는 같이 못 다니겠어요. 여기 오다가 본 길모
퉁이 돌아서 있는 카페에 있을 테니까, 그쪽은 일 보고 오세요. (하고,
나가다, 걱정스런, 돌아보며, 강칠에게) 어제 안 잤다면서요?
강 칠   (보면) 그래서요?
지 나   식사는.. (답답한) 다녀오세요. (하고, 가는)
강 칠   (웃고, 가는)

씬25.   야외 카페, 밤.

지나, 전공 책을 보고 있는, 샌드위치랑, 먹다 남은 과일 토핑 아이스
모카가 있는,

씬26.   자재상, 낮.

　　　1, 나무 집.
　　　강칠, 나무 샘플을 보는,
　　　2, 전등 집.
　　　강칠, 전등을 보며, 제품 넘버들을 보는,

씬27.   야외 카페, 낮.

　　　지나, 책 보다, 시계를 보는데,
　　　뭔가, 이상해, 앞을 보면,
　　　강칠, 앞에서 와서 앉아, 주머니에서 종이 꺼내, 지나 옆에 있는, 필통
　　　에서 연필을 꺼내, 뭔갈 쓰는, 여전히 사탕이나 과자 같은 걸 먹는,

지 나　　?
강 칠　　(자재들 이름과 가격을 써내려가는, 견적서를 뽑는듯한)
지 나　　뭐해요?
강 칠　　(뭔가 쓰며, 진지한) 견적 뽑아요.
지 나　　물건 샀어요? 샘플표 가져왔어요?
강 칠　　(과자를 입에 물고, 쓰기만 하며, 제 손가락으로 머릴 툭툭 건드리며)
　　　　　여기. 단가표도 여기.
지 나　　(이상한, 긴가민가한) 설계도면 없이..?
강 칠　　(지나를 보다, 옆에 지나의 공책에 그림을 그리는데, 잘 그리는) 이렇게
　　　　　이렇게 지을 거예요.
지 나　　(그림 실력에 놀라는) ?
강 칠　　이건 외부.. 여기 나무는 이 색깔.. (하며, 옆에다 샘플 넘버링을 하는
　　　　　P-654번 식의)
지 나　　그 숫잔 뭐예요?

강 칠   아까 그쪽이 모델하우스에서 이쁘다고 한 나무 색 번호. 흰색 묻어나는,
지 나   (놀라는) ?!
강 칠   그리고.. 이건 여섯 번째 카페에서 본 전등을 둘 건데, 그 전등이 씨빌 8
        번예요. 단가가 좀 비싸긴 한데 (그림 그리며) 이렇게 생긴 전등.. 아까
        눈여겨보는 것 같든데, 맞아요?
지 나   (좀 당황한, 물을 마시고) 설마, 그걸 다 외웠어요?
강 칠   (웃으며, 지나의 화려하게 토핑된 과일 아이스 모카 보며) 그거 맛있어요?
지 나   (강칠 앞에 주며) 드세요.

        * 점프컷 〉〉

강 칠   (과일 토핑 아이스 모카를 숟가락으로 마구 먹는, 그릇을 들어, 국물까
        지 톡톡 털어 먹는)
지 나   (신기한, 웃음이 나는) 그렇게 맛있어요?
강 칠   (입가 닦으며, 웃고, 고개를 끄덕이는, 엄지손가락을 드는)
지 나   (어이없이 보다가, 종업원에게) 여기 과일 토핑 아이스 모카 하나 더요!

씬28.   포장마차, 밤.

        강칠, 떡볶이며, 오뎅이며를 마구 먹는,
        지나, 강칠 먹는 거에 놀란,
        강칠, 튀김을 먹는,

지 나   (이상한) 왜 그렇게 먹어요?
강 칠   (먹으며, 웃으며) 아마 거기가 나 같아도 이럴걸요. 이런 사제 음식을
        내가 얼마나 먹고 싶었는지 모르죠? 아마 상상도 못할걸... 내가 이런
        거 못 먹는 곳에 좀 있었거든요.
지 나   (보는, 안된) ?
강 칠   (먹으며, 편안하게 웃으며) 그때 내가 맨날 맨날.. 벽을 보면서 있잖아
        요, 밤이면 밤마다 이를 득득 갈며 이런 생각을 했어요. 여기서 나가기
        만 해봐라, 내가 세상의 모든 떡볶일 다 먹어주겠다, 오뎅을 다 먹어주

겠다, 순대를 다 먹어주겠다, 참외를 다 먹어주겠다! (낄낄대고, 웃으
며) 웃기죠? 근데 거기 있어봄 절대 안 웃겨요. 그건 진짜.. 절체절명..
한.. (웃으며) 난 정말 내 인생에 그렇게 진지했던 순간은 다시 없을 거
예요. 정말로! (하고, 주인에게) 아줌마 순대 좀 썰어 줘요!

지 나   (화난, 먹던 오뎅을 내려놓고, 강칠 보며) 우리, 밥 먹어요.

강 칠   (입에 튀김 넣다, 보는) ?

지 나   (진지하게 타이르듯) 이런 거 너무 많이 먹는 거 안 좋아요, 몸에. 밥 먹
        어요. 내가 맛있는 밥 사줄게요.

강 칠   난 이게 좋은데... (하고, 순대 받아서 먹으며)

지 나   (작심하고, 강칠 손목을 잡는)

강 칠   ?

지 나   (손에 들린, 이쑤시개를 뺏어 버리고, 옆의 가방에서 돈을 꺼내 주인 주
        겨) 계산해주세요. (하고는, 가방 들어 메고, 팔짱 끼고, 보며, 타이르는
        마음이다, 차분히, 진지하게) 어제 새벽에 나 만났을 때 잠 못 잤다고
        했죠? 그리고 오늘 우리 집에 새벽에 일 오고, 계속 힘든 일 하고, 운전
        해서 서울 오고, 하루 종일 여기저기 걸어다니고 과자랑 불량식품만 먹
        고, 몸도 안 좋으면서,

강 칠   ?!

지 나   (머리 쓸어 올리며, 어색한 거짓말) 그러니까 내 말은.. 배탈이 날 수도
        있으니까.. 밥 먹자구요. 따라와요. (하고, 가는데, 느낌이 이상해 보면)

강 칠   (순대를 먹고 서있는)

지 나   (답답한, 강칠에게 와서) 밥 먹자구요! 이런 거 너무 먹음 건강에 안 좋
        다구요, 나중에.

강 칠   (아무렇지 않게) 나중이요?

지 나   (눈빛이 흔들리는, 뭐라 말할지 모르는) ?

강 칠   (편하게 말하지만, 진지한) 나중은 없어요. 나는요, 16년을 나중이란 건
        생각을 안 하고 살았어요.

지 나   ?

강 칠   오직 지금 이 순간. (순대를 가리키며, 진지하게) 여기 내가 좋아하는
        맛있는 순대가 있다. 그리고 오직 지금 이 순간은, 먹을 수 있다. 그럼
        됐다. 오케이, 굿! 끝.

강칠, 웃으며, 순대를 떡볶이 국물에 찍어, 지나의 입에 넣어 주는데, 그 바람에 지나의 입가에 국물이 묻는.
강칠, 웃으며 '어머, 이거 어떡해' 하며, 장난스레, 손으로 입가 닦아주고, 지나, 웃긴, '됐어요!' 하며, 강칠에게 웃으며 눈을 흘기는, 걱정되고, 신기한, 강칠, '내가 그렇게 했으니까, 내가 닦아줄게요' 하며 계속 닦으려 들고, 장난치는,

씬29. 옷 가게 안, 밤.

강칠, 자기 옷을 고르고, 지나, 이게 어떠냐, 저게 어떠냐 찾아주고,

씬30. 음악 CD 가게 앞, 거리, 밤.

강칠, 과자를 먹으며, 가게 앞에서 나오는, 최신 가요를 들으며, 춤을 추고, 신난, 지나, 대체 이 인간은 어떤 인간일까 싶은, 강칠을 탐색하듯 보며,

지 나 (신기한, 보다가, 어이없어, 자기도 모르게 웃음이 나는, 강칠을 빤히 보게 되는) 별 노랠 다 알아요? 진짜.. 혼자서 그러고 놀면 안 심심하겠어요?
강 칠 (지나 보고, 웃으며, 노래 부르는)
지 나 (어이없어 웃고, 고개 절레절레 젓고, 길을 가는) 이제 가요.
강 칠 (따라가며, 음악에 빠져, 춤을 추며, 가는)

씬31. 달리는 강칠의 트럭 안, 밤.

강 칠 (신나게 노랠 부르다, 멈추는, 갑자기 생각난 듯) 영화관.
지 나 (보면) ?
강 칠 (지나 보며) 노래방?
지 나 ?
강 칠 (다시 앞 보며) 놀이공원... 그리고 동물원 가기? 가서 사자의 코털을 꼭

건드려보기, 코끼리 코로 그림 그리는 거 꼭 보기. 기차 타기. 그리고
호숫가에 유부초밥, 김밥 가지고 소풍! 엄마랑 제주도... 설악산 가기...
음... 그리고.. 그리고...

지 나   뭐 해요?

강 칠   (보고, 웃으며) 내가 하고 싶은 거 생각해요. 내가 진짜 하고 싶은 게 뭔
        지... (생각하며, 편하게, 그러나 진심인) 만약 나에게.. 몇 달밖에 없다
        면.. 뭘 해야 될까? 그거 생각해요.

지 나   (맘이 찡한, 보는) ?!

강 칠   (웃고, 지나 보며, 편하게) 거긴 어때요? 만약, 그쪽이 몇 달밖에 안 남
        았다 그럼 뭘 하고 싶을 거 같아요?

지 나   (창가 보며, 속상한) 왜 그런 생각을 해요, 쓸데없이. 아깐 뭐 오직 지금
        이 순간만 있다면서요.

강 칠   (생각하며, 좀 서글퍼지는) 그냥.. 뭐.. 해두는 거죠, 혹시 모르니까. 인
        생은 혹시.. 모르거든요.

지 나   (창가만 보며) 피곤해요, 그만 말해요. (하고, 눈 감아버리는)

강 칠   (서운한) 그러죠, 뭐. 자요. 내가 안전하게 집 앞까지 모셔다 드릴게. 아
        가씨를 집 앞까지 안 모셔다 주는 건, (보고, 웃으며) 실례니까. (하고,
        가며, 휘파람을 부는)

지 나   (창가 보며, 내가 왜 이러지 싶다)

씬32.   아파트 단지, 밤.

        국수, 한쪽 아파트를 보고 있는, 누군갈 기다리는 듯한,
        그때, 정이 현관에서 나와 걸어와 국수를 보며,

정 이   아직도 안 갔어요?

국 수   저긴 누구네 집이야?

정 이   (가며, 말하는) 내가 가르치는 학생 집이에요.

국 수   (이상한) 학생이, 학생을 가르쳐?

정 이   (뒤돌아, 뒷걸음치고, 걸으며, 잘난척하는) 난 보통 학생이 아니거든요.
        (하고, 가는)

국 수   (좋은) 너 천재구나?

씬33.   길가 포장마차, 밤.

        여자(1부에 나왔던 수미 친구), 남자를 밀치며,

여 자   왜 그래, 장사하는 데까지 와서... 가, 집에 가!
남 자   돈 좀 줘봐봐.
여 자   집에 가는데 돈이 왜 필요해!
남 자   정이 새끼 꼴 보기 싫다고?!

        * 점프컷 〉〉
        정이, 국수, 둘을 담담히 보는,

        * 점프컷 〉〉

남 자   너랑 나랑 개랑 한 방에서 대체 뭐 하는 거야? 남의 자식을 니가 왜 네
        자식처럼 대학까지 보낸다고 난리야!
여 자   우리가 수미한테 신세진 게 얼만데, 그딴 소릴 해? 그리고 대학은 지가
        알아서 가겠지!
남 자   아, 시끄러, 돈이나 줘. (실랑이를 계속하는)

        * 점프컷 〉〉
        정이, 담담히 돌아서서 가는,
        국수, 그들을 보다가, 정이를 따라가며,

국 수   (말하는) 친이모?
정 이   (가며) 엄마 친구.
국 수   아빠는 너 대학 보내줄 건데?
정 이   (멈춰 서서, 보고, 웃으며) 나 능력 있거든요, 돈 없어도 날 모셔갈 대학
        들 줄 섰거든요? 내가 저 이모랑 사는 이윤 딱 하나.. 이모가 좋아서예

요, 착각하지 마. 날 오갈 데도 없는 구질스런 애로 보지 말라고요.

국 수　(보며, 재밌단 생각이 드는) 너 볼수록 아빠 닮았다, 완전 딱이네, 성깔 머리가.

정 이　(어이없게 보며, 비아냥) 내가 만약 아빠라는 그 인간하고 산다면, 이윤단 하날걸요? 엄마랑 날 버린 복수?

국 수　(박술 딱 치며) 괜찮네. 그거, 복수? 사내자식이 뭐 그런 오기도 있어야지, 가자, 가서 복수하자. 그리고 저 이모는 니가 없는 게 도와주는 거 같은데..

정 이　(여자 보면, 여자가 한쪽 의자에 앉아, 손 내민 남자에게 돈을 주며, '그래, 가져가라, 가져가!' 하고 맘 아프게 소주를 먹는 게 보이는, 맘 안 좋은)

국 수　(정이 보며) 두 사람 사이에 싸울 일도 많은데, 너까지 싸울 거리 보태지 말고 가자.

정 이　(맘이 흔들리는, 국수 보는)

국 수　가자.

정 이　(가방에서 통장과 도장을 꺼내, 화단 한쪽에 놓고, 국수에게) 가죠. (하고, 가며, 문자하며, 가는)

국 수　(따라가며) 뭐 해?

정 이　(문자하며) 이모한테 화단에 돈 가져가라고... 그리고 아빠 만나 별로면 다시 올 거니까 걱정 말라고.

국 수　(따라가며) 뭐, 다시 돌아와?

씬34.　동물병원 밖, 밤.

강칠, 트럭 서고, 잠시 후, 지나 내리는,
영철, 한쪽에 서서 두 사람을 보는데, 두 사람은 모르는,

강 칠　자재 들어오는 날, 봐요. (하고, 웃고 가는)
지 나　(편하게 보고, 집 쪽으로 가다가, 뭔가 이상해 앞을 보면)
영 철　(굳은)
지 나　(편하게) 여기서 뭐 해? 공사하는 동안, 친구들 만나러 서울 간다며?

영 철 저놈은 뭐야?

지 나 (가다, 보고, 어이없이 웃으며) 저놈은 뭐야가 뭐야? (하고, 가는)

영 철 (샘내듯) 저놈이라고 그럼 안 돼? 그래, 그럼 저놈 말고 그놈은 뭐냐?

씬35. 지나의 집 안, 밤.

지나, 들어와, 웃옷을 벗고, 씻으려고 수건을 두르는,
영철, 그 옆에서 커피를 마시다, 놀라, 커피를 흘리며, 보며,
땡이, 한쪽에서 자는,

영 철 뭐, 뭐?

지 나 (얼굴에 크림 발라, 화장 지우며, 담담한)

영 철 정말.. 그 남자가 니가 교통사고로 친 남자야?

지 나 악연이랬잖아.

영 철 그 남잔 알어?

지 나 몰라. 말 안 했어.

영 철 하지 마.

지 나 (보면) ?

영 철 보험사가 합의 봤잖아, 돈도 줬다며? 그럼 계산 끝난 거야. 굳이 니가
       했다, 그런 말 할 필요 없잖아, 절대 하지 마. (하고, 커피 마시는)

지 나 오빠, 만약 오빠한테 앞으로 살아갈 날이 몇 달밖에 없다면 뭘 하고 싶
       을 거 같애?

영 철 뜬금없이.

지 나 말해봐, 뭘 하고 싶을 거 같은지?

영 철 (농담조, 편하게) 여자들을 하루에 한 명씩 바꿔가면서 만나고 싶다, 왜?

지 나 (어이없이 웃고, 보면)

영 철 (웃으며) 더 솔직히 말함 그냥, 만나는 거 말고, 찐한 잠자리까지.

지 나 (어이없는 웃음 짓고) 좀 진지해지면 안 돼?

영 철 내가 진지한 거 너 별로잖아. 진지하게, 정말 진지하게 한번 해봐?

지 나 (편하게) 해봐. 진지하게.

영 철 너랑 다시 시작하고 싶어.

지 나   (굳는) ?!

영 철   너랑 다시 학교 도서관에서 부딪히고, 너랑 다시 우리 오피스텔에서 첫
        키스 하고, 너랑 다시 뜨겁게 밤새 이야기하고 사랑하고,

지 나   (담담히, 차분히) 그러다 나를 지겨워하고 딴 여자랑 눈맞고,

영 철   ?

지 나   그 뒤는 내가 잘 알지? 진행이 어떻게 될지? (화장실로 들어가버리는)

영 철   (화장실 쪽 보며) 야 봐, 넌 내가 진지해지면 별로잖아.

지 나   (문 연 채, 세수를 하는)

영 철   나 오늘 여기서 자고 갈까? 아파트 가기 싫은데... 넌 방에서 자고, 난
        거실에서 자고.

지 나   (세수를 하고, 로션 등을 바르는)

영 철   (화장실 문에 기대 서서) 한 번만 더 기횔 주면 안 돼?

지 나   두 번 줬었어. (하고, 방으로 가는)

영 철   (담담히, 따라가는)

씬36.   강칠 모의 집 마당, 밤.

        강칠 모, 평상에 앉아, 지붕 위의 강칠 보며, 걱정스런,

강칠 모 자, 그냥, 오밤중에.. 힘들게 일하고 와서..

강 칠   (지붕에 새 기와를 깔며, 일하며) 낮엔 동물병원 일해야 돼서, 시간 없
        어, 오늘 해야 돼. 효숙이네서 자고 와, 일한 김에 도배까지 하게.

강칠 모 잠도 안 자고 미쳤는갑네, 진짜로. 자, 자고 해.

강 칠   16년을 감방서 디리디리 지겨울 만큼 잤어. 안 자고 싶어도 거긴 잠을
        재우거든. 근데 뭘 또 자. 됐어, 가.

강칠 모 (안된, 고개 돌리고 마는)

강 칠   효숙이네 가요, 도배할 거야.

강칠 도 (안 보고) 안 가. 여기 너랑 있을 거야.

강 칠   내가 그렇게 좋으면서 왜 내가 필요할 땐 날 모른척했어?

강칠 모 ?

강 칠   내가 칼 맞고 엄마 찾아갔을 때,

강칠 모　　지랄 또 그 얘기지... (하고, 부엌으로 들어가는)

강 칠　　(문 쪽 보며) 나한테 그게 얼마나 큰 상천 줄 알어? 엄마가 나한테 그때 잘못했다고 진지하게 말하기 전까진 절대 그거 안 잊을 거야!

씬37.　　강칠 모의 집 부엌, 밤.

강칠 모, 부엌에서 설거지하며, 안 좋은,

씬38.　　지나의 방 안, 밤.

지나, 침대에 앉아, 책을 펴 들면, 땡이 와서 옆에 눕는,
영철, 방 안에 들어와 벽에 기대서서, 지나를 보며,

영 철　　나랑 술 마시자, (장난치듯, 애들처럼 부르는) 지나야, 지나야.

지 나　　(책 보며) 이소연이가 내 앞에서 손목 긋던 거 나, 아직 안 잊었어.

영 철　　그건 걔가 과잉된 쇼한 거거든.

지 나　　(보며) 내가 오빠가 싫은 진짜 이유가 뭔지 알어?

영 철　　바람기... 책임감 없는 거.. 그리고, 또 뭐가 있나?

지 나　　(보며) 우리 둘 다에게 있는 공통점.

영철, 지나　　(동시에) 자신만 아는 거.

영 철　　(서글프게 웃고) 야, 너두 널 아는구나. 난 그건 나만 아는 줄 알았네.

지 나　　(웃고, 편히) 주제 파악 정도는 하고 살거든요?

영 철　　딱 니 자존심의 한계선을 긋고, 상대가 누구든 그게 사랑하는 남자든 아버지든... 니 자존심을 다치게 하거나, 너와 생각이 다르거나, 너를 힘들게 하거나 하면, 여지없이 (하고, 손으로 제 목을 긋는 시늉하며, 생각난 듯, 조금은 농담조) 아, 내가 너의 그 재수없고 야멸찬 걸 또 잊고, 들이댔네. 그게 싫어서 딴 여자랑 바람이 나놓고.. 멍청이. 됐다, 기집애야. 다시 기억났어. 이젠 정말 그거 안 잊어버리고, 너한테 다신 만나달라고 애원 같은 거 안 해. 절대. (하고, 가려다가, 지나 보며, 묻는) 근데 난 왜 싫은 거야? 내가 뭐가 이기적인데? 난 모든 여자들한테 최선을 다했다. 널 만날 때 너한테 소연이 만날 땐 소연이한테, 가라면 가

	고 오라면 오고, 최선을,

지 나   (말꼬리 자르며) 나눠주잖아.

영 철   ?

지 나   최선을 다하는 척하면서 나눠주지. 찔끔, 찔끔 이 여자, 저 여자한테.
          엄마 핑계 대면서. 결혼도 안 하고 비겁하게!

영 철   (웃고, 농담조) 핑계 아니거든. 난 엄마랑 아빠의 불평등한 관곌 보며,
          심하게 상처받고 자랐거든. 핑계 아니,

지 나   (말꼬리 자르며, 책 보며) 핑계라고 그냥 하자. 서른 살 훌쩍 넘어, 뭐든
          엄마, 엄마 하면서 (보며) 엄마 때문이라고 하는 거.. (담백하게, 편하
          게, 놀리고 싶은 맘이 있다) 매력 없어. 오빠.

영 철   (가만 보다, 손가락으로 지나 가리키며) 유 원. 매력 없단 악랄한 말을 어
          떻게 저렇게 이쁜 얼굴로.... (하고, 가려다가, 다시 지나 보며) 나도 묻
          자, 아까 니가 나한테 물은 말, 넌 인생이 몇 달만 남음 뭘 하고 싶은데?

지 나   (보는) ?

씬39.   강칠 모의 집 안, 밤.

          강칠, 일하는,

씬40.   달리는 버스 안 + 전경, 새벽.

국 수   (자는 정이를 보다, 정이의 가방을 뒤지며, 그 안에서 사진첩이 나오는,
          강칠과 수미의 사진이 보이는, 정이와 수미의 즐거운 사진이 여러 장
          나오는, 그러다 맨 마지막에 또 다른 남자의 독사진이 보이는) 이건 누
          구야?

씬41.   강칠 모의 집 안, 아침.

          강칠(잠을 조금 잔 느낌, 옷은 파자마에 머리는 산발이다), 지붕에 새
          기와를 다 깔고 잘됐나 둘러보는데,

국 수　(E) 형!
강 칠　(소리 난 쪽 보면)
국 수　나 좀 봐. (하고, 가는)
강 칠　야, 너 어디 가, 국수야!

씬42.　통영의 높은 건물 전경, 아침.

강 칠　(E) 뭐?

씬43.　건물 옥상, 아침.

　　　국수, 난간에 등 기대고(전경을 등지고), 말하는,

국 수　오른쪽 보라고.
강 칠　(이상한, 오른쪽 보며) 뭘 보라는 거야?
국 수　주차장 안내소에 서있는 애 봐.
강 칠　(주차장 쪽 보면)

　　　* 점프컷 〉〉
　　　정이, 서서 주변을 맘에 안 들게 두리번거리는 게 보이는,
　　　지나가는 학생들(이후에 나오므로, 분명히 스칠 것), ‘서울 놈 같은데
　　　와 여기서 얼쩡대나?’ 하며 가는, 정이, 그 애들을 맘에 안 들게 보는,

　　　* 점프컷 〉〉

강 칠　쟤 뭐야?
국 수　(담담히) 형과 임수미 씨 사이에서 난 아들, 임정.
강 칠　(국수 보며) 뭐?
국 수　간 이식하자.
강 칠　(놀란, 버럭) 뭐?
국 수　왼쪽 봐.

강 칠 너 쟤 왜 덱고 왔어?
국 수 (진지하게 보며, 버럭) 왼쪽 보라고!
강 칠 (두리번거리다, 보면)

* 점프컷 〉〉

강칠 모, 생선을 팔며 밥을 먹는 게 보이는,
국 수 (담담히, 진지한) 엄마 생각해.
강 칠 (국수 보면) ?
국 수 인생에 가진 거라곤 달랑 아들 둘인데, 큰아들 죽고, 작은아들 죽는 꼴 까지, 보이고 싶어?
강 칠 (속상하지만) 저 노친네 팔자야! (하고, 돌아서려 하면)
국 수 (돌려세우며) 그러니까, 넌 쌩양아치야!
강 칠 (보며) 엄마한테 나 죽는 꼴 안 보여! 나는 죽을 때 되면 내가 알아서 저 바다로 기어들어갈 거야? 알어? 그래서 파도에 떠밀려가서, 아무도 모르게 깨끗이, 깨끗이 끝낼 거야. 내가 왜 구질스레 엄마한테 내 죽는 꼴을 보여, 내가 왜, 자식아!
국 수 (보는, 담담하고, 진지한) …
강 칠 근데 넌 진짜 미쳤다! 어린 놈 간을 발라 먹을라고 데려와? 야.. 인정머리 없는 놈. (하고, 가려 하면)
국 수 (잡으며, 버럭, 눈가 붉은) 억울하잖아, 이대론, 너무!
강 칠 (맘 아프게 보면)
국 수 (다가서서, 강칠을 보며, 눈가 붉은, 차분하게) 진짜 안 억울하냐? 16년 억울하게 빵에서 썩다가 나와, 이제 막 일거리 잡아서 엄마한테 효도 좀 하게 생겼는데, 덜컥 간암.. 진짜 안 억울해?
강 칠 (맘 아프게 보면)
국 수 젊은 애가 간 좀 준다고 안 죽어. 절대. 쟤는 형 간 주고 사람 살렸으니, 나중에 죽어서도 천국 가고, 형은 쟤 대학 보내. 미국 가고 싶대. 잘난 놈이야, 보내주자. 연간 팔천 드는 어머어마하게 잘나가는 대학인데, 우리 둘이 죽어라 일함 못할 것도 없어.
강 칠 (눈가 붉은, 흔들리지만) 됐어, 새끼야. (하고, 가려 하면)

국 수　(강칠의 멱살을 두 손으로 잡고, 진지하게, 눈가 붉어, 차분하게 울지 않고 말하는) 16년 만에 사제 햇빛, 넘 신기하지 않아? 매일 아침 눈뜨면, 여기가 독방도 아니고 감방도 아니고, 허름한 집구석이래도 엄마 있는 집인 게 미치게 신기하고 좋지 않어?! 아침에 간수 얼굴에 대고 잘 주무셨어요, 안 하고 엄마한테 밤새 안녕히 주무셨어요, 하는 거 미치게 좋잖아, 쌍!

강 칠　...

국 수　난 세상 나오니까 다 신기해, 형 너도 신기하잖아. 여자도 한번 만나봐야지.. 남들 하는 사랑도 해봐야지... 인간답게. 한번쯤은, 인간답게.

강 칠　(속상해, 멱살 잡은, 국수의 팔 치우고, 난간에 기대서서, 심호흡하다, 엄마를 보는데, 맘 아픈)

* 점프컷 〉〉
강칠 모, 장사가 잘되는 분희를 부럽게 보는,

국 수　(강칠 보며) 우리 엄마한테 효도도 한번 하자! 돈도 벌어다 주자! 엄마가 시장통에서 내 자식 좀 봐라, 내 아들이 이리 잘났다! 자랑하게 하자, 어, 형?!

강 칠　(강칠 모 가만 보며, 눈물 나는, 참고, 바닥에 앉아, 길게 숨을 토해내는, 뭐가 뭔지 모르겠는)

국 수　(앉으며) 하늘을 우러러 부끄러워 안 해도 돼. 절대. 날 믿어.

강 칠　(맘 아픈, 눈물 참고, 작심하고, 이를 앙다물고, 국수 안 보고) 만약 놈이 순순히... 간을 안 주면?

국 수　(진지하게, 강칠 보며, 맘 아픈) 공을 들여야지. 사랑도 해주고,

강 칠　(맘 아픈, 참고, 담백하게) 일단.. 정인지 뭔지가 내 진짜 아들인지, 아닌지나 알아봐. 그리고 다시 얘기해. (하고, 가는)

국 수　(맘 아픈, 품에서 노트 꺼내 제 이름 란을 펼치고) 근데 흰 별을 그려야 하나... 검은 별을 그려야 하나.. 헷갈리네. 둘 다 천 개씩? (하고, 별 그리는)

씬44.　건물 계단, 낮.

강칠, 맘 아픈, 복잡한, 서둘러, 계단을 뛰듯이 걸어 내려가는,

씬45.　번화한 거리, 낮.

국수, 빠르게 걸어가고,
정이, 뒤따라 걸어가는,

씬46.　동네 계단, 낮.

국수, 주머니에 손 꽂고 마구 뛰듯이 계단을 오르는,
정이, 그 뒤에서 따라오며,

정 이　(힘든) 어디 가요?
국 수　(안 보고) 아빠 집... (하고, 가는)
정 이　(답답한) 대체 집이 어딘데, 자꾸 같은 길을 수십 번을 돌아요! 네! (하
　　　고, 잡으면)
국 수　(팔을 휙 뿌리치는)
정 이　(그 바람에 휘청하며, 계단을 구르는)
국 수　(멈춰 서서, 정이를 돌아보는데, 담담한)

씬47.　병원 안, 낮.

간호사, 정이에게, 혈액을 뽑는,
정이, 간호사에게 이상한,

정 이　(바늘 들어가는데 아픈) 아... (이상한) 왜 무릎이 까졌는데, 피를 뽑아요?
간호사　삼촌이 이왕 병원 온 김에 혈액검사로 할 수 있는 검산 다 해달래요.
정 이　?!

씬48.　병원 검사실 앞, 낮.

국수, 간호사랑 얘기하고, 뒤돌아서서 가며, 박수 치고, 점핑하며, 신난,

국 수　　그지, 그지, AB, AB.. 맞지, 맞지, 아들 맞지! 와우!

씬49.　　동물병원 마당, 낮.

인부들, 자재를 내려놓는,
지나(산행할 차림), 주변을 두리번거리며 강칠을 찾지만 없는,
땡이, 지나 곁에 서있는,

지 나　　(가려다가, 인부에게) 저기, 여기.. 양강칠 씨.. 책임자, 어디 갔어요?
인 부　　모르겠는데요, 우리한테 자재 들여놓고, 가라 그러던데요?
지 나　　(좀 서운한, 집 밖 차로 가서, 차 타고 가는)

씬50.　　농가 길, 낮.

강칠, 담담히 생각하며, 트럭 달리다가 멈춰 서는, 강칠 내리는,
강칠, 멀리 보면, 정미소나 곡물 창고 같은 폐가가 보이는, 뭔가 싶어,
보는,

씬51.　　들 일각, 낮.

지나, 여기저기 배낭의 옥수수를 던지는,

씬52.　　다른 산, 낮.

지나, 작대길 들고서, 덫을 찾아 나서는, 땡이와 함께 가는,
지나, 땅을 툭툭 쳐보다가, 덫을 발견하고, 툭 치면, 덫이 걸리는, 그걸
풀어, 가방에 넣는.

지 나　　진짜 왜 이렇게 덫이 많아, 땡이, 너 괜히 덱고 왔나 보다.

그때, 멀리서 밭일하던 동네 아줌마 소리치는,

동네 아줌마　뭐 하는 짓이여!

지 나　(놀라, 뛰어가는)

동네 아줌마　(뛰어오며) 저 여자가 미쳤나, 남이 공들여 덫 해논 걸 와 채가노! 짐승 살린다꼬 맨날 저 짓거릴! 사람 살고 짐승 살지, 짐승 살고 사람 사나!

지 나　(죽어라 뛰어가는, 그 바람에 옷이 찢겨도 상관 않는, 팔이 긁히는, 그래도 마구 뛰는, 그러다, 덫에 다리가 걸리는, 악 소리도 못 지르고, 앞으로 고꾸라지는, 그 바람에 냇가 같은데 굴러가서 빠지는, '아' 하고 아픈 소릴 내지만, 혹시나 사람들이 들을까 싶어서, 입을 막고, 아파하는)

땡 이　(지나 보면)

지 나　짖지 마. 사람들한테 들킴 클나. (하고, 다릴 보면, 발목이 찢겨 피나는)

동네 아줌마　(E) 아이고... 어데 갔노, 이 여자가.. 내 잡기만 해봐라. 아주 그냥 요절을 낼 끼니까. (하고, 가는 소리 들리는)

지 나　(땀을 흘리며, 덫을 빼내는데, 잘 안 되는, 그래도 이를 앙다물고, 덫을 빼내려 하지만, 안 되는, 포기하고, 땡이에게) 좀만 있자. 좀만. 아줌마 밭에서 내려갈 때까지. 아니다, 영철이 형.. (하고, 배낭을 열어 핸드폰 찾아보지만, 이미 물에 젖어, 안 되는, 답답한, 전화기 접고 땡이 만지는) 어쩌지, 땡이야, 누나 많이 다친 거 같은데... 너무 아퍼.

땡 이　(갑자기, 뛰어가는)

지 나　땡이야.. (하다가, 아줌마 생각에 입을 다무는, 아픈, 다리 보며, 난감한)

씬53.　폐가 안, 낮.

강칠, 문짝을 열고 들어오는, 문짝 떨어져 나간,
강칠, 주변을 보며, 맘에 드는, 벽을 툭툭 쳐보는, 그러고는 지저분한 물건들을, 치우는,

씬54.　농가 길, 낮.

땡이, 힘껏 달리는,

씬55.   도로, 낮.

강칠, 폐가에서 쓰레기들을 노끈 같은 걸로 묶어서, 한 짐 들고 트럭에 싣는, 그러고는 차를 타고 가는, 그러다, 갑자기 차를 끽 하고 멈추고 (백미러로 달려오는 땡이 본), 차에서 내려 길가 보며,

강 칠   (반가운) 야, 너 뭐야?!
땡 이   (달려오다, 멈추고, 뒤돌아 뛰어가다, 다시 멈추고, 다시 뒤돌아 뛰어 가는)
강 칠   야야야, 너 왜 그래, 나 따라오라고.. 어디 가는데, 너? (하며, 땡이 따라, 걸어가는데)
땡 이   (뛰어가면)
강 칠   (뛰어가며) 야, 같이 가.

씬56.   통닭집, 낮.

영철, 민식 술을 마시고 있는,

영 철   (좀 취한, 웃으며) 아버님은 남자인 절 이해해주셔야지, 그렇게 딸 편만 들면 안 되죠?
민 식   자식이 낮술 마시고 취했나.. 얌마, 내가 널 어떻게 이해해. 바람핀 놈을 뭘 이해해?
영 철   내가 왜 바람을 폈는데요? 내가 뭐 이 여자 저 여자한테 맘을 나눠줘서 싫다고? 지는! 지나 걔는요, 단 한 번도 오로지 내 것이었던 적이 없어요! 사귀는 내내, 단 한 번도!
민 식   (깔깔대고 웃는)
영 철   뭐가 웃겨요!
민 식   그건 인정한다.. 지나 걔가 그래. 어려서도 우리 지나 엄마 꺼, 아빠 꺼? 그럼 뭐랬는줄 아냐, 걔가? (애기 흉내 내며) 지나는 지나 꺼. (낄낄 대고 웃으며) 웃긴 놈이지. 근데.. 니 둘은 안 맞어. 지나는 오로지 자신 만 사랑하는 남자가 필요해. 너도 역시 니가 지랄을 하든 바람을 피든

말든 그저 니가 없음 못 산다 하는 여자가 필요하고. 그래서, 내가 니
성격 좋아하면서도 니들 헤어지는 거 잘됐다 그런 거야. 서로 달러. 니
들은 그냥 친구, 오빠 동생이 맞어. 한 놈이 져야 되는데, 안 지잖아. 왜
안 지냐? 둘 다 덜 사랑하니까. (하고, 술 마시는)

영 철 (진지한) 아버지, 나, 결혼할까요, 지나랑?

민 식 두 달 살다, 이혼한달걸. 안 돼!

씬57. 산, 낮.

강칠, 냇가를 걸어가는,
땡이, 앞장서 가는,

강 칠 야, 너 길 알긴 아는 거야? 대체 네 주인은 어딨는 건데, 임마!

땡 이 (가는)

강 칠 (냇가를 보며, 힘든 숨을 고르는데) 대체 여자 혼자 이런 델 왜 온 거야,
겁도 없이.

지 나 (E) 어쩐 일이에요?

강 칠 (주변 보다가, 지나 발견하면, 지나가 비추는 랜턴에 눈이 부신)

지 나 (종아리에 손수건을 맨, 랜턴 내리고) 여길 어떻게 왔어요?

강 칠 (웃으며, 가며) 그쪽은 여길 어떻게 온 건데?

지 나 (랜턴으로 제 발목을 비추는)

강 칠 (조금 놀라는) 이런...

지 나 산짐승 먹이 주러 왔다가....

강 칠 (앉아서, 지나의 발목을 보고, 지나 보는, 걱정스런) 산짐승 먹인 왜 주
는 건데요? 걔들이 달래? (하고, 발을 조심스레 이리저리 보는) 뼈는 괜
찮아요?

지 나 덫이 낡아 많이 다치진 않았어요. 근데 좀 삔 거 같아요.

강 칠 전화하지, 119에.

지 나 (젖은 배낭을 보여주는)

강 칠 (어이없는, 웃고) 덫을 빼야 업든 말든 할 건데... 참을 수 있어요?

지 나 (고개 끄덕이는)

강 칠	(지나 종아리에 묶여있는 손수건을 풀어, 냇물에 씻어, 지나 주면)
지 나	(보고) 한 번에 해요. (하고, 수건을 입에 무는)
강 칠	(덫을 힘주어, 푸는)
지 나	(몸서릴치며) 으.. (참고)
강 칠	(덫 벗기고, 순간, 지나의 두 볼을 두 손으로 잡고, 흔들며, 애기처럼 달래는) 야, 착하네, 잘 참네.
지 나	(어색한) ?
강 칠	(아차 싶은, 어색한) 기특해서... (하고, 얼른 지나의 입에 물린, 수건을 꺼낸 후, 지나 발을 물에 씻는, 그리고 웃음 띤) 무슨 발이 애기처럼 작네... (하고, 지나의 발에 손바닥을 대보는, 신기한) 야.. (하고, 발을 닦는)
지 나	(그런 강칠을 어색하고, 궁금하게 보는)

* 점프컷 〉〉
강칠, 등을 대고, 지나, 어색하게 업힌,

강 칠	목 꽉 잡아요. 그게 내가 편해.
지 나	(어색한, 강칠 목을 어설프게 안는)
강 칠	말 안 듣네, 진짜. (하며, 갑자기 깊은 물로 첨벙 들어가고)
지 나	(그 바람에 지나, 물이 튀어, 놀라, 강칠의 목을 꽉 안는)
강 칠	이제 좀 편하네. (하고, 옆에 가는, 땡이 보며) 쟤 이름 뭐예요?
지 나	땡이요.
강 칠	땡이 앞장 서.
땡 이	(가고)
강 칠	(가는)

씬58. 강칠 모의 집 안, 낮.

정이, 평상에 앉아 집을 이곳저곳 보며 어이없는,

| 강칠 모 | (E, 조금 놀란) 쟈, 쟈가 정말, 강칠이 애가? |

씬59.   강칠 모의 부엌 안, 낮.

국수, 부뚜막에서, 밥 먹는,

국 수   (밥 먹으며) 몇 번을 말해요, 엄만. 형이 고딩 때 사고 쳐서 만든 애라니까.
강칠 모   에고.. 엄마도 없이, 저 어린 게..
국 수   우리 같은 사고뭉치 아니니까 걱정 마요. 전교 아닌 전국 1등도 한 애
         래요. 전학시킨다니까 선생이 펄쩍펄쩍 뛰고 난리였어요.
강칠 모   (내심 좋은, 옆에 있는 수박을 자르며) 밥맛 없대도 뭐 좀 멕이자.
국 수   (웃으며) 좋죠, 손주놈 오니까?

그때, 정이 부엌으로 와 국수 보며,

정 이   (화난, 소리치는) 나 속였죠? 이 못사는 집에서 대체 뭘로 날 미국에 보
         내요?

씬60.   들판이나, 산, 해질녘

강칠, 지나를 업고 걸어가는,
지나, 강칠의 목에 흐르는 땀을 보며, 안쓰런,

씬61.   약국 안, 밤.

손약사, 드링크제 두 병을 냉장고에서 꺼내, 따는,

민 식   (의자에 기대, 약사의 손을 보는, 영철에게) 저 여자 손 이쁘지?
영 철   (보고, 민식 보며, 귀에 대고) 언젠 여잔 어머니뿐이라드니, 왜 새장가
         가시게요?
약 사   정형사님.. 여기 드링크제.
민 식   (일어나, 드링크를 받아서, 자리에 앉아, 영철 하나 주고, 자기도 마시는)
약 사   (웃으며) 오늘 술 많이 하셨네요?

민 식   (고개 끄덕이고, 드링크제만 마시고, 돈을 꺼내놓고 나가는)
영 철   이렇게 그냥 가요? (하고, 따라가는)
약 사   (웃으며) 조심해 가세요.

씬62.   약국 앞, 밤.

          영철, 민식에게 붙어서 가며,
영 철   뭐야? 그게 전부야, 손 본 게? 말도 안 걸고, 드링크제만 마시고?
민 식   (취한) 나, 지나 엄마가 너무 그립다, 영철아. 술이나 더 먹자. (하고, 가는)
영 철   (뒤에서 민식 안고, 돌리며) 아이고, 홀아비!

씬257.   도로, 밤.

지 나   (걱정스런) 많이 힘들죠?
강 칠   (땀이 나는) 내가 힘들다 그럼 어쩔 건데요?
지 나   좀 쉬어.
강 칠   (멈춰서며) 아... 맞다, 잠깐 쉬어도 되는구나. (하고, 지나를 한쪽 길의
          돌 위에 내려놓고는, 힘든, 바닥에 퍼질러 앉아, 러닝으로 땀을 닦는)
          야, 덥다... 더워...
지 나   (배의 칼자국을 보는)
강 칠   (닦다가, 지나와 눈이 마주치는)
지 나   (휙 고개를 돌리는)
강 칠   (제 배의 상처 보고, 땀 마저 닦으며) 어려서 애들하고 싸우다..
지 나   말 안 해도 돼요.
강 칠   더는 할 말도 없어요. (하고, 지나의 발을 풀러보는)
지 나   (발을 보는)
강 칠   피는 멎은 거 같은데, 발목이 붓네. 빨리 가서 치료해야겠어요. (하고,
          일어나, 지나를 번쩍 안는)
지 나   (조금 어색한) 업는 게 날 건데..
강 칠   업었다, 안았다 해야지, 내가 죽겠어요. 왜 어색해요, 이렇게 가는 게?
지 나   아니, 미안해서.

강 칠   미안하면 내 목 좀 꽉 잡아요, 그게 내가 힘이 덜 들어.

지 나   (어색한, 그래도, 몸을 곧추세워 강칠 목을 안고) 고마..워요.

강 칠   (웃음 띤 채, 농담조) 말로만?

지 나   ?

강 칠   (웃고) 그렇잖아요, 말로만 고마운 건, 나는 이렇게 땀을 비 오듯 흘리
         는데,

지 나   (강칠을 보며) 뭐 해줄까요? 영화관 데려가 줄까요? 아님 동물원?

강 칠   (멈춰 서며) ?

지 나   엄마랑 제주도 가기는 나랑 할 수 없잖아요. 말해봐요, 그쪽이 원하는
         거 해줄게요?

강 칠   그러다 내가 원하는 게 크면 어쩔려구?

지 나   ...

강 칠   (웃고) 겁먹었구나..

지 나   (웃고) 말해봐요, 원하는 게 뭔지?

강 칠   영화 한 편 말고 두 편. 나만 가는 게 아니라, 둘이 같이.

지 나   (가만 보는)

강 칠   (멈춰 서며, 너무 심했나 싶은) 한..편?

지 나   아니, 두 편... 대신 조건이 하나 있어요.

강 칠   (보는)

지 나   (따뜻하게) 과자 같은 거 말고 밥 먹기.

강 칠   ?

지 나   (타이르듯) 몸에 안 좋아요. 가끔은 오직 지금 이 순간만이 아니라, 나
         중도 생각해야 돼요.

강 칠   (가만 보는, 맘이 찡한)

지 나   (어색한) 좀.. 걸으면.. 안 될까요?

강 칠   (웃고) 아.. 이렇게 빤히 여자 봄 실례지. 내가 누군가한테 이렇게 뭐랄
         까 따뜻한 말을 들어본 적이 없어서... (하고, 가는)

지 나   근데, 대체 인생을 어떻게 산 거예요?

강 칠   ...

지 나   영화관도 안 가보고 동물원도 안 가보고.. 어떻게 그럴 수가 있어요?

강 칠   (깔깔대고, 웃고) 그러게 어떻게 그럴 수가 있는지, 정말 나도 모르겠네.

지 나   (강칠이 궁금한)

씬64.   동물병원 앞, 밤.

        민식(졸린), 영철, 택시 내리는,

민 식   여기 어디야?
영 철   꿩 대신 닭, 어머니 대신 지나.
민 식   야, 나 갈래. (하고, 몸부림치고)
영 철   몸도 못 가누면서 어딜 가요?

        * 점프컷 》
        강칠의 차 와서, 강칠 내리고, 조수석에서 지나를 안아, 내리며,

강 칠   집 앞에 차 대기가 그러네요, 차가 있어서... 병원 안 가도 돼요?
지 나   동물병원 의사래도 의사예요, 괜찮아요.
강 칠   (웃으며, 수줍게) 영화관 언제 가요?
지 나   (웃고) 담주, 내가 서울에 세미나 가는 날.
강 칠   (좋은, 입이 안 다물어지는)
지 나   (웃으며, 따뜻하게) 영화관 가는 게.. 그렇게 좋아요?
강 칠   그쪽 같은 사람들은 상상할 수 없을 만큼 좋고, 신나고 그래요.

        * 점프컷 》
        민식, 영철이와 실랑이를 멈추고,

민 식   좀 놔봐, 임마! (하다가, 조금 멀리 강칠과 지나를 보며) 뭐야, 저거..
영 철   (무슨 소린가 싶어서, 한쪽 보면)

        * 점프컷 》
        강칠, 지나를 안고 오는 게 보이는,
        지나, 무심히 고개 틀다가 영철을 보는,

영 철   (지나에게 가는, 굳은)
민 식   (집 앞에 서서, 취한) 저 자식은 뭐야?

        * 점프컷 〉〉
        강칠(민식 쪽 보고), 지나 안고 있다가, 영철 보는,

영 철   (강칠 맘에 안 들게 보고, 지나 보고) 왜 이래?
지 나   덫에 걸렸어.
영 철   근데 왜 둘이? 참.. (하며, 지나를 안는)
강 칠   (조금 서운하고, 부러운)
지 나   고마웠어요.
강 칠   (어색하게 인사하고 차에 오르는)
영 철   (가는 강칠 보다, 집으로 가며) 뭐야, 왜 둘이 자꾸 있어?
민 식   (술 취해, 집 쪽에서) 영철아, 지나 왜 그러냐?!
강 칠   (차에 타, 안전벨트하며, 사이드미러로 영철이가 안고 가는 지나 보며,
        좀 샘나는, 민식이도 힐끗 무심히 보고, 차 몰아 가는)

씬65.   강칠 모의 집 앞, 밤.

        강칠, 차를 몰고 와 세우고, 집으로 가려는데,

용 학   (E) 양강칠!
강 칠   (순간 굳는, 뒤돌아보면)

        * 점프컷 〉〉
        어둠 속에, 용학(모자 쓴) 서있는,

강 칠   (가만 보면)
용 학   (천천히 뒷걸음질을 치는)
강 칠   (한 걸음 한 걸음 다가서며) 내가 니들 나타나지 말랬지? 내가 알아서
        보고 한댔지?

용 학   (뒷걸음치다, 뛰어가는)

강 칠   (뛰어가는, 화가 나 죽자사자 달려가는 이번엔 잡을 심산이다, 궁시렁
          대며, 뛰며) 개자식들... 대체 왜 날 가만 안 둬, 잡히기만 해봐, 오늘,
          죽여버린다, 내가 아주!

          * 점프컷, 통영 시내 》
          용학, 죽자사자, 뛰는, 그러다, 사람과 부딪히면 그 사람을 밀치고 시
          내로 가는,
          강칠, 이를 앙다물고, 넘어져 일어나는 사람들을 밀치고 뛰어가는,
          용학, 그때 차도로 뛰어들어서, 건너편으로 가는,
          강칠, 건너가려는데, 오토바이가 지나가서 멈칫하는,
          강칠, 앞을 보면,
          용학, 뒷걸음치며, 가로등 쪽에서 모자를 벗는, (느린 그림)
          강칠, 가려다 용학 보고 놀라, 멈칫하는,

씬66.   회상, 밤.

          1부 후반부에 나왔던 회상과 그 이후 장면이다.
          어린 강칠, 민호를 찌르려 할 때, 민호가 강칠의 앞으로 고꾸라지고, 어
          린 강칠 놀라, 민호를 보고, 시선을 위로 들면, 어린 찬걸, 민호를 찌르
          고, 그 칼을 멍한 어린 강칠의 손에 쥐여주고 가는,

어린 강칠   (어리버리한, 상황이 어떻게 된 건지, 모르겠는, 민호를 밀치려 하지
          만, 잘 안 되는) 차, 차, 찬걸아, 찬걸아... (하다가, 이상해서, 앞을 보면)

          어린 용학(좀 전까지 한쪽에 누워있던, 다친), 어느새 일어나(웃옷을 벗
          어, 옷으로 칼자루를 잡은, 지문이 안 묻게), 민호의 등에 칼을 꽂는,
          어린 강칠, 놀라고, 어린 용학, 민호를 찌른 칼을 어린 강칠에게 쥐여주
          고, 어린 강칠 손에 들린, 칼과 맞바꾸고 바뀐 칼을 옷에 싸는,
          어린 강칠, 놀라 말문이 막혀 보면,

어린 용학   (두렵고, 자기도 무서운 듯한, 강칠에게) 미안해, 가, 강칠아... (하고,
　　　　　　뛰어가는)
어린 강칠   요...용학아.. 용학.. (하다, 얼결에 칼을 버리고, 민호를 밀치고, 도망
　　　　　　가려는데, 순간 칼이 생각나 찾아보면, 칼이 하수도 구멍 같은 데 빠진,
　　　　　　집으려 하지만 안 되는, 그때, 경찰 사이렌 소리가 나는, 소리 난 쪽 돌
　　　　　　아보고)

씬67.　　거리, 밤.

　　　　　강칠, 눈가 붉어져, 멍하게 용학을 보는,
　　　　　용학, 강칠을 담담히 보며,

용 학　　간만이다! 양강칠, 나 안 잊었지, 오용학?!
강 칠　　(보는) ?!
용 학　　우리... 또 보자! (하고, 모자 쓰고, 택시를 잡아타고 가는)
강 칠　　(뛰어서, 택시를 잡으러 가는)

씬68.　　회상, 법정, 낮.

　　　　　어린 용학, 증인대에서 피고석의 강칠을 가리키는,

검 사　　오용학 군, 다시 한 번 묻습니다. 정민호 군을 찌른 범인이 누구라고요?
어린 용학　(다시 강칠을 가리키는)
어린 강칠　(눈가 붉은, 분노에 찬)

씬69.　　도로, 밤.

　　　　　용학이 탄 택시 가고,
　　　　　강칠, 뛰어오다가, 멈춰 서며,

강 칠　　(울부짖는) 야, 이 개자식아!

씬70.   강칠 모의 집 마당, 밤.

국수, 평상에서 자는데, 가위가 눌린 듯, 몹시, 힘든,

국 수   (힘든, 잠결에) 형.. 형...

씬71.   도로, 밤.

강칠, 택시를 향해 마구 뛰는데,

국 수   (E) 형, 강칠이 형!

강칠, 뛰다, 무슨 소린가 싶어서 고갤 돌리면,
차가 경적 소릴 내며, 강칠에게 달려드는, 강칠 놀란,

씬72.   강칠 모의 집 마당, 밤.

국수, 땀을 흘리며 벌떡 일어나며,

국 수   (울부짖듯, 소리치는) 형! 강칠이 형!

씬73.   환상, 플래시컷.

1, 건물 밤, 유리창을 뚫고, 나가떨어지는 강칠.
2, 깊은 물속, 밤.
강칠, 물에 첨벙 소릴 내고 빠지는,
3, 물속, 밤.
강칠, 죽은 듯 눈을 뜬 채, 눈가가 붉게 물들어 물에 빠져 깊게 깊게 가
라앉는 데서, 엔딩.

제 5 부

그와 그녀의 심장 박동 소리 *Padam Padam…*

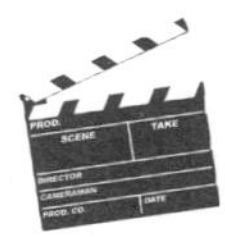

씬1.   통영 시내, 밤.

강칠, 용학의 택시를 쫓아가며,

강 칠   (울부짖는) 차 세워! 오용학, 야, 이 새끼야! 차 세워!

씬2.   회상(축약해 보여줄 것), 밤.

어린 찬걸, 민호를 찌르고, 그 칼을 멍한 어린 강칠의 손에 쥐여주고
가는,

어린 강칠   (어리버리한, 상황이 어떻게 된 건지, 모르겠는, 민호를 밀치려 하지
만, 잘 안 되는) 차, 차, 찬걸아, 찬걸아... 하다가, 이상해서, 앞을 보면)

어린 용학(좀 전까지 한쪽에 다쳐 누워있던), 어느새 일어나(웃옷을 벗
어, 옷으로 지문이 안 묻게, 칼의 자루를 잡은), 민호의 등에 칼을 꽂은,
어린 강칠, 놀라고, 어린 용학, 민호를 찌른 칼을 어린 강칠의 손에 들
린 칼과 맞바꾸고, 바뀐 칼을 옷에 싸는,
어린 강칠, 놀라 말문이 막혀 보는,

씬3.   통영 시내, 밤.

강칠, 용학의 택시를 쫓아가며,

강 칠　(울부짖는) 차 세워! 오용학, 야, 이 새끼야! 차 세워!

그때, 뒤에서 경적 소리가 나고,
강칠, 돌아보면, 강칠의 얼굴 위로, 쾅 소리가 나고,

씬4.　환상(국수의 꿈), 공중전화 부스, 밤.

트럭이 달려와 부스를 쾅 소리나게 박는,

씬5.　강칠 모의 집 앞, 밤.

국수, 얼굴에 온통 땀이 난 채 맨발에 바지만 입고 뛰어나가는,

씬6.　환상, 깊은 물속, 밤.

강칠, 물에 첨벙 소릴 내고 빠지는,

국 수　(E) 형!

씬7.　통영 시내, 밤.

국 수　(울부짖듯, 소리치는) 형! 강칠이 형!

씬8.　달리는 택시 안, 밤.

용학, 뒷좌석에서 고개 돌려 강칠을 복잡한 표정으로 보고, 고개 돌려
앞 보는,

국 수　(E) 강칠이 형!

씬9.	시내, 밤.

국수, '형, 강칠이 형!' 하며 뛰어와 강칠을 찾기 위해 주변을 둘러보는,
강칠, 숨을 몰아쉬며, 돌아서다 국수를 보는, 왜 저런가 싶은,

씬10.	지나의 집 안, 밤.

민식, 침대에 널브러져 자고,
지나, 소파에 앉아있고, 영철, 바닥에 앉아, 지나의 다친 발목을 고치기
위해 발목을 잡아서 돌리는, 작은 앙심 품고 이를 앙다물고 홱 비트는,
발목에서 뚝 소리가 나는,

지 나	(아파하며, O. L.) 악!
땡이, 민식	(순간 놀란, 다시 쓰러져 자는)
지 나	(영철 보며, 너무 아파 말도 못하고, 발목을 부여잡고 낑낑대고, 서운하
	게 눈 흘기며 보는)
영 철	눈 찢어져. 이렇게 안 함 뼈를 어떻게 맞춰? (하고, 발목을 잡아, 소독
	약을 바르는)
지 나	(어이없고, 영철이 귀여운) 삐졌어? 아님 질투해?
영 철	너 왜 이렇게 멍청해? 너 양강칠이란 그 인간이 일부러 너한테 접근한
	단 생각은 안 해봤니? 남자들은 여자들한테 괜히 잘하는 게 있는 줄 알
	어? 뭔가 바라지 않고? 넌 왜 그렇게 겁이 없어?
지 나	(어이없이 보며, 편안하게) 왜 내가 겁을 먹어야 하는데?
영 철	(버럭) 범죄자라잖아. 범죄자!
지 나	(영철의 눈만 보며, 아무렇지 않게, 진심으로) 난 오빠가 왜 안 밉지?
영 철	뭐?
지 나	(영철의 머리 만지며, 담담하게, 아무렇지 않은 듯) 미워야 되는데.. 안
	미워. (영철을 보며) 나 두고 바람 핀 게.. 싫은데.. 밉진 않아. 오빠, 이
	런 게 좋았지, 끝난 여자한테도... 친구처럼, 친오빠처럼... 나한테도 이
	소연한테도... 늘 언제나 따뜻하면서도 쿨하고,
영 철	(어이없게 웃고, 지나의 이마에 머리 대고, 편안하게) 지나야..

지 나　　..

영 철　　난 핑계가 아니라, 정말 결혼이 싫어. 좋으면 보고, 안 좋음 헤어지고, 널
　　　　털 사랑해서, 책임지기 싫어서.. 결혼이 싫은 게 아니라고.. 그냥 싫은
　　　　거라고. 책임감은 책임감이고 결혼은 결혼이라고, 다른 거라고. 둘은.

지 나　　(이마 떼고, 영철 보며) 알어, 근데 나는 늘 옆에 있어줄 사람이 필요해.
　　　　촌스럽다고 생각해도 난 그래.

영 철　　(입 맞추려 하면)

지 나　　(피하고, 돌아누우며, 눈 감는) 잘래, 나.

영 철　　(지나가 그리운 듯 보다, 나가는)

지 나　　(눈 뜨고, 생각하는)

씬11.　　집으로 가는 길, 밤.

　　　　강칠(용학 생각), 국수(꿈 생각) 걸어가다,

강 칠　　(용학 생각에 화가 나, 소리치는) 그만 그만 그만! (하고, 국수를 보며)
　　　　제발 그만, 자식아! 꿈인지 예지력인지, 그만하라고, 제발!

국 수　　(지지 않고, 버럭) 형이 죽는다니까!

강 칠　　(버럭) 나도 알어, 내가 죽는 거?! 내가 죽는 방법까지 나는 안다!

국 수　　?!

강 칠　　(국수 똑바로 보며, 진지하게) 첫 번째, 간암! 간 이식을 못 받아서 삼
　　　　개월 후든 사 개월 후든.. 의사의 예견대로 죽는 거지! 그건 아주, 기깔
　　　　나고도 썩 괜찮은 방법이야! 왜냐? 적어도 그때까지 난 여기 지금 이곳
　　　　에 살 수 있으니까, 엄마랑, 너랑! 여기 내가 나고 자란 남해 근처 통영
　　　　에서! 두 번째 죽는 방법, 찬걸이가 날 쥐도 새도 모르게 차로 치어 객
　　　　사! 세 번째 방법! 오늘 날 찾아온 용학이가 날, 죽이는 거! 어려서 민호
　　　　를 죽였던 바로 그 칼로! 예지력?! 웃기고 있네! (하고, 국수 밀치며, 가
　　　　다가, 멈춰서며, 생각이 난) 증거물.

　　　　그때, 국수가 다가와, 강칠 보며,

국 수   찬걸인 증거물이 있는 용학이가 무섭지, 형은 암것도 아니야.

강 칠   ?

국 수   전처럼 아무 죄 없는 형한테 누명 씌워 빵에 넣거나, 형 말대로 차로 끽! 치고 도망가면 그뿐이지. 찬걸이가 형을 해치지 않는 이유는 단 한 가지 형 근처에 있는 용학일 잡기 위해서! 앞뒤가 딱 떨어지잖아.

강 칠   (보며, 진지한) 용학이랑 찬걸이 둘 사이가 틀어진 거네? 근데, 증거물만 있음, 용학인 찬걸일 협박하기에 충분한데, 용학이가 왜 날 찾아?

국 수   찬걸이가 용학이도 제거할 맘을 낸다면? 용학이가 형이랑 편먹고 싶지 않겠어? 지금 쥐구멍에 몰린 건 찬걸이란 얘기지. 찬걸인 증거물을 찾지 않으면, 형을 죽일 수도... 용학일 죽일 수도 없을걸. (하고, 손을 내밀면)

강 칠   (진지한, 하이파이브를 하고, 국수와 나란히 가며) 그럼 니가 꾼 꿈은 뭐야? 그냥 꿈이야?

국 수   (근처를 둘러보고, 바닥에서 끈을 찾는)

강 칠   뭐해?

국 수   (끈을 찾아, 강칠의 바지 주머니를 뒤져, 천사를 꺼내, 천사를 묶어, 강칠의 목에 걸어주며) 내 예지력은 한 번도 틀린 적이 없어, 이제부터 이거 꼭 하고 있고, 내 곁에서 한시도 떨어지지 마.

강 칠   ?! (국수 보고, 목에 다는 천사를 보는)

씬12.   강칠 모의 집 부엌, 새벽.

        강칠 모, 생선을 튀기며, 부엌 문턱에 앉아있는, 정이 (생각 많은) 보며,

강칠 모   아빠한테 아침 인사 했나?

정 이   ..

강칠 모   안녕히 주무셨어요, 안 했나?

정 이   (제 생각에만 빠져있는)

강칠 모   (눈치 보며) 생선 바짝 튀기까? 아님 그냥 꾸둑꾸둑하게 구우까?

씬13.   강칠 모의 집 앞, 새벽.

강칠, 국수, 집수리를 마무리하기 위해 분주한,

그때, 마을 여자들, 구경하며, '아이고, 집이 참 이쁘네, 손재주 좋네'

국수, 인사하고,

강칠, 아랑곳없이 일만 하는,

그때, 강칠의 집 근처 다른 집에서 분희, 대야에 물을 담아 들고 나오며,

분 희   (샘나는) 뭐 집이 이뻐, 이쁜 집 보질 못했구마는...

여자1   집이 이만함 이쁘지.. 뭐. (국수에게) 목수가?

국 수   (턱으로 강칠 가리키며) 미장도 하고 전기도 하고, 별거 별거 다 해요.
         나중에 일거리 있음 좀 주세요.

정 이   (문에서 얼굴만 디밀고) 밥!

강 칠   (보면)

정 이   (꼬나보며) 밥. (하고, 들어가는)

강 칠   (맘에 안 들게 보고, 들어가고)

분 희   (부러운) 칫... 목수가 뭐 대단타꼬. 교수도 아이구마는,

여 자   요즘은 목수도 교수 못지않다.

국 수   (좋은, 큰 소리로) 아시는구나! 그럼요, 기술자가 최고죠! 교수 되면 뭐
         해요? 애들 눈치 볼라, 학교 눈치 볼라, 공부할라.. 머리 아퍼요! 기술
         자가 대우받는 세상이 참세상! (마을 사람들에게 인사하며, 웃으며) 그
         럼 또 뵙겠습니다. (하고 가는)

여자들   (가며) 집이 참 좋네. 정말. 그러게.. (하며, 가는)

분 희   (샘나는) 칫! (하고, 대야의 물을 뿌리는데)

효 숙   (오다가 물 맞고, 놀란) 헤헤헤!

씬14.   강칠 모의 방 안, 아침.

         강칠 모, 강칠, 국수, 정이, 효숙, 모두 밥을 먹는,

효 숙   (밥 먹는 강칠 보다, 정이 보고, 답답한, 궁시렁) 내 팔자도 드럽지, (강
         칠 보며) 안즉도 총각인 줄 알고 내가.. 맘 좀 낼라 캤드만. 이래 큰 아
         들이 있는 줄 꿈에도 내 몰랐네.

강칠 모	(밥 먹으며, 정이 눈치 보고) 니는 그 나이에 결혼하고 이혼하고 딸까지 가졌으면서, 누가 누굴 뭐라 그라노? 말 같지도 않은 소릴. 그라고 와 번번이 밥은 여기서 먹노? 영자는 밥 안 멕이나?

효 숙	(서운한) 일하는 아줌마랑 잔다.

강칠 모	애를 일하는 아줌마한테만 맡김 돼나?! 일한단 핑계로, 애를 키우는 거고, 마는 거고. 그저 그냥 오냐오냐 하니까, 그따위로 애 키울 거면 뭐 하러 앨 낳노! 도로 넣든지 하지.

효 숙	(낄낄대고 웃으며) 어떻게 도로 넣노!

강칠 모	웃기는... (하고, 밥 먹는)

효 숙	(웃으며, 정이 보며) 야, 닌 아빠 보이 좋나?

정 이	(비아냥) 내가 아들인지 아닌지 아직 몰라요.

강칠 외, 모두 정이 보면,

정 이	(강칠 보며) 전번에 그랬잖아, 너 내 아들 아니다?

모두, 정이를 보고, 강칠 보는,

정 이	(꼬나보며, 입 가득 밥 넣고) 기억 안 나? 나 같은 아들 둔 적 없다며?

강 칠	(으름장 놓는) 자식이 싸가지 없이.. 하는 말마다 말꼬릴 톡톡 잘라먹고.. 싸가지 없는 새끼, 한 번만 더 그래, 너? 콱 그냥! (하고, 밥 먹는)

정 이	(화나, 수저 탁 놓고, 나가는)

효 숙	야, 야, 니 밥 묵지 어데 가노?

강칠 모	하는 짓마다 꼭 지 아버지네. (수저 팽개치며, 속상한, 강칠 보는)

강 칠	(밥, 입에 한가득 물고 보는, 화난) ?

효 숙	(수저 소리에 놀랬다가, 강칠 모 눈치 보며, 수저 집어 강칠 모 손에 쥐여주며) 엄마, 밥 묵으라. 참고.

강칠 모	(효숙의 손 뿌리치며, 눈가 붉어, 속상해, 버럭) 니가 뭘 잘해, 애를 잡노! 애 날 때도 자랄 때도 빵에 들어가 있느라, 애 옆에 없어 놓고, 니가 지금 애가 말꼬리 잘라먹는다고 밥상머리에서 애를 잡어? 뭐, 이 싸가지 없는 놈아? 싸가질 애비가 안 갈쳤는데, 어데서 배우노, 개가! 옆집

아저씨한테 배우나?! 뒷집 아저씨한테 배우나? 어데서 배우노! 애가 필
요할 때 옆에 있는 게 애비지,

강 칠 엄만 내가 필요할 때 옆에 있었어?

강칠 모 먹?

국 수 (긴장해서, 무릎 꿇는, 강칠 모와 강칠 눈치 보는)

강 칠 내가 엄마 필요할 때 나 몰라라 했잖아! 아냐? (속상한, 일어나 나가는)

효 숙 강칠 오빠야! 어데 가! (하고, 나가는)

강칠 모 (가는 강칠에게) 정이 데려오지 않을 거면 내 집에 얼씬도 하지 마라!
(하고, 밥 먹는)

국 수 (눈치 보며, 강칠 모에게 반찬 놔주는)

씬15. 동네 일각, 낮.

정이, 걸어가는, 속상한,
강칠, 뛰어오며, '야야야!' 하며 팔 잡는,

정 이 (팔을 확 뿌리치며, 버럭) 우리 엄마 왜 버렸어요?!

강 칠 (답답한, 화나는) 알려면 제대로 알어, 니네 엄마가 나 버렸어.

정 이 (눈가 붉은, 화난, 어이없는) 뭐라구?

강 칠 (버럭, 속상한) 내가 별로니까! 너도 내가 딱 봐도 별로지? 니 엄마도 똑
같앴나 보지? 좋아할라다 보니까, 그건 딱 아니어서.. 나보다 난 인간
찾아갔나 보지!

정 이 (비웃으며) 뒤집어씌우지 마. (굳은, 진지한) 울 엄만 배신 같은 거 모르
는 사람이거든. (하고, 가는)

강 칠 (답답한)

효 숙 (어느새, 강칠의 옆에 와서) 집에 드가. 내 따라가 보꾸마. (하고, 가는)

강 칠 (가는 정이 보며) 얌마, 내가 싫어도..내가 너 낳은 (어색해, 잘 안 나오
는) 아, 아빠야! 자식아! (하고, 가는)

* 점프컷 》》
정이, 속상해서 가는,

효숙, 옆으로 가서,

효 숙　니 엄마가 너 뎁고 살매, 든든했겄다.

정 이　(멈춰서는, 보면) ?!

효 숙　(따뜻하게 웃으며) 남들은 여자 혼자 애 키우며 사는 거 청승맞다 케도, 그건 모리는 소리다. 혼자 사는 거보다, 애 있음 천만 밴 든든타. 내 애 함 볼래?

정 이　...

효 숙　(먼저 가며) 따라와라. 여긴 뭐 니 다닐 데도 벨로 없다.

정 이　(보는)

씬16.　강칠 모의 방 안, 낮.

국수, 전화 받는, 강칠, 들어오다, 국수 보는,

국 수　(놀란, 굳은, 떨리는, 조심스런) 형 지금 없는데, 근데 오용학 씨라고 하셨나요? (하고, 강칠 옆에 앉으라 하고, 전화 내용 같이 들을 수 있게 하는)

씬17.　서울의 한 모텔, 낮.

용학, 비닐에 든 칼(민호를 찔렀던)을 보며, 전화하고 있는,

용 학　강칠이한테 내가... 강칠이와 내 목숨줄, 잘 가지고 있다고 전해, 말만 함 알 거야. (하고, 전화 끊고, 증거물을 보는)

씬18.　강칠 모의 집 안, 낮.

강칠(긴장한), 전화 끊고, 하이파이브를 하자는 국수의 손에 손을 쳐주고,

국 수　(하이파이브를 하고) 됐어, 이제 칼자룬 형 손에. 일단, 맘 편히 우린 일

이나 하자고. 절대 내 옆에서 떠나지 마, 알았지? (하다가, 등이 아픈 지, 움찔하고) 등에 뭐가 있나... 왜 자꾸.. (하고, 일어나, 러닝 벗고, 방 의 거울에 등을 대보면, 아무것도 없는) 이상하네. (하고, 러닝을 벗고, 옷 갈아입는)

* 인서트 〉〉
국수의 등에 날개 문양이 부분부분, 그려졌다 사라지는데, 국수와 강칠 은 제 생각들에 빠져 옷을 갈아입는,

씬19.　동물병원 마당, 낮.

강칠, 마당의 자재를 옮기려는데, 지나, 나와서 강칠 지나치며 무심히,

지　나　일찍 왔네요. (하고, 신문을 집어, 펼쳐서 벤치에 가서 앉는)
강　칠　(그런 지나의 발목을 보는, 괜찮구나 싶어, 입가에 웃음을 작게 짓고) 잘 걸어다니네요?
지　나　(보면)
강　칠　못 걸어다님 내가 업고 다닐라 그랬는데. (하고, 웃고, 동물병원으로 들 어가는)
지　나　(보고, 웃고, 신문 보는)

씬20.　동물병원 안, 낮.

국수, 병원 전화로 전화를 하고 있고,
강칠, 일하고 있는,

국　수　화내지 말고, 종민이 자식 약삭빠른 거 냄비 형은 몰랐냐, 뭐. 나랑 강 칠이 형이 원하는 건 딱 하나야. 용학이란 놈 뒷조사. (일하는 강칠 보 며) 강칠이 형이 알면 이득 되는 거면 뭐든 좋아. 사는 데도 좋고, 혈연 관계도 좋고. (사이, 웃으며) 예, 형, 또 연락해요! (하고, 강칠에게 와 서, 웃으며) 뒷조사 전문 종민이가 나설 거야. 냄비 형이 도와준대.

강 칠   찬걸이도 못 찾는 놈을 찾을 수 있을까?

국 수   높은 놈이 임하는 곳, 낮은 놈이 임하는 곳..... 작전 구역이 다르지. 근
        데, 찬걸이 만나면 얼마 달랠 거야?

강 칠   (생각하며, 일하는)

국 수   형 수술비 오천이랑... 정이 미국 유학 자금이 1년에 일억 정도라니
        까... 한, 이억이면 되나?

강 칠   (어이없는 쓴웃음 짓고 마당으로 가며) 글쎄 물어볼까?

국 수   (가는 강칠 보는)

씬21.   동물병원 마당, 낮.

        지나, 민식의 빨래를 빨랫대에 거는데, 강칠, 동물병원 문 앞에서 문을
        짚고 서서 말하는,

강 칠   저기, 이억이면 얼마나 큰 돈이에요?

지 나   (보는)

강 칠   그 정도면 통영에 집 한 채 살 수 있나?

지 나   ?

국 수   (강칠 옆에 와 서서 말하는) 사요, 못 사요?

지 나   글쎄요. 집이 어떤가에 따라서 다르겠죠. 좋은 건 더 줘야 할 거고..

강 칠   (이상한, 이해 안 되는) 그 말은 아주 좋은 건 못 산단 얘기예요? (하고,
        국수 보면)

국 수   날 보면 나는 뭐 아냐? 통 크게, 확 오억 달랠까? 오억이면 좋은 거 살
        거 아냐?

        영철, 커피 잔을 두 개 들고 나오며,

영 철   오억을 누구한테 달래요?

강칠, 지나, 국수   (영철 보면)

영 철   (커피 잔 하날 지나에게 주고, 벤치에 앉자는 눈짓하고 가서 앉으며, 지
        나 보고) 설마 우리한테 달래는 건 아니겠지?

지 나   (벤치에 앉으며, 영철 보는, 어이없는) ?

국 수   (어이없는, 화난 듯) 우리가 왜 그쪽한테 돈을 달래요? 우리가 뭐 깡패
        도 아니고.

강 칠   (둘을 보다, 맘이 불편한, 국수 보며) 일하자. (하고, 돌아서려는데)

영 철   근데 교도소 몇 년이나 있었어요?

지 나   (맘에 안 드는, 그만 하라는 뜻으로) 오빠?

영 철   (지나 보며, 웃음 띤) 괜찮아. 남자가 뭐 주먹질 좀 하다 교도소 들락거
        릴 수 있지, 나도 대학 때 유치장 한 번 다녀온 거 너 알잖아, 술 먹던
        놈들이랑 시비 붙어서. 괜찮아, 남자들끼린 그런 거 흉도 아니야.

지 나   (영철이가 어이없는, 좀 화나는) ?

영 철   (아랑곳 않고, 강칠 보며) 몇 년 있었어요? 어쩌다? 누굴? 왜 팬 거예
        요? (국수 보며) 참, 둘은 친구는 아닌 거 같고, 형젠가? 별로 닮진 않은
        거 같은,

국 수   참내, 남 일에 신경 쓸 거나 안 쓸 거나,

강 칠   깜빵 동기요, 왜?

영 철   (차 마시다) ?!

지 나   (찻잔 놓고, 일어나 가는)

강 칠   (영철만 보며) 듣고 가요.

지 나   (멈춰 서서, 돌아보면)

강 칠   (영철 보며) 궁금할 거잖아. 사람들은 그렇더라고요, 남 일에 무지 궁금
        해하드라고. 빵에서 10년 훨 넘게 있었습니다.

국 수   난 5년.

영철, 지나   ?!

강 칠   이유는... 억울한 누명.

국 수   난 유죄.

영 철   (지지 않고, 강칠 보며) 아마, 그곳에 갔다 온 대부분의 사람들이 다들
        그렇게 말할걸. 억울한 누명.

강 칠   (지지 않고, 보며) 대부분 그렇게 말한다고 해서, 내가 거짓말을 한다고
        말할 순 없지 않나?

지 나   (답답한, 가는)

국 수   (가는 지나 보며, 들으라고 하는 말) 야, 세상 웃기다! 일사부재리 원칙

도 모르나?! 배웠단 사람들이! 우린 죗값 당당히 치르고 나왔어! 뭐가
문제야?!

강 칠   (영철만 보며) 이제 궁금하신 거 시원하게 다 풀리셨습니까? (하고, 가
서, 일하는)

영 철   (그런 강칠을 조금 미안하게 보다, 일어나, 가는)   ·

국 수   (가는 영철 보며, 속상한) 재수 없게. 여자 있는 데서... 쪽팔리게. (일하
는) 아무리 생각해도 찬걸이한테 돈을 많이 달래야겠어. 그 자식만 아
님 형이 이런 대접받을 일도 없을 거 아냐?

강 칠   (일만 하는, 속상한) 생각해보자. 사람들한테 무시당하며 사는 값이 돈
으로 치면 얼마나 될지?

씬22.   지나의 집 안, 낮.

        지나, 밥을 푸는, 영철, 그 옆에 서서 진지하게 보는,

지 나   (화난, 제 할 일만 하는) 치졸해, 옹졸하고, 편협하고,
영 철   또?
지 나   (보며, 단호하게) 천박해. (하고, 밥상 차리는)
영 철   (어이없이 웃고, 이내 진지한) 난 솔직했을 뿐이거든.
지 나   (화나, 보면) ?
영 철   넌 궁금하지 않아? 대체 그 남자가 무슨 죄를 저질렀는지? 빵엔 몇 년
을 있었던 건지, 정말 궁금하지 않아?
지 나   안 궁금해.
영 철   (진지하게 보며) 그래? 그럼 니가 이상한 거지? 대부분의 평범한 사람
들은 궁금해, 나처럼. 그리고 대부분의 남자들은 널 보면 설레.
지 나   (어이없게 보면)
영 철   (답답한, 화나는) 얼굴 반반한 애가 시종일관 샐쭉샐쭉 웃으면서, 눈앞
에 왔다갔다 지나다니면서 말 걸어주고, 말대답해주고, 범죄자라고 무
시하지 않고, 어젯밤처럼 자기 팔에 안기면,
지 나   무슨 말이 하고 싶어?
영 철   (버럭) 행동거지 똑바로 하란 말이 하고 싶다, 왜?! (하고, 나가는)

그때, 민식, 샤워한 모습으로 나오며,

민 식   (영철 보고, 지나 보며) 쟤 왜 저래?

씬23.   동물병원 마당, 낮.

영철, 화나, 마당으로 나와 동물병원으로 들어가는,

씬24.   동물병원 안, 낮.

영철, 문 앞에서 말하는,

영 철   (화를 참으려 하지만, 안 되는) 양강칠 씨?!
강칠, 국수   (보면) ?
영 철   (화났지만, 참고, 빠르게) 아까 전에 내가 실례했습니다. (하고, 가는)
강 칠   ?
국 수   실례했다며, 왜 성질을 내.
강 칠   (일하는)

씬25.   지나의 집 안, 낮.

민식, 지나 밥 먹는,

민 식   (서운한, 큰소리치는) 아빠가 괜히 총 쏜 게 아니라, 방어하다.. 그럼 내
          가 죽으리?
지 나   내가 아빠한테 그런 뜻으로 말한 게 아니잖아!
민 식   너랑 니 엄만 왜 개나 짐승한텐 그렇게 유별나면서, 나 하는 일은 그렇
          게 번번이, 맘에 안 들어! 나쁜 놈들이 세상에서 판을 치든 말든 총도
          안 쓰고, 주먹도 안 쓰고... 그냥 다 당해?! 그게 옳아!
지 나   ..
민 식   (밥 먹으며, 지나가 답답한) 인정도 베풀 놈한테나 베푸는 거야, 세상엔

악과 선이 분명히 존재한다고! 확실히 악을 조져줘야 세상이 평탄하다
고, 알기나 알어, 자식아?

지 나   (진심인, 맘 아픈) 그러다 아빠 다치면?!

민 식   ?

지 나   아빠가 걱정돼서 하는 얘기였어.

민 식   (보는) ?!

지 나   (밥 먹는)

민 식   (맘 짠한) 아빠 걱정은 마. 니 엄마처럼 너 놔두고, 안 죽어. 아니, 죽어
         도 못 죽어. 밥을 아주 잘했네, 밥 맛있다.

지 나   (민식 보는데, 안쓰러운 듯, 웃으며) 바보.. 밥 넘 질게 됐거든.

민 식   (웃고) 난 진밥 좋아해.

지 나   (웃고)

씬26.   동물병원 마당, 낮.

         민식, 나오고, 지나 배웅하는,

민 식   리모델링 하기 잘했다, 맨날 이것저것 고장 나드니, 일꾼들이 일은 잘해?

지 나   그런 거 같애. (하고, 일하는 강칠과 국수를 보는)

민 식   (일하는 모습을 보며) 젊은 애들이네.

* 점프컷 〉〉

강 칠   (일하다, 마당 쪽 보고, 민식 보고, 어색한 인사하는)

국 수   (강칠 보고, 민식에게 고개 숙여, 인사하는)

민 식   (인사 안 받고, 지나 어깨 쳐주고) 간다. (하고, 가는)

지 나   조심해.

* 점프컷 〉〉

국 수   사람이 인살 하는데, 왜 쌩까.

강 칠   (맘 상한, 일만 하는)

지 나   (강칠이 일하는 쪽으로 와서, 문 쪽에서 일하는 걸 보고) 식사 안 해요?

강 칠   (일만 하는)

지 나   자장면 시킬까요?

강 칠   (일만 하는)

지 나   저기요,

국 수   (지나 보며) 형도 그냥 함 해보는 거예요, 잘난 사람들처럼. 말하면 무
          시하고, 인사해도 안 받고, 그렇게. 그지, 형? (하고, 일하는)

강 칠   (일만 하는)

지 나   (미안한, 강칠 보다 가는)

씬27.   통영 시내, 밤.

          지나, 책방에서 책을 보는, 책을 사서 나오는, 그러다, 군것질거릴 보
          고는,

          * 회상 〉〉
          강칠, 순대를 맛있게 먹던,

          * 현실 〉〉
          지나, 포장마차로 가서, '순대 주세요. 튀김두요' 하는,

씬28.   동물병원 앞, 밤.

          지나, 들어와 한쪽을 보면, 불이 환한, 집이 어느 정도 완성되어가는,
          아무도 없는, 뭔가 서운한, 땡이 와서, 지나를 반기고, 지나, 한쪽에 앉
          아, 군것질거릴 먹고, 땡이에게도 주며,

지 나   너무 많이 샀네.

씬29.   동물병원 안, 다른 날, 낮.

강칠, 국수, 열심히, 일을 하는, 제법 모든 게 갖춰진,
뭔가 탁 하는 소리가 나서, 강칠과 국수가 보면,
지나, 바닥에 냉커피를 놓다가, 강칠과 눈이 부딪히는,

지 나 (보면)
강 칠 (보는)
지 나 이제 일이 다 끝나가네요.
강 칠 ..
지 나 말 안 하기로 했나 봐요, 나랑?
강 칠 (일어나, 가서, 냉커피를 마시는)
지 나 지난번 일 미안해요, 영철이 오빠가 그쪽한테,
국 수 누나가 잘못한 것도 아닌데, 왜 누나가 변명을 해요?
강 칠 (냉커피 마시며) 친한 사인가 보지.
영 철 맞아요, 우린 친해.
강칠, 국수, 지나 (문 쪽 보면)
영 철 (손에 뭔갈 잔뜩 들고, 강칠 보며, 편안하게) 미안했습니다. 내가 옹졸
하고 편협하고, (지나 보며) 그담은 치졸인가? 아, 그래.. 천박해서. (봉
지 보이며) 막걸리 어때요?

* 점프컷, 시간 경과 〉〉
네 사람 둘러앉은,
영철, 강칠에게 술 따르는,
국수, 젓가락으로 음식 한 점 들고, 강칠을 보는,

지 나 (국수 보며) 왜 안 먹어요?
영 철 (강칠에게 술 받으며, 국수 보는) ?
국 수 (강칠만 보는)
강 칠 (영철에게 술 따르고, 둘이 잔 부딪치고, 마시면)
국 수 (강칠 먹는 거 보고, 음식을 마구 먹는)
지 나 ?
영 철 (국수 보고, 강칠 보며) 부럽네, 저런 동생 있는 게.

국 수   (음식 먹으며) 생명의 은인한테 이 정돈 해야죠. 사람이면.

지나, 영철   (보면) ?

국 수   빵에 있을 땐데, 내가 좀 꼴통이라 날 싫어하는 사람들이 되게 많았거
            든요. 그래서 맨날 쥐맞는 게 일이었는데, 어느 날 형이 날 패는 애들
            일곱이랑 맞짱 떠서, 이겨줬어요. 그 바람에 형이 독방에서 한두 달
            이상 썩고, (강칠 보고, 웃으며) 진짜 남자.

영 철   (따뜻하게 웃으며) 와우... 1대 7. (고개 절레절레 젓고, 강칠의 잔에 술
            따르며) 솔직히 별 기대 안 했는데, 일솜씨가 정말 좋네요. 서울에서도
            이런 기술은 보기 힘든데, 내가 할 줄은 몰라도 보는 눈은 있거든요.

강 칠   맘에 드신다니 다행입니다.

국 수   (지나에게) 근데, 누나랑 이 형 사인 뭔 사이? 애인?

강 칠   (안주 먹는, 신경 쓰이는)

영 철   내가 지날 좋아했는데, 지나가 내가 싫대서, 차인 사이.

지 나   (영철 보며, 어이없게 웃고)

강 칠   (둘을 보면)

영 철   (지나 보며, 웃음 띤) 뭐가, 맞잖아.

지 나   (웃으며) 이분들은 그것까진 안 물었거든요?

영 철   (지나 입가에 묻은 걸, 털어주며) 안 물어도 궁금했을걸,

강 칠   (샘나서 보는)

국 수   (물 마시며, 그런 강칠을 보는) ?

영 철   (물 마시는 국수 보며) 근데 왜 물을 마셔, 술 놔두고.

국 수   (담담히) 난 천사라 술 안 해요.

영철, 지나   ?

국 수   (아무렇지 않게) 뭘 그렇게 봐요. (진지하게) 나 안 미쳤어요. (하고, 음
            식 먹는)

영철, 지나   (어이없는 웃는, 이상한) ?

영 철   (강칠 보며) 나이 몇이에요?

강 칠   (보며) 서른다섯이요.

영 철   그럼 내가 말 놔도 되겠다.

강 칠   그러시든지? (하고, 음식 먹는)

그때, 정이 목소리 들리는,

정 이   아빠!

강칠, 지나, 국수, 영철   (보면) ?

정 이   (사람들을 빤히 훑어보고, 가식적으로, 작게 웃음 짓고) 앗차... 아빠라
          부름 안 되나? 나중에 새장가 갈 때 문제 될까?

국 수   (음식만 먹으며, 아무렇지 않게) 전학 수속 안 해?

정 이   지금 갈려구요. 아빠랑 같이 갈라고 했는데, 일하시는 거 같으니까, 혼
          자 다녀오죠, 뭐. (하고, 가는, 고소한 웃음 짓고)

지 나   (강칠을 보는) ?

강 칠   (술 마시는)

     * 회상, 3부 엔딩 〉〉

강 칠   여자라곤 구경도 제대로 못 해보고.. 암튼 뭐.. (중략) 그런 애도, (보고,
          쑥스러워도 조심스런) 남들처럼 여자랑 연애라는 걸.. 할 수 있을까요?

     * 현실 〉〉

지 나   (뭔가 속은 느낌이다, 왠지 기분이 안 좋은, 짐짓 편하게) 애가 크네요.

강 칠   (보면)

영 철   (그런 지나를 보는)

국 수   (아무 생각 없이) 그야, 일찍 낳았으니까요.

지 나   (강칠 보며, 불편하지만, 짐짓 편하게) 전에 여자 얼굴 한 번 제대로 본
          적 없다고 한 말은 남자들이 흔히 하는 괜한 말인가 봐요?

영 철   (지나 보고, 강칠 보면)

국 수   (강칠에게) 무슨 말이야?

강 칠   (지나 보며) 내가 고등학교 때,

지 나   (편하게) 저한테 구구절절 얘기 안 하셔도 돼요. 난 나한테 한 말이 거
          짓말인지 아닌지만,

강 칠   (보며) 내가 그쪽이 묻는 말만 대답하란 법도 없잖아요?

지 나   ?

영 철   (둘을 보는, 화나는, 참고, 진지한)

강 칠   고등학교 때 딱 하루 잔 여자가 있어요. 내가 죽어라 쫓아다녀도 아는
          척도 않더니 어느 날 찾아와 자주더니, 담날 날 차버리고 우리 학교 졸
          업한 선배 형이랑 야반도줄 했어요..

지 나   ?!

강 칠   지 좋아하는 선배가 공부한다고 헤어지자고 하니까 홧김에 나랑 잤다
          고 친구들이 알려주드라구요. 쪽팔리게. 한 달 좀 넘었어요. 나한테 애
          가 있는 거 안 지. 여잔, 죽었고, 그래서 갑자기 애가 나한테 온 거고.

지 나   (미안한, 놀란)

강 칠   (국수에게) 오늘 일 접자. (하고, 가는)

국 수   (가는)

지 나   (음식 먹는)

영 철   (지나 보는, 얘가 왜 이런가 싶은)

씬30.   상천 경찰서 서장실 밖, 밤.

          안형사, 기다리는데,
          민식, 문을 박차고 나오는,

안형사   (따라가며, 얘기하는) 서장이 뭐래요?

민 식   (화나, 계단을 내려가며) 서울서 조사해보니, 단순 연루자라, 구류감밖
          에 안 된대.

안형사   (잡아 세우며, 버럭) 걔가 무슨 단순 연루자예요, 공급책 다음 순위, 중
          간책인데! 이거 박찬걸이 짓이 분명해요!

민 식   (화난, 참고 안형사에게 묻는) 부산 애들도 정말 이런 경울 당했대?

안형사   그랬다니까! 왕건이 거물 마약 사범도 박찬걸이한테만 가면 전부 단순
          연루자로 둔갑한다고 길길이 뛰더래니까! 전번에!

민 식   (심각한, 가는)

안형사   어디 가요!

씬31. 찬걸의 검사실 안, 밤.

찬걸, 텔레비전을 보면,
대법원장이, 대법관들에게 임명장을 주는 게 보이는,
'오늘 사법부의 최고 기관이라 할 수 있는, 대법원의 대법관들이 임명
되었습니다. 덕망 높은 박주석 대법관을 비롯 오늘 임명된 대법관은 모
두 다섯 명으로..'

찬 걸   (박수를 치며, 가슴이 벅찬, 그때, 핸드폰 문자 오고, 확인하고, 심각해
        지는, 사이, 전화 끊고 나가는)

씬32. 공원, 밤.

찬걸, 앉아있으면, 용학, 그 옆에 와서 앉는,

용 학   (얘기하는, 안 보고) 아버님이 더 높은 자리로 가셨드라.
찬 걸   (차분히 보며) 강칠인.. 만났나?
용 학   너한테 마지막 기휠 한 번 주게.
찬 걸   걔한텐 나올 게 없지 않나?
용 학   (보면)
찬 걸   강칠일 만나는 순간, 나한테선 아무것도 얻을 수 없을걸. 마지막 기휠
        내가 주지, 증거물 들고 날 찾아와. (하고, 가는)
용 학   (웃고, 한쪽의 나무 위에서, 카메라를 꺼내 보면, 녹화가 된, 웃는)

씬33. 공원 주차장, 밤.

찬걸, 전화 오고, 보면, 정민식이다, 안 받고 가는,

씬34. 약국 안, 밤.

민식, 드링크제 먹으며, 전화를 하는,

안형사   전화 안 받아요? 피하는 거 아냐?
민 식   (끊고) 그럼 가서 만나야지.

그때, 남자 오며,

약 사   왔어? 피곤하지?
민 식   ?
남 자   조금.
안형사   (민식 귀에 대고 작게) 저 여자 결혼했어요?
민 식   몰라, 나도. (하고, 가는)
약 사   (보며) ?
안형사   (가며, 어이없단 듯) 아니, 결혼한 여잘 왜? 왜? 왜?

씬35.   지나의 집 안, 밤.

지나, 컴으로 공부를 하고 있고,
영철, 그 앞에서 지나를 빤히 보고 있는 맘에 안 드는,

지 나   (컴만 보며) 공부한다며, 왜 자꾸 날 봐?
영 철   (빤히 보다) 아까 니 행동 질투처럼 보였어.
지 나   (보고, 어이없는, 피식 웃고, 머리 쓸어올리며, 진지하게, 컴 보고, 메모
         하며) 오빠 농담 수준이 갈수록 지나친 거 알고 있지?
영 철   (빤히 보며) 그 남자한테 애가 있는 게 중요해?
지 나   (컴만 보며, 아무렇지 않게) 안 중요해.
영 철   근데 왜 꼬치꼬치 물어? 그 사람 애 가진 이율?
지 나   (보며, 진지한) 오빠 내가 우스운가 봐?
영 철   ?
지 나   혹시라도 내가 그 사람을 좋아할 거 같애? 내가 그렇게 순진하거나,
         아님 멍청하거나, 아님 그냥 내가 우스워?
영 철   (보면)
지 나   동정이야. 젊은 사람인데 인생이 불쌍하고 안됐어서. 그래서 말 걸어주

고, 말 받아주고, 관심도 가져줬어. 그런데, 거짓말하는 건 걸려서, 물
어본 거야. 나한테 그 사람이 거짓말을 하든 말든 그거까진 괜찮지가
않아서. 더 설명할 거 있음 말해.

영 철　(보다) 됐어. 그 정도면. (하고, 공부하다, 생각난, 지나 보며) 참 그 사
람 살겠다.

지 나　(컴 보다) ?

영 철　(진지한) 간 이식 받아야 한다며, 아들 있음 가능한 거 아냐? 요즘은 간
이식 성공 확률이 높든데.. 그래서 데려왔나?

지 나　(그런가 싶은, 메모하는데, 안심이 되는)

영 철　(책 보며, 진심으로) 다행이다, 수술 받을 수 있는 가능성이라도 생겨
서. 잘됐음 좋겠네. 참 그리고 너, 나중에라도 사과해.

지 나　(컴 보다, 영철 보며) 뭘?

영 철　아까 너 그 사람한테 죄인 취조하듯, 사나웠어. 사과해. 난 니가 전번
날 그 사람한테 사과하래서 했어. 너두 해. (하고, 공부하는)

지 나　(보며, 편안하게 웃고, 컴을 보다, 영철 눈치 보고, 검색하는)

‘간 이식 수술 성공 확률?’을 검색하는, 지나, 그걸 보고 다시 검색하
는, ‘국내 간 이식 수술 권위자?’, 지나, 진지하게 검색하는, ‘부자지간
이나 모자지간일 경우 수술 확률이 가장 높다’는 기사가 지나의 눈에
스쳐 지나가는,

씬36.　학교 교문 앞, 아침.

강칠 모, 강칠, 국수, 뒤따라가는,

강 칠　(걸어가다, 멈추고) 아, 진짜 엄마나 다녀옴 되지, 내가 왜 가야 되는데?

강칠 모　애 맡겨놓고, 학부형이 선생한테 인사도 안 하면 써!

강 칠　일 해야 된다고? 이번 주엔 마무리져야 된다고?

강칠 모　(국수에게) 바쁜데 닌 가서 일하지 뭐하러 와?

국 수　난 형이랑 꼭 같이 댕겨야 돼요.

강칠 모　뭐?

국 수   (진지한, 눈치 보며) 그래야 형이 사니까. 정말이에요.

강칠 모   뭔 소릴 저렇게 말도 안 되게... (가는)

강 칠   아.. 진짜... 오늘 일 많다고!

강칠 모   (멈춰 서서, 강칠 어깨의 먼질 털어주며)

강 칠   먼지 없어.

강칠 모   눈 딱 감고, 정이 부탁합니다 하면서 선생한테 허리 굽혀, 인사해.

강 칠   (보면) ?

강칠 모   없는 놈이래도, 죄진 놈이래도, 머리 숙임 안됐게 볼 기다. 하기 싫어도
          해. 에미 생각해서. (하고, 가는)

강 칠   (답답한, 맘 안 좋은 가는)

씬37.   정이의 학교 교무실 안, 낮.

        교장선생님과 남자 선생님(호의가 가득한 웃음 짓고), 강칠 모와 강칠,
        국수에게 굽신대며 인사하는, 강칠 모 외 다들 서서 어색한, 강칠 모,
        강칠 보면, 강칠도 굽신대는,

교장선생님   (강칠 모의 손 잡고) 아이고, 제가 교장입니다. 그리고 부탁은 저희
          가 해야죠.. 우린 정이 같은 애 구경하는 것만으로도 아주아주 신납니
          다. (하고, 강칠과 악수하고) 아버님이 아주 젊으시네요. 하시는 일이..

국 수   (좋은) 목수예요, 목수. 아참, 전 삼촌입니다. (인사하며) 우리 정이 잘
          부탁드립니다.

강 칠   (어색한, 손 잡고, 인사하는)

씬38.   정이의 학교 교실 안, 낮.

        정이, 이어폰 끼고 음악 들으며 창가에서 가는 강칠 모, 강칠, 국수를
        덤덤히 보는, 그때, 민희 오며, 웃으며,

민 희   너 영재라며.. (하고, 공책 주며) 난 김민희야, 이것 좀 알려줄래?

정 이   (공책에 긴 수학 문제를 일필휘지로 풀어주며) 가.

민 희 (정이 보며) 와, 니 진짜 잘한다.

그때, 유진 와서,

유 진 (4부 주차장에 나왔던, 와서는 정이의 이어폰을 잡아 빼고) 우리 학교선 이런 거 몬 듣는데?
정 이 (꼬나보며) 건들지 마라. (하고, 이어폰 뺏어서, 귀에 꼽는)
유 진 (손가락으로 정이 머릴 툭툭 치며) 느그 아빠 전과자라대? 맞나? 어?
정 이 (꼬나보면)
민 희 (유진에게) 야, 니 왜 그래? 왜? (하며, 유진을 때리는)
유 진 (맞으며) 아아아!
민 희 니 야 건드리지 마, 안 그람 내한테 죽는다! (하며, 때리는)
유 진 (버럭) 니가 쟤한테 관심을 갖지 마라, 그람!
정 이 (웃고, 나가는)
유 진 야, 니 어데 가!

씬39. 국도변, 낮.

트럭 서 있고,
동물연대 사람들 (진영[여], 철호[남] 등이 있는) 서넛과 지나, 트럭에서 팻말 꺼내서, ('경적 울리지 마세요', '너구리가 있어요' 하는 글과 너구리 그림이 그려진) 두어 곳에 설치하는, 철호와 남자1은 팻말을 박기 위해, 땅을 파는, 모두 단복을 입은,

지 나 (팻말 옮겨주며, 다른 곳의 팻말 박는 사람들에게) 그쪽보다 저쪽이 로드킬이 더 많이 나!
철 호 아래 방향이야?
진 영 아까 아래 방향이라 그랬잖아, 가자!
지 나 (일 도우며) 그래, 먼저 가, 길 따라 죽 가면 돼!

(E) 땡이 컹컹 짖는,

씬40.   동물병원 안, 낮.

        국수, 강칠 작업복을 갈아입고 있는,
        그때, 강칠, 땡이 짖는 소리에 돌아보면,
        땡이, 서있는데, 목에 작은 바구니가 매어진,
        강칠, 이상해, 작은 바구니 안을 보면, 메모지가 보이는, 메모지를 펴
        보는.

국 수   (작업복 입으며) 뭐야?

        * 인서트, 메모지 내용 〉〉

지 나   (E) 전에 약속했었죠. 오늘 영화 보여준다고, 그 약속을 못 지킬 거 같
        아요.

강 칠   (실망하는)

지 나   (E) 대신 기차 타고 좋은 데 가요. 진주역에서 12시까지 만나요. 12시 5
        분 기차니까, 늦으면 안 돼요.

강 칠   (조금 놀란, 국수에게) 국수야, 지금 몇 시냐?

국 수   (시계 보며) 11시 6분, 왜?

강 칠   (놀란) 뭐? (다급한, 작업복 벗고, 양복으로 갈아입으며) 야, 오늘 일 너
        혼자 좀 해. 나 나갔다 올게.

국 수   (놀란, 다시 옷을 갈아입으며) 같이 가.

강 칠   내가 어딜 가는데, 같이 가?

국 수   (옷 갈아입으며, 심각한) 내가 전번 날 형 죽는 거 봤댔지? 장난 아니라고!

강 칠   내가 왜 죽,

국 수   (버럭) 어제 또 봤어?! 알어?! 내가 괜히 형 뒤꽁무니 쫓아다니는 게 아
        니라고, 지금?! 알지도 못하면서. 근데, 어디 가는데?

강 칠   (난감한, 생각하는) 그게... 집에 좀 다녀올게.

국 수   집? 왜?

강 칠   그게... 왜는... 그냥.. 5분 안에 올게. 아니다, 뛰어갔다 옴 3분이면 오
        겠다. 걱정 마. (하고, 메모질 주머니에 넣는데, 흘린 줄 모르고 가는)

국 수　(가는 강칠 보며) 빨리 와. (하다가, 메모질 주워 보며) 이런! (하고, 뛰
　　　　어가며) 형!

씬41.　동네 일각, 낮.

　　　　강칠, 죽어라 뛰는,
　　　　국수, 멀리서 쫓아오며,

국 수　형!
강 칠　(뒤돌아보고, 죽어라, 뛰며) 아, 자식!
국 수　(죽어라, 뛰며) 진짜, 저 인간 왜 이렇게 속을 썩이고, 양강칠, 거기 서!
　　　　(하다가, 골목에서 나오는, 과일 리어카랑 부딪히는)
강 칠　(뛰다 국수 보면)
국 수　(넘어졌다 벌떡 일어나, 뛰어가려는데)
상 인　(넘어져, 두 팔로, 국수 발을 잡고) 어델 가노, 이놈!
강 칠　(웃으며, 손 흔들고) 국수야, 밤에 봐! 나 아직은 안 죽어, 임마! (하고,
　　　　목에 단 천사에 입 맞추고, 보여주며) 이거 있잖아, 걱정 마!
국 수　(울상, 상인 보고, 강칠에게 울부짖는, 소리치는) 이리 와! 야, 양강칠,
　　　　너 그러다 진짜 죽는다고, 이 등신아!

씬42.　통영 시장, 낮.

　　　　강칠, 마구 죽어라 뛰어가는,

씬43.　효숙의 국숫집 안(제법 깨끗한), 낮.

　　　　효숙, 쟁반 들고 손님들 때문에 분주하게 일하는데,
　　　　강칠, 문 앞에 서서 말하는,

강 칠　(버벅대며, 급한) 야야야, 뭐 해, 돈 좀 달라니까!
효 숙　니가 돈을 내한테 맡기났나! (하고, 국수를 손님 앞에 내려놓는데)

강 칠   (시계 보면, 11시 30분이 넘어가는) 아, 정말 돈 좀 줘봐, 일한 거 받음
        갚을게.

효 숙   참.. 니 일거리 들어오겠드라. 니 일하는 게 동네 소문이 자자히 나가,
        저게 문화원서 소장이 함 보자 카드라.

강 칠   (다급한, 버럭) 야, 좀 돈 좀 줘!

손님들   (모두 강칠 보면)

효 숙   내 전남편도 소리 질러가 헤어졌거덩. 어데 소릴 질러. (하다, 놀란) 야!

강 칠   (금고의 돈을 한 움큼 집어, 흔들며) 이자 쳐 갚을게! (하고, 뛰어가는)

효 숙   (문 쪽으로 가서, 강칠 보고, 소리치는) 저, 도둑놈 잡으소! 도둑놈!

씬44.   거리 + 버스 정류장, 낮.

        강칠, 손에 돈 움켜쥐고, 죽어라 뛰는, 막 사람 싣고 떠나는 버스를 돈
        든 손으로 치며,

강 칠   잠깐만요! 잠깐만!

씬45.   국도에 세워진, 지나의 차 밖 + 차 안, 낮.

        지나, 옷으로 유리창을 가리고 그 안에서 옷을 갈아입고, 시계를 보면,
        11시 45분이다. 지나, 유리창 가린 옷을 빠르게 치우고, 차 몰아 가는,

씬46.   역 안 + 승강장, 낮.

        강칠, 뛰어들어와 시켤 보면, 12시다.
        강칠, 매표소 직원에게 말하는,

강 칠   12시 5분 기차 서울 두 장이요. (하고, 표 받아, 승강장으로 나가서, 두
        리번거리면)

        기차가 경적 소리 내며 오는,

씬47.　　역 주차장, 낮.

　　　　　지나, 차를 세우고, 달려서 역으로 들어가는,

씬48.　　승강장, 낮.

　　　　　기차에서 사람들 내리고,
　　　　　지나, 승강장으로 뛰어들어와 강칠을 찾아 두리번거리다, 찾고,
　　　　　지나, '저기, 양강칠 씨' 하고 부르려는데,
　　　　　분희, 뒤에서 지날 치는,

분 희　　어데 가, 정샘?
지 나　　?!

　　　　　* 점프컷 〉〉
　　　　　강칠, 지나와 분희 보고 놀라, 기차를 타서, 지나에게 눈짓하는 '어떡해
　　　　　요' 하면,
　　　　　지나, 모르겠는, 분희, '가자, 가자' 하며, 지나를 몰고,

씬49.　　기차 안, 낮.

　　　　　지나, 분희 자리 찾는, 강칠이 앉은 자릴 지나치는,
　　　　　강칠, 여기 같이 앉자는 뜻으로, 표 하나를 지나에게만 보여주는,

지 나　　(분희에게) 아줌마 자린 어디세요?
분 희　　낸 저겐갑네.
지 나　　그럼 자리로..
분 희　　(잡아끌며) 심심한데 같이 가, 자리도 허배 많은데.. 가 가. (하며, 지나
　　　　　를 모는)
강 칠　　(싫은, 서운한)
지 나　　(할 수 없이 가는)

* 점프컷 >>
멀리 떨어진 곳에 강칠, 어색하게 앉아, 창가를 보는,

분 희   (계란을 까며) 아, 동물원서 공부하는구나... 아이고, 학생이 아이래도
        매주 그렇게 공불 해야 하는 갑네. 골 아프게! 참 우리 둘째 딸 대전서
        교사질하는 거 아나, 참.
지 나   (어색한 웃음 지으며) 그럼요. 동네가 다 아는데.

        하는데, 분희, 달걀을 통째로 지나 입에 넣어주는,
        지나, 입 안 가득 달걀 물고, 어쩔 줄 모르는,
        강칠, 그런 지나 보며, 귀여운, 입으로 작게 '물 마셔요'
        지나, 열심히 씹으며 가방에서 물 꺼내 마시는,
        분희, 아랑곳없이 제 할 말만 하는,

분 희   내가 복이 많아가, 자식들을 다 하나같이 공무원을 맹글고... 청상과부
        로 살매 우찌 하나같이 그리 잘 키왔는지.. 내 장하지, 참말로? (그러다,
        지나가는 판매원에게) 오징어 있으요? (하다가, 강칠과 눈이 마주치는)
강 칠   (어색하게 고개 돌리는)
지 나   (강칠 보고, 분희 보면)
분 희   참내... (강칠 보고, 지나 보며) 으른하고 눈 마주치놓고 인사도 안 하
        고, 싸가지 짱박은 놈.
지 나   (조심스럽고, 어색한) 못 봤나 보죠. (하고, 강칠 보면)
강 칠   (창가 보는)
분 희   자 깡패에 전과잔 거 아나?
지 나   (맘 안 좋은) ...
분 희   (강칠을 들으라고 하는 말) 어데 놀러 가는 갑네, 아이고... 놀고 싶나,
        내는 홀에미가 생선을 팔아 밥을 멕여줌 맘이 아파가 눈에서 피눈물이
        날기다, 피눈물이...
강 칠   (착잡한, 창가를 보는데, 어쩔 줄을 모르겠는)
지 나   (화난, 참고, 단호한) 아줌마가 몰라서 그러시는데, 저분 저희 집 일 맡
        아서 그 누구보다 열심히,

분 희   (듣기 싫은, 일어나며) 쟈 보기 싫어가 자리 옮기야겠네. (하고, 가는)

지 나   (가는 분희 보고, 강칠 보는)

강 칠   (지나 보며, 따뜻하게, 작게) 괜찮아요.. (하고, 창가 보는)

지 나   (가만 생각하다, 강칠의 옆자리에 앉는)

강 칠   (보고, 분희를 찾아보면, 다른 자리에 분희 앉아있는 게 보이는) 가요..
          (걱정스런) 다른 자리로. 저 아줌마가 우리 둘이 같이 있는 거 보면, 동
          네서 말 많이 할 건데.

지 나   (좌석에 머리 기대 보며) 리모델링하는 거 얘기했다 그럼 되잖아요.

강 칠   (지나가 귀여운, 웃음 띤 채) 거짓말 안 하게 생겼는데... 가끔 거짓말도
          하나 보다.

지 나   (장난치듯, 웃음 띤) 난 거짓말 안 해요. 절대. 동물병원에 유리창 달 때
          색깔 좀 들어간 걸로 해야겠죠? 그린? 베이지가 낫나?

강 칠   (지나 따뜻하게 보며) 그린이 날걸요.

지 나   정말 기차 첨 타봐요?

강 칠   (수줍은) 네.

지 나   (강칠 보는, 귀엽고, 안쓰런 웃음 짓는) 오늘 아마 평생 해보지 않은 걸
          여러 가지 하게 될 거예요.

강 칠   ..어떤 거요?

지 나   (창가 보며, 놀리듯) 글쎄요.

강 칠   ?

씬50.   동물원, 스페셜 사파리, 몽타주, 낮.

          1, 강칠, 지나, 사파리를 하는, 사자에게 고기 주며, 강칠, 너무 놀라고,
          신이 난, 지나, 그런 강칠을 사진기로 찍는,

강 칠   사진 나 줄 거예요?

지 나   코끼리랑 사자 찍은 건데?

강 칠   (서운한, 사자 보며 다시 기분 좋은)

지 나   (사진기로 찍은 사진 확인하는, 강칠이 찍힌, 그런 강칠이 귀여운)

2, 강칠, 지나, 기린에게 먹이 주며, 즐거운,
3, 강칠, 지나, '세계에서 유일한 말하는 코끼리다, 기분이 좋으면, 쉬,
그만, 아직 같은 말도 한다'고 설명해주는, 강칠, 좋아 죽는,
지나, 그런 강칠이 귀엽고, 재밌는,

지 나   우린 두 시간 후에 봐요.
강 칠   (보며)?
지 나   난 여기서 배우는 게 있어요. (시계 보고) 두 시간 정도 걸릴 거예요. 저
        쪽에 오랑우탄이랑, 침팬지랑, 수달도 있으니까, 구경하다.. 아까, 우리
        콜라 먹었던 곳에서 다시 봐요, 넓으니까, 길 잃어버리지 말고요. (하
        고, 웃고, 가는)
강 칠   (지나 보고, 코끼리에게) 야, 야, 너 다시 해봐, 좋아.
코끼리   (말하면)
강 칠   으아... 하하. (좋은)

씬51.   동물원, 야생동물 우리, 낮.

        지나, 여러 명의 동물연대 사람들과 진영, 철호와 함께 건초를 옮기고,
        건초를 분해하는, 열심이다.

씬52.   오랑우탄 있는 곳, 낮.

        강칠, 여기저기 동물들을 보며 즐거운, 연인이며, 가족 단위 사람들을
        부럽게 보는, 그러다 다시 동물을 보는데 뭔가 쓸쓸한,

씬53.   동물병원 안, 낮.

        국수, 열심히 일하는데, 자꾸 예지가 떠오르는, 잊기 위해 더 열심히 일
        하는, 얼굴에 땀 난, 체력적으로 힘든,
        국수의 일하는 모습과 환상이 교차되는, 등이 아픈지, 등을 한 번 손으
        로 만져보고 일하는,

＊ 몽타주 >>

1, 건물 밤, 유리창을 뚫고, 나가떨어지는 강칠.

2, 국수, 땀을 흘리며, 일에 몰입하려는,

3, 깊은 물속, 밤.

강칠, 물에 첨벙 소릴 내고 빠지는,

4, 국수, 환상을 이기려 더 열심히 일을 하는, 그러다, 자꾸 등이 아픈지,
거울 앞으로 가서, 옷을 벗고, 고개 돌려 제 등짝을 보는데, 등짝에 날개
가 문신처럼 번지고 있는 (완전하지 않은 날개, 드문드문 불완전한),
국수, 놀란, 더 자세히 보려 눈을 부릅뜨고 (두려움이 가득한), 거울을
보는,

씬54.　　동물원 관사 뒤켠, 낮.

　　　　지나, 뭔갈 안고, 손에 빈 우리를 (젖병 옷 주머니에 넣은 게 보이는) 들
　　　　고, 나오는, 진영, 말하는,

진　영　언니, 이거 동물원 원장님한테 내가 빌고 빌어 허락받은 거야, 잠깐만
　　　　보고 꼭 와야 돼. 애기라 면역성 약한 거 알지?

지　나　알지, 그럼. (하고, 강칠에게로 가는)

진　영　나한테 나중에 술 사는 거 잊지 말고! (하고, 들어가는)

강　칠　(좀 멀리 떨어져있는, 지나를 보며, 팔에 있는 게 뭔지 모르겠는, 오는
　　　　지나 보며) 뭐예요?

지　나　(지나쳐 가며) 애기요. 이것 좀.. (하며, 빈 우리를 주고 가는데)

강　칠　(우리 들고, 놀란) 애기요? (하고, 돌려세워보며, 신기한) 와!

씬55.　　동물원 공원 내 벤치, 낮.

　　　　강칠, 사자를 안고, 젖을 먹이는, 신기하고, 좋은,
　　　　지나, 그 옆에서 강칠을 따뜻하게 보고 웃음 띤,

지　나　너무 작죠, 맹수라고 하기엔?

강 칠   (사자의 코털을 만지고, 사자만 가만 보며, 작게 웃음 띤) ....

지 나   무슨 생각 해요?

강 칠   (작게, 웃음 띤) ...갑자기... 내 인생이 참 억울하단 생각이요.

지 나   ?

강 칠   (사자에게 젖만 먹이며, 서글픈 웃음 짓고 담담히) 서른다섯이나 먹어
         서 이제야 기찰 타보고, 코끼릴 보고, 사잘 보고...

지 나   (안쓰런)

강 칠   (맘 아픈, 생각하는, 지나 안 보고) 만약 내가 내 인생을 보상받을 수 있
         다면, 얼마를 받아야 될까요? 사람들이 나를 범죄자라고 무시한 대가
         는 돈으로 치면... 얼마를 받아야 될까요? 우리 엄마가 자식이 전과자
         라서, 남들한테 당당하지 못한 값은... 대체 돈으론 얼마나 될까요? 내
         가.. (지나 보며) 당신 같은 괜찮은 여잘 보고도..

지 나   ...

강 칠   사귀자는 말도 못하는 걸.. 만약 돈으로 치면 그게.. 대체 얼마나 될까요?

지 나   (안쓰런 어색한, 말을 못 하겠는, 강칠 팔에 안긴 사자를 다시 들어 안
         으며, 사자 볼에 입을 맞추고, 옆의 우리에 넣으며) 그런 게 돈으로 계
         산이 될지 모르겠네요? (하고, 강칠 보고 웃으며) 사람 손 타면 자꾸 아
         파서..

강 칠   (웃음 띤, 지나가 신기한 듯 보며) 근데 왜 동물을 좋아해요? 큰 동물도
         만지죠?

지 나   (웃음 띤) 네.

강 칠   그런 거 만지면 안 무서워요? 난 다른 건 몰라도 아까 보니까 타조는 무
         섭든데. 날개가 너무 커서.

지 나   (웃으며, 편한) 난 그런 건 안 무서워요.

강 칠   그럼 뭐가 무서워요?

         * 플래시백 >>
         1, 민식, 두려워하는 지나 모를 잡고 흔들며, 울부짖던,

민 식   대체 너는 누가 중요해! 걔가 중요해, 내가 중요해, 걔가 중요해, 내가
         중요해!

2, 민식, 어린 강칠을 짓밟던,

민 식 죽어, 너두 죽어, 이 개새끼! 너두 죽어!

3, 꽉 막힌 도로, 낮.
지나 모, 차에서 나와, 차에 기대 주저앉아, 천식으로 숨을 몰아쉬던,

* 현실 〉〉

지 나 (생각에 빠져있는)
강 칠 말해봐요, 그럼 뭐가 무서운지..
지 나 (강칠의 소리 듣고, 어색하게 웃으며) 그냥 난 아무것도.. 별로... 그쪽
       은요?
강 칠 나요? 음.. (하고, 하늘 보며, 편히 생각하다가, 문득 생각이 나는) 난 뭐
       가 젤 무섭나.. 음... (생각하며) 난 무서운 거랑 두려운 게 달라요.
지 나 무서운 건 뭐고, 두려운 건 뭔데요?
강 칠 무서운 건..

* 플래시백, 회상 〉〉
1, 민호가 어린 강칠의 배를 찌르던 장면.
2, 어린 찬걸이 민호를 찌르던 장면.

* 현실 〉〉

강 칠 사람이고.. 두려운 건..

* 플래시백, 회상 〉〉
3, 민식이 어린 강칠을 짓밟다, 침을 뱉고, 입가를 닦던 모습.
(민식의 차갑고, 무서운 얼굴과 폭력이 두려운 어린 강칠 대조적으로)

* 현실 〉〉

강 칠   (맘 아픈 웃음 짓고) 그것도 사람이네요.

지 나   (강칠을 보며, 맘 짠한)

강 칠   (맘 아프게 웃으며) 첨엔 감방 안 독방인가 싶었는데, 사람이네요.

지 나   (조심스런) 강칠 씨, 감옥에 간 게.. 누명이라고 했잖아요? 그럼 누명 씌
         운 사람은 어떻게 됐어요?

강 칠   (쓴웃음 짓고) 내 복술 기다리고 있겠죠.

지 나   잊는 게 복수 같은데, 내 생각엔.

강 칠   (말꼬리 돌리며, 웃으며) 이제 뭐 해요?

지 나   아직 스페셜한 게 더 남았어요. 짜잔. (하며, 품에 있던, 사막여우 새끼
         보여주는)

강 칠   야, 이거 뭐야? 이거 뭐야?

지 나   어린 왕자에 나오는 사막여우? 대박이죠?

강 칠   와..와?

씬56   동물원 일각, 낮.

지 나   뭐 할까요, 시내 구경 갈까요? 이왕 나온 김에.

강 칠   (좋은) 데이트?

지 나   (놀리듯, 웃으며) 아뇨. 그냥 시내 구경. 싫어요?

강 칠   (놀란) 아뇨. 그냥 시내 구경도 좋아요. 정말로,

지 나   (웃고, 가는)

강 칠   (따라가며) 근데, 그냥 시내 구경이랑 데이튼 달라요?

씬57.   몽타주, 번화한 시내, 낮.

강칠, 길거리 아이스크림 가게에서 주인이 주는, 아이스크림을 받아서
오다가, 사람과 부딪히려 하면, 살짝 몸을 틀어 잘 피해, 아이스크림을
떨어트리지 않고, 사람이 피해 간 게 좋아서, 간 사람을 보는데, 누군
가, 아이스크림 하날 뺏어가는, 강칠, 놀라 보면, 지나, 가면서 아이스
크림을 먹으면서, 강칠 보고 웃고 가는, 강칠, 아이스크림을 먹으며 따
라가는,

* 점프컷 》

강칠, 지나 아이스크림을 먹으며, 주변을 구경하며 말하는,

지 나   (주변 리어카의 물건들을 구경하며, 별스럽지 않게 얘기하는) 통영 온
         거요? 아빠의 강제.

강 칠   ?

지 나   엄마랑 아빠가 가장 행복했던 때가 통영에서 1년간 신혼 생활 했을 때
         래요. 그래서, 엄마 돌아가시고, 서울에서 대학 나오고, 3년 전쯤 내려
         왔어요.

강 칠   (웃으며) 아.. 서울. 나도 서울서 살았는데, 7, 8년.. 형이 죽고 엄마랑
         서울 가서 살았었어요.

지 나   그래서 서울 말을 잘하는구나.

강 칠   그럼 수의산 왜 됐어요?

지 나   원랜 영문학을 하고 싶었는데, 울 엄마가 개를 워낙 좋아해서, 그 영향
         이에요.

강 칠   아..

지 나   근데 공부하다 보니까, 반려동물도 좋지만, 야생동물에 자꾸 관심이 가
         드라구요. 그래서, 아시다시피 공부 중.

강 칠   참 근데 엄만 왜 같이 안 살아요? 또 아빠랑은 왜?

지 나   (짠하게 웃으며, 물건 보며) 엄만 바보같이 착한 짓하다 사고로 돌아가
         셨어요.

강 칠   ?

지 나   그 얘긴 안 하고 싶다. 아빠 사이가 별로.

강 칠   (안쓰레, 지나를 보는)

지 나   (길거리 가며, 뭔갈 찾는, 혼잣말) 속옷 집이 없네..

강 칠   (지나를 보는)

씬58.   남자 속옷 집, 낮.

         지나, 남자 속옷을 보는, 이것저것 고르는,
         강칠, 지나를 보며,

강 칠   누구 꺼 사요?

지 나   (작게 웃으며) 남자. (하고, 고르는)

강 칠   (조금 질투가 나는) 아빠? (지나 눈치 보며) 김..선생님? (사이) 혹시, 아
         는 남자가 많아요?

지 나   (못 들은 척, 속옷만 보는)

강 칠   (별로인 속옷 주며) 이게 난데.

지 나   젊은 사람인데, 그건 아닌 거 같은데..

강 칠   그럼 말든가. (하고, 다른 데로 가는)

지 나   (웃고, 주인에게 자기가 고른 것과 강칠이 고른 걸 가져가며) 이거 주
         세요.

강 칠   (옆에서 보며) 근데 무슨 속옷을 이렇게 많이 사요?

지 나   (웃고, 카드 지불하며) 돌아가신 엄마 대신.

강 칠   ?

지 나   참... (강칠이 고른 것 보여주며) 이거 샀어요.. 근데, 정말 이런 걸 젊은
         사람이 입을까 싶다. (하고, 주인에게 가는)

강 칠   (웃고, 지나를 따라가는)

씬59.   편의점 안 + 밖, 밤.

         지나, 택배를 보내는, 소포의 주소, 받는 사람에 **읍 11번지 ***교도소
         내, 김종국 교도관 앞.
         보내는 사람, 윤미혜라고 쓰고, 포장지에 택배 주소를 붙이고, 직원에
         게 주며 '여기요!' 하고 나가는,
         강칠, 테이블에 앉아, 음료를 마시다, 지나 보고,

강 칠   이제 뭐 해요?

지 나   (웃으며) 집에 가야죠. (하고, 가는)

강 칠   (서운한, 지나 보며) 에이. 좀 더 있다 가지, 여기 앉아 캔 커피 마시고...

지 나   (가며) 너무 늦었어요, 빨리 와요.

강 칠   (앉은 채, 마시며) 싫어요, 난 이거 먹고 갈래.

지 나   (돌아보고, 뒷걸음치고 가며, 놀리는 맘도 있는) 그래요, 그럼. 난 먼저

갈 테니까, 먹고 와요. (하고, 가는)
강 칠 (서운한, 일어나며) 아, 안 넘어오네..

씬60. 달리는 지하철 전경, 밤.

강 칠 (E) 와.. 밤인데 무슨 사람들이 이렇게 많냐?
지 나 (E) 밤이니까.
강 칠 (E) 참, 아까 물은 거 왜 대답 안 해요?

씬61. 달리는 지하철 안, 밤.

지나, 지하철 벽에 기대서고, 강칠, 밀리는, 사람들로부터 지나를 지키
기 위해, 두 팔을 뻗어, 그 안에 지나를 가두고 얘기하는,
지나, 캔 커피를 마시며, 강칠을 보며, 어이없단 듯 웃는,

지 나 그런 건 묻는 거 아니에요.
강 칠 왜, 그런 걸 물으면 안 되는데요?
지 나 (보며, 작게 웃고) 너무나 개인적인 질문은 실레니까.
강 칠 (뒤에서 사람이 밀치면, 순간 지나와 거의 맞닿을듯한)
지 나 ..
강 칠 (난감한) 뒤. (하고, 다시 뒷사람을 밀치는)
지 나 힘들어요, 그냥 옆에 서요.
강 칠 나 같은 인간은 힘들어도 돼요.
지 나 (이상한) 왜 말을 그렇게 해요?
강 칠 (자기 할 말만 하는) 김샘이랑 왜 헤어졌어요?
지 나 (안 보고, 물 마시며) 말하고 싶지 않아요.
강 칠 (진지한) 혹시 김샘이 때렸어요?
지 나 (어이없게 보며) 내가 누구한테 맞을 사람 같아요?
강 칠 (웃으며, 고개 젖고) 아뇨. 솔직히 말함, 때렸을 거 같아요,
지 나 (캔 커피 흘리고, 웃는, 어이없게 보는) ?
강 칠 (웃으며) 왜 헤어졌어요?

지 나   (안 보고) 내가 잘못했어요.

강 칠   (맘에 안 든다는 듯) 혹시, 착한 편이에요?

지 나   남녀 사이에 일방적인 건 없단 말을 하는 거예요. (하고, 뒤돌아, 바깥
          보며, 생각 많은) 근데 너무 늦었다.. 마지막 기차가.. 떠났으면 어떡..
          (하고, 뒤돌아 말하려다가, 강칠과 거의 맞닿는)

강 칠   (차분히, 그러나 설레게 지나를 빤히 보는) ?

지 나   (보며, 어색한, 하던 말을 하는) 기차.. 안 떠났겠죠?

강 칠   (지나만 보며) 글쎄요..

지 나   (어색한, 그러다, 강칠 목에 있는 천사를 보고, 이쁘단 생각이 들어서,
          만져보는)

강 칠   (지나 보다가) 이건 국수 솜씬데, 별로죠?

지 나   (천사 보며) 아뇨... 이쁜데요?

강 칠   하나 만들어줄까요?

지 나   (작게 웃으며) 두 개.. (하고, 강칠과 맞닿은 게 어색해 뒤돌아, 손 하나
          를 문에 올리고, 바깥 구경하는)

강 칠   (그 손을 그립게 보는)

씬62.   기차역 일각, 밤.

          강칠, 마구 뛰는, 그리고 멀리 보면, 기차에 사람들이 오르는,

강 칠   빨리 와요! (하고, 뒤를 보면)

지 나   (없는)

강 칠   (놀라, 다시 왔던 데로 뛰어가는, 계단을 보면)

지 나   (힘든, 계단을 힘들게 오르는)

강 칠   (뛰어 내려가, 지나의 짐들을 다 뺏어서, 드는)

지 나   (헉헉 숨 고르며) 기차는?

강 칠   (숨 고르며) 지금 막 사람들 타요. 그냥 다음 기차 탈래요?

지 나   (고개 젖는) 아뇨. (하고, 뛰는)

강 칠   (달리는, 지나를 앞지르는, 마구 뛰는)

지 나   (강칠을 쫓다가, 너무 힘든, 다시 멈춰 서서, 숨 고르다, 기차 쪽을 보

면, 승무원 9시 50분발 기차가 지금 곧 떠난다고, 안내하는, 그걸 보며,
　　　　난감한데, 갑자기 누군가 손을 잡는, 보면)
강 칠　（지나의 손을 잡고, 마구 뛰는）

　　　　두 사람, 기차를 보고 뛰는, 기차 막 움직이려 하는,
　　　　승무원, 수신호를 보내는,

강 칠　（뛰며） 잠깐만요, 잠깐만! (하고, 지나를 번쩍 들어, 먼저 기차에 태우
　　　　고, 자기도 타는)

씬63.　기차 안 계단, 밤.

　　　　기차, 문 닫히고, 강칠과 지나 좁은 통로에 서로 기대, 숨을 헉헉 고
　　　　르는, 지나, 기분 좋고, 강칠, 웃다가, 지나 보고 설레는, 웃음 가시는,

지 나　（너무나 숨이 찬, 숨을 토해내다가, 바깥을 보는데, 웃음 띤) 난 기차 못
　　　　타는 줄 알았어요, 근데 너무 재밌다.. 그죠?
강 칠　（지나의 얼굴을 손으로 잡아, 입을 맞추는）

　　　　지나, 눈 뜬, 놀라, 당황스런 상태에서 입을 맞춘 채 있고, 강칠은, 입
　　　　맞춘 채 눈 감은, 그런 두 사람 모습에서 엔딩.

제 6 부

그와 그녀의 심장 박동 소리 *Padam Padam…*

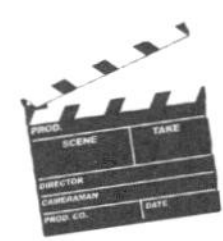

씬1.   동물병원 안, 밤.

국수(땀이 잔뜩 난), 거울에 제 등을 비춰보는,
등짝에 날개 문양이 번지고 있는,
국수, 놀라 긴장한, 두렵게 등의 문양을 보는데,

영 철   (들어서며) 아직 퇴근 안 했어요?
국 수   (영철을 보고, 옷 내리고, 시선 피하려 일하는)

씬2.   기차역 일각(5부, 축약 씬), 밤.

멀리 보면, 기차에 사람들이 오르는,
강칠과 지나 손을 잡고, 기차를 보고 뛰는, 기차 막 움직이려 하는,
승무원, 수신호를 보내는,

강 칠   (뛰며) 잠깐만요, 잠깐만! (하고, 지나를 번쩍 들어, 먼저 기차에 태우
고, 자기도 타는)

씬3.   기차 안 계단, 밤.

기차, 문 닫히고, 강칠과 지나 좁은 통로에 서로 기대, 숨을 헉헉 고르
는, 지나 기분 좋고, 강칠, 웃다가, 지나 보고 설레는, 웃음 가시는,

지 나   (너무나 숨이 찬, 숨을 토해내다가, 바깥을 보는데, 웃음 띤) 난 기차 못
        타는 줄 알았어요, 근데 너무 재밌다.. 그죠?
강 칠   (지나의 얼굴을 손으로 잡아, 입을 맞추는)
지 나   (눈 뜬, 놀라, 당황스런) ?!
강 칠   (눈 감은)

씬4.   빠르게 달리는 기차 전경, 밤.

씬5.   기차 안, 계단, 밤.

        강칠, 천천히 입을 떼고, 지나를 보는,
        지나, 멍하니, 이건 아닌데 싶은, 당황한 얼굴로 강칠을 보는,

강 칠   (미안하고, 맘이 복잡한, 지나를 보는)
지 나   (멍한, 강칠의 옆에 놓인 [첨에 탈 때 놓은 자리] 짐들을 들고, 자리로
        가는)
강 칠   (어색하고, 미안한, 따라가는)
지 나   (빈 자리 아무데나 앉아, 창가를 보는, 뭐가 뭔지 모르겠는)
강 칠   (손에 든, 좌석표를 보는, 지나가 있는 데와 다른, 지나 옆에 앉으며) 저
        기.. 자리가 여기가.. 아닌데?
지 나   (보는, 어이없는) ?
강 칠   (미안한, 보며) 화났..어요?
지 나   (창가만 보며, 착잡한) 지금 그쪽이랑 별로 말하고 싶지 않아요. 따로
        가요.
강 칠   ... (미안한, 좌석표의 자리로 가서, 앉는, 지나와 대각선이다, 미안한,
        가만 지나를 보는, 자신에게 왠지 화가 나고, 답답한, 창가로 고개 트는)

씬6.   기차역 주차장, 밤.

        지나, 나와서 차로 가는, 트렁크 열어서, 짐을 싣는,
        강칠, 미안하게 뒤처져 오는,

강 칠   (조심스런, 어색한) 저기, 나랑 얘기 좀 해요.
지 나   (안 보고, 운전석 문 열고, 타며) 택시 타세요. (하고, 가는)
강 칠   (미안한, 가는 지나의 차를 보는)

씬7.   달리는 지나의 차 안, 밤.

          지나, 운전해 가며, 사이드미러로 강칠을 보는데 생각이 복잡하다.
          내가 너무 친절했나, 이게 뭔가 싶어 혼란스런,

씬8.   동물병원 안, 밤(장소 바뀜, 땡이 없는).

          영철, 생각 많은, 시계를 보면, 12시가 넘은, 국수, 영철을 빤히 보며,

국 수   강칠이 형이랑 나도 형이 궁금해하는 거 다 말해줬잖아요. 그러니까,
          형도 말해봐 봐요, 지나 누나랑 헤어졌다면서, 왜 같이 있는지?
영 철   (보며, 지나를 기다리는, 시계 보며) 아직.. 다 안 끝났으니까.
국 수   (웃으며) 끝내는 게 좋을 건데, 지나 누나 우리 형 껀데.
영 철   ?!

          그때, 문소리에 문 쪽 보면,
          지나(손에 짐을 든), 문 열고, 들어와,

지 나   땡인?
영 철   네 방에서 자.
지 나   퇴근해. (하고, 가는)
국 수   (지나 나간 쪽 보며) 누나, 누나, 우리 형은 왜 같이 안 와요?
영 철   집에 갔겠지. 낼 봐.
국 수   ?! (벌떡 일어나, 뛰어가는)
영 철   (국수 보고, 지나의 집 쪽 보다가, 집 쪽으로 가는)

씬9.   지나의 집 안(땡이 방 안에서 잔다는 설정, 여기에 없는), 밤.

지나, 가방을 탁자 위에 놓고, 물 따라 마시는, 생각이 많은,
지나, 답답한, 강칠을 어떻게 대할까 싶은데, 그때, 문소리 나고, 영철
들어서면,

지 나 (웃옷 벗으며) 그냥 집에 가. (하고, 욕실로 들어가려는데)
영 철 (팔 잡으며, 지나를 탐색하듯 보면)
지 나 (혼란스러움을 감추고, 따뜻하게, 영철 보며) 피곤해.
영 철 (따뜻하게, 담담히) 다만 피곤해? 아님... 무슨 일 있는 거야? 둘이 어디
        갔었어?
지 나 그냥 서울 잠깐.. 씻을래. 가. (하고, 욕실로 들어가는)
영 철 (잠시 생각하다, 가는)

씬10. 욕실 안, 밤.

        지나, 머리에 수건 두르다, 거울 보며, 강칠 생각하는, 기분이 착잡한.

씬11. 강칠 모의 집 앞, 밤.

        강칠, 생각 많게 걸어가는, 그때, 문자 왔다는 전자음이 순간순간 들리
        는, 강칠, 가다가, 생각을 방해하는 전자음 때문에 뭔가 싶어, 주변을
        두리번거리는데, 집 대문 위에서 핸드폰이 반짝거리는, 뭔가 싶은, 집
        어서 보면, 문자가 뜨는,

        * 인서트, 핸드폰 화면 >>
        1, 통장에 돈이 들어온 사진, 세 컷 정도.
        입금자 박찬걸이라고 찍힌 부분에 빨간 펜이 그어진,

        * 점프컷 >>
        강칠, 이상한,
        손을 움직여 사진을 내리면,

* 인서트, 핸드폰 화면 〉〉

2, 공원에서, 찬걸과 용학이 얘기하는 사진.

3, 깁스를 하고 목발을 짚은, 용학 부.

4, 비닐봉지에 담긴, 칼 사진.

5, 사건 당시의 장소 (현재) 사진 몇 개. (너무 회상과 같지 않게 자칫,
시청자가 먼저 알면 안 되므로)

* 점프컷 〉〉

강칠, 이상한, 그때, 전화가 오는,

강칠, 순간 움찔해, 핸드폰을 놓치고, 주변을 보고, 다시 전화를 들어
받으면,

용 학	(E) 찬걸일 만나, 그리고 내가 너랑 모든 증거물을 공유했다고 해.
강 칠	(주변을 조심스레 살피며, 전화하는) 나한테 이러는 이유가 뭐야? 나한 텐 찬걸이나 너나 똑같은 놈들이야.

* 점프컷(용학이 서있는 장소는 안 나오고 얼굴만 나오는) 〉〉

용 학	처음 민호 일은 몰라도, 니가 무고하게 폭력으로 다시 들어간 사건은 나랑 관련이 없어. 그때 찬걸이가 하는 행동을 보고 알았지, 아.. 놈이 조만간 나도 가만두지 않겠다. 아니나 달러, 아버질 건드리더라고.

* 점프컷 〉〉

강 칠	(주변을 계속 의식하며) ...근데, 무슨 도로 같은 사진은 뭐야? 다른 사 진은 다 뭔지 알 거 같은데, 그건 왜 보낸 거야? 그리고 거기가 어디야?

* 점프컷 〉〉

용 학	(쓰게 웃고) 글쎄 거기가.. 어딜까? (의미심장하게) 내가.. 잘못 보낸 거 같기도 하네.. (사이) 찬걸이한테 증거물은 우리 둘이 아는 장소 어딘가

에 있다고 해. 사진 보여줌 믿을 거야. 그럼, 찬걸이도 우리 둘을 쉽게
어쩌진 못할걸. 안 그러면 너랑 나 쥐도 새도 모르게 사라질걸. 우린 그
놈한텐 아무것도 아니니까.

강 칠   (E) 공소시효도 끝난 일인데, 놈이 증거물을 두려워할까?

용 학   가진 게 많으면 많을수록 잃을 것도 많으니까. 참 너도 찬걸이한테 보
상받아야지. 민호 피랑 찬걸이 지문이 분명히 남아있는 내 증거물, 그
리고 핸드폰에 보낸 사진 몇 장도 도움이 되겠지. 한때라도 친구였던
내 마음의 선물이라고 생각해. (하고, 전화 끊는)

* 점프컷 〉〉

강 칠   (전화길 내려놓는데, 골목 한쪽이 자꾸 이상한, 그쪽으로 가려 하는데)

그때, 강칠의 얼굴 위로 국수 목소리 들리는,

국 수   어디 갔었냐!

강 칠   (그 소리에 국수 쪽 보고 집으로 가는)

국 수   (투덜대는, 화난) 의리 없이 혼자, 내가 형 혼자 다니지 말랬지? 그러다,
무슨 일 남 어쩔려 그래? 지나 누나랑 데이트는 잘했어?

* 점프컷 〉〉
카메라, 골목으로 가면,
용학, 벽에 붙어서 핸드폰 주머니에 넣고, 가는,

씬12.   강칠 모의 방 안, 밤.

강칠 모, 정이 자고 있는, 강칠 모, 정이 쪽으로 얼굴을 보고 자는,
정이와 둘이 같은 모습으로, 자는,
국수, 강칠, 머리 감고 세수한 얼굴로 수건으로 몸을 닦으며 들어오며
말하는,

국 수 (머리 닦으며) 증거물이 그렇게 수두룩하면 찬걸이 자식 목 죄는 건 시
        간문제네. (하고, 강칠 보면) 근데, 표정이 왜 그래? 철천지원수 목줄 잡
        았는데, 신나야지, 왜 죽상이야? 지나 누나랑 뭔 일 있었어?

강 칠 (머리 닦으며) 뭘..

국 수 혹시 입 맞췄다 뺨이라도 맞았냐?

강 칠 (로션 바르다, 보는, 어이없는) ?

국 수 했구만. (하고, 강칠의 로션 바르며) 근데 표정이 왜 그래? 누나가 왜, 싫
        대? 돈 없어 싫대? 아님, 애 있어 싫대? 그것도 아님 뭐 전과자라 싫대?

강 칠 (벽에 기대 앉으며) 니가 그렇게 말하니까, 내가 진짜 실술 한 거 같다.

국 수 (자기도 인지 못 하게, 이마에 땀이 나는, 몸이 좀 힘든) 실수는 무슨...
        남자가 돼서 그럼 뭐 여자가 좋은데, 그 여자가 알아서 입 맞춰줄 때까
        지, 기다리냐? 타이밍 맞춤 들이대보는 거지, 다 그렇게 하는 거야. (하
        고, 머리 손질하려 거울 보며) 이건 자꾸 뭐야?

        * 플래시백 〉〉
        거울에 강칠이 죽자사자 뛰는 게 보이는, 거의 울듯 공포에 질린,

국 수 (보며, 답답한, 속상한) 미치겠네, 진짜! 자꾸! (하고, 벽에 기대 앉는)

강 칠 뭐 해?

국 수 (수건으로 얼굴 닦고, 옆에 와, 앉으며, 심각한) 자꾸 형이.... 죽잖아,
        짜증나게.. (하는데, 러닝을 보면, 땀에 온몸이 젖어오는, 이상한)

강 칠 (걱정스런) 너 왜 그래?

        하고, 강칠, 국수 보면, 국수, 얼굴에서 땀이 흥건히 나는, 멍한,

강 칠 (놀란, 국수의 얼굴을 치며) 야, 국수야, 야!

국 수 (멍한, 기운 없는) 자, 잠깐만.. (하고, 일어나, 거울 앞으로 비칠비칠 걸
        어가, 러닝을 벗고, 거울에 제 등을 대보면)

        거울에 비친 국수의 등에 날개 문양이 흐릿하게 새겨졌다 사라지는,
        국수, 갑자기 기운이 빠져, 기절하듯, 드러눕는,

강 칠   (놀라, 걱정스런, 국수 안아서, 소리치는) 국수야, 국수야! 너 왜 그래?
강칠 모, 정이   (자다, 뭔가 싶어, 부스스한 얼굴로 강칠, 국수 쪽 보는)

씬13.   통영 시내 일각, 아침.

        정이, 학교를 가는,
        강칠, 그 뒤를 따라가는,

정 이   (가다, 돌아보며) 왜 자꾸 따라와요?
강 칠   (답답한) 나도 안 따라가고 싶거든, 근데 할머니가 자꾸 가래잖냐? 학교
        가는지 마는지, 감시하래잖아?
정 이   (강칠 빤히 어이없이 보다, 강칠 앞으로 다가와, 앞에 서며) 날 여기 데
        려온 의도가 뭐예요?
강 칠   의도?! (내심 찔리는, 그러나 짐짓 뻔뻔스레) 무, 무슨 의도?
정 이   (의심스레 보며) 아무런 의도도 없다구요? 정말? 정말 내가 아들이란
        이유 하나 땜에 날 여기 데려왔다구요? 그렇게 아빠가.. (비웃음) 착해
        보이진 않는데?
강 칠   (어이없게 웃으며) 나 의외로 무지 착하거든?
정 이   우리 외갓집 부잔 거 알고, 혹시나 유산이나 받을까 해서 데려온 거죠?
        그랬담 실망하겠네. 엄마가 나 낳았다고 외가가 전부 이민 가면서, 소
        식을 확 끊었거든요. 어쩌냐?
강 칠   (어이없게 웃으며) 학교나 가지, 아들.
정 이   (빤히 보며) 근데 말이에요, 우리가 정말 친부자지간일까?
강 칠   ?
정 이   (강칠의 얼굴을 살피며) 눈, 귀, 얼굴형, 전부 다 안 닮아도 너무나 안
        닮지 않았어요? 혈액형이 뭐예요?
강 칠   (눈을 빤히 보며) AB.
정 이   친자 확인 검사 한번 해보죠.
강 칠   (생각하는, 별스럽지 않게, 툭툭거리며) 너 점 있어? 울 엄마랑 나랑은
        목에 같은 위치에 점 있어, 너도 있어?
정 이   아뇨. 전혀.

강 칠   (갑자기 정이의 윗옷을 들어, 배를 보는)

       * 인서트 〉〉
       정이 옆구리에 작은 점이 있는,

강 칠   (웃으며) 맞네. 내 아들! (하고, 제 옆구릴 보여주면, 전혀 다른 곳에 안
       닮은 점이 있는)
정 이   (어이없고, 한심스레 보며) 그러지 말고 친자 확인 해봐요?
강 칠   (귀찮은) 니네 엄마가 나랑 찍은 사진 보여주며, 내가 아빠라 그랬다며?
       아냐? 그럼 끝난 거지, 친자 확인 같은 걸 뭐 한다고 귀찮게 해! 그거 돈
       들 거 아냐?
정 이   돈이 들어도 할 건 해야죠. (하고, 입술에 뭐가 묻었는지, 침을 퉤 뱉는)
강 칠   맞아, 넌 내 아들이야. 나도 (침 뱉으며) 이렇게 뱉거든, 너처럼.

       그때, 지나가는 유진, 둘을 보며,

유 진   뭐꼬, 똑같은 것들 둘이가 바닥에 침을 뱉고.. 깡패나, 깡패 아들이나
       똑같네. (하고, 침 뱉고 가는)
강칠, 정이   (그 소리 듣고, 화나서, 눈빛이 번뜩이는) ?!
강 칠   (크게 심호흡하고 참는, 정이 보며) 학교 갈 거지? 딴 데로 안 새고?
정 이   (보며, 속상한) 대체 죄는 왜 저지른 거예요? 전과잔 왜 된 거냐구요?
       아빠? 차라리 없는 게 낫지. (하고, 가는)

       강칠, 왜 저러나 싶은, 맘 안 좋은, 정이 보다가, 길가 쪽 보면, 지나, 자
       전거를 타고 운동하고 오는 듯 가는,

강 칠   저기요!
지 나   (멈춰 서서 돌아보면)
강 칠   나한테 화 많이..

       하고, 지나에게 가려는데, 뒤에서 자전거 경적 소리 나고, 지나, 가면,

영철, 뒤에서 자전거를 타고 와 지나와 같이 나란히 가는,
강칠, 부럽고, 기분이 별로인,

씬14.   동물병원 안, 낮.

국수, 열심히 일하는,
강칠 모, 걱정스레 국수를 보는,

국 수   (일하며) 괜찮다니까, 정말?
강칠 모   (국수에게 다가가며) 알았으니까, 머리 대봐.
국 수   (애기처럼 머리 대면)
강칠 모   (손으로 머리 짚는데, 잘 모르겠는, 제 이말 국수 이마에 대보는)
국 수   (좋은, 가만히) 뭐 해, 엄마?
강칠 모   (머리 떼고, 국수 머릴 애기 만지듯, 만져주며) 괜않은 거 같네, 근데 와
           간밤엔 왜 그랬으까. 우리 강우 열병 때처럼.. 머리가 불덩이가 돼 펄펄
           끓고.
국 수   (웃으며, 일하며) 몰라, 나두.
강칠 모   가진 거 없는 놈이 몸이라도 성해야지.. (안쓰레 보며) 아부지한테 전화
           넜나?
국 수   (일하며) 나 일한다니까 기운이 번쩍번쩍 나서 몇 년을 누워있었는데,
           지난주부턴 동네 걸어다닌대요. 일한 돈 받음, 아부지 용돈 줄라고.
강칠 모   (대견하게 웃으며, 집을 구경하며) 뭐 이리 집이 좋나...
국 수   형이랑 나 실력 좋지?
강칠 모   (한쪽에 앉아, 멍한) 이런 데서 한번 살아보고 죽음 소원이 없겠네.

           그때, 강칠, 들어서며,

강 칠   왜 남의 집에 청승맞게 앉아있어? 가!
강칠 모   (그냥 앉아서, 강칠 보며) 야, 나도 이런 집 하나 사줘.
강 칠   ?!
강칠 모   (집 보며, 부러운) 여기서.. 너랑.. 나랑.. 정이랑.. 강우는 없으니까, 말

고...

강 칠   (맘 짠한, 말 피하려, 옆에 있는 물병을 들어 마시고) 가요, 일해야 돼.

강칠 모   간다, 이눔아. 내가 뭐 여서 살까봐... (하고, 옆에 있는 대야 들고 나가는)

강 칠   (답답해, 일하다, 느낌이 이상해 나가는)

씬15.   동물병원 마당, 낮.

강칠 모, 마당을 구경하며,

강칠 모   (전등을 구경하며) 이쁘네.. 이것도.

강 칠   (나와, 보며) 그만 가라고 했지!

강칠 모   (강칠에게) 이거 밤에 이쁘나?

강 칠   이쁘지, 그럼. 미울까?

강칠 모   (앉아, 잔디를 만지며) 양잔디 아니고 조선 금잔디네. 요즘도 이런 게
          있네..

국 수   (나와, 강칠 모 보며, 맘 짠한) 엄마 나중에 형이 이런 집 사줄 거야.

강칠 모   언제? 나 죽고 난 담에? 지 주제에 무슨... (하고, 옆의 대야 들고 가는)

강 칠   (답답하게 강칠 모 보다, 일하는)

그때, 말소리 들리는,
영철, 강칠 모에게 '안녕하세요?' 하는, 지나, 눈인사하는,

강칠 모   집이 좋네.

강 칠   (보고, 강칠 모에게) 가, 좀!

강칠 모   알았다! (지나에게 웃으며) 집이 너무 좋아. 이런 데서 자면 꿈도 선한
          꿈만 꾸지, 그쟈?

지 나   (어색하게 웃고)

강 칠   엄마!

강칠 모   가! (하고, 지나 보며) 볼 때마다 참 곱네.... (하고, 가는)

강 칠   (지나 보면)

지 나   (그냥 가고)

영 철   (지나와 강칠 보고, 그냥 가는)
국 수   (강칠 보며) 박찬걸이 언제 만날 거야? 빨리 만나, 만나서 돈 왕창 뜯어,
        얼마 이런 집 사주게! 알았지? (하고, 안으로 들어가고)
강 칠   (생각 많은, 안으로 들어가고)

씬16.   동물병원 안, 밤.

        강칠, 열심히 일하는,
        국수, 정리하는데,
        그때, 지나, 나와서 국수에게,

지 나   갈 때 문단속 잘하고 가세요. (하고, 집으로 들어가는)
강 칠   (지나 보는)
국 수   가서 말 걸어. 들이대, 등신아!
강 칠   (일만 하는)

씬17.   동물병원 안, 다른 날, 낮.

        강칠, 한쪽에서 일을 하다, 문을 여는 소리가 나, 나가는,

씬18.   동물병원 마당, 낮.

        지나가 땡이와 집으로 들어가는 게 보이는,

강 칠   정지나 씨!
지 나   (보면)
강 칠   (어색한) 여기 벽장 마무리됐는데, 어떤지 좀 봐줘요.
지 나   (강칠을 보는, 무덤덤한) ...
강 칠   맘에 안 들면, 다시 하든지 해야 될 거 같아서.. 신경 써달래서 내 딴엔
        신경 쓴다고 썼는데..
지 나   (동물병원으로 들어가는)

강 칠   (따라 들어가는)

씬19.   동물병원 안, 낮.

지나, 벽장 보는,

강 칠   (지나의 표정을 살피며) 어때요? 괜찮아요?
지 나   (무표정하게, 강칠 안 보고, 벽장만 보며) 괜찮네요. (하고, 가는)
강 칠   저기,
지 나   (그냥 가는)
강 칠   (길게 한숨 쉬고, 쫓아가, 팔을 잡으며) 언제까지 나랑 말 안 할 거예요?
지 나   (보며, 화난) ?
강 칠   (서서히 격앙되는, 화나는) 앞으로 일주일? 이주일? 한 달? 아님 계속,
         쭉!
지 나   (그냥 가는)
강 칠   (팔을 잡으며, 답답하고, 화난) 뭐가 화가 났는지, 말을 해야 알 거 아니
         에요!
지 나   (팔을 뿌리치며) 다신 나 건들지 말아요. (하고, 가는)
강 칠   (가는 지나 답답하게 보다, 일하는)

씬20.   강칠 모의 방 안, 밤.

강칠 모, 정이가 자는 방 사이의 중문이 닫힌, 두 사람 안 보이는,
강칠, 앉아 우편물을 보는, 속옷이 나오는,
국수, 이불에 엎드려 누워서 강칠에게 말 거는,

국 수   지나 누나한테 오늘도 말 못 붙였어?
강 칠   (소포 옆에 두며) 붙였는데, 대답을 안 해.
국 수   (웃으며) 일주일 내, 깝깝하겠다.. (하고, 강칠이 본 속옷 보며) 윤미혜
         씨도 지극정성이다. 교도관님도 그렇고. 참 교도관님이 형 아픈 거 걱
         정하든데.. 병원에 함 가봐야지 않아? 상태 체크해야지? (속옷 중 강칠

이 골랐던 속옷 보며, 맘에 안 드는) 이건 뭐야?

강 칠　·(포장지를 잘 접어, 속옷과 포장지를 서랍장에 잘 넣는, 포장지와 속옷
　　　이 많은, 이것만 따로 모아둔 듯한)

　　　국수, 그런 강칠 보며,

국 수　포장지는 뭐 한다고 맨날 가지고 있어. 주소도 없는데. 형, 참 나 진짜
　　　천사됐다.

강 칠　(자리에 누워, 보는) ?

국 수　등에 날개가 나. 물론, 완전히는 아니고... 내가 확인할려고 하면 없어
　　　지지만. 확실해. 양강칠의 진짜 수호천사가 된 거지. 히히..

강 칠　(같잖다는 듯 웃고, 이불을 뒤집어쓰는) 잠이나 자.

국 수　이번에도 만약 형이 죽었다 살아난다면... 믿게 되겠지. (하고, 눕는)

강 칠　(궁금해지는, 고개 돌려, 국수 보면)

국 수　잊지 마. 기적이 알려주는 숱한 비밀을. 우리 엄마가 자신의 죽음으로
　　　내가 천사인 걸 알려준 거처럼. 형한테 그런 일이 일어난 건, 반드시 뭔
　　　가 이유가 있을 거야. (하고, 눈 감는)

강 칠　?!

씬21.　통영 시내, 다른 날, 낮.

　　　효숙, 스쿠터 타고 배달 가던 길에 경적 울리는,
　　　영철, 차 서는,

효 숙　(그 옆으로 가서, 서며) 강칠이가 돈이 없는 거 같더만... 선수금 같은
　　　거 안 주나, 김샘? 하루 벌어 하루 사는 사람들을 그래 돈을 안 주면,
　　　우에라꼬? 원래 공사비는 두세 차례 나눠줘야..

영 철　(웃으며) 그렇잖아도, 지금 주러 갑니다. (하고, 가는)

효 숙　(놀란) 지금?! (배달통 보며) 강칠이한테 줌 안 되는데.. 배달은 밀리고..
　　　(하며, 가는)

씬22.   동물병원 안, 낮.

국수, 강칠, 영철,

영 철   (테이블에 돈다발을 놓는) ..
강 칠   (돈다발 보고, 영철 보는)

그때, 지나, 와서, 영철에게,

지 나   오빠 가자. (하고, 나가는)
강 칠   (지나를 보지 않지만, 의식이 되는)
국 수   (돈다발 집어서, 풀어보고, 놀라고, 영철 보며, 어렵게 묻는) 우리가 뭐
         잘못했어요? 왜 아직 일도 안 끝났는데.. 좀 전에 우리가 커피 마신 건
         오늘 일할 자재가 모레나 들어온다 그래서.. 우리 일 그만둬요?
영 철   (웃으며) 아녜요. 그냥 미리 주는 거예요.
강 칠   나중에 줘요, 일 다 끝나면.
영 철   좀 적어요.. (주변 보며) 이 정도 실력이면... 이것보다 훨씬 더 줘야 하
         는데. 그냥.. 남들 주는 만큼 줬어요. 엄마한테 돈 갖다줘본 적 없죠?
강칠, 국수   (돈을 보며, 동시에 고개 끄덕이는데, 맘 짠한)
영 철   자식이 첫 월급 타면 옛날엔 부모 속옷 샀대요. 요즘은 뭘 사나.. (하고,
         전화 오면 받으며) 알았다, 간다. (하고, 끊고, 강칠 보며) 혹시 지나랑
         무슨 일 있었어요?
강 칠   (보면) ?
영 철   (빤히 보며) 두 사람 내가 보기엔 좀 이상한데... 내가 예민한가?
국 수   그런 거 같은데요?
영 철   (강칠만 보며) 그럼 다행이고. (하고, 가는)
국 수   (돈다발을 보고, 강칠 보며) 좋지?
강 칠   (돈 보며, 생각 많은, 돈다발을 드는데)

그때, 효숙, 돈다발을 낚아채는,
강칠과 국수, 보면,

효 숙   (씩씩대며, 돈다발을 숨기며) 이긴 엄마 끼다. 니들 끼 아이다. 김샘이
          미쳤는갑네, 고양이한테 생선을 맡기지.. 이긴 니들 끼 아이다, 엄마 끼
          지. (하고, 뛰어나가는)
국 수   어디 가, 누나, 내 돈 들고! (하고, 쫓아가는)
강 칠   ... (지나 생각에 맘 무거운)

씬23.   동네 일각, 낮.

          효숙, 돈다발 들고 죽자사자 뛰는,
          국수, 쫓아가며,

국 수   내 돈 내놔, 내 돈?! 누나?!
효 숙   (뛰기만 하는) 질긴 놈.
국 수   누나! (하고, 뛰어가다, 강칠이 생각나는) 참, 형.. (하고, 효숙 보며, 궁
          시렁) 아빠 갖다줘야 되는데... (고민하다, 효숙에게 가며) 누나!

씬24.   통영 시장, 낮.

          강칠 모, 손님에게 생선을 파는,
          효숙, 뛰어오며,

효 숙   엄마, 엄마!
강칠 도   (보면)
분 희   (같이 보는) ?!

          * 점프컷 〉〉
          효숙, 뛰어오고, 국수, 뒤따라오며,

효 숙   엄마! (돈다발 강칠 모에게 던지려 하며) 엄마 받아라! (하고, 던지는)
강칠 모   (얼결에 받는, 보면, 돈이 풀어져, 바닥에 뿌려지는, 놀란, 얼결에 줍는)
강 칠   돈벼락 맞으니까, 좋아?

강칠 모   (보면)

* 점프컷 〉〉

강 칠   (트럭 타고, 강칠 모 보며, 웃고) 빨리 주워, 내가 다 뺏기 전에! (하고,
차 몰아 가는)
강칠 모   ?

* 점프컷 〉〉
효숙, 멈춰 서서, 헐떡대며, 강칠 간 쪽 보는,

효 숙   (숨 헐떡이며) 저럴걸.. 괜히 그랬나...
국 수   (놀라, 강칠에게 뛰어가며) 또 어딜 가! 형! 나 덱고 가! 혼자 어디 감 안
돼, 국수랑 같이 가! 형!

씬25.   달리는 강칠의 트럭 안, 낮.

강칠, 사이드미러로 국수 보며,

강 칠   (멈추고, 고개 빼고) 뭐 어제 네 등에 날개가 돋는다며, 그럼 나한테 날
아옴 되겠네, 뛰지 말고. 자식.. (작게 웃으며, 가는)

씬26.   도로, 낮.

국수, 힘 떨어져 한쪽으로 나가, 대자로 눕는, 하늘 보고 숨을 무섭게
몰아쉬는, 온몸이 땀으로 젖는 게 보이는,
지나가는 사람들, 놀라고,

* 점프컷 〉〉
효숙, 강칠 모와 돈을 줍다가, 멀리 국수 보며

효 숙   쟈 와 저래?
강칠 모   (그 말에 국수 보며) 국수야! (하고, 뛰어가는)
효 숙   (돈을 집으며) 엄마, 같이 가!

씬27.   폐가 전경(4부에 나온), 낮.

          트럭 있는,

씬28.   폐가 안, 낮.

          강칠, 공구통을 내려놓고, 텅 빈 주변을 돌아보는, 그리고, 상상하는,

씬29.   상상 씬, 낮.

          텅 빈 폐가에, 한쪽엔 침대, 한쪽에 작업대, 그리고 비싸진 않지만, 멋
          진 조명등이 하나둘 제자리에 놓이는,

씬30.   폐가 안, 낮.

          강칠, 공구함 열다가, 조각도를 보고, 제 가슴을 보면, 천사가 보이는,

          * 회상 〉〉

강 칠   (지나 보다가, 제 목에 걸린 천사를 보는) 이건 국수 솜씬데, 별로죠?
지 나   (천사 보며) 아뇨.. 이쁜데요?

          * 현실 〉〉
          강칠, 주변의 나무를 하나 골라서, 한쪽에 앉아 빠르게 조각을 하는,

씬31.   호수, 낮.

지나, 영철 김밥(도시락 싸 온)을 먹으며 쉬고 있는, 둘 다 땀이 난,
땡이, 근처에 있는,

영 철　수달은 무슨.. 여기 수달이 있냐?
지 나　지난번 동물연대 사람들하고 왔을 때, 분명 있었어. 나중에 내가 꼭 찾고 말 거야.
영 철　(누군가 보고 인사하는)
지 나　(영철 본 쪽 보면)

＊ 점프컷 〉〉
멀리서 일하는 농부, 지나와 영철을 맘에 안 들게 보고 일하는,

영 철　(지나에게) 난 너 야생동물 먹이 주고, 보살피는 거 그만했음 싶다. 동네 사람들이 싫어해도 너무 싫어하잖아.
지 나　원래 자연은 동물들 거거든. 그리고 동물이 있어야 자연도 푸르고, 사람들도 모여. 요즘 야생동물 보는 생태관광도 있잖아. 언젠간 농부들도 좋아하게 될 거야.
영 철　나중은 그런데.. 당장 농작물 피해가 심각하니까.. 그렇지. (아무렇지 않게, 김밥 먹으며, 보고) 참, 저번 날 너 늦게 들어온 날 강칠 씨랑 무슨 일 있었어?
지 나　(안 보고, 다른 데 보며) 아니.
영 철　내가 보기엔 아니가 아닌 거 같은데?
지 나　(영철 보며) 오빠 이번 주 내내 왜 그렇게 바빴어?
영 철　그렇게 말꼬리 돌리는 이윤, 내가 더 물어도 대답 않겠단 뜻?
지 나　뭐 했어?
영 철　소연이가 남자랑 헤어져서 같이 술 마셔줬어.
지 나　?! (샘이 나는, 영철 보다, 물 먹는)
영 철　(지나 보며) 헷갈린다?
지 나　?
영 철　(웃음 띤) 지금 그 표정, 나에 대한 질투 같아서? 난 니가 강칠 씨한테 맘 있는 줄 알았는데... 아닌가?

지 나　　(화나 보는)
영 철　　(웃으며) 나는 니가 그렇게 볼 때 설레드라. (하고, 주변 보다) 어, 땡이
　　　　가 어디 갔지?
지 나　　?

씬32.　폐가 안, 낮.

　　　　강칠, 열심히 뭔갈 만들고 있는, 그러다, 물 마시고, 이상해, 한쪽을 보
　　　　면, 땡이가 한쪽 바닥에 놓인 땡이 모양의 목각을 보며, 서있는,

강 칠　　(땡이 보고, 웃으며) 어디서 나타났냐.. 너? 맘에 드냐, 넌데?
땡 이　　(그걸 물고, 나가는)
강 칠　　야, 땡이야. (하고, 따라 나가는)

씬33.　폐가 밖, 낮.

　　　　강칠, 뛰는 땡이를 보고 소리치는,

강 칠　　야, 너 어디 가! 땡이야!

　　　　* 점프컷 〉〉
　　　　땡이, 뛰어가는,

강 칠　　땡이야! (하다가, 한쪽을 보면)

　　　　* 점프컷 〉〉
　　　　영철의 차, 와서 땡이 보고 멈춰 서는 게 보이는,

강 칠　　?

　　　　영철과 지나, 차 안에서 나와, 땡이를 보고,

지 나   (땡이 만지며) 너 뭐야? 어디 갔었어? (하는데)
땡 이   (바닥에 목각을 내려놓는)
지 나   (목각 보고, 놀란, 주변 돌아보면)

* 점프컷 〉〉
강칠, 지나 보고, 폐가로 들어가는 게 보이는,

영 칠   헤이! 강칠 씨! 거기서 뭐해요? (하고, 폐가로 가는)
지 나   ?

씬34.   폐가 안, 낮.

강칠, 어색한 느낌으로 차를 끓이는, 버너와 주전자, 일회용 커피가 있는,
영철, 주변 구경하고, 땡이, 강칠 옆에 앉아있는,

영 철   야.. 이 동네 이런 데가 있었네? 곡물 창고였나? 정미소였나? 근사하네.
지 나   땡이야, 이리 와. 가자.
땡 이   (모른 척, 고개 트는)
지 나   (맘에 안 들게 보고, 영철에게) 오빠, 안 가?
영 철   (주변 구경하며) 강칠 씨가 차 준대잖아, 차 마시고 가자. (하고, 강칠
         보며) 진짜 여기 작업실로 꾸미면 죽이겠다.
강 칠   (차를 타고, 영철 주며) 일회용밖엔 없네요.
영 철   여기 잘 꾸며봐요, 아주 멋지게. 내가 아는 잡지사 친구가 있는데, 예술
         가들 작업 공간만 전문적으로 취젤 하거든요, 소개시켜줄게.
강 칠   (어색한) 저 예술 같은 거 모르는데..
영 철   아까 보니까, 목각도 죽이든데, 뭐.. 공예가 양강칠 괜찮다. (웃고, 커피
         마시는) 한번 자기가 만들고 싶은 거 만들어봐요, 내가 중간 다리 해줄게.
강 칠   (한쪽에 불편하게 서있는, 지나에게 차를 주는) 여기..
지 나   전 됐어요. (하고, 땡이에게 가서, 쪼그려 앉으며) 너 누나 따라 집에 안
         가? 누나 혼자 가?
강 칠   (지나를 미안하고, 그립게 보는데)

그때, 전화 오고,

영 철	(받으며) 어, 소연아.

지 나	(영철 보는)

강 칠	(지나 보다, 영철 보는)

영 철	(따뜻하게 웃으며) 얘가 왜 또 대낮부터 이러나.. 얌마, 혼자 술 마시면 안 된다니까.. 나랑 엊그제 만나 약속했잖아, 다신 혼자 술 안 마시기로, 나랑만 마시기로.. (사이, 웃으며) 사랑하지, 그럼. 내 친구 소연일 내가 사랑해주지 않음 누가 사랑해주냐?

지 나	(영철 맘에 안 들게 보다가, 땡이 보고) 너 진짜 안 가지? 맘대로 해. (하고, 가는)

강 칠	(지나 보는) ...

영 철	(가는, 지나 보고) 그래, 어... 알았어.. 응.. 담 주에 한 번 서울 갈게, 그래. 좀 자. 그래. (하고, 끊고, 나가며) 지나야?

땡 이	(따라가는)

강 칠	(둘이 나간 쪽 보고, 제 손에 들린 지나에게 주지 못한, 커피 보는데)

영 철	(E) 야, 너 화났어?

지 나	(화난, E) 왜 행동을 그렇게 해?!

강 칠	(문 쪽 보는) ?!

씬35.	폐가 밖, 낮.

영철, 지나의 팔을 잡고 있는,

영 철	(어이없이 웃으며) 내 행동이 어떤데?

지 나	(팔 뿌리치며, 화난, 그러나 차분히) 이소연한테 뭐 하는 짓이야?

영 철	(서서히 화나는) 왜 화를 내?

지 나	묻는 말에나 대답해.

영 철	외롭대서, 동정이다. 왜?

지 나	동정을 오빠 그딴 식으로 해?

영 철	동정을 이딴 식으로 안 하면, 어떤 식으로 해야 되는데?

지 나 오빠가 그렇게 뜨뜻미지근, 끝난 듯 안 끝난 듯 애매모호한 행동을 하
니까, 이소연이 오빨 만만히 보고 뻑함 술 먹고 오빠 찾는 거 아냐? 얼
마나 더 당해야 알어? 오빠 버리고 다른 남자랑 결혼했던 여자야! 그러
고 갔으면 잘살지, 이혼은 왜 하고, 술 마실 때마다 오빤 왜 찾는 건데?

영 철 (어이없는) 그건 소연이한테 물어볼 말이지?

지 나 오빠가 동정을 동정답게 안 하니까, 문제가 생기잖아. 차갑게, 한칼에
끝낼 수 있잖아!

영 철 (어이없는) 참내. (하다, 고개 틀면)

강칠, 공구통을 들고, 폐가 앞에서 지나를 보는,

영 철 (강칠에 대한 느낌이 이상한, 지나와 무슨 일이 있구나 싶은)

강 칠 (둘을 지나쳐, 한쪽의 트럭에 짐을 싣는)

지 나 (강칠을 피해, 머리 쓸어올리며, 시선 피하는)

영 철 (강칠 보던 시선 거둬, 지나 [화를 참으며, 머리 쓸어올리는] 보며, 짐짓
궁금해 맘에 없는 말을 하는) 알았다... 내가 잘못했네, 난 소연이가 안
됐어서... 사랑하냐 그럼 사랑한다 그냥 건성으로 한 건데, 다시 생각하
니까 그래선 안 됐었네. 네 말대로 한칼에 끊었어야 됐네.

강 칠 (그 사이 다시 짐을 가지러 폐가로 들어가려는데)

지 나 (강칠을 의식하고, 말하는) 동정이 지나치면 상대는 착각해.

강 칠 (가다, 멈추는) ?!

영 철 (강칠과 지나의 감정을 느끼는) 그럼 내가 소연이한테 어떡하는 게 좋
겠어? 좀 알려주라. 걔가 착각하지 않게 할려면 어떻게 해야 하는지?

지 나 (강칠 의식한) 동정이라고 분명히 말해야지. 그러니까 오바하지 말라고
말해야지. 한 번 실수는 몰라도 두 번은 안 된다고. 사람 잘못 봤다고.
분명히 말해야지.

강 칠 (그 자리에 굳은 듯 서서, 가만있는, 모멸감 느끼는)

영 철 오케이. 그래야겠네. (하고, 가며, 강칠 안 듣게, 지나에게) 양강칠 씨
들으라고 한 말 같은데.. 방법이... 넘 잔인하다. (하고, 가는)

지 나 (속상한, 맘 아픈, 자기 감정을 자기도 모르겠는, 영철 따라가는)

강 칠 (지나 가는 걸, 느끼고, 모멸감에 맘 아픈, 그냥 돌아서서, 지나를 지나

쳐, 트럭 타고 가는)

지 나　(모른 척 가면서도, 맘이 안 좋은)

씬36.　도로 + 달리는 강칠의 트럭 안, 낮.

강칠, 운전해 가다가, 사이드미러 보면, 뒤에 영철의 차가 보이는, 좀
더 속도를 내서 가는,

씬37.　플래시백, 회상.

강칠과 지나, 입 맞출 때,

씬38.　달리는 영철의 차 안 + 도로, 낮.

지나 (O. L.) 조수석에 앉아 가는, 창가 보며, 맘이 불편한, 이렇게밖에
할 수 없었나 하는 생각이 드는,
영철, 운전하고 가는, 굳은,

영 철　(굳은, 화난) 둘이 무슨 일 있었어?
지 나　...아무 일도,
영 철　(말꼬리 자르며) 아무 일도 없었다고, 별일 아니라고, 그냥 그런 거라고
말하면, 너한테 안 묻고 양강칠 씨한테 물을 거야. 무슨 일 있었어?
지 나　...
영 철　(버럭) 무슨 일이 있었냐고, 묻잖아, 자식아!
지 나　(담담히, 영철 안 보고) 입 맞췄어.

씬39.　도로 + 영철의 차 안, 낮.

영철의 차, 끽 소릴 내며, 급정거를 하고,
영철, 화나고, 이게 무슨 소린가 싶은, 복잡한 감정으로 지나를 보는,
지나, 복잡한 심정으로 창가만 보는,

씬40.   도로 + 강칠의 트럭 안, 낮.

강칠, 차를 몰고 가다, 도저히 안 되겠는지, 차를 돌려 가는,

씬41.   도로 + 영철의 차 안, 낮.

영철, 지나 앉아있는,

영 철   (지나를 보는, 화도 나고, 속도 상하는, 복잡한)
지 나   (짐짓 담담히, 미안한 창가 보며) 그쪽이 일방적이었어. 나도 실수했어.
　　　　동정이 과했어.
영 철   (깊게 한숨 쉬고, 맘이 복잡하다, 생각하는)

* 점프컷 〉〉
강칠의 차, 영철의 차 앞에 서는,
지나, 영철, 강칠의 차를 보는데,
강칠, 차에서 문을 쾅 닫고 내려, 지나의 창 쪽으로 오며,

강 칠   (단호한) 나랑 얘기 좀 해요?
지 나   (강칠을 왜 이러나 싶게 보는, 맘도 아프고, 복잡한)
영 철   (화난, 참으며) 양강칠 씨, 나중에 얘기하고, 우리 지금은 그냥 가지?
강 칠   (지나만 보며) 여기서, 그냥 이렇게 얘기해요?
지 나   (잠시 생각하다, 내리려는데)
영 철   내리지 마.
지 나   5분이면 돼. (하고, 내리는)
영 철   (화가 나, 그냥 차 몰고 가버리는)

* 점프컷 〉〉
지나, 가는 영철의 차를 속상하고, 답답하게 보고, 강칠을 보며,

지 나   (화나, 속상한) 뭐 하는 짓이에요? 지금?!

＊ 점프컷 〉〉

영철의 차, 강칠의 차 앞을 지나가다, 서는, 숨을 고르는,

＊ 점프컷 〉〉

강 칠   (지나만 보며, 담담히) 나한테 화났어요? 왜, 나한테 화났어요?

지 나   (화난) 몰라서 물어요? 내가 화가 왜 났는지 정말 몰라요?!

강 칠   (정말 모르겠는, 조금 큰소리치는) 그래요, 난 잘 모르겠어요. 그쪽이
         나한테 왜 화가 났는지.. 내가 그쪽한테 입 맞춘 게 그쪽한텐 그렇게 화
         가 날 일이에요?

지 나   (어이없게 보면) ?

강 칠   (서서히 화나는, 조금 큰소리치는) 나는 머리가 모자라고 멍청해서, 아
         까처럼 당신이 나한테 말하는 것도 아니고, 김샘한테 말하는 것도 아니
         고, 헷갈리게 빙빙 돌려서 말하면 그게 무슨 뜻인지 잘 몰라요, (버럭)
         내가 헷갈리지 않게 말해요. 내가 싫어요? 그래요?

지 나   ?

강 칠   나한테 한 행동 다 동정이었어요? 그래서 내가 그쪽한테 입 맞춘 걸 지
         금 내가 사과를 해야 되는 거예요?! 미안하다고?! 내가 그쪽을 좋아한
         걸 왜 사과해야 돼요?! 남자가 여자 좋아한 게 뭐가 문젠데!

지 나   (황당한) ?

강 칠   만약 사괄 할려면 그쪽이 해야지?! (눈가 붉어) 나는 그쪽이 좋은데, 그
         쪽은 내가 싫으니까, 싫어서 미안하다고... 그쪽이 사과해야 되는 거
         아니에요?!

지 나   (어이없는) 이봐요, 양강칠 씨,

강 칠   사과해요, 나한테!

         그때, 영철, 와서, 지나의 손목을 끌고 가는,

영 철   5분 지났어!

강 칠   (답답하고, 맘 아프게 지나를 보다, 차를 몰고 가버리는)

지나, 영철, 가는 강칠을 보는,

영 철　뭐야, 저 자식!

지 나　(손 뿌리치고, 영철의 차로 가는, 속상한)

씬42.　달리는 강칠의 차 안, 낮.

강칠, 차를 운전해 가는, 속상하고 화가 나는,

씬43.　강칠 모의 집 안, 낮.

강칠 모, 눈가 붉어, 짐짓 담담히, 돈을 십만 원 단위로 죽 세서 놓은, 마지막 십만 원을 세서, 놓고, 벽에 기대, 무릎 세우고 앉아, 돈을 물끄러미 보는데, 맘이 아픈,

국 수　(E) 엄마, 나와서 닭 먹자! 돈 그만 세고! 왜 자꾸 돈을 또 세고, 또 세고 그래?! 아들이 벌어다 준 돈이 그렇게 좋냐?! 장사도 접고 들어와서, 보고 또 보게?!

씬44.　강칠 모의 마당, 낮.

국 수　(닭을 먹으며) 암튼 돈이라면 애나 어른이나 사족을 못 써요. (하다, 강칠 오는 것 보고, 닭 주며) 먹을래?

강 칠　됐어, 엄마 왔냐? (하고, 방으로 가는)

씬45.　강칠 모의 방 안, 낮.

강칠, 문 열며, 무심히,

강 칠　물건 다 팔았어?

강칠 모　(눈가 붉은 것 안 들키려, 돈을 줍는) 왔냐?

강 칠   (바닥의 돈을 보고, 그런 강칠 모 보며, 뭔가 싶은) 뭐 해, 돈 갖고.
강칠 모   (돈을 봉투에 담아 강칠에게 던져주며) 너 써! (하고, 나가는)
강 칠   ?

씬46.   지나의 집 안, 낮.

         지나, 소파에 앉아 차를 마시는,
         영철, 지나만 보는,

영 철   (화내듯) 너 이제부터 나랑 다시 사겨.
지 나   (보는) ?
영 철   딴 남자 보지 마. 너랑 결혼할게.
지 나   (보다, 맘 아픈, 차 마시는)
영 철   결혼할게, 너랑.
지 나   (맘 아픈) 싫어.
영 철   왜 싫어? 너 내가 결혼 안 한대서 나랑 헤어진 거잖아, 그래서 내가 결
         혼한다는데 왜 싫어!
지 나   (서운하게 보며, 눈가 붉어) 단순한 질투잖아.
영 철   ?
지 나   (속상한) 전에도 이딴 식으로 프로포즈 한 적 있어, 동물연대 철민이 오
         빠가 나 좋달 때. 욱해서. 아마 살면서, 내가 오빨 잡으려면.. 천 번 만
         번.. 지금처럼 다른 남잘 끌어들여, 질투나게 하고 자극하고, 욱하게 해
         야 되겠지, 싫어.
영 철   (속상해, 버럭) 그래서 그놈을 만나기라도 하겠단 거야, 뭐야?!
지 나   (보며, 속상한, 참고) 그 사람은 동정이라 그랬지?
영 철   (말이 끝나기 전에 지나에게 입을 맞추려 하면)
지 나   (영철을 밀치고, 화나고, 서운해, 눈물 나는, 옆에 있는 쿠션으로 영철
         을 마구 때리며) 나쁜 놈, 나쁜 놈, 넌... 그것밖엔 관심 없지? 날 사랑하
         는 게 아니라, 내가 너 아닌 다른 사람한테만 안 가면, 그뿐이지, 넌?!
영 철   (맞다, 맘 아프게 보고) 키스하고 싶어.
지 나   (뺨을 치고)

영 철　..

지 나　(맘 아픈, 눈가 붉어) 내가 지금 너한테 상처받았단 얘길 하고 있어, 근데 넌 그 말밖엔 할 말이 없어? (하고, 일어나 나가는)

영 철　(머리 쓸어 올리며, 화나, 옆의 쿠션을 내던지는) 아우!

씬47.　상천 경찰서, 낮.

민 식　(E) 놔, 이 자식들아! 놔!

안형사　(E) 참으세요, 참아!

씬48.　상천 경찰서 서장실 안, 낮.

　　　　민식, 화가 나, 동료를 메치는, 주변 사람들 여럿 말리다, 놀란, 경찰서장, 답답하게 민식을 보는,

민 식　(다른 동료들에게) 니들 나 건드리기만 해, 그땐 너 죽고 나 죽고니까! (서장에게) 니가 나한테 이럴 수가 있냐? 뭐, 경무과에 가라고 ?! 내가 (서장 책상의 서류를 집어 던지며) 이딴 걸 내가 왜 봐! 현장에서 지금까지 강력범을 수백 명을 잡았어! 자식이... 나이도 어린 게 고등학교 후배라고 뭐든 오냐오냐하니까, 니가 날 까네! (멱살 잡으며) 이유가 뭐야?! 이유가 뭐야?!

서 장　(화난) 나이가 있잖아!

민 식　(멱살 잡으며) 내가 나이 있다고 범인 못 잡았냐?!

　　　　동료들, 달려들어, '이러지 마세요, 정형사님' 하고 말리고,
　　　　그때, 다른 형사, 민식의 멱살을 잡아끌며,

형 사　나 따라와요, 따라와!

민 식　놔! (몸부림치는데)

형 사　(민식의 멱살을 잡아, 벽에 처박고, 무릎으로 민식의 배를 치고, 팔꿈치로 민식의 얼굴을 치면)

민 식   (배를 잡고, 피를 토하며, 바닥에 무릎을 꿇고, 쓰러지는)

씬49.   거리, 낮.

         안형사, 민식을 업고 뛰는, 그 뒤에 동료 하나 쫓아오는,

안형사   비켜요, 비켜! (하고, 길 건너의 병원으로 뛰어가는) 나와, 나와, 나와!

씬50.   달리는 지나의 차 안, 낮.

         지나, 걱정스런 얼굴로 급하게 운전해 가는.

씬51.   강칠 모의 부엌, 낮.

         강칠 모, 한쪽에 앉아있고,
         강칠, 화가 나, 들어와 강칠 모에게 돈 주는,
         국수, 답답하게 둘을 보는,

강칠 모   (돈다발 다시, 한쪽에 놓으며) 안 가져! 니 가져!
강 칠   (화나는) 내가 이거 가져 뭐 하게?
국 수   (강칠 모 보며) 엄마 왜 그래?
강 칠   (강칠 모 앞에 쪼그려 앉아, 화난, 속상한) 돈이 왜 싫어?! 자식이 주는
         돈이 왜 싫어?!
강칠 모   (안 보고, 눈가 붉은) 돈 안 싫다!
강 칠   (버럭) 근데 왜 안 갖는데?!
강칠 모   (맘 아픈, 안 보고, 돈 다시 주며) 니가 일해 돈 번 걸로 됐다, 정이 뭐
         하나 사 주고, 그 돈으로 너 사고 싶은 거 다 사고, 가고 싶은데 다 가!
         그건 저축도 말고, 다 펑펑 써삐리라!
강 칠   왜?
강칠 모   (눈물 나는, 못 보고) 16년... 찬방에서 그 고생을 하고 나와.. 번 돈 낸
         못 쓴다.

강 칠 (맘 아픈, 돈을 다시 강칠 모에게 주며) 내가 나 없는 동안 고생한 거 다
　　　　보상해줄게, 걱정 마.

강칠 모 그걸 뭘로 보상해! (돈다발을 던지며) 이깟 돈으로 그걸 우찌 보상해! 이
　　　　나라 돈을 다 줘도.. 나는 싫으네. 돈이 뭐 대수야! 사람이 살며 하루 세
　　　　끼밖에 더 먹나! 어린 놈이 찬방에서, 16년을.. 살았는데, 내가 한겨울
　　　　에도 왜 방구들에 불을 안 넣는데! 그걸 뭘로 보상해! 지랄하고 있어..

강 칠 에으, 진짜! (더는 못 듣고, 눈물 나는, 이 앙다물고, 그냥 나가는)

국 수 형, 형.. (하고, 따라가고)

강칠 모 (눈가 닦고, 안 울려 하며, 혼잣말) 보상할 게 따로 있지, 그 세월을...
　　　　뭘로 보상할끼고.. 미친놈.

씬52. 달리는 강칠의 차 안 + 도로, 낮.

국 수 형 어디 가?

강 칠 ..

강 칠 (E) 만약 내가 내 인생을 보상받을 수 있다면, 얼마를 받아야 될까요?

씬53. 회상, 밤.

강 칠 사람들이 나를 범죄자라고 무시한 대가는 돈으로 치면... 얼마를 받아
　　　　야 될까요? (중략, 지나 보며) 당신 같은 괜찮은 여잘 보고도..

지 나 ...

강 칠 사귀자는 말도 못 하는걸.. 만약 돈으로 치면 그게.. 대체 얼마나 될까요?

지 나 (안쓰런 어색한, 말을 못 하겠는, 강칠 팔에 안긴 사자를 다시 들어 안
　　　　으며, 사자 볼에 입을 맞추고, 옆의 우리에 넣으며) 그런 게 돈으로 계
　　　　산이 될지 모르겠네요?

씬54. 검찰청 앞, 낮.

　　　　찬걸의 차, 나와, 시내로 가고,

＊ 점프컷 》》
한쪽에서 기다리던 강칠(모자 쓴)의 차, 찬걸의 뒤를 따라가는,

씬55. 달리는 강칠의 차 안, 낮.

국 수   박찬걸이 뒤를 왜 계속 밟아, 그냥 단도직입적으로 만남 되지?
강 칠   (굳은, 기어를 변속해서, 찬걸의 차 앞으로 가는)

씬56. 도로 + 달리는 찬걸의 차 안, 낮.

찬걸, 트럭이 앞에 놓이니, 답답한, 트럭 앞으로 가는,
그러다, 이상해, 사이드미러를 보면,
강칠, 차를 바짝 찬걸의 차에 붙이는,
찬걸, 긴장하는, 얼핏 강칠을 보는, 강칠인 줄 모르고, 누군가 싶어, 긴
장한, 찬걸, 차를 빠르게 모는,
강칠, 계속 따라가는, 다른 차를 피해, 빠르게 가는,

씬57. 트럭 안, 낮.

국 수   (걱정스런) 형, 왜 그래? 사고 나, 이러다!
강 칠   (눈가 붉어, 오기에 차, 운전만 하는)

씬58. 다른 도로 + 찬걸의 차 안, 낮.

찬걸, 차를 몰아가는데, 계속 강칠의 차가 쫓아오다가, 찬걸의 차 앞으
로 오더니, 뒤로 운전해, 차를 박는, 그리고, 이내 강칠 내려서는, 찬걸
(두려운) 운전석 창문을 주먹으로 두드리는,
찬걸, 두려운, 심호흡을 하고, 보는데,
강칠, 모자를 벗고, 찬걸을 보는,
찬걸, 두려운, 그러나 짐짓 태연하려 애쓰며, 주변을 살피고, 천천히 차
창문만 내리는,

강 칠   (맘 아픈, 차분히) 기분이 어때?

찬 걸   ...

강 칠   내가 네 뒤를 따라다니는.. 기분이 어떠냐고? 등이.. 오싹해?

찬 걸   (두려운, 짐짓 오기 부리며, 강칠을 보는)

강 칠   나는 이런 기분을 십수 년 느꼈는데... 차가운 빵 안에서도, 창문 하나
         없는 독방에서도 니가 날 어디선가 보고 있는 거 같아서... 매일 두려워
         심장이 두근두근.. 너도 그 기분 한번 느껴봐. (하고, 핸드폰의 수신 메
         시지를 찾아, 찬걸에게 보여주는)

찬 걸   ?! (얼굴에 땀이 나는, 두려운)

강 칠   (핸드폰 내리고) 내가 이 증거물을 다 찾아주면, 넌 나한테 뭘 줄래?

찬 걸   (두려운, 긴장한)

강 칠   16년 감방 생활, 살인 전과자 누명, 그리고 사라진 내 청춘. 니가 뭘로
         보상할지, 기다리지.

찬 걸   ...

강 칠   생각해봐. 니가 내 인생을 뭘로 보상할지. (하고, 운전해 가는)

찬 걸   (가는 강칠의 차를 멍하니, 두렵게 보는데, 전화 오고, 놀라, 핸드폰을
         보면, 안심하고 받는) ..네, 엄마... 아니에요, 지금 집에 가는 길입니다.
         네, 곧 도착해요... (하고, 전화 끊고, 넥타일 풀며, 숨을 고르는, 머리가
         복잡한, 전화하는)

짱 구   (E) 예, 박검사님.

찬 걸   양강칠이 해치워.

씬59.   달리는 강칠의 트럭 안, 낮.

         강칠, 화가 나고, 속상한,

씬60.   동물병원 안, 밤.

         영철, 동물병원 안에서 잔 듯, 부수수한, 강칠을 보고 서있는,
         국수, 뒤에 서있는,

영 철   (답답한, 단호한) 그러니까, 지나를 왜 찾냐고 양강칠 씨가, 이 시간에?
국 수   (다가와) 좀 알려주세(요),
강 칠   (팔로 제지하고, 영철만 보며) 내가 왜 그러는지, 당신한테 말해야 합니
        까? 지나 씨 만나서 지나 씨한테 말하면 안 되는 겁니까?
영 철   (보는) ..
강 칠   (보는) ..
국 수   갈쳐줘요! 안 그럼 효숙이 누나한테 물어본다?
영 철   ...

씬61.   달리는 강칠의 차 안, 밤.

국 수   형이 지나 누나 만날 때 난 근처에 있을게, 따라간다고 화내지 마.

씬62.   도로 가게 + 강칠의 차 안, 밤.

        강칠, 전화를 하지만, 안 받는,
        그때, 가게에서 국수 나와, 차 타며,

국 수   오른쪽 사거리로 두 번째서 좌회전이래.
강 칠   (전화 끄고, 운전하는)

씬63.   통닭집, 밤.

        지나, 속상해, 민식의 터진 입을 보고, 민식, 전화를 계속하고 있는,
        술이 만취된, 안형사, 그런 민식 안쓰레 보고,
        옆에, 만취한 어린 남자애들 낄낄대고 웃으며, ‘니가 잘했냐, 뭘 잘했
        냐’ 하며 큰 소리로 취해 떠드는 게 보이는,

안형사 (전화하며, 술을 마시는, 민식 보고, 답답해 소리치는) 그만 전화해요,
        서장 안 나와, 전화도 안 받을 거고! 내가 서장 비서실에서 들었는데,
        박찬걸이가 엊그제 서장한테 전화했대요, 둘이 완전 짜고 치는 고스톱

이라고요! 포기해요! (하고, 전화를 뺏으면)

민 식   (일어나, 술상을 엎으며) 뭘 포기해!

* 점프컷 》
강칠의 차, 그 앞을 스쳐 지나가고,

* 점프컷 》

지 나   (속상한) 아빠.. (하고, 술병을 치우면)

민 식   (버럭, 안형사에게) 너 같음 포기하겠냐! 30년 넘게 강력반 형사로 살았
        어! 근데 나 보고, 어딜 가라고?! 내가 왜 서류 만져?! 뭘 잘못했는데,
        뭘?!

어린 남자1   (술 취한) 아, 쌍.. 짭새네, 쟤들.

민 식   (어린 남자 보며) 뭐? (하고, 일어나, 테이블을 발로 걷어차며) 너 뭐랬어?

지 나   (일어나, 민식 잡으며) 아빠?

안형사   (민식 잡으며) 정선배님!

민 식   놔 자식아! (옆의 테이블을 들어 안형사를 치는)

안형사   (넘어지고)

지 나   (놀라, 안형사에게 가며) 아저씨!

그때, 어린 남자1, 테이블 들어, 민식을 치고, 민식, 휘청하더니, 어린
남자1을 잡아, 발로 차, 넘어트리고 밟으며,

민 식   (화난) 너, 뭐야, 너 뭐야, 새끼야! 너 뭐야?!

* 점프컷 》
길 건너, 강칠의 트럭 서는,
국수, 강칠 내리는,

국 수   내가 저쪽 편의점 가서 다시 한 번 물어보고 올게, 여기 꼼짝 말고 있
        어. (하다가, 강칠의 주머니에서 핸드폰 뺏고) 담보야! (하고, 가는)

강 칠   (답답한, 가는 국수 보는데)
민 식   (E) 너 오늘 죽었어, 이 새끼! 너 죽었어, 이 새끼!
강 칠   (소리 난 쪽 보는데)

        민식, 어린 남자1을 밟는,

어린 남자1   살려줘요, 잘못했어요, 그만 때려요!

        강칠, 놀란,

        * 플래시백, 회상 〉〉
        민식이 어린 강칠을 밟던,

민 식   죽어, 이 새끼! 너두 죽어, 이 새끼!

        * 점프컷, 현실 〉〉
        지나, 민식에게 와, 허리 잡고,

지 나   아빠! 그만해, 제발!
강 칠   (놀란, 두려운, 눈가 붉은)

        * 플래시백, 몽타주 〉〉
        1, 지나 모의 손과 지나의 손 (2부 엔딩에서 겹치던)
        2, 6부에서 속옷 사던,

지 나   돌아가신 엄마 대신?

        3, 우편물의 속옷들,

국 수   (그중 강칠이 골랐던 속옷 고르며) 이건 뭐야?

4, 속옷 살 때, 강칠이 권해주던 걸 사던 지나.

*현실 〉〉
민식, 어린 남자1을 밟으며,

민 식   내가 웃겨, 내가 웃겨!
어린 남자1   잘못했어요, 그만해요!

*플래시백, 회상 〉〉

어린 강칠   잘못했어요, 살려주세요!

*점프컷, 현실 〉〉
강칠, 숨이 막히는, 두려운,

*점프컷 〉〉
안형사, 민식을 등 뒤에서 잡아 떼어내며,

안형사   참아, 이러다 일나요!
민 식   (어린 남자1에게 침 뱉고, 입가를 닦는)

*플래시백, 회상 〉〉
1, 과거 회상 속에서 민식이 동료들이 말리면서 떼어내자, 어린 강칠에
게 침을 뱉고, 입가를 닦던 모습,

*점프컷, 현실 〉〉
강칠, 멍한, 눈가 그렁한,

*점프컷 〉〉
지나, 울 것 같은 얼굴로 안형사와 민식을 보다, 고개 트는데, 건너편
강칠을 보고, 놀란,

* 점프컷 >>
강칠, 지나가 못 보게 빠르게 걸어가, 공중전화 부스 안으로 들어가, 전
화번호를 누르고,

강 칠　(사이, 두려운, 맘 아픈) 국수야, 너 어디야? 아까 우리 헤어졌던 곳으로
빨리 와.

하는데, 뭔가 이상해, 옆을 보면,
차 와서, 공중전화 부스로 달려와 부수고, 강칠, 그 바람에 날아가는,
강칠, 고통스런,

* 점프컷 >>
1, 깊은 물속, 밤.
강칠, 물에 첨벙 소릴 내고 빠지는,
2, 깊게 가라앉는, 강칠의 모습 컷컷 보이는,

국 수　(E) 형한텐 살면서 세 번의 기적이 일어날 거야. 기적이 알려주는 비밀
을 잊지 마.

하는 장면에서 엔딩.

제 7 부

그와 그녀의 심장 박동 소리 *Padam Padam…*

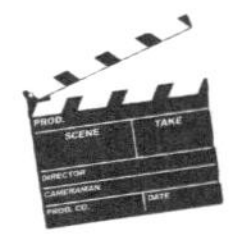

씬1.　　　　통닭집, 밤(중략된 씬).

　　　　　　강칠, 길 건너편에서 두렵고 놀라 멍하니, 민식이 어린 남자1을 때리는
　　　　　　모습을 보는, 민식, 어린 남자1을 밟는, 강칠, 이미 민식의 존재를 안,

어린 남자1　　잘못했어요, 살려줘요, 그만 때려요!

　　　　　　* 점프컷 〉〉
　　　　　　지나, 민식에게 와, 허리 잡고,

지 나　　아빠, 그만해, 제발!
강 칠　　(놀란, 두려운, 눈가 붉은)

　　　　　　* 플래시백, 몽타주 〉〉
　　　　　　1, 1부, 지나 모, '내가 널 거기서 빼내줄게'.
　　　　　　2, 6부에서 속옷 사던,

지 나　　돌아가신 엄마 대신?

　　　　　　3, 우편물의 속옷들,

국 수　　(그중 강칠이 골랐던 속옷 고르며) 이건 뭐야?

* 현실 >>
민식, 어린 남자1을 밟으며,

민 식　죽어! 새끼, 죽어!
어린 남자1　아퍼요, 누가 좀 말려줘요!

* 플래시백, 회상 >>

어린 강칠　잘못했어요, 살려주세요!

* 현실 >>
강칠, 숨이 막히는, 두려운,

* 점프컷 >>
안형사, 민식을 등 뒤에서 잡아 떼어내며,

안형사　참아요! 왜 이래, 이러다 큰나!
민 식　(어린 남자1에게 침 뱉고, 입가를 닦는)

* 플래시백 >>
과거 회상 속에서 민식이 동료들이 말리면서 떼어내자, 어린 강칠에게
침을 뱉고, 입가를 닦는,

* 점프컷 >>
강칠, 멍한, 눈가 그렁한,

* 점프컷 >>
지나, 울 것 같은 얼굴로 안형사와 민식을 보다, 고개 트는데, 건너편
강칠을 보고, 놀란,

* 점프컷 >>

강칠, 지나를 보다 피하고 싶은 맘에, 조금 떨어져있는 공중전화 부스
안으로 들어가, 전화번호를 누르고,

국 수   (E, 편하게) 여보세요?
강 칠   (사이, 두려운, 맘 아픈, 너무 빠르지 않게) 국수야, 너 어디야? 아까 우
        리 헤어졌던 곳으로 빨리 와.

        하는데, 뭔가 이상해, 옆을 보면,
        차가 공중전화 부스로 달려와 부수고, 강칠, 그 바람에 날아가는,
        강칠, 고통스런,

        * 점프컷, 느린 화면으로 변하는 〉〉
        1, 깊은 물속, 밤.
        강칠, 물에 첨벙 소릴 내고 빠지는, 가라앉는, 느린 화면,

강 칠   (E) 이건 대체 다 뭐야? 내가 분명히 차에 치었는데, 왜 물속에 빠지고,

        2, 순간 지나가는 어린 지나의 분홍색 운동화.
        3, 깊게 가라앉는, 강칠의 모습 보이는,

강 칠   (E, 두려운, 가라앉은) 저 분홍 운동화는 뭐지? 나는 대체 어떻게 되는
        거지? 이렇게 바닷물에 빠져... 죽나... 강우 형이 차에 치여 죽고 나도
        죽을라고 바닷물에 빠졌을 때, 꼭 이런 느낌이었는데... 이게 다.. 무슨
        일이야..
국 수   (E) 형한텐 살면서 세 번의 기적이 일어날 거야. 기적이 알려주는 비밀
        을 잊지 마.

        강칠, 국수의 말을 듣고 눈이 번쩍 뜨이는 듯한, 물속에 가라앉으며, 순
        간 F. I.

씬2.   통닭집 앞(앞 씬 반복), 밤.

지나, 울 것 같은 얼굴로 안형사와 민식을 보다, 고개 트는데, 건너편의
강칠을 보는(강칠이 공중전화로 들어가는 걸 본듯한, 그림으로 보여주
지 않기), 놀란,

강 칠   (E, 두렵고, 가라앉은) 이건 아까 봤던 모습인데, 맞아, 길 건너편에서
        지나 씰 봤지? 그래.. 공중전화 안에서, 국수한테 전화할 때,

씬3.   공중전화 안, 밤.

        강칠(강칠의 시선으로 카메라가 움직이는), 제 손을 보면, 한 손은 전화
        기를 다른 한 손은 숫자 버튼을 누르고 있는, 그 손 위로 피가 뚝뚝 흐
        르는, 강칠, 놀라, 고개 돌려, 공중전화 옆의 거울을 보면, 머리에서 피
        가 흘러 얼굴까지 번지는, 강칠, 온통 땀범벅이 돼서, 놀라고 두려운,
        지나의 반대편 쪽으로 몸을 돌려 (그 바람에 지나와 등진) 공중전화에
        기대, 어쩔 줄을 모르겠는,

국 수   (E, 편한) 여보세요?
강 칠   (두려운, 전화기에 대고, 차분한) 국수야, 내가 이상해, 내가... 지난번
        처럼 다시 죽어, 이번엔 아무짓도 안 했는데.. 너한테 전화만 했는데..
        내가 죽어.. 강우 형이 죽었던 것처럼 차에 치여서.. 어릴 때처럼 물에
        빠져서.. 고통스럽게..
국 수   (E) 그게 무슨 소리야, 형?!

        강칠, 멀리 앞을 보면, 차가 달려오는 게 보이는,

강 칠   (너무 두려워, 또박또박 말하는) 국수야, 또 차가 나한테 달려와. 나 어
        떡해야 돼? 내가 전처럼 또다시 죽었다 살았다를 반복하는 거 같애. 국
        수야!

        * 점프컷 〉〉
        차가 와서, 공중전화 부스를 들이박는,

강 칠   (E, 버럭 소리치는) 국수야!

씬4.   통닭집 건너편, 밤.

강칠의 시선으로 민식을 보여주는,
민식, 어린 남자1을 발로 밟고,
지나, 울 것 같은 얼굴로 안형사와 민식을 보다, 고개 트는데, 건너편의
강칠을 보는, 놀란,
강칠, 길 건너편에서 땀범벅(피는 안 나는)이 돼서, 두렵게 보고 있다
가, 공중전화를 보는, 문득 생각이 나는,

* 점프컷, 회상 〉〉

국 수   (진지한) 첫 번째 기적에서 배운 걸 잊지 마.
강 칠   ?
국 수   형의 의지가 형을 살린 거야.

* 점프컷, 현실 〉〉

국 수   (E) 형의 의지가 살린 거야. 형이 선택할 수 있다고.

강칠, 두려운, 주변을 두리번거리다, 앞 씬에서 들어갔던 공중전화에
비친 자기 모습을 보면, 상처가 없다, 강칠, 그 공중전화를 지나쳐, 다
른 골목으로 들어서면(첫번째 공중전화에서 보이는), 멀리, 공중전화가
보이는, 강칠, 죽어라 뛰어서는, 공중전화로 들어가는, 그리고는, 빠르
게 전화 버튼을 누르는,

씬5.   편의점 안, 밤.

국 수   (점원과 얘기하는, 강칠과 전화한 내용 모르는) 그러니까, 이 길 건너편
으로 가면 된다는 거죠? 고맙습니다. (전화 오는, 받으며) 여보세요?

씬6.　　공중전화 부스 안, 밤.

강 칠　(빠르게 말하는, 두렵지만 분명하게 말하는) 내가 전화했던 거 기억해?

씬7.　　편의점 안, 밤.

국 수　(아무렇지 않게) 무슨 소리야, 지금 처음 전화했잖아.

씬8.　　공중전화 부스 안, 밤.

강 칠　내 말 잘 들어, 내가 전처럼 자꾸 죽어, 그래서 전에 니가 한 말을 생각
　　　　하고, 이번엔 내가 처음 죽었던 장소에서 떠났는데... (하고, 앞을 보면)

　　　　* 점프컷 〉〉
　　　　지나가 건너편에서 보고 있고,
　　　　강칠, 놀라, 주변을 돌아보면, 첨에 사고 났을 때의 공중전화 부스다.

　　　　* 점프컷 〉〉

강 칠　젠장... 정신을 차리면 다시 첨에 죽었던 그 자리야. 나, 나, 아, 아무래
　　　　도 여길 벗어날 수 없나 봐. (하고, 지나의 시선을 피해, 몸을 틀면)

　　　　* 플래시컷 〉〉
　　　　1, 지나의 분홍색 운동화.
　　　　2, 지나를 안던 지나 모의 손.

　　　　* 점프컷 〉〉

강 칠　게다가 전하고 다르게 알 수 없는 뭔가가 자꾸 보여. 근데 그게 뭔지 모
　　　　르겠어.. 나 어떡해야 돼? 이국수, 빨리 말해, 또 차가 와서 날 죽일지
　　　　도 몰라! (울부짖는) 그러니까, 빨리 말하라고, 새끼야! 나한테 대체 무

슨 일이 일어나는 거야?!

씬9.   편의점 안, 밤.

국 수   (당황한, 고개 들면, 앞의 점원이 물건을 들고, 창고로 들어가, 아무도
        없는, 심호흡을 하고, 전화하는, 당황하고, 두려운, 그러나 차분히) 다
        시 말해봐? 형이 첨 죽었던 장소를 떠났는데도 다시 죽고.... 또 그 자리
        로 온다고? 다른 데로 갈 수 없다고? 형 맘대로 안 돼? 형 의지가 안 통
        해? (사이, 심호흡) 잠깐 기다려, (문득 생각나는) 내..내가 형이 있는 데
        로 가, 갈게. (하고, 나가려 하면, 갑자기, 편의점의 불이 파팍 하고 스파
        크가 일며 꺼지면서, 셔터 문이 내려오는, 놀라, 문을 열려 하지만, 닫
        힌, 문을 쾅쾅 두드리지만, 안 열리는, 울부짖는, 전화하며) 형, 형, 이
        상해, 여기 편의점 문이 안 열려! (점원 들어간 쪽 보며) 아저씨! 아저씨!

씬10.   공중전화 부스 안, 밤.

        전화기 너머 국수가 문을 두드리는, 소리가 나고,

국 수   (E) 아저씨, 문 좀 열어주세요! 아저씨!
강 칠   (두려운, 차분히 가라앉은) 국수야, 왜 그래? 국수야! (하고, 멀리 보면,
        차가 질주해 오는 게 보이는, 다급하게 국수에게 말하는) 국수야, 당황
        하지 마, 새끼야! 네가 당황하면 난 어떡해! (사이, 차분히) 정신 차려,
        그리고 침착하게 생각해. 넌 천사잖아, 넌 천사잖아, 자식아, 그러니까,
        침착하게, 생각해, 침착하게,

씬11.   편의점 안, 밤.

국 수   (울 것 같은, 당황한, 순간 생각나는) 이, 일단, 형은 안 죽어. 왜냐면..
        왜냐면 내, 내가 곁에 있으니까. (단호한, 두렵지만, 참고, 생각하는, 자
        신도 잘 모르겠는, 그냥 말하는) 만약 형이 죽는 게 끝이면 그냥 죽음
        되지 이런 일이 벌어질 이유가 없어, 그냥 안 죽고 이런 일이 벌어지는

덴 반드시 이유가 있을 거야. 울 엄마가 그랬어... 세상의 모든 일은...
꽌드시, 반드시 이유가... 있다고.... (하다, 생각나는, 버럭, 그러나 또
박또박) 형, 아까 뭘 봤댔지? (차분히, 또박또박 말하는) 그래, 그걸 봐!
그게 괜히 보이진 않아! 세상에 벌어지는 모든 일은 반드시 이유가 있
어! 정신 차리고 그걸 똑바로 봐, 형! 거기에 답이 있을지도 몰라.

하는데, 전화기 너머로 쾅 하는, 차가 부딪치는 소리가 나는,

국 수　　형!

씬12.　　깊은 물속, 밤.

강칠, 물에 첨벙 빠지는,

= 플래시컷 ≫
순간 지나가는 어린 지나의 분홍색 운동화.

= 점프컷 ≫
강칠, 물에 빠지는데,

국 수　　(E, 차분히, 또박또박 말하는) 그게 괜히 보이진 않아! 세상에 벌어지는
모든 일은 반드시 이유가 있어! 그걸 봐, 그게 뭔지, 똑똑히 봐!

강칠, 물에 빠지다, 눈을 부릅뜨고, 뭔가 보려 하는, 그러다 너무나 고
통스런 눈빛이 되는.

어린 강칠　(E) 잘못했어요, 살려주세요! 살려주세요!

물에 빠지는, 강칠의 눈이 커지는,

씬13.　　회상, 경찰서 주차장, 밤.

민식, 어린 강칠(머리며, 눈, 배에 붕대를 잔뜩 감은)을 발로 짓밟는,
주변의 동료들, 민식을 말리는,
어린 강칠의 시선에서 카메라가 움직이는,

어린 강칠 살려주세요.

그때, 차가 오는 소리가 들리는,
어린 강칠(수갑 찬)의 얼굴만 보이는, 민식이 어린 강칠을 짓밟으며, 하는 말소리만 들리는, 민식의 얼굴이 첨엔 안 보이는,

민 식 (화난, 발길질하며) 어떻게 키운 내 동생인데, 어떻게 키운 내 동생인데, 니가 죽여, 내 동생이 어떤 동생인데, 너까짓 게 죽여!

어린 강칠 (맞으며, 아파하며) 살려주세요, 제발 살려주세요. (하고, 엎어져, 입에 피를 토하며) 살려주세요.

그때, 다시 일어나는 어린 강칠을, 민식이 턱을 걷어차고, 어린 강칠, 피를 토하며, 넘어지는, 어린 강칠, 바닥에 얼굴을 처박고, 고통스런, 눈을 뜨려 하면, 멀리 차가 보이고, 차에서 분홍 운동화가 내리는 게 보이는,

국 수 (E) 정신 차리고 그걸 똑바로 봐! 거기에 답이 있을지도 몰라.

어린 강칠, 국수의 말대로 눈을 똑바로 뜨고, 분홍 운동화를 보려 하면,
어린 지나, 민식을 보며, 두려워, 울 것 같은 목소리로 '아빠!' 하는 게 보이는, 그때, 운전석에서 지나 모 내려, 지나의 머리를 감싸 제 품에 안는, 손이 보이는, 강칠, 눈을 들어, 지나 모를 보려 하면,
지나 모, 눈가 그렁해, 민식을 원망스레 맘 아프게 보며,

지나 모 (손으로, 지나의 머릴 안고, 눈가 그렁해) 보지 마, 지나야.

어린 지나 (엄마 품에 안겨, 어린 강칠의 눈을 보는, 눈물 그렁한, 무서운, 두려운) 엄마, 아빠 보고 저러지 말라 그래. 사람 때리지 말라 그래.

지나 모 (소리치는, 경찰서에 대고, 울부짖는) 저 사람 좀 누가 말려줘요! 저 사

람 저럼 안 되잖아요! 누구 없어요!
어린 지나　(울며, 품에 안긴 채, 어린 강칠의 눈을 보는)

　　　　* 점프컷 〉〉
　　　　어린 강칠, 어린 지나를 보는데, '죽어, 새끼!' 하며 민식의 발이 다시
　　　　강칠의 등짝에 꽂히고, 어린 강칠, 아파하며, 바닥에 등을 대고 데굴데
　　　　굴 구르는, 그러며, 민식을 보면, 민식, 어린 강칠의 얼굴에 침을 뱉고,
　　　　손등으로 입가를 닦고, '뭘 봐, 새끼야!' 하고 다시 밟으려 하면, 동료
　　　　들 경찰서에서 서너 명 더 뛰어나와, 민식을 양쪽에서 잡으며,

동　료　그만해! 미쳤어! 아무리 피의자래도 이럼 안 돼! 병원에서 막 치료받고
　　　　온 앨! (하면서, 한쪽에 세워진 차에 민식을 쾅 소리나게 밀치는)

민　식　(벗어나려, 발버둥치지만, 양팔이 다 잡혀, 어쩌질 못하는, 고통스레 울
　　　　며, 소리치는) 뭐가 이럼 안 돼, 이 개자식들아! 내 동생 민호가 죽었는
　　　　데! 저 놈 손에 내 동생 민호가 죽었다구! 내가 너 다신 세상 구경 못 하
　　　　게 해준다! 무슨 수를 써서라도 다신 세상 구경 못 하게 해준다, 내 동
　　　　생처럼, 이 개새끼야!

　　　　어린 강칠, 바닥에 누워, 그런 민식을 맘 아프게 보는,

민　식　(울며, 주저앉으며) 내가 어떻게 키운 동생인데! 내가 걜 어떻게 키웠는
　　　　데! 부모 없이, 이 못난 형 하나 믿고 외롭게 산 놈인데… (울음을 토해
　　　　내며) 민호야! 민호야!

　　　　* 점프컷 〉〉
　　　　어린 강칠, 두려움이 미안함과 맘 아픈 것으로 바뀐, 일어나려 하며, 지
　　　　나 모의 차 쪽을 보면,
　　　　어린 지나, 어느새, 차에 타고, 지나 모, 운전석으로 가, 울음 참으며,
　　　　시동을 거는 게 보이는, 지나 모의 얼굴 위로,

지나 모　(E) 내가 널 반드시 여기서 빼내줄게.

지 나   (E) 엄만 바보같이 착한 짓 하다 사고로 돌아가셨어요.
민 식   (E) 니가 왜 민호 죽인 놈을 위해서 변호살 찾아가! 니가 뭔데!

씬14.   회상, 꽉 막힌 도로, 지나 모의 차 안, 낮.

         지나 모, 스피커폰으로 전화를 하고 있는, 땀이 나고, 천식으로 숨이 거
         친, 땡이 엄마(땡이와 같은), 차 뒤에 있는,

민 식   (E) 지금 당장 나한테 와! 변호사 찾아가지 말라고!
지나 모   (힘든, 천식으로 거친 숨을 쉬며) 여보.. 변호사 말이, 강칠이란 애가 무
         죌 수도 있대.. 나 바쁘니까, 나중에 얘기해요, 나중에.. (하며, 몸을 돌
         려, 뒷좌석의 가방을 집으려 하다, 놓치고, 그 바람에 가방 안의 흡입기
         가 바닥에 떨어지는, 손이 안 닿는)
민 식   (E) 너 민호 죽인 놈 빼낼려고 변호사 찾아가기만 해! 니가 그놈 엄마
         야, 뭐야! 너 내 말 들어? 지나야! 지나야! 지나야!

         뒤차, 경적 울리고,

지나 모   (흡입기를 포기하고, 운전하기 위해, 액셀 밟다가, 그냥 앞차를 쿵 하고,
         들이박고, 힘들게, 차 밖으로 나와, 차에 기대 힘들게 숨을 몰아쉬는데)
민 식   (E) 지나야! 지나 엄마!

씬15.   공중전화 부스 안, 밤.

         강칠, 전화기를 들고, 밖의 지나를 보는데, 맘 아퍼, 고통스레 눈물이
         나는,

지 나   (E) 엄만 사고로 돌아가셨어요.
국 수   (E, 두려운) 형, 내 말 들려, 형?
강 칠   (고통스럽고, 맘 아픈, 눈물 나는)
국 수   (E) 봤어? 왜 자꾸 이상한 게 보이는지, 그게 뭔지, 봤냐구? 어?

씬16.   편의점 안, 밤.

국 수   (답답하고, 두려운) 형 왜 대답을 안 해! 형! (버럭) 강칠이 형!

         그때, 편의점에 불이 켜지고, 셔터가 올라가고, 직원, 안에서 아무것도
         모르는 듯 나오면, 국수, 문을 박차고 뛰어나가는,

씬17.   편의점 밖, 밤.

         국수, 죽어라 뛰어가며 전화기에 대고 소리치는,

국 수   형, 지금 어디야? 공중전화 부스야? 거깄어, 꼼짝 말고 거깄어, 알았지?
         (하고, 전화 끊고 뛰어가는)

씬18.   공중전화 안, 밤.

강 칠   (가슴 아파, 전화기를 내려놓고, 지나를 등지고, 고통스레 우는데)
강 우   (E) 강칠아, 빨리 와!
강 칠   (울며, 조금 놀라, 고통스레, 고개 들어, 유리벽 앞면을 보면)

         * 인서트, 유리벽 〉〉
         1, 시골길, 밤.
         어린 강우와 어린 강칠, 뛰어가는, 어린 강칠, 뛰어가다, 신발이 벗겨
         지는,
         어린 강우, 앞서 달리다, 뭔가 이상해, 보면, 어린 강칠, 신발을 찾아,
         도로 건너편으로 가는,

어린 강우   (죽기 살기로 뛰어가며) 강칠아, 빨리 와! 아부지한테 잡혀! (그러다,
         길가 보면)
어린 강칠   (건너편에서, 신발을 한 짝만 신고, 다른 한 짝을 찾아다니며, 울며) 형,
         내 신발이 없다! 엄마한테 졸라서, 간신히 산 건데, 새 운동환데...

어린 강우   (다급해, 멀리 보면)

강칠 부, 맨발로 몽둥이 들고 '너 새끼들, 아부지가 오라는데, 이리 안
와!' 하며 달려오는,

어린 강우   (다급한) 강칠아, 아부지 온다! 그냥 가! 형이 신발 찾아 갈게!
어린 강칠   (놀라, 돌아보고, 아버지 발견하고, 놀라, 뛰는)
어린 강우   (신발 찾아 주변을 두리번거리다, 도롯가에 있는 신발을 발견하는)

그때, 차 빠르게 그 앞을 지나가고,
어린 강우, 신발을 잡기 위해, 뛰어가서, 신발을 잡는데,
경적 울리며, 트럭이 달려오는, 어린 강우, 놀라 트럭 보는, 쾅 소리 들
리는,

* 점프컷, 공중전화 안 〉〉
강칠, 너무 고통스런, 뒤돌아, 다시 등 뒤의 공중전화 벽을 잡고 앞을
보면,
현실의 통닭집이 아닌, 2부 회상의 강칠 모 가게 앞으로 점프가 되는,

* 점프컷, 가게 안(회상) 〉〉

강칠부   강칠이 찾아와! (하며, 탁자를 엎어트리는)
강칠 모   (옆에서 탁자 닦다가, 속상한, 강칠 부 보며) 난 강칠이 있는 데, 모른다
고, 몇 번을 말해?!
강칠부   니가 강칠이 있는 델 모름 누가 알아? 니가 강칠이 덱고 도망갔잖아,
이년아! (하고, 강칠 모의 머리채를 잡고) 너 강칠이 자식 숨겼지! 어디
다 숨겼어, 그 새끼 어디다 숨겼어!
강칠 모   (머리 잡힌 채) 나 강칠이랑 안 살어!
주 인   아저씨 그만해! 왜 남 장사하는데 행패야! 아이고, 진짜.. (그때 전화오
면, 받고) 여보세요?

* 점프컷, 회상 〉〉
공중전화 부스,

어린 강칠 아줌마, 우리 엄마 좀 바꿔주세요. 우리 엄마 좀.. (하고, 카운터 쪽
보면)
주 인 (전화기 들고, 일하는, 강칠 모에게) 전화 받아요, 아줌마, 아들이야.
강칠 모 (와서, 전화를 끊어버리는)

* 점프컷 〉〉
어린 강칠, 공중전화 부스 바닥에 기절해 쓰러지는,

* 점프컷 〉〉
길 건너편 식당으로 가면,
그때, 강칠 부, 강칠 모에게 달려와 머리채 잡고, 식당을 나가며 (어린
강칠은 건너편 공중전화 부스에 쓰러져있고, 경찰차가 건너편으로 오
는 상황),

강칠 부 오늘 너 죽고, 나 죽어, 강칠이 새끼 안 찾아오면 너 오늘 죽을 줄 알어!
강칠 모 (울며, 끌려가며) 죽어도 강칠이 있는 덴 말 못 해, 내가 죽어도 너 같은
인간한테 애 있는 데 말 못 해, 개 패 죽일 거면 차라리 날 패 죽여, 날
패 죽여!
강칠 부 이게, 이게.. 어디서.. 남편한테 (하며, 강칠 모를 때리는)

카메라, 주로 강칠 모의 울부짖는, 모습을 보여주는,

씬19. 공중전화 안, 현실, 밤.

강칠, 고통스레 울며, 고갤 숙이고, 가슴을 보면, 돌 천사(옷 속에 있는)
가 움직이는 듯한, 바닥을 보면, 흰 날개 그림자가 번지는,

* 점프컷, 풀샷 〉〉

흰 날개 그림자가(2부에서 나온 것과 비슷한)가 공중전화 부스에서 지나 쪽으로 퍼져가는,
지나, 그 날갯짓을 보지 못하고, 강칠을 맘 아프게 보고 있는,
지나, 맘 아프고, 멍해서 강칠을 (우는 것보단, 고통스레 고개 숙인) 보다, 차 소리에 도로를 보면,
차가 전력 질주해, 공중전화 부스로 향하는, 지나, 놀라고 걱정스럽게 강칠을 보는,

씬20.　　공중전화 안, 밤.

강칠, 울다, 뭔가 이상해, 밖을 보면, 차가 달려오는,
강칠, 놀라, 공중전화 부스를 빠져나가는데,
차 와서, 공중전화 부스를 박고,
지나가던 사람 한둘 놀라고,
그 파편에 강칠이 다치는,
강칠, 넘어지는,

* 점프컷 >>
그때, 국수, '형, 형!' 하며 멀리서 달려오는,
지나, 놀라, 건널목을 건너려 하는데, 차가 빠르게 지나가고,
공중전화 부스를 친 차, 그대로 도망가는,
국수, 트럭의 번호판을 보려 하지만, 번호판이 없는,

* 점프컷 >>
짱구, 급하게 운전해 가는, 스피커폰으로 전화하는,

짱 구　　(긴장한, 답답한) 일단 양강칠을 치긴 쳤는데, 놈이 피하는 바람에.. 아무래도 놈이 먼저 눈칠 채고 피한 거 같은데.. 어떻게 다시 가볼까요?

씬21.　　검사실 안, 밤.

찬 결　놔둬, 겁은 충분히 먹었을 테니까. (하고, 전화 끊고, 생각하는)

씬22.　공중전화 근처, 밤.

국수, 달려와 넘어진 강칠을 일으키며,

국 수　형!

강 칠　(이마에 피가 흐르는, 몸을 몇 군데 다친, 힘들게 일어나, 조수석에 타는)

안형사　(길 건너편에서, 차를 보며) 야야야야! (하다가, 강칠 보며) 어이, 어디 가요, 병원 가지!

강 칠　(그냥 타고, 문 닫는)

국수, 차에 타며, 지나를 보고, 이내, 운전석에 타 가는,
지나, 멍한데,

안형사　(답답한, 민식을 안고, 소리치는) 형사가, 눈앞에서 뺑소니 차 보고도 못 따라가게.. 그만해, 좀, 그만!!! 어?!

그때, 맥주 집에서 사람들 나오며, 민식을 안으며,

남 자　정형사님 왜 그래요?

지 나　(속상해, 울먹이며, 민식 보며) 아빠 그만 좀 해!

민 식　입 닥쳐! (하고, 어린 남자1 보며, 그리로 가려 하며) 저 새끼, 내가 죽여 버릴 거야, 저 싸가지 없는 놈. (하고, 밀치고, 어린 남자1한테로 가려 하면)

어린 남자2, 의자로 뒤에서 민식을 치고, 도망가는,
민식, 아파하고, 어린 남자1도 도망가는,
안형사 '야야야!' 하며, 남자애들 쫓고,

지 나　(울먹이며, 놀라, 넘어진, 민식을 안고) 아빠!

씬23.   동네 일각, 밤.

강칠 모, 쪼그려 앉아, 정이를 기다리는,
그러다, 학생을 보고, 정인가 싶어, 일어나며,

강칠 모 뭐 한다고, 이 시간까지 학교에 있(어.., 하다가, 정이가 아닌 것 확인
하고, 다시 앉으며) 늙으니까, 눈도 썩었네.. (하고, 다시 길 보며) 와
안 와, 얜.

씬24.   해안 도로, 밤.

국수, 운전해 가고, 강칠, 우는,
영철의 차, 그 옆을 스쳐 지나가는,
국수, 운전해 가다, 끽 하고, 멈추고, 강칠 내려, 차에 등을 기대고 엉엉
우는, 국수, 맘 아프게 와서, 강칠을 안아주는,

씬25.   민식의 방 안, 밤.

영철, 민식의 머리에 붕대 감아주고,
지나, 답답하게, 강칠을 생각하는,

영 철 (조심스레, 지나 보며) 지나야, 아까, 네 방에서 한 내 행동, 잊어줌 좋
겠다.
지 나 (안 보고, 강칠 생각하며) 바람 좀 쐬고 올게. (하고, 나가는)

씬26.   몽타주.

1, 공중전화 부스에 있던 강칠,
2, 지나, 집에서 나와 걷는,
3, 3부에서 웃던 강칠,
4, 지나, 걸어와 공원 그네에 앉는,

5, 5부에서 키스하던 강칠,

6, 지나, 답답하게 머리 쓸어올리는,

씬27.   해안가, 밤.

강칠, 국수 앉아있는,

국 수   (답답한, 바다 보며) 첫 번째 기적이 가르쳐준 게 인간의 의지라면, 두 번째 기적은... 진실인가?

강 칠   (맘 아픈)

국 수   (생각하며) 각자의 진실. 누구에게나 이유는 있다. 그러니, 혼자만 그렇다고 억울해 징징대지 말란 거야, 뭐야, 쌍! 머리가 나뻐, 뭘 알 수가 있나!

강 칠   (맘 아픈, 눈물 닦으며, 외면하며) 입 닥쳐. 다 꿈이야, 이건! 그냥 너랑 나랑 살짝 미친 거야, 착각이고, 꿈이야, 기적은 무슨 개뿔.. 기적이면 뭐 사람이 죽었다 살아나든가 그래야지, 이게 무슨 기적이야! 알고 싶지도 않은, 보고 싶지 않은 꼴만 보고 (국수 보며, 맘 아픈) 미친놈.

국 수   (맘 아픈, 그러나 강칠을 빤히 보며, 단호한) 니가 그렇게 말한다고, 진짜 기적이 아무것도 아닌 게 될 거 같냐?

강 칠   뭐?

국 수   나 같은 놈 땜에 내 엄마가 죽고, 형, 너 같은 놈 땜에 착한 네 형이, 지나 누나 엄마가 죽고, 지금 형 니네 엄마가 가슴 아픈 게... 아무것도 아니라고, (버럭) 그게 정말 착각이고, 미친 거라고?!

강 칠   (맘 아픈, 외면하는)

국 수   만약 그렇게 생각함 형, 넌 진짜 쌩양아치 중에 쌩양아치야! 알어. (하고, 바다 보며) 이제 우린 진짜 진짜 세상 제대로 살아볼 이유가 생긴 거야. 우리 땜에 죽은 사람들, 개죽음 만들지 말자고. 잘살자고, 등신처럼 울지 말고. 가자. (하고, 가는)

강 칠   (맘 아픈)

씬28.   PC방, 밤.

정이, 강칠과 수미의 사진, 그리고 남자 사진(4부에 나왔던)을 양손에
들고 심각하게 보는,

이 모   (E) 니 엄마가 나한테도 너랑 지금 사는 그 양강칠 씨가 니 아빠라고 하
         긴 했는데, 언젠가 니 엄마가 왜 그 얼굴 희멀건한 남자 사진 있잖아...
         글쎄 그 사진을 멀뚱히 보며 울고 있더라니까. 그리고 아무래도 말이
         앞뒤가 안 맞아, 예전에 니 아빠 어딨냐 물었을 땐 미국이라 그랬거든,
         감방이 아니라?

         그때, 문자 오고, 보면,

유 진   (E) 나 유진인데 니 나한테 잡히면 죽는다.
정 이   (귀찮은, 문자 끄고, 사진을 빤히 보는)

씬29.   통영 시내, 새벽.

         국수, 허둥지둥 운전하며, 정이를 찾는,

국 수   이게 어딜 갔지? 상가고 뭐고 문 연 데가 하나 없는데.. 아, 진짜 애 없
         어짐 안 되는데... (그러다, 효숙을 보며) 누나!

         * 점프컷, 국숫집 앞 〉〉
         효숙, 안에서 물대야를 들고 나오다, 국수 보며,

국 수   정이가 없어, 아무리 찾아도!
효 숙   (대야의 물 버리고) 또래끼리 놀다 봄 이랄 때도 있다! 뭐 하루 안 들어
         온 거 갖고 그래싸! 난 그때 뻑함 가출해도 이리 잘사는데! 가, 밥이나
         묵으라, 밥도 안 묵고 새벽부터 돌아댕기지 말고!
국 수   (버럭) 지금 내가 밥 먹게 생겼어요! 정이 없음 형 죽는데! (혼잣말) 세
         번째 기적은 정인데, 미치겠네, 진짜! (하고, 차 몰아 가는)
효 숙   (국수 보며) 뭐래, 저건...?

씬30.   시장, 아침.

        강칠, 강칠 모의 리어카를 끌고 가면,
        강칠 모, 뛰어와 강칠의 등짝을 패며,

강 칠 모 누가 니보고 리어카 끌래, 정이나 가 찾으라!
강 칠   (그냥 가는)
강 칠 모 (리어카의 생선 상자를 들어, 패대기치는)
강 칠   (보면)?
강 칠 모 애가 집을 나갔는지 말았는지, 애비란 놈이 아랑곳도 없이, 밤새 까질
         러다니고, 누가 니 보고 리어카 끌래!
분 희   (리어카 끌고 가며) 그라게, 리어카를 와 끄노, 닌? 가서 아나 찾어? 니
         엄니가 힘이 좋아, 그건 혼자서도 잘하누만, 니는 와 시키지도 않는 일
         은 하고, 하라는 일은 안 해서 괜히 배도 안 부른 욕을 처먹노? 아줌니
         도 진짜 속 썩네.
강 칠 모 (생선을 집어 던지며) 콱 그냥, 저 주둥이!
분 희   (웃고, 피하고, 가며, 노래 부르고)
강 칠 모 (강칠에게) 가, 어서!
강 칠   (답답한, 리어카만 끌며) 들어오겠지? 오늘 노는 토요일이니까, 학교 안
         가니까, 지도 바람 쐬러 어디 갔나 보지! 젊은 놈 하루 집 비운다고 어
         떻게 안 돼. 요즘 들어 허리 아프다며, 장사 준비만 해주고, 갈게.
강 칠 모 에밀 그렇게 걱정하는 놈이 감방은 와 가!
강 칠   (보는, 속상한) 내가 가고 싶어 갔어, 누명 쓰고 어쩔 수 없이,
강 칠 모 (말꼬리 자르며) 그래도 할 말이 있네! 에미가 그런 애들하고 싸돌아댕
         기지 말라고 골천 번 말했을 때 그 말을 와 안 들어, 누명을 써!
강 칠   (답답한, 외면하면)
강 칠 모 은제 어른 될 기고, 은제! 지는 그 큰 사고 치고도 엄마가 지 전화 안 받
         었다고, 서운해서, 면회 가도 안 만나주고, 이날 입때껏 에미만 보면 잡
         아먹을 듯 눈에 쌍심질 켜면서, 정이한텐 지가 뭐 할 말이 있다꼬, 쎄
         해, 쎄하길! 서울서 공부 잘하는 앨 데려와, 기어이 쌩양아치로 만들 기
         가! 니처럼! 그럼 니 속이 시원하겠다!

강 칠   에우, 진짜. (하고, 리어카 놔두고, 가는)

강칠 모   (강칠 보며) 갸가 낯선 여기 와 왔어! 생전 돌보지도 않은 놈을 그래도
         지 아빠라고 찾아온 거 아이가! 그럼 돌봐야지, 이건 남도 아니고 자식
         도 아니고, 밥상머리에서 서로 면상을 빤히 쳐다보고도 시큰둥, 정이
         안 텍고 올 기면 집에 처들어올 생각도 마라!

         강칠, 가는데, 국수, 트럭 몰고 오며,

국 수   형, 정이가 없어, 바닷가까지 싹 다 뒤졌는데..

강 칠   걔가 바닷갈 왜 가나?

씬31.   민식의 집 안, 낮.

         지나, 밥을 차리며, 발목이 아픈지, 조금 저는, 영철, 민식의 머리 치료
         해주는,

민 식   (머리가 아픈) 아, 아...야, 너 잘하는 거야?

영 철   엄살은, 아버님도... 그렇게 엄살이 많으면서, 쌈은 왜 해서, 다쳐요!

민 식   (지나 눈치 보며) 내가 괜히 그랬냐? 머리에 피도 안 마른 놈들이 먼저
         의자를 들었다니까!

         지나, 밥을 다 차렸는지, 앞치마를 벗고, 지나 모와 찍은 사진을 벽에서
         떼어, 한쪽에 놓아둔, 가방에 넣고 들려는데,

영 철   (지나 보다가) 발목 많이 아퍼?

지 나   (아랑곳 않고, 가방 들고 나가려는데)

민 식   (일어나, 가방 잡고) 어디 가?

지 나   (거칠게 뺏으며) 집에 가. (하고, 나가다가, 한쪽에 수북이 쌓아놓은 스
         크랩북을 건드리고 나가는)

         * 점프컷 >>

떨어진 스크랩북, 두어 개 펼쳐지고, 그중 하나 카메라 잡으면,
어린 강칠, 모자 쓰고, 수갑 차고, 형사들에게 끌려가는 모습,
기사에 정민호 살인사건 범인 양 모 씨, 오늘 검찰 출두라는 기사가 보
이는,

민 식   지나야! (하고 나가는)
영 철   그러게, 딸내미 다리까지 접질리게 하면서까지 쌈을 왜 해요. (하며, 스
         크랩북을 치우는, 강칠의 기사 못 본)

씬32.   민식의 집 밖, 아침.

         지나, 다릴 조금 절며, 차 문을 열려 하는데,
         민식, 슬리퍼 신고 나와 지나의 팔을 잡는,

민 식   지나야!
지 나   (팔을 거칠게 뿌리치며, 속상해, 울먹이며, 소리치는) 정말 왜 그래, 아
         빠! 법 갖고 사는 사람이 법을 무시하고 사람을 왜 때려!
민 식   넌 니 엄마가 한 말을 다 기억하냐? 어떻게 하는 말마다 니 엄마야, 넌?
         아빠랑 어디 가서 차 한잔해! (하고, 다시 팔목 잡는)
지 나   (맘 아픈, 안 끌려가려, 손목을 풀려 하며) 싫어, 아빠랑 차 마시기! 놔!
민 식   (버럭, 소리치는) 좀 말 좀 들어!

씬33.   카페 안, 낮.

         지나, 눈가 붉어, 창가 보고, 앉아있고,
         민식, 차를 마시고, 지나 보며, 답답한,

민 식   임마... 니가 아빨 이해 안 함 누가 해? 아빠가 강력계에 30년 넘게 있
         었어, 근데 별 이유도 없이, 갑자기 서류 보래? 너 같음 화 안 나? 컴퓨
         터도 못 하는데, 컴퓨터 하고 서류 보라는데!
지 나   (맘 아픈, 외면한 채 듣다가, 보며) 어제 그 남자애랑... 아빠가 경무과

가는 게 무슨 상관인데?

민 식   ?

지 나   (맘 아픈, 조금은 격앙된) 왜 걔한테 화풀일 하는데? 아빤 남한테 화풀
         이할려고 형사 됐어?

민 식   (할 말 없는, 차 마시는)

지 나   (눈가 그렁해, 보며) 어려서 엄마랑 아빠가 싸울 때... 내가 엄마한테 물
         은 적 있어. 아빠가 뭘 잘못했냐고, 엄마한테도 잘하고, 나한테도 잘하
         는데, 엄만 왜 그렇게 아빨 미워하냐고.

민 식   (맘 아픈) 그러니까, 니 엄마가 뭐래?

지 나   (맘 아픈) 존경할 수가 없대.

민 식   (맘 아픈, 외면하는, 눈가 붉은)

지 나   (창가 보며, 눈물 나는) 그 말 하면서 엄마가 얼마나 울었는지 몰라. 나
         도 엄마도 아빨 존경하고 싶었어. 근데, 그냥 무섭기만 해. 아빠가 나한
         테 잘하는 것도 난 집착 같애, 무서워. (보며) 난 엄마가 아니야, 아빠.

민 식   (맘 아픈, 보고) 나도 알어, 넌 내 딸이지, 니 엄마 아냐. 내가 그것도 모
         르는 바본 줄 알어.. (사이, 맘 아픈) 경무과 갈게.

지 나   (맘 아프게 보면)

민 식   (안 보고, 창가 보며) 부모 없이 자라서 그래, 내가. 그래서 가족밖에 몰
         라, 내가. 난 그게 잘못인 것도 모르고 살았어. 니 엄마가 말해주기 전까
         진. 니 엄마 말이 맞아, 내 이기적이고 욱하는 성격은 현장엔 안 맞아.
         경무과 갈게. (보며, 눈가 붉은) 밥 잘 챙겨 먹어. (하고, 일어나 가는)

지 나   (맘 아픈, 민식을 보고, 눈물 닦는, 속상한, 그러다, 창가 보면)

씬34.   카페 앞, 도로, 낮.

민식(러닝셔츠가 옷 밖으로 삐죽이 나온), 횡단보도를 초라하게 건너가
는 게 보이는,

* 점프컷 》
지나, 맘 아픈, 생각 많은, 그때, 영철 들어와 앉아, 지나 안쓰레 보는,

씬35.   찜질방 앞, 낮.

강칠, 나오는, 다른 데로 가는,

씬36.   PC방 안, 낮.

알바생 카운터에 앉아있고, 정이와 얘기하는,

알바생 스캐너? 저쪽에 있어.
정 이 (가서, 스캐너를 켜고, 컴퓨터를 켜는, 스캐너에 사진을 넣는)

씬37.   통영 시내, 오락실 안, 낮.

국수, 걱정스런, 오락실로 들어가 보는, 정이를 찾는,

씬38.   PC방 안, 낮.

정이, 스캐너로 남자 사진의 뒷배경을 확대해보고, 미국의 각 대학을 검색해보는,

씬39.   다른 찜질방 앞, 낮.

강칠, 정이를 찾다 나오는지, 답답하게 걸어 나오는, 그러다 멀리, PC방 보고 가는,

씬40.   PC방 안, 낮.

정이, 인터넷으로 미국의 대학 사이트를 찾아 들어가, 사진의 뒷배경과 대조하는, 그러다 뒷배경의 대학 마크가 비슷한 곳을 찾고, 눈이 휘둥그레지는, 그러곤 졸업생 명단을 쳐서, 일일이 남자 사진과 졸업생 사진을 대조해보다, 같은 얼굴을 발견하고, 놀란,

강 칠 뭐해, 너?

정 이 (깜짝 놀라, 보는)

씬41. PC방 앞, 낮.

정이, 나오고, 강칠, 따라와 잡으며,

강 칠 어딜 가?

정 이 서울이요.

강 칠 (꼬나보며, 화나는, 참고) 뭐, 서울? 서울을 왜 가, 니가?

정 이 (꼬나보며) 아무래도 아빠가 내 아빠가 아닌 거 같아서, 그냥 서울 갈라
       고요.

강 칠 (화나는, 참고) 할머닌 어쩌고? 너 좋아 죽는 니 할머닌 어쩌고, 니가 서
       울을 가?

정 이 내 알 바 아니죠, 그건. (하고, 가는)

강 칠 (화나, 뛰어가, 잡는)

정 이 (팔을 뿌리치며) 놔요, 이거?

강 칠 (때릴 듯 손 올리고) 콱!

정 이 (화나 보면)

강 칠 (손 내리고, 화를 삭이려, 숨을 크게 쉬고) 그래, 가라, 가. (하고, 주머
       니에서 돈을 꺼내, 정이의 옷 주머니에 넣어주며) 이거 차비해서 가. 그
       리고 너 분명히 알어, (큰 소리로) 니가 날 버린 거야? 내가 널 버린 게
       아니라, 니가 날 버렸어. 너 나중에 커서, 아빠가 날 버렸다면서, 울고
       불고함 너 죽어?

정 이 (속상한, 비아냥) 아... 내가 좋아서 잡는 게 아니라, 단순히 그냥 내가
       욕할 게 두려운 거구나?

강 칠 (속상한) 싸가지 없는 새끼! 나는 몰라도 자식아, (버럭, 속상한) 할머니
       가 너한테 뭘 잘못했어! 밥해줘, 빨래해줘, 네 눈치 봐! 대체 할머니가
       뭘 잘못했어! 너 감 할머니 어쩌냐니까, 뭐, 내 알 바 아니죠? 싸가지 없
       는 새끼, 인생 그따위로 살지 마, 새끼야! (하고, 가는)

정 이 (보다가, 뒤돌아 가는데)

국 수   (정이 앞에 서서) 니 아빠가 널 여기 데려온 이유가 뭔지 알어? 니 아빠
         간암이야.

정 이   ?

국 수   그래서, 죽기 전에 너하고 한번 잘살아볼라고.

정 이   (안 믿는) ?

국 수   안 믿겨? (하고, 강칠 쪽으로 가서, 강칠의 목을 끌고, 가는) 따라와!

강 칠   (끌려가며) 야, 왜 이래, 자식아!

국 수   (정이에게) 너두 따라와!

정 이   ?

씬42.   병원, 진료실 안, 낮.

         강칠, MRI 검사를 받는,

씬43.   진료실 밖, 낮.

         국수, 정이 의자에 앉아있는,
         잠시 후, 강칠 나와서,

강 칠   (정이 보며) 의심이 그렇게 많아, 세상 어떻게 살래? (하며, 가는)

국 수   (가는 강칠 보다, 진찰실로 들어가며, 정이에게) 들어와!

씬44.   진료실 안, 낮.

         의사, 사진을 보고, 국수, 정이 보는,

의 사   (사진 보며) 이 정도면 요즘은 치룔 받음 충분히 가능성이 있는데, 왜
         치룔 안 받고 있는 거예요?

국 수   (이상한) 가능성이 있다구요? 어, 두 달 전에 의사가 간 이식밖엔 가능
         성이 없댔는데.. 그러면서 아주 위험하다고?

의 사   무슨 말이에요? 초기도 아주 초긴데... 혈액 검사에선 거의 정상이고,

간신히 MRI에서 흔적을 찾았는데.... (하고, 사진 보며, 이상한) 어, 진
짜 여기 흔적들이 있는데.. 자가 치료가 됐나....

정 이   ?

국 수   (의사 보며) 자가 치료요?

씬45.   병원 출입구 앞, 낮.

정이, 출입구로 나와 걸어가는, 답답한,

씬46.   병원 일각, 낮.

국수, 강칠 얘기하며 서있는,

강 칠   (남 말하듯) 그래? 내가 많이 나아졌다고? 잘됐네. 그럼 정이 그냥 보냄
되겠네!

국 수   (웃으며, 진지한) 절대 안 되지. 정인 마지막 보룬데. 만약 형이 지금보
다 훨 좋아진다면... 다른 기막힌 기적이 올 거고, 안 그렇다면, 정이가
있으니까 좋고.. 신나지?

강 칠   (답답한, 어이없는) 너도 진짜 못됐다. 정이 이제 열일곱이야. 너는 그
런 놈을 이용하고 싶냐, 임마! 그러고도 니가 천사야?

국 수   난 형 수호천사지, 휘뚜루마뚜루 아무나 잘해주는 천산 아니니까!

강 칠   (진지하게) 너는 니가 완전한 천사가 되는 게 목적이야, 아님 진짜 날
살리는 게 목적이야?

국 수   (웃으며) 둘 다. 그리고 죽어도 정인 못 보내. (하고, 가려다가, 지나를
부축해서 오는 영철을 보고) 누나, 다리가 왜 그래요?

강 칠   (돌아보면, 지나와 눈이 마주치는)

영철, 지나(발목 아픈)를 부축하고 서있는,
강칠, 지나 서로 보는,
강칠, 외면하고,

국 수   (지나를 보고) 다리 아퍼요?

지 나   아니에요. 그냥 좀 삐었어요. (강칠 보고, 걱정스런, 국수 보며, 좀 어색
         하게 묻는) 근데 병원에 왜 왔어요?

국 수   그게 형이 검사 좀 받을 게 있어서...

지 나   (강칠 보는, 걱정되는)

영 철   (지나의 감정 느끼고) 양강칠 씨,

강 칠   (보면)

영 철   (강칠 보며) 월요일엔 개업해야 하는데, 일 좀 빨리 마무리합시다. (하
         고, 가는)

강 칠   (지나를 그립게 보다 가는)

국 수   (지나 보고, 강칠 따라가며) 근데 왜 말 안 걸어? 아는척해야지, 설마 윤
         미혜 일로 지나 누나 만나는 거 포기할라 그래?

강 칠   (가며) 그럼 어떡해.

국 수   (흥분한) 너너너너, 만약 그럼 죽는다! 나한테! 등신 안 해도 될 생각을
         하고 있어! 혹시 돌았어?

         * 점프컷 〉〉
         영철, 지나, 가며,

영 철   강칠 씨가 어제 너 찾아, 상천 갔는데, 만났어?

지 나   (담담한) 아니.

영 철   나한테 화난 건 어떻게 풀린 거 (야, 하고 말하려는데)

지 나   (못 듣고, 제 생각에 빠져) 검사를 왜 받지, 어제 일은 아닌 거 같은데..

영 철   (보는) ?

씬47.   병원 안, 낮.

         지나, 발목에 물리치료를 받고 있는, 강칠 생각하는,
         영철, 전화하는, 속상해, 큰 소리로 말하는,

영 철   그러게 내가 몇 번을 당부해요, 돼지들 하루 30분씩이래도 운동 좀 시

키라고! 등치 산만 한 애들을 관짝 같은 데 가둬두고, 운동도 안 시키
고, 그러니까, 돼지들이 새낄 배도 건강하질 못하잖아요! (하고, 전화
끊고, 지나에게) 나, 주아동 가야겠다, 강씨 아저씨네 새끼 밴 돼지 열
마리가 집단 하혈을 한대. 치료받고 집에 가 있어. (하고, 가려 하면)

지 나 참 영석이 오빠, 아버님 병원 병원장으로 갔어?
영 철 지난달 취임식 했단다, 나 여기로 귀양 보내고, 지는 아버지 병원 꿀떡
하고 신났지 뭐, 근데, 왜?
지 나 (보며) 아니, 그냥.. 가.

씬48. 동물병원 안, 낮.

강칠, 일하는(강아지를 목각하는),
그때, 차 소리 나고, 지나가 문 열고, 들어오는,
강칠, 뒤에 지나의 시선이 느껴져도, 일만 하는,
지나, 들어와, 강칠을 어색하게 보고, 나가는,

씬49. 지나의 집 안, 낮.

지나, 전화하는, 편안한, 작게 웃음 띤,

지 나 동민 병원이에요, 환자 이름은, 양강칠 씨고... 나인, 서른다섯 살.

씬50. 병원 일각, 낮.

영 석 동민 병원이면, 내가 아는 사람들이 꽤 있어. 한번 물어볼게, 야, 근데
그 사람이 누군데 니가 이렇게 신경을 써?

씬51. 지나의 집 안, 낮.

지 나 (어색하게 웃고) 그 사람? 응.. 그냥 좀.. 아는 사람..이에요. (사이) 아니
야, 애인은 무슨.. (조금 농담조) 이제 간신히 오빠 동생, 김영철을 잊었

는데.. (웃고) 네, 오빠 그럼 연락 기다릴게요. (하고, 전화 끊고, 작은 목각 땡이를 편하게 만지는)

씬52.   동물병원 안, 해질녘.

        강칠, (목각하다, 땀이 난), 택배기사에게서 택배를 받는,

택 배   (영수증 보여주며) 여기 싸인해주세요.
강 칠   (양강칠이라고 사인하는)
택 배   안녕히 계세요. (하고, 가고)
강 칠   (물건을 문에서 떨어진 곳에 놓고, 목각을 하려는데)

        지나, 다릴 조금 절면서 와서는,

지 나   택배 왔어요?
강 칠   네.
지 나   (강칠 옆쪽에 놓인, 택배 물건 들려 하는)
강 칠   (지나 보다, 빠르게 물건을 드는)
지 나   괜찮아요, 주세요. (하고, 팔 내미는)
강 칠   내가 들어다 줄게요.. (하고, 가려 하면)
지 나   (가는 강칠의 팔 잡는)
강 칠   (보면)?
지 나   (어색한, 팔 내밀며) 주세요.
강 칠   무거워요, 생각보다.
지 나   괜찮아요.
강 칠   (머뭇대다가, 지나의 손 위에 놔주는)
지 나   (순간, 휘청하는)

        그때, 살짝 손이 스치는,
        강칠, 모르는 척 일을 하는,
        지나, 물건을 들고 가려는데, 힘이 든지, 못 걷겠는, 잠시 심호흡하고

물건 상자를 잘 들려고 애써보는, 그렇게 두어 발짝 가다가, 도저히 안
되는,

강 칠   (일하다, 그런 지나 보고, 일하려다가, 도저히 안 되겠는, 연장을 놓고,
빠르게 지나에게로 가서, 물건을 휙 뺏어서 들고 가는)

지 나   (강칠을 보다, 따라가는)

씬53.   지나의 집 앞, 해질녘.

강칠, 와서 서있는,
지나, 와서 말하는,

지 나   (강칠에게) 이제 쥐요.

강 칠   문 열어요. 그만 고집 좀 부리고.

지 나   (머뭇대다가, 어색한, 문 여는)

강 칠   (들어가는)

지 나   (들어가는)

씬54.   지나의 집 안, 밤.

강칠, 들어와 두리번거리며, 한쪽의 빈 공간을 찾아서, 상자를 내려놓
는, 그때, 벽에 걸어둔 지나 모와 지나의 사진을 보는, 맘 아픈,
지나, 그런 강칠을 조금은 미안하고 어색하게 보는,
강칠, 나가려는데,

지 나   상천 왔었죠?

강 칠   (가만있다, 지나 보며, 맘 아프지만, 짐짓 편하게) 아빠 괜찮아요? 술을
많이 드신 거 같던데,

지 나   (조심스럽고, 기대감에) 근데.. 상천 .. 왜 왔었어요?

강 칠   (지나 보며, 어색하고 쓸쓸하게 웃으며) 그쪽 보러.

지 나   (강칠에게 흔들리는, 맘이다) ...왜요?

강 칠   (생각하다가, 불쑥) 사과할라고.

지 나   (맘 아픈) ?!

강 칠   (맘 아픈) 내가 그쪽을 좋아한 거, 미안하다고 사과할려고 갔었어요.

지 나   (맘 아픈, 실망하는)

강 칠   (맘 아픈, 서글프게 웃으며) 곰곰 생각해보니까, 내가 그쪽 좋아하는 거 사과할 일이드라고.

지 나   ..

강 칠   (보고) 나는.. 그쪽이 나하고 있으면서, 웃고.. 즐거워하고... 같이 있어주고.. 내가 하고 싶은 걸 하게 해주고.. (눈가 붉어, 서글프게 웃으며) 말도 상냥하게 잘 받아주고.. 또 말도 걸어주고.. 그래서.. 웃기게도 그쪽이 날 싫어하지 않는다고 착각했어요. (맘 아프게 웃으며) 나는, 머리가 모잘라... 좋은 거 싫은 거 두 가지밖에 몰라요. 그래서, 그쪽이 날 안 싫어한다면.. 좋아도 하나 보다.. 그렇게 착각했어요.

지 나   (미안한, 이건 아닌데 싶은, 난감한) ..

강 칠   지나 씨가 김선생님한테 한 말 나한테 한 거죠? 동정했단 말.

지 나   (미안한, 외면하면)

강 칠   (쓴웃음 짓고) 나는 동정 같은 거도 별로 받아보질 않아서, 그게 좋아하는 감정이랑 뭐가 다른지도 몰라요. 미안해요. 많이 불쾌했겠다. (하고, 가는)

지 나   (맘 아픈, 가는 강칠을 못 보고, 외면한 채, 가만 서있는데, 눈가가 붉어져오는, 복잡한 심정이다)

씬55.   동물병원 안, 밤.

강칠, 맘 아프지만, 열심히 일을 하는, 그러다, 거의 끝났는지 땀을 닦고, 옆에 있는, 물통을 들어 물을 마셔보려 하지만, 없는, 바닥에 통을 내려놓고, 불을 몇 군데 끄고, 나가는,

씬56.   동물병원 마당, 밤.

지나, 물통을 가져오다가, 가는 강칠을 보고, 말을 걸지 못하는, 그러

다, 동물병원을 보면, 땡이의 조각상이 크게 보이는, 신기한, 그리로 가
서, 목각을 만져보는, 그때, 땡이 와서, 그 목각을 보고, 갸웃하는,

지 나   (땡이 보고, 따뜻한 웃음 띤) 그 사람이.. 니가 좋은가 보다? (하며, 목각
을 만지며, 생각이 많은)

씬57.   동물병원 안, 낮.

주변에 짐들이 들어와, 어수선한,
국수, 열심히 일을 하는,
영철, 서서 화나 국수를 보며 얘기하는,
지나, 한쪽에서 짐을 풀고, 일하는, 땀나는, 열심인,

영 철   (버럭) 대체 일을 어떻게 하는 거야! 오늘 일이 이렇게 진도가 안 나감
낼 어떻게 개업을 해? 아침에 짐 들어오다가, 못 들어오고 있잖아.
국 수   (일하며) 돼요, 걱정 마! 아, 진짜...
영 철   말로만 돼? 여기저기, 아직 마감이 덜 됐는데, 어떻게 그게 오늘 안에
돼? 대체 강칠 씬 어디 간 거야?
강 칠   (들어오며) 여있습니다.
영철, 지나   (보면)
강 칠   (연장 도구 허리띠를 매는데)
효 숙   (들어서며, 허리띠 뺏으며) 강칠 오빠야, 우리 놀러 가자!
지 나   (두 사람이 신경 쓰이는)
효 숙   (팔 잡고, 떼쓰는) 양강칠, 놀자, 놀자!
강 칠   무슨 찜질방을 가. 안 가.
국 수   (일하다, 혹하는) 찜질방?
효 숙   (강칠을 등 뒤에서 안고, 애교 떠는) 가자, 오빠.
영 철   (둘 하는 양 별로 안 좋게 보다가, 무심히 고개 돌리면, 지나가 강칠을
보는 게 보이는) ?!
지 나   (영철 보는 거 못 느끼고, 둘을 보다가, 별로 안 좋은, 짐만 정리하는)
효 숙   우리 가서 스트레스 좀 풀자, 정이도 집 나갔다 들어왔는데, 어색해가

엄마랑도 말도 않고, 가족끼리 좀 놀자, 야. 니도 엄마한테 웃는 낯도 보이고, 어?

국 수 난 차, 찬성! (하고, 일복 벗고, 갈아입으며) 엄마랑 정이 덱고 올게. (하고, 가는)

강 칠 (가는 국수 보며) 야, 일 놔두고 어디 가!

영 철 저기 효숙 씨, 우리가 낼 개업해야 돼서..

효 숙 뭐 하루 진종일 놀까 봐서요, 놀다 와, 함 되지? 밤이 새도록. (하고, 강칠의 얼굴에 제 얼굴을 디밀며) 가자, 강칠아, 오빠, 어? 어? (하고, 강칠 볼에 입을 맞추는)

지나, 짐 들고, 강칠과 눈이 마주치는,

강 칠 (놀라, 지나를 얼결에 보고, 효숙 보며) 야! 뭐야?

지 나 (기분이 안 좋은, 강칠 스쳐 지나가, 한쪽에서 짐 정리하는)

영 철 (그런 지나를 살피는)

효 숙 (웃으며) 꼭 이래야, 반응을 하네. (주변 아랑곳 않고) 오빠 니 내캉 결혼할래, 그냥.

강 칠 (일하는) 됐거든.

효 숙 낸 안 됐거든. 말해봐 봐, 오빠 닌 내 어떤데? 사실로 말함 내가 좀 아깝지? 닌 밑질 거 없잖아? 니 내한테 장가 올래?

강 칠 (어이없게 효숙 보는데)

지 나 (안 보고) 가세요.

강 칠 (보면)

영 철 (지나의 행동을 주시하는)

효 숙 (좋은) 역시, 정샘이다! (강칠 밀며) 가자, 가자, 가자, 가랄 때 가자.

강 칠 효숙아.

영 철 (지나만 보며, 강칠에게) 가세요.

효 숙 (좋은, 강칠에게 업히며) 야호! 가자, 강칠아! 강칠아!

강 칠 (포기하고) 에우, 진짜.. 꼭 지 하고 싶은 대로... (하고, 가는)

지 나 (일하다, 강칠을 보는, 영철의 시선 못 느끼는)

영 철 (지나 보는)

지 나   (가는 강칠과 효숙을 부럽고, 조금 질투나게 보다가, 일하는데, 다시 문
        소리 나고, 자기도 모르게 다시 문 쪽을 보는, 땡이가 들어오는, 실망하
        는, 영철 보는 거 못 느끼는, 일하는)
영 철   (그런 지나를 맘 아프게 보다, 발로 근처의 물건을 쾅 차고 나가는)
지 나   (그 소리에 영철 보는)

씬58.   찜질방 안, 노래방, 낮.

        효숙, 미친 듯이 국수와 노래 부르고 노는.
        강칠 모, 좋은, 박수 치는,
        정이, 강칠, 어색하게 앉아있는,

강 칠   (어이없게 효숙 보고)
정 이   어떻게 저 노랠 저렇게밖에 못 부르냐?
강 칠   (어이없이 보며) 그렇게 맘에 안 들면 함 해보시든가?
정 이   (삐기듯) 하람 못 할까 봐. (하고, 일어나 랩이 요란한, 부분을 노래하는)

        강칠 모, 정이가 좋아 죽겠는, 감동한 얼굴이다.
        강칠, 정이 어이없게 보고 '저거 모범생 맞어' 하며 보다, 강칠 모 보는
        데, 맘 짠한 웃음 짓고,

강 칠   엄만, 기적을 믿어?
강칠 모   (보면) 뭐, 기, 기저귀?
강 칠   (깔깔대고 웃으며, 강칠 모의 손을 잡는)
강칠 모   뭐 하노?
강 칠   (손만 보며, 편하게 웃으며) 손금이 좋네.
강칠 모   ?
강 칠   손금 좋다구.. 아들을 아주 기가 막히게 났네. 말년에 아주아주 삐까뻔
        쩍하게 팔자 좀 피겠는데?
강칠 모   (싫지 않은, 웃음기 밴 얼굴로, 때릴 듯) 어디 기집애들 후리는 말을 에
        미한테...

강 칠   (불쑥, 농처럼 말해도 진심인) 겁먹지 말고 살어.
강칠 모   ?
강 칠   아버지가 살아 돌아온대도 이젠 겁먹지 말고 살라고, 내가 있으니까..
강칠 모   (맘 짠한, 뭔가 아나 싶은) ?
강 칠   (국수에게) 야, 990번. (강칠 모에게) 나와. 같이 해.

          * 점프컷 〉〉
          강칠, 강칠 모를 뒤에서 안고, 노래를 부르는, 즐거운,

씬59.   로커룸, 낮.

          국수, 옷 벗고 들어가고,
          강칠, 정이, 옷 벗는데,

정 이   (고개 돌려, 강칠의 어깨 문신 힐끗 보고) 강우 형이 누구예요?
강 칠   (벗은 옷을 로커룸에 넣고) 죽은 우리 형.
정 이   (배 보며) 설마.. 배.. 칼 맞은 거예요?
강 칠   (보며) 근데 넌 왜 서울 안 가? 가랄 때 가지. 인정 없게 생겨, 동정이냐?
정 이   또 전학하기 그래서요. (하고, 가는)
강 칠   (웃으며, 가는) ..

씬60.   목욕탕 안, 낮.

          국수, 소리 지르며, 냉탕에서 물장구치고, 좋아하고,
          강칠, 정이 등 밀다, 국수 보며,

강 칠   (버럭) 야, 쫌!
국 수   (아랑곳 않고, 수영하며, 강칠 놀리고)
강 칠   아으.. 저거.. 저거... (하고, 정이 등 미는)
정 이   (불쑥 묻는) 울 엄마 뭐가 젤 좋았어요?
강 칠   (웃으며, 환하게) 웃을 때 보조개 들어가는 거. 동네 남자애들 대부분..

니 엄마 보조개 파이게 웃으면... 자지러졌어. 진짜, 기깔났는데..

정 이 (맘 짠한) 몸.. 아파요?

강 칠 안 아퍼. (하고, 정이의 팔 들어 밀며, 정이 안 보고) 야, 때가 때가.. 야, 넌 얼굴만 씻지 말고 몸도 좀 씻어라.

정 이 (때 미는 강칠 보며, 맘 아픈) 치료 왜 안 받아요, 돈 없어서요?

강 칠 (안 보고) 난 죽어도 하자 없는 인간이야.

정 이 (조금 화난) 그걸 지금 말이라고 해요, 그럼 뭐 멋져 보일까 봐?

강 칠 ?

정 이 (큰 소리) 할머니 생각하면, 그런 말이 나와요?! 자식도 있으면서 어떻게든 살아볼 생각은 안 하고, 짜증나게! 생긴 건 남자답게 말하면서, 자포자긴.. 짜증나게!

강 칠 (버럭) 누가 자포자길 해, 임마! 난 절대 그런 건.. (하다, 목소리 톤 바꾸고, 좋은) 근데, 뭐 자식도.. 있으면서? 이제 니가 내 자식인 거.. 인정하는 거냐?

정 이 인정 안 함 어쩔 거야, 그렇다는데..

강 칠 (웃으며) 자식.. (하고, 물을 확 뿌리는)

정 이 (놀라) 앗 차거! (하며, 일어나면)

강 칠 (웃고, 엉덩이 치며) 야, 실하다, 자식. (국수 보며) 야, 국수야, 애 엉덩이 봐봐, 땡글땡글.

정 이 (옆에 있는 대야의 물을 강칠에게 뿌리고 탕으로 들어가는)

강 칠 (얼굴 씻어내며) 야!

씬61.　동물병원 가는 길, 낮.

국수, 강칠 가는데,

국 수 (강칠의 등짝을 후려치며, 흥분한) 내 말이 그 말이야, 바보야! 진실을 밝히고 지나 누날 더더더 행복하게 해줌 되는 거지, 그지, 그거야! 근데 어떻게 그런 기특한 생각을 했어?

강 칠 (보며) 난 피해자니까, 가해자가 아니라! 민홀 죽인 건 내가 아냐? 난 누명을 쓴 거니까!

국 수   (큰 소리) 이제야 제정신이 드네! 그담엔!

강 칠   그렇담 진실은 밝힘 되고, 날 위해 죽은 지나 씨 엄마 윤미혜 씨를 위해
         서도, 난 지나 씰 포기함 안 된단 생각이 들었어, 그건 윤미혜 씨에 대
         한 또 다른 배신이니까. 혼자면 몰라도, 엄마랑 정이, 윤미혜 씨, 지나
         씨가 있는 이상.. 포기 안 해. 노래방 가서 엄마 보고 정이 보는데 정신
         이 들더라, 내가 포기하면 이 사람들이 힘들겠다. 지나 씨한테 미안한
         만큼 뜨겁게 미치게 사랑해줄 거야.

국 수   (하늘 보며 크게 소리치며, 환호하는) 아자! 드뎌 내가 죽고 싶어하는
         한 인간을 개과천선 시켰다! (하고, 강칠에게 바짝 다가서며, 다짐시키
         듯) 잊지 마, 지금 한 말!

강 칠   (국수의 머릴 흐트리고, 가며, 단호하게) 종민이 족쳐서, 용학이 있는
         데 빨리 알아내, 놈이 말 안 들음 말해, 그땐 내가 족쳐!

국 수   (서서, 가는 강칠 보며, 웃음 띤) 걱정 마! 그 일은 내가 알아서 할게! 형
         은 오늘 가서 지나 누나랑 진도 좀 팍팍 나가라! 알았지! (하고, 신나서,
         가고, 크게) 아자!

강 칠   (맘 다잡고, 조금은 힘차게 가는)

씬62.   동물병원 안, 낮.

         지나, 정리를 하다가, 시계를 보고, 강칠을 기다리는, 한쪽에 땡이 있는,

지 나   땡이야, 강칠이 아저씨가 재밌나 보다 그지, 안 오는 거 보니까.. (하고,
         일하는데, 문소리 나서 보면)

         강칠, 서있는, 지나가 있어서 조금 당황한,

지 나   왔어요?

강 칠   (잠시 뭔가 말하려는) 저..

지 나   ?

강 칠   (용기가 안 나는, 머뭇대는) ....

지 나   (어색하고 조금 설레는) 일해야죠.. (하고, 일하는)

강 칠   (차마 용기가 안 나, 말 못 하고, 일하는)

　　　　 * 점프컷 〉〉
　　　　 강칠, 일을 하는, 그러다, 짐 든 지나와 마주 선,
　　　　 지나, 오른쪽으로 가려 하면,
　　　　 강칠, 오른쪽으로,
　　　　 지나, 왼쪽으로 가려 하면,
　　　　 강칠, 왼쪽으로,
　　　　 그러다, 어색해지는,

강 칠   (멈춰 서고, 어색한) 먼저..
지 나   (옆으로 가려다, 강칠 보며, 조금 용기 내 말하는) 저기.. 저녁 식사 안
　　　　 해요?
강 칠   ?!
지 나   내가.. 배가.. 고파서... 같이 나가서 저녁 할래요?
강 칠   ?!
지 나   (어색한) 날씨가 좋은데.. 김밥 사서...
강 칠   (용기 내 말하는) 근처 호수 갈래요?
지 나   ?
강 칠   (어색한) 내가 아는 좋은 데 있는데.. 시, 싫으면 안 가도 되는데, 정말
　　　　 좋은(데?)
지 나   (말꼬리 자르고) 준비해서 나올게요. (하고, 가며, 조금 설레서 심호흡
　　　　 을 하는)
강 칠   (조심스러우면서도 좋은)

씬63.   호수, 낮.

　　　　 트럭 한쪽에 세워둔,
　　　　 지나와 강칠 김밥이랑 유부초밥을 먹는,
　　　　 둘 다, 손으로 먹으며,

강 칠	(설레는, 웃음 띤) 손으로 먹기 불편하죠? 가게서 나무젓가락 달래 올 걸.. 맘이 바빠가지고..
지 나	(웃으며) 괜찮아요.
강 칠	(지나 보고 웃다, 호수 보며) 호수에서 김밥 먹으니까, 죽이게 맛있다!
지 나	(수줍고, 어색한 웃음 짓고) 전에 말했잖아요, 김밥이랑 유부초밥 사서, 호수에 소풍 가기.
강 칠	(좋은, 지나 이쁘게 보며) 기억했구나..
지 나	(웃으며, 안 보고, 먹으며) 머리가 좋아요.
강 칠	(먹다가, 생각난, 조심스럽지만, 작심하고 말하는) 저.. 폐가에서 김선 생님하고 있을 때.. 나한테 뭔가 말하려고 했죠?
지 나	(보며, 설레는)
강 칠	왜, 내가 갈려고 하니까, 지나 씨가 양강칠 씨 나는.. 하는데 김선생님 이 와서..
지 나	(불쑥, 강칠 보며) 당황했다고 말할려고 했어요.
강 칠	?
지 나	그쪽이 입 맞춘 거, 당황했다고.. 그리고,
강 칠	(차분히, 따뜻하게 보며) 그리고?
지 나	그리고... 내 행동이 다 첨부터 끝까지 동정은 아니었다고. 같이.. 있을 땐 나도 지금처럼.. 즐거웠다고.... 그것까지 동정이라고는.. 오해 말라 고 하고 싶었어요.
강 칠	(기분이 갑자기 확 좋아지는, 애써 참고) 아..
지 나	(설레고, 어색해, 작게 웃으며, 김밥 먹으며) 여기 유부초밥 진짜 맛있다.
강 칠	그거 김밥인데.
지 나	(놀라 보고, 어색한) 아..김밥이네.
강 칠	(설레는 웃음 참고, 김밥 먹는)

* 점프컷, 해질녘 〉〉
강칠, 물에 뛰어드는,

| 지 나 | (걱정스런) 날 추워요. 그러다 감기 들면.. |
| 강 칠 | (배영하며) 감기는 사나흘 앓고 나면 그만이지만, 이런 달빛은 평생에 |

몇 번 보기 힘들걸요! 근데 지나 씨, 원래 그런 성격이에요?

지 나　(어이없게 보는)

강 칠　겁나서 아무것도 못하는... 이럴까 저럴까 잔머리 굴리다 아무것도 못
　　　　하는... 혹시.. 사랑도 그렇게 해요?!

지 나　(어이없게 보다) 아뇨!

강 칠　그럼 어떻게 해요?

지 나　(남방 벗고) 궁금해요?

강 칠　(웃으며) 설마... 들어올라고? 폼만 잡는 거 아니고?

지 나　(신발 벗고) 날 잘 모르면서 은근 다 아는척하는 거 진짜 재수 없어 하
　　　　는 스타일이거든요.

강 칠　설마.. (놀리듯, 신기한 듯) 어어어어..

지 나　(물을 보고, 잠시 심호흡하고, 뛰어드는)

강 칠　(좋아서) 와우! (하고, 수영해 가는)

지 나　(잠수하는)

강 칠　(잠수하는)

씬64.　　호수 물속, 밤.

　　　　지나, 잠수해 수영해 가다, 물고기를 보고, 좋은, 뒤에 오는 강칠에게
　　　　물고기 보라고 손짓하고, 강칠, 물고길 보려 하지만, 이미 지나간, 지나
　　　　보고, 못 봤다고 손짓하면,
　　　　지나, 웃음 띤 채, 강칠의 뒤로 다가와, 강칠의 머릴 두 손으로 잡고, 시선
　　　　을 물고기를 보게 잡아주는, 지나와 강칠의 눈앞으로 물고기가 지나가는,
　　　　강칠, 좋아서, 지나를 보고,
　　　　그 바람에 서로 마주 보게 되는, 지나는 여전히 강칠의 머릴 잡고 있는,
　　　　그렇게, 마주 보는 두 사람, 설레고 어색한,
　　　　강칠, 작심하고, 지나의 허리를 잡아서, 물 위로 올리는,

씬65.　　호수 위, 밤.

　　　　강칠, 지나 물속에서 상반신이 보이는,

강칠이 지나를 들어 올리는 바람에 지나가 위에 있는,

강 칠　(지나 보고, 그리운 눈빛으로) 내가 있잖아요, 그쪽 안 좋아할라고 무지
　　　　노력해봤는데, 잘 안 돼요.
지 나　?
강 칠　그냥, 우리.. 사귀면 안 돼요?
지 나　(설레는, 보는) ?

그런 두 사람 모습에서 엔딩.

제 8 부

그와 그녀의 심장 박동 소리 *Padam Padam…*

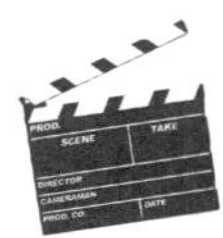

씬1.　　　효숙의 집, 화장실, 밤.

국수, 윗옷을 들고, 거울에 등을 대보는, 기분이 좋은,

* 점프컷, 거울 속의 국수 등 〉〉
현란한 문양이 빛을 발하며, 그려진,
국수, 긴장하면서도 좋아서, 윗옷을 벗고, 날개를 펼치듯 두 팔을 펼쳐
보면, 문양이 살아있는 듯 느껴지는,

국 수　　(좋은, 교만한듯한) 앗싸! 그지, 이래야지, 진짜 천사지... (환희에 차)
　　　　야, 죽인다, 날개!

씬2.　　　호수 물속, 밤.

지나, 잠수해서 수영해 가다, 물고기를 보고, 좋은, 뒤에 오는 강칠에게
물고기 보라고 손짓하고, 강칠, 물고길 보려 하지만, 이미 지나간, 지나
보고, 못 봤다고 손짓하면,
지나, 웃음 띤 채, 강칠의 뒤로 다가와, 강칠의 머릴 두 손으로 잡고, 시선
을 물고기를 보게 잡아주는, 지나와 강칠의 눈앞으로 물고기가 지나가는,
강칠, 좋아서, 지나를 보고,
그 바람에 서로 마주 보게 되는, 지나는 여전히 강칠의 머릴 잡고 있는,
그렇게, 마주 보는 두 사람, 설레고 어색한,

강칠, 작심하고, 지나의 허리를 잡아서, 물 위로 올리는,

씬3.　　호수 위, 밤.

　　　　강칠, 지나 물속에서 상반신이 보이는,
　　　　강칠이 지나를 들어 올리는 바람에 지나가 위에 있는,

강 칠　(지나 보고, 그리운 눈빛으로) 내가 있잖아요, 그쪽 안 좋아할라고 무지
　　　　노력해봤는데, 잘 안 돼요.
지 나　?
강 칠　그냥, 우리.. 사귀면 안 돼요?
지 나　(설레는, 보는) ?

씬4.　　우사, 밤.

　　　　영철, 땀을 흘리며 소의 질에 손을 넣어, 촉진하는듯한,
　　　　진지한,

　　　　* 점프컷, 회상 〉〉
　　　　1, 6부.
　　　　'지나, 입 맞췄어.' 하던 부분.
　　　　2, 7부, 동물병원 안.
　　　　지나, 강칠을 보던.

　　　　* 점프컷, 현실 〉〉

영 철　(참담한, 질에서 손을 빼고, 답답한, 장갑을 벗는)
주 인　괜찮을까?
영 철　(버럭) 괜찮긴 뭐가, 괜찮아요! (손가락으로 소들 가리키며) 얘도 쟤도
　　　　수정하지 말랬죠! 불과 몇 달 전에 임신중독증 앓았던 애들한테 왜 자
　　　　꾸 수정을 시켜요! 좀 놔두라구요! 소 땜에 살면서 소 죽일라고 작정했

어요! (하고, 가는)

씬5.   호수 물 위, 밤.

강 칠   왜.. 대답 안 해요?
지 나   (강칠을 가만 보는)
강 칠   혹시.. 싫어요, 내가?
지 나   (가만 보며, 고개 젓는) ...그렇지 않아요.. 그런데.. 잘 모르겠어요, 나
        도. 그냥 좀.. 두려워요. 생각 할 시간이.. 필요해요.
강 칠   (이상한, 갸웃하며) ..생각? (지나를 내려놓고, 작게 웃으며, 정말 이상
        한) 왜 생각이 필요해요?
지 나   (가며, 편하게) 난 생각이 필요해요.
강 칠   (배영으로 가며, 지나 보고) 무슨 생각이 필요한데요? 날 사귈지 말지를
        왜 생각해야 되는데요? 안 좋으면 안 사귀고, 좋음 사귀면 되지.
지 나   (멈추며, 강칠을 어이없게 보고, 웃는) 정말 황당한 거 알아요? 생각이
        왜 필요 없어요, 사람이 생각을 해야지!
강 칠   (일어나, 지나의 얼굴을 두 손으로 잡고, 눈을 보며) 눈이 이쁘다 코가
        이쁘다, 입 맞추고 싶다.
지 나   ?
강 칠   (정말 궁금한, 진지한) 난 그런 거 생각 안 해도 그냥 알 수 있는데... 지
        나 씬 그런 걸 꼭 생각해야 돼요?
지 나   (잘 모르겠는, 혼란스런, 지고 싶지 않은) 난 생각해야 돼요. (하고, 가는)
강 칠   (가는 지나 보고, 웃으며) 신기하네, 정말... 왜 그런 걸 생각해야 알지?
        (하고, 가다, 지나를 안고, 넘어지는)

        강칠, 깔깔대고 웃고, 지나, 허우적대며, 일어나, 얼굴을 문지르는데,
        강칠, 지나의 두 손목을 잡아서, 뒤로 하고, 입을 맞출 듯, 지나의 입에
        제 입을 가까이 대는,

지 나   ?
강 칠   (입을 맞추려다가, 지나를 보며, 환하게 웃으며) 입을 맞출까.. 말까, 생

각을 하니까, 아무것도 할 수가 없네. 근데, 생각을 해야겠죠? (심드렁)
재미없다. (하고, 수영해서 가는)

지 나 (속상한, 수영해 가며) 강칠 씬, 사랑을 재미로 해요?

강 칠 그럼 재미도 없는데, 사랑을 왜 해요? 재미없게.

지 나 (고개 젓고, 졌다는 듯, 수영해 가며) 진짜 모르는 거 많다.

강 칠 지나 씬 아는 게 넘 많아. 재미없게.

지 나 (가다 보며, 화난) 재미없단 말 하지 마요.

강 칠 (가며, 웃으며) 어떻게 그래요, 재미없는데.. (하고 가는)

지 나 (어이없게 보고, 웃으며, 가는)

씬6. 효숙의 아파트 안, 밤.

국수(여전히 웃통은 벗은)와 효숙, 화장실 문 앞에서 실랑이하는,
국수, 효숙의 손을 잡고 화장실로 이끌려 하는,
효숙, 한 손은 국수에게 잡혀있고, 한 손은 수박을 들고 먹으며, 국수,
보는,

국 수 들어와보라니까!

효 숙 (이상한, 눈이 휘둥그레져선) 똥 싸다 이게 미쳤나! 왜 변소를 같이 드가
자고, 이래싸!

국 수 (강하게) 이리 와봐! (하고, 확 잡아채, 화장실로 끌고 가, 문을 닫는)

씬7. 화장실 안, 밤.

효숙, 벽에 붙어, 수박을 먹으면서도 긴장한 채, 국수 보는,

효 숙 문은 와 닫는데, 니? 내가 뭐.. 잘못했나?

국 수 (효숙의 어깨를 잡고, 진지하게) 누나, 내가 천사가 됐어. 인간 반 천사
반.. 어정쩡한 아수라 천사에서.. 완전한 천사!

효 숙 (이상한) 니.. 변태가?

국 수 잘 봐. (하고, 등을 돌리고, 등짝에 힘을 주는) 보여, 날개?

효 숙 (유심히, 진지하게 보며, 날개를 찾는듯한) 어머머머.. 보인다.....

국 수 어때?

효 숙 그게..

국 수 찬란하지, 날개가.. 죽이지?

효 숙 그게... (진지하게 등짝 보며, 등짝 패며) 드럽다, 허여이 때가 불어가..

국 수 (이상한, 아픈) 뭐? (하고, 거울에 등을 비추면, 아무것도 없는, 바지를 내려 엉덩이를 까는)

효 숙 (국수의 머리통을 치며) 어데서 엉덩일 까! 미칠람 곱게 미치라, (칠듯이) 콱 그냥, 씹어 뱉을라. 니 내가 이혼녀라 우습게 보고 꼬드기나 본데, 내도 눈 높다, 어데 머리가 돌아가, 날 넘보나, 자식이... (하고, 가려다 윗몸 보며) 몸은 뭐한다꼬 그리 실하게 만들어가.. 바람 넜나, 갑바에 젖나오것네.. (다시 칠듯이) 콱! 나와, 수박이나 처묵으라! (하고, 나가는)

국 수 (이상한, 다시 등짝을 보면, 날개가 돋는) 이게... 왜 딴 사람은 안 보이고.... 천기누설 말라는 건가... 아씨.. 멋진데, 자랑하고 싶은데.. (날개를 과시하는)

씬8. 세워진 트럭 안, 밤.

지나, (조수석 위에 웅크리고 앉아있는) 오들오들 떨고,
강칠, 지나 보다, 제 윗옷으로 머릴 말려주는,

지 나 그만해요, 괜찮아.

강 칠 감기 걸려요, 조금만 있어. (하다가, 에취하고 재채길 여러 번 하는)

지 나 (걱정돼, 강칠 보며) 괜찮아요?

강 칠 괜찮아요. (하고, 손등으로 코를 비비는데)

지 나 감기 걸리지 말아요, 몸도 안 좋으면서. (하고, 자기 머리 닦던 옷으로, 강칠의 머리 닦아주며) 가만있어요.

강 칠 나 몸 괜찮은데?

지 나 쉿! (하고, 머릴 닦아주는)

강 칠 (좋은) ...지나 씬.. 기적을 믿어요?

지 나 그럼요.

강 칠   (손목 잡고, 보며) 정말? 그럼 기적을 본 적 있어요?

지 나   (편안한, 단호한) 울 엄마 만난 거. 난 기적이라고 생각해요. 엄마하고,
         딸이 세상에 그렇게 많은데, 하필이면 울 엄마랑 나랑 모녀로 만난 거.

강 칠   (맘 짠한) 맞다.. 둘이 만난 건 기적이겠다. 착한 사람 둘이, 엄마랑 딸
         로. 정말 기적이네.

지 나   (작게 웃으며) 울 엄말 꼭 아는 것처럼 말한다?

강 칠   (어색하게 웃으며, 말꼬리 돌리는) 이제 지나 씨, 하자.. (하고 지나의
         머리를 닦아주는)

씬9.   동네 일각, 밤.

         트럭 와서, 멈추면,
         지나, 내려서, 몸을 감싸고, 재채기하는,
         강칠, 트럭 안에서, 지나 보며,

강 칠   (걱정스런, 귀여운) 집에 들어가, 뜨거운 물 많이 먹어요. 차 대놓고, 일
         하러 올 거니까.

지 나   자고 낼 해요.

강 칠   김선생님하고 약속했어요, 오늘 다 하기로.

지 나   낼 해요, 내가 말할게.

강 칠   (웃음 띤) 김샘한테 꼬투리 잡히기 싫어요. 가뜩이나 무시하는데.

지 나   오빠 그런 사람 아니에요.

강 칠   남자들끼리만 아는 게 있어요. 참.. 날 사귈지 말지, 한 일주일만 생각
         하고 말해줌 안 돼요?

지 나   ?

강 칠   (어색하게 웃으며) 난 무작정, 기약 없이 기다리는 거 별론데... 난 맞을
         때도 맞을 땔 아는 게 편하고, 빵에서 독방 있을 때도 언제 나갈질 알면
         참겠는데, 그걸 모르면.. 되게 불안하고, 싫었거든요, 일주일 어때요?

지 나   (귀여운 듯 웃고) 그래요, 일주일만 생각할게요. 근데 내가 생각할 때까
         지 우리 보지 말아요. 생각에 방해되니까. (하고, 가는)

강 칠   그냥 삼일만 생각하지?

지 나   (어이없게 보면)
강 칠   알았어, 알았어, 일주일.. (웃고, 가는)
지 나   (웃고, 가는)

* 점프컷 〉〉
영철의 차 오다, 둘의 모습 보고, 영철, 답답한, 차를 후진해 가는,

씬10.   동네 일각, 밤.

강칠, 차 운전해 가는데, 경적 소리 나서, 차 세우고, 앞차를 보면,
찬걸, 차 안에서 강칠을 보고 있는,

씬11.   효숙의 아파트 안, 밤.

효숙, 정이, 국수 테이블에 앉아있는,
정이, 퍼즐을 기가 막히게 맞추는, 하나 맞추고, 두 개째 맞추는,
효숙, 국수, 그걸 보며, 신기한,
효숙은 닭과 맥주 먹고, 국수는 닭만 먹는,

효 숙   와.. 니.. 진짜 머리 좋나 보네.
국 수   우리 형도 그거 잘하는데..
정 이   나만큼은 아닐걸요? (퍼즐을 하며, 효숙 보며) 근데 이런 퍼즐이 왜 이
         렇게 많아요?
효 숙   전남편 꺼. 돈은 처 안 벌러 다니고, 집에서 누워가 뭐 한다꼬 그건 그
         리 해쌌는지, 그거 니 다 가지라. 그리고 정이야, 니 내도 좀 좋아해도.
정 이   (퍼즐하며, 보면)?
효 숙   니 머리 좋은까네, 함 짱돌 굴리봐라. 니 아빠 집도 없고, 정도 없고, 인
         물은 고만고만해도 암튼 뭐 별로 가진 기 없잖아. 근데 보다시피 낸 집
         도 있고, 정도 있고, 인물도 있고, 몸매도 있고,
국 수   (닭 먹으며, 심드렁하게) 애도 있고, 성깔도 있고,
효 숙   (주먹을 날리면)

국 수   (주먹을 손으로 잡으며, 놀리듯) 주먹도 있고, 뭐가 많네, 누난? 근데 누
          나 이거 알어? 남잔 뭘 많이 가진 여잘 별로 안 좋아해.

효 숙   와? 가진 기 많음 좋지.

국 수   (순간, 진지하게, 효숙을 보는) 남편하고 같이 살 때, 무지 갈궜네.

효 숙   (맥주 마시다 뿜고)

정 이   (국수 보면)

국 수   (효숙의 얼굴을 보고, 읽듯이) 내가 가진 것도 많은데, 널 무시라도 해
          야지, 그래야 형평성이 맞지, 내가 가진 거 많고, 성실도 한데, 게으른
          니가 나한테 대접받을라카면 안 되지, 하며, 남편을 막 갈구고 무시하
          고.. 와...

효 숙   (놀란) 에베베베...

정 이   (국수 보다, 효숙 보며) 왜요, 아줌마, 국수 삼촌 말이 다 맞어?

효 숙   뭐 소 뒷걸음치다 쥐 잡았겠지.. 설마 지가 천살까. 글고 아줌마가 뭐꼬
          누나지! (국수에게) 넌 여자 안 만나?

국 수   (닭 먹으며) 난 여자 싫어. 여자 만나면 심장이 벌렁거리는 게 호흡곤란
          와, 술 마실 때처럼. 불편하고 귀찮아.

효 숙   그 맛에 연애하지, 밍숭밍숭 맹숭맹숭함 뭐 하러 시간 내 연애하노?

정 이   (고개 절레절레 저으며, 웃고, 일어나며) 나 먼저 갈래요.

효 숙   정이야, 아빠랑 내랑 관계 심각히 생각해다오, 어? (하고, 국수 보며,
          은근하게) 국수야.

국 수   (보면)

효 숙   (의자에 앉아, 다리 꼬며) 니.. 부디부디 부탁컨대, 내 지금 이 섹시한
          모습을 부디 강칠에게 꼭.. 알려다고.

씬12.   동네 언덕 일각, 밤.

          강칠, 찬걸 마주 나란히 앉아있는,

강 칠   (통장을 펴보는, 오 억이 찍힌, 가만 보는)

찬 걸   (앞만 보며) 도장이랑 비밀번호는.. 니가 용학일 잡아오면 그때 줄게.
          작은 돈 아니야. 충분한 보상이 될 거야.

강 칠   (어이없는, 찬걸을 보며, 뭐 이런 놈이 있나 싶다, 인간이 왜 이런가 싶
       어, 그냥 보는) 충분한.. 보상?

찬 걸   증거물이 너한테 없다는 거 알어. 아니 그것보다 용학이가 어떤 놈인지
       잘 안다는 말이 맞겠다. 너한테 쉽게 증거물을 줄 놈이 아니지, 걔가.

강 칠   (통장을 찬걸의 얼굴에 던져버리고, 어이없이 웃고, 가면)

찬 걸   (서서, 가는 강칠 보며) 나한테 복수할 생각은 안 하는 게 좋을 거야.

강 칠   (가다, 멈춰 서고, 다시 가서 찬걸을 보며) 나는 복수 같은 거 안 해.

찬 걸   (보는) ?

강 칠   그런 건 절대 해선 안 된다고 배웠거든, 교도소에서 교정교육 받을 때.

찬 걸   ?

강 칠   복수는... 네 입장에서 쓰는 말이지, 내 입장에선 (주변을 보며, 심호흡
       하고, 다시 찬걸을 보며) ..진실 찾기라고 해야지. (맘 아픈, 어이없는)
       뭐, 충분한.. 보상?

찬 걸   (두려운) ?

강 칠   (눈가 붉어, 맘 아픈) 내가 16년 감방에서 산 건 그래 그 돈으로 퉁치자,
       근데 내 엄마는? 내 아들은? 살인자 자식, 살인자 아빠?

       * 플래시백 〉〉
       과거에 울던 민식과, 어린 지나의 슬픈 모습이 떠오르는,

강 칠   (생각을 떨쳐버리려, 고개 젓고, 보며) 그 끔직한 훈장은 그 어떤 걸로
       도 퉁칠 수가 없잖아, 진실이 아니고선?

찬 걸   (보며, 맘 아픈) 다.. 지난 일이야.

강 칠   아니, 나는 아직도 사람들에게 살인 전과자로 불려, 그리고 누군 아직
       도 그 일로 (강조) 힘이 들어.

찬 걸   (두려운, 눈가 붉어, 버럭) 그래서 뭘 어쩌겠단 건데, 네까짓 게!

강 칠   (찬걸의 눈을 빤히 보며) 몰라, 나도.

찬 걸   ...

강 칠   그런데, 니가 날 건드리면, 나도 널 건드릴 순 있어. 어떻게 건드릴 수
       있을까? 궁금하면 한번 더 날 건드려봐. 그럼 알려주지. (하고, 가는)

찬 걸   (화나, 강칠을 보는)

씬13.   동물병원 안, 밤.

강칠, 화가 나, 와선, 웃옷을 던지고, 일을 하는, 그러다, 숨 고르고, 땡이 목각을 보고, 지나를 쓰다듬듯 쓰다듬고, 맘 다잡고 일을 하는, DIS.

씬14.   동물병원 마당, 아침.

지나, 외출복차림으로 사진기를 들고, 완성된 동물병원을 찍는, 그리고 OPEN 팻말을 병원 앞에 놓고 찍고 만족한 표정이다. 다시 팻말을 뒤집어 CLOSE로 해놓고, 그러다 한쪽의 땡이 목각을 보면, 땡이 목각 위에 작은 목각이 하나 놓여있는,
지나가 고개 숙이고 생각하고 있는 목각이다. 현재 들고 있는 지나의 가방과 같은 가방도 목각된, 지나, 목각을 따뜻하게 보고, 목각 밑의 쪽지를 보면, '하루가 갔으니까 6일!' 이라고 쓰인,
지나, 작게 웃고, 주머니에 넣고 나가며 전화하는,

씬15.   영철의 방 안, 아침.

영철, 침대에 누워 핸드폰을 보면, 지나가 전화를 하지만, 받지 않는,
영철, 전화기 놓고, 뒤돌아, 누워, 생각 많은, 그러다, 문자 오면, 영철, 다시 돌아누워 문자를 보면, '형이다, 부산에 세미나 왔다, 와서 좀 보자', 왠가 싶은,

씬16.   강칠 모의 집 방 안, 아침.

강칠, 정이 둘 다, 옷을 갈아입고 있는,

정 이 (교복을 입으며) 진짜 아빠 맞아요?
강 칠 얌마, 한 번 붙자는 게 아니라, 유진인지 뭔지가 자꾸 붙잔다며? 그런 놈은 화끈하게 붙어줘야, 다신 붙잔 말을 안 해. 알지도 못하면서.
정 이 (어이없는) 어떻게 그래요?

강 칠   선생님 계실 때, 수업 시간에.. 그놈 책상을 들어, 그 자리에서 박살을 내.

정 이   ?

강 칠   이렇게 비겁하게 깔짝깔짝대는 놈들은 성깔만 한 번 제대로 보여줌 다
         신 덤비자고 안 해. 선생님 무서워, 뒷구녕으로 너 쪼는 거 아냐. 그러
         니까, 선생님 앞에서. 깨 치지 말고, 책상만. 뒷감당은 내가 할 테니까,
         알았어! (하고, 앉아, 양말을 신는)

정 이   아빠 맞어, 진짜.. (가방을 챙기며, 웃고) 참 효숙이 아줌마가 아빠가 좋
         대요.

강 칠   (대수롭지 않게) 그래?

정 이   결혼하고 싶어하는 거 같든데.. 나한테도 잘 보이고 싶어하는 거 보면.

강 칠   (어이없게 웃고, 정이 보며) 네 생각은?

정 이   무슨 장갈 몇 번을 가요, 한 번 갔음 됐지, 혹시 또 모르지, 동물병원 의
         사 선생님이면..

강 칠   (좋은, 정이 보며) 맘에 드냐? 동물병원 정샘?

정 이   울 엄마보단 못해도, 나쁘진 않아요.

강 칠   (일어나, 정이의 머리를 쓰다듬으며) 자식! 이게 이게 여자 보는 눈은
         있어가지고...

정 이   (보며, 놀리듯) 좋댄다. 아들 앞에서, 여자 얘기하면서.. 뭐 하는 거야?

강 칠   (미안한, 웃음 가신, 진지한) 내가 뭘, 임마! 나와, 학교 데려다줄게.

씬17.   정이의 학교 앞, 아침.

         강칠, 트럭 서고,
         정이, 트럭에서 내려가고,

강 칠   (차 창문으로 정이 보며) 자식, 등빨 좋네, 야, 양씨 집안 가문의 영광
         임정, 홧팅이다, 알지, 홧팅!!! (하고, 웃고, 가는)

정 이   (웃는, 강칠이 좋은, 뒤 도는데)

유 진   (정이 가로막으며) 양씨 가문, 임정이라.... 뭐야?

정 이   (보면)

유 진   닌 임씬데, 니 아빠 양씨가? 개 족보구나.

정 이   (가면)

유 진   (발을 걸어 넘어트리면)

정 이   (고꾸라지고, 유진 보는)

유 진   그러게 붙자는데 와 안 붙나? (하고, 가는)

정 이   (일어나, 먼지 털고 가는)

씬18.   통영 카페 안, 낮.

국수, 종민 마주 앉아있는,
국수, 의미심장하게 사진을 보고 있는,

* 인서트, 사진 〉〉
1, 용학, 버스를 타는,
2, 요양원 건물.
3, 요양원 건물 문패의 뚜렷한 주소지.
4, 요양원 뜰에서 용학, 용학 부(다리에 깁스를 한)에게 죽을 떠먹이며
웃고 있는,

종 민   (주스를 마시며) 내가 그 사진 찍을라고 얼마나 고생했는 줄 아냐? 오용
         학 이름 석자만 알고... 뭐 아는 게 있어야지.. 첨에 애들을 서울에 있는
         여관촌에 풀었는데.. 못 찾겠드라고, 그래서, 오용학의 인적 사항을 안
         다음.. 아버지가 있단 걸 알고, 다시 찾아 나섰는데... 아버지는 행불 처
         리돼서 다시 삼촌을 찾으니까.. 이게 삼촌 이름으로 걔 아버지가 요양
         원에 있드라고. 그래서 잠복을 한 달 이상 해서,

국 수   (싫게 보며) 입 닥쳐.

종 민   (주스 먹고) 냄비 형한테 말 잘해줄 거지?

국 수   봐서. (하고, 일어나려 하면)

종 민   (잡으며, 일어나) 얌마, 봐서가 어딨어? 냄비 형이 강칠이 부탁 안 들어
         줌 나 가만 안 둔댔단 말야?

국 수   (버럭) 네 목숨 값이 이 사진 몇 장으로 될 거 같냐? 강칠이 형이 널 살
         린 게 몇 번인데.. 꽁으로 먹을라고. 의리 없고 약은 새끼. (하고, 주스

를 얼굴에 뿌리고 가며, 사진 보고, 좋은)

종 민   (화나 거칠게 앉는)

씬19.   문화원, 낮.

강칠, 소장의 안내에 따라 주변을 구경하며, 일에 대해 이것저것 얘기
하는,

강 칠   (좋은) 제가 잘할지 모르겠지만, 맡겨만 주시면, 잘해보겠습니다. 목수
         일이라면 좀 자신이 있거든요.
소 장   이번에 잘함, 내가 동물원 일거리 있는 데 소개해줄게, 있는 힘껏 해봐요.
강 칠   (좋은) 고맙습니다.
소 장   (악수하며) 부탁합니다, 그럼.
강 칠   (악수하며, 굽신대며) 네, 네.
소 장   (가고)
강 칠   (좋아서, 멀리 떨어진 효숙에게 달려가, 안아서 돌리며) 으이구, 이쁜
         기집애! 일도 따다 주고.. (하고, 볼에 입을 맞추며) 으이그, 으이그! (하
         고, 내려놓고, 가는데)
효 숙   (어이없이, 웃으며, 강칠 팔 잡고) 야, 사람을 이리고 가나?
강 칠   그럼 어떡하고 가?
효 숙   (강칠 입에 입을 진하게 맞추고)
강 칠   (아무 느낌 없이 보는)
효 숙   (입 닦고, 웃으며) 우뜧노?
강 칠   꼭 우때야 돼? 아무렇지도 않은데? (하고, 가서, 트럭에 타려는데)
효 숙   야야야! (하고, 트럭 문을 잡고, 진지하게) 오빠야, 니 정말 아무렇지
         않나?
강 칠   (웃으며) 어려서부터 네 입술은 내 꺼였잖아, 내 꺼를 내 꺼로 부딪히는
         데, 좋을 게 뭐 있냐? 밍숭밍숭, 니 맛도 내 맛도 없지.
효 숙   (화나, 문을 쾅 닫고, 가는)
강 칠   (따라가서, 잡고, 미안한 웃음) 효숙아, 화났냐? 야, 미안! 야.. 장난 좀
         친 거 같고... 넌 나 갖고 개잡놈, 등신, 멍충이 욕하고 장난치고, 다 하

줗아! 그래서 나도 장난 좀,

효 숙 (서운해 보면) 뭐, 장난? 내가 지금 니한테 입 맞추는 기 장난치는 거 같
나? 이 문둥이 자슥아. (하고, 머리통을 마구 때리는)

강 칠 아아아아... (하다가, 효숙의 팔 잡으며) 야, 넘하잖아.. 아프다고.. 나
도?!

효 숙 (진지하게, 눈가 붉어) 니도 내 걸레 취급하나?

강 칠 ?!

효 숙 말해봐라, 니도 내가 걸레 같아가 그래, 내 입 갖고도 기분이 별로가?!

강 칠 (화나 보며) 전남편이 그랬냐? 너 보고?

효 숙 (눈물 찍고, 앉는) 나쁜 놈들, 잘해줄 땐 이쁘다 카고, 오만 소리 다 하
고, 지들 싫을 땐, 입에 담지도 몬 할 별의별 욕을 다 하고,

강 칠 (앉아, 보며) 그 자식 어디 살어, 내가 콱 이걸.. (버럭) 그 자식 어디 사
냐고?! 여자한테 개 막말하는 놈 어디 사냐고, 기집애야!

효 숙 (웃으며) 니가 그 자슥 욕하니까, 기분 좋다.

강 칠 (황당한) 뭐?

효 숙 든든코.. 좋다. 내, 국수 팔러 간다, (하고, 일어나, 뒷걸음치고 가며) 니
내랑 은제 영화 보러 가자. 돈은 남자니까, 니가 내고. 알았제. (하고,
웃고, 가는)

강 칠 (어이없이 보고, 웃으며, 트럭에 타려다, 한쪽 보며) ?

씬20. 통영 일각(혹은 문화원 일각), 낮.

　　　강칠, 심각하게 사진을 보는, 국수, 좋은,

국 수 아버지 이름까지 바꿔서, 깊은 산골에 숨겨놓은 거 보면, 용학이가 아
버질 끔찍하게 생각하나 봐? 나쁜 놈도 아버진 챙기고, 세상이 아주 막
가는 건 아닌 거 같지?

강 칠 (사진을 주며) 일단 여기 요양원에 한번 가봐. 진짜 있는지, 없는지.

국 수 오케이. 진실 찾기가 드뎌 시작이군. (하고, 가는)

강 칠 (트럭으로 가는)

씬21.　　통영 시장, 낮.

　　　　국수, 웃고 서있고,
　　　　강칠 모, 국수 부와 통화하는,

강칠 모　　(굽신대며, 국수 보며, 전화하기 부담스런 눈빛 주고) 아이고, 국수가
　　　　　부족하다뇨.. 애가 정도 많고, 으찌나 성실한지.. 걱정마세요, 제가 잘
　　　　　돌보겠습니다.. 네네.. 그럼 (하고, 끊고, 국수에게 전화 주며, 돌변해,
　　　　　국수의 등짝 치며, 큰 소리로) 와, 전활 주고 난리야, 난리가! 민망하게.
　　　　　내가 니 아부지랑 뭔 할 얘기가 있다꼬!
국 수　　(전화 받으며, 웃는) 아빠가 내가 잘 있대도 안 믿잖아! 돈을 보내줘도
　　　　　혹시나 나쁜 짓 해 번 돈인가 싶어, 쓰지도 않는대잖아! (하며, 새 상자
　　　　　의 생선들을 진열하는, 상자에 얼음을 잔뜩 넣어, 누가 봐도 싱싱해 보
　　　　　이는)
강칠 모　　(일하며) 그러게, 부모한테 믿을 짓을 하지, 좀! 전화도 자주 넣고! 대체
　　　　　처신을 어떻게 했길래, 부모가 안 믿어, 그저 내 자식이나 남의 자식이
　　　　　나 으이그.. 웬수들!

　　　　* 점프컷 〉〉

분 희　　(강칠 모에게로 가는 손님 보며) 우리 꺼 괘안타, 어데 가노, 거개 꺼나
　　　　　여 꺼나 다. 얼음에 속지 말고.
손 님　　(강칠 모에게 와서) 이거 한번 줘봐요.
국 수　　(좋은) 네, 네.. (하고, 생선을 자르며) 이건 덤이니까, 담에 또 오세요.
분 희　　(부러운)

　　　　그때, 손님1 오며,

손님1　　가재미 있어요?
국 수　　(분희에게) 아줌마, 가재미 썰어요! (손님에게) 우리 집은 가재미가 없
　　　　　어서.. 저 집 물건도 좋아요. (하고, 일하는)

분 희   ('어서 오소' 하고 손님 받고)

강칠 모   (국수 보며) 인정은 있네.

국 수   (강칠 모에게, 귓속말) 인정이 아니라, 내가 천사 될라고,

강칠 모   ?

국 수   엄마 내가 착한 짓을 요즘 부쩍 했거든? 그랬더니, 날개가 돋아. 지금
        은 문신 같은데.. 진짜 새처럼 날개가 돋음, 나 완전 하늘에 갈지도 몰
        라. 신기하지?

강칠 모   (갑자기 돌아서서, 때리며) 아고, 귀 간지러버라! (제 귀를 파다, 국수
        팰듯) 콱, 그냥! 뭐 한다꼬 하등 쓰잘데기 없는 말을 한다꼬, 남의 귀에
        입김을 불고 지랄해! 콱! 그라고 니까짓 게 하늘로 날라가 뭐 하게?

국 수   (황당한, 서운한) 뭐?

강칠 모   늙어 죽으면 가기 싫어도 갈 걸 살아서 뭐 하러 젊어서, 가? 거겔! 말 같
        지도 않은 말을.. 그리고 니가 천사 될라고 잔머리 굴려가 인정을 베풀
        면 행여, 천사 되겠다. 미친놈. 제비 다리 분지러뜨리는 놀부 같은 놈.
        (하고, 일하는)

국 수   (진지하게) 엄마, 엄만 기적을 믿어?

강칠 모   ?

국 수   기적 말이야, 기적?!

강칠 모   나 같은 년이 안 죽고 사는 게 기적이지, 뭐 기적이 별달러.

국 수   (버럭) 그게 무슨 기적이냐?! 진짜 기적은 진짜 신기하고 어마어마하고,
        굉장하고, 하늘이 막 갈라지고 땅이 꺼지고, 죽을 사람이 살아나고, 아
        주아주 특별한 거야! 알지도 못하면서?!

강칠 모   (일만 하는) 아는 거 많아, 좋겠다, 닌? (국수 안 보고, 혼잣말) 에이고,
        욕심 사나운 인간들, 사람이 하루하루 별일 없이 먹고살면 기적이지,
        되지도 않을, 기적을 뭐 하러 바래.

국 수   (버럭, 답답한) 엄마가 몰라 그러는데, 진짜 기적이 있다니까!

강칠 모   (버럭) 생선이나 팔어?!

국 수   (답답한) 진짜.. (손님에게, 웃음 띤) 갈치 줘요?

씬22.   폐가 안, 낮.

강칠, 열심히 침대를 짜는, 톱질을 하고, 땀을 닦고, 전화하는,

씬23. 부산 호텔 주차장, 낮.

지나, 차에서 내리며 전화 받는,

지 나 네, 정지납니다.

씬24. 폐가 안, 낮

강 칠 압니다, 정지난 거. 그냥 목소리 들을라고 전화했어요. (하고, 끊고, 일
하는, 기분 좋은)

씬25. 호텔 커피, 낮.

지나, 영석 커피 마시는,

지 나 무슨 말이에요?
영 석 통영 병원에서 찍은 사진하고, 서울에서 찍은 사진하고, 판이하게 다르
다고. 이런 경우가 가끔 있긴 해. 나도 젊은 여자가 이런 경울 본 적이
있어.
지 나 (좋은, 기대에 찬) 그럼.. 완쾌 가능성이 있단 얘기네요?
영 석 환자가 삶에 대한 의지가 강하고, 성격이 좋나 봐.
지 나 (작게 웃으며) 네.
영 석 의지와 성격이 자가 치룔 돕지. 근데 치료 시긴 빠를수록 좋아. 암이 좋
아졌다 나빠졌다를 무지 반복하거든. 근데, 누구야, 양강칠이란 사람?
지 나 (좋은, 감추고) 아는 사람이에요.
영 석 상태가 희망적이라 해도 암 환잔 암 환자니까, 조심시켜.
영 철 뭘 조심시켜?
영석, 지나 (소리 난 쪽 보면) ?
영 철 (서서, 지나를 맘에 안 들게 보며) 정지나, 동정을 넌 언제나 이렇게 적

극적으로 하니?

지 나   (보는) ?!

씬26.   바닷가, 낮.

영철 (화난) 지나 (어색한) 서서 애기하는,

영 철   (버럭) 말해봐! 형 만나 양강칠이 상낼 꼬치꼬치 묻는 게 니가 말한 동
         정이냐고?!

지 나   (안 보고, 생각하는)

영 철   왜 말 못 해? 동정이냐고, 묻잖아, 자식아!

지 나   (말꼬리 자르며, 담백하게, 안 보고) 동정 아냐.

영 철   (화를 참고) 그..럼 동정 아님 뭔데?

지 나   (보고, 미안하지만, 참고) 관심이야. 그 사람이 궁금하고, 내가 할 수 있
         는 게 있다면 해주고 싶고, 그래.

영 철   (어이없게 빤히 보는)

그때, 영석, 캔을 몇 개 사 들고, 한손엔 맥주 캔을 들고, 마시며 오는,

영 석   얌마, 너 그 자격지심 아직도 못 고쳤냐!

영 철   (지나 보다, 영석 보면) ?

영 석   (아무 생각 없이, 무심히 영철 보며) 너 전번에 엄마 만나 내가 아버지
         병원을 통째로 먹는다 그랬다며? 대체 니 자격지심은 어디까진지 모르
         겠다?

영 철   (영석에게 다가서며) 자격지심? 내가 형처럼 사람 고치는 의사 못 된 자
         격지심? 아버지가 형만 사랑하는 데 대한 자격지심? 무슨 자격지심?

지 나   (당황한, 난감한, 영철에게) 오빠?

영 철   (영석만 보며) 말해봐, 무슨 자격지심?

영 석   (웃음 띤) 애 또또 예민하게 나온다.

영 철   (버럭, 속상한) 뭐, 예민?!

영 석   ?

지 나   (영철의 팔 잡고) 오랜만에 만나서.. 이러지 마, 왜 그래?
영 철   (일어나, 팔 뿌리치며, 영석 보며) 예민? 사람 가슴 후벼놓고 예민? 내
        가 의대 간달 때 너 술 마시고 울면서, 아버지가 널 신임 안 한다며, 나
        보고 의대 포기하면 안 되냐, 그랬지?! 그러고 나서 내가 의대 포기하
        니까, 그때도 넌 형이 술 먹고 한 농담을 뭐 그렇게 예민하게 받아들이
        냐, 그랬지?! 아버지한테 신임 받을라고, 동생 갈 길 막고, 그게 형으로
        서 할 말이냐! 형만 아님 너 안 봤다, 내가. 알어! (하고 가며, 혼잣말)
        보자는 말을 말든가, 뻑하면 보재놓고, 성질을 돋궈!
지 나   (가는 영철 보는데)
영 석   쟤 왜 저래?
지 나   나 땜에, 그래. 먼저 갈게요, 오빠. (하고, 가는)
영 석   (가는 영철 보다, 맥주 마시는, 미안한)

씬27.   주차장, 낮.

        영철, 차에 타, 차를 몰아 가며, 오는 지나를 스쳐 가버리는,

지 나   (가는 영철을 보다, 차로 가는)

씬28.   폐가 안, 낮.

        강칠, 열심히 일을 하는데,
        차 소리 나고,
        영철, 들어와 강칠을 보며,

강 칠   (땀 난, 보면)
영 철   (화나, 문 쪽에 서서, 봉지를 들어 보이고, 강칠을 보며) 양강칠 씨, 나
        랑 술 한잔합시다.
강 칠   (옆의 물통 들어, 물 마시고, 영철을 보는)

        * 점프컷 〉〉

영철, 강칠, 박스 같은 데 앉아, 술을 마시는,
영철, 박스 테이블 위에 종이컵에 술을 가득 따라 먹고,
강칠, 과자를 먹으며, 그런 영철 어이없이 보는,

영 철　(기분 안 좋은, 좀 취기가 오르는) 왜 술 안 마셔요?

강 칠　차 가져왔던데, 데려다줄라고?

영 철　(강칠을 보며, 화나지만, 짐짓 참고) 양강칠 씨, 지나랑.. 둘이 사귑니까?

강 칠　아뇨.

영 철　?

강 칠　(영철을 보며) 나는 그러자고 했는데, 생각할 시간이 필요하대요, 그래
　　　서... 일주일 동안 생각하라고 했습니다,

영 철　(말꼬리 자르며, 이러는 자신이 속도 상한) 양강칠 씬, 자신에 대해 생
　　　각 같은 거 안 하고 삽니까? 가진 거라곤 아무것도 없으면서, ...뻔뻔하
　　　단 생각 안 듭니까?

강 칠　(어이없게 웃고 웃음 가신, 가만 보며) ...뻔뻔하다, 생각...합니다, 나도.

영 철　아.. 생각하는구나.. 난 양강칠 씬 그런 생각은 하나도 안 하고 사는 줄
　　　알았지. 몸도 안 좋으면서.

강 칠　?

영 철　양강칠 씨, 두 달 전 교통사고 난 적 있죠?

강 칠　?

영 철　지나가 사고 낸 겁니다. 그래서, 병원 가서 양강칠 씨, 상탤 안 거고. 그
　　　걸 지나가 동정했어요, 양강칠 씰.

강 칠　...

영 철　이건 우리 남자들끼리만 압시다. 그리고 여잘 만날 땐 말입니다. 자신
　　　의 상태를 좀 알고 덤벼요.

강 칠　내 상태가 어떤데?

영 철　(맘에 안 들게 보는) ?

강 칠　왜 내가 간암이라? 그게 뭐가 문젠데? 만약 내가.. 죽음.. 그땐 당신이
　　　다시 만남 되겠네, 뭐가 문제야? (하고, 과자를 먹으려 하면)

영 철　(박스 테이블을 뒤집으며, 일어나며) 뭐, 새끼야!

강 칠　(영철 보며, 어이없고) 붙고 싶냐?

영 철	그래, 붙고 싶다, 왜?
강 칠	(일어나며) 그래, 그럼 나가자. 여긴 내 신성한 작업 공간이거든. 그러니까, 나와, 너. (하고, 영철의 멱살을 잡고, 끌고 가는)
영 철	(강칠의 멱살을 맞잡고, 취한) 좋아, 새끼, 너 죽었어!

강칠, 영철, 서로의 멱살을 잡고, 나가는,

씬29.   냇가, 낮.

강칠, 영철, 실랑이를 하는,
영철, 주먹으로 강칠을 치려 하지만, 강칠, 피하고,
근처에 진흙이 많은,

강 칠	(영철이 웃긴, 참고) 고만 해라, 어?
영 철	(취한, 강칠을 때리려 하지만, 자꾸 빗나가는)
강 칠	(피하며) 내가 성질 같아선 너 줘패고 싶은데, 술 취했으니까, 봐줄게, 물주먹 갖고 뎀비지 말고 가. 어? (하고, 가는데)
영 철	누가 봐달래, 새끼야.
강 칠	(보며, 기분 나쁜) 고만해.
영 철	시작도 안 했는데 뭘 고만해! (하고, 주먹으로 강칠의 얼굴 치고)
강 칠	(고개 돌아가, 잠시 있다, 고개 돌려 보고, 어이없이 웃으며) 내참. 진짜.. (하고, 가려는데)
영 철	붙어, 새끼야! (하고, 달려들어, 강칠을 잡고, 넘어지는)
강 칠	(넘어져 구르는, 그 바람에 얼굴이며, 온몸에 진흙 범벅이 되는) 야야야야, 나도 참는 데, 한계가 있어!
영 철	참지 마, 그럼 되겠네. (하고, 강칠을 때리고)
강 칠	아우, 진짜! (하며, 영철을 안고 몇 번 구르고, 영철을 바닥에 깔고, 말하는) 고만해.
영 철	(누워서, 박치기하고)

강칠, '아우!' 하며 코피가 나고, 옆으로 넘어지고,
영철, 강칠을 다시 패고, 강칠, 영철 안고 누르는, 폼나는 싸움이 아닌,

개싸움이다. 강칠, 그러다 못 참고, 영철을 주먹으로 패는,

영 철　　(턱이 돌아가선, 진흙 밭에 얼굴을 박고, 가만있는)
강 칠　　(놀라, 영철에게 가며) 왜 그래? 야.. 야... (안고, 흔들며) 김샘!

씬30.　　부산 동물원 안, 낮.

지나와 진영, 철호 등의 친구들 교수와 함께 사육실 같은 곳을 둘러보
며, 설명을 듣는,

진 영　　(궁시렁) 난 서울이 좋은데.. 언닌 여기가 좋아?
지 나　　(설명만 적으며) 그럼 넌 서울 가든가.
진 영　　언닌 여기 있고.. 나만. 미쳤냐? 그래서 자기만 공부 잘할라고, 어림없
　　　　　지. 언니 곁에 딱 붙어있을 거야.
지 나　　난 통영서 여기 안 멀지만, 넌 서울서 여기 힘들걸. 서울서 하지 그냥.
철 호　　내가 있잖아, 같이 오면 금방이야.
진 영　　웃기지 마.
지 나　　(웃고)
교 수　　왜 이렇게 떠들어!
지 나　　(눈치 보며, 교수의 말에 집중하는)

씬31.　　영철의 집 안, 밤.

강칠, 샤워한 뒤 아랫도리에 수건 두르고, 냉장고에서 물 꺼내 마시며,
주변, 구경하며,

강 칠　　야, 죽이네, 집이... (하고, 물 잔 놓고, 화장실로 가며, 궁시렁, 혼잣말)
　　　　　야.. 좋다, 좋아. (화장실의 영철 들으라고 소리치는) 김샘, 이거 다 김
　　　　　샘이 번 거 아니지? 유산이지? (가며) 내 말 안 들려요?

씬32.　　영철의 집 화장실 안, 밤.

강칠, 와서는 샤워기의 물 맞는 영철(옷 입고, 욕조에 앉아있는)을 본체 만체하고 물을 끄고, 그 옆에 앉으며,

강 철 물 좀 아끼지.. (하고, 영철 보며) 집이 부자네?

영 철 …

강 철 김샘, 부모 유산 받아 지 돈처럼 쓰면서, 여자들한테 잘난체하는 스타 일이야? 난 부모 돈 지 돈처럼 아는 놈들이 젤 싫은데... (어색하게 웃으며) 하긴 여자들은 상관없어하드라. 난 남자라면 지가 번 돈만 써야 된다, 그런 바른 생각을 가지고 있는데, 콤플렉스처럼 보고.. (영철 살피며) 어때, 술 좀 깼어요?

영 철 (안 보고, 화난, 차분한) 말 까. 새끼야.

강 철 (어이없이 웃고, 영철 보며) 너 왜 그래, 나한테?

영 철 (화나 보며) 뭐, 너 죽음 나 보고 지나 만나라고? 그게 말이냐, 새끼야?

강 철 (진지하게, 보는)

영 철 지나가 무슨 물건이냐?

강 철 (보고, 진지한) 그럼.. 내가, 지나 씨한테 나 죽어도 나만 그리워하며 살 라 그럼 네 기분 좋겠냐?

영 철 ?!

강 철 (진지하게) 말꼬리 잡고 늘어지지 마. 난 지금을 말하는데, 넌 자꾸 나 중을 말하잖아.

영 철 (맘에 안 들게 보면) ?

강 철 그리고, 니가 날 잘 모르나 본데, 난 쉽게 안 죽어. (강조) 반드시 살아 야만 할 이유가 생겼거든.

영 철 (맘은 아프지만) 돈도 없고, 배운 것도 없고, 있는 거라곤 암것도 없는 게.. 뻔뻔스럽게,

강 철 니가 아는 지나 씨는 돈 있고, 배우고, 뭘 잔뜩 가져야 사람을 좋아하는 그런 사람이냐?

영 철 ?!

강 철 (진지한) 지나 씨가 널 돈 있고, 배워서, 뭘 잔뜩 가져서 좋아했어? 너는 너한테 그렇게 자신이 없냐? 뭘 주렁주렁 가져야, 니가 괜찮아, 보여?

영 철 …

강 칠	술 취해서 한 행동이라고 생각해줄게. 지나 씨한테도 말 안 할게. 자라. (하고, 가는데)
영 철	(가는 강칠의 등 뒤에 대고) 통 큰척하지 마, 새끼야!
강 칠	(보며, 작게 웃고) 통 큰척이 아니라, 난 통이 원래 커 자식아. (하고, 가는)

씬33.   영철의 아파트 앞, 밤.

강칠, 나가는, 카메라, 올라가면, 영철, 가는 강칠을 담담히 보다, 돌아서는,

씬34.   동물병원 밖, 밤.

강칠, 집을 건너다보며, 들어갈까 말까 망설이다, 돌아서는데, 그때, 효숙의 목소리 들리는,

효 숙	니 집에 안 가고 뭐해?
강 칠	(지나쳐 가며) 가는 중이야.
효 숙	(옆에 와, 팔짱 끼고, 기대는) 좋다. (하다, 강칠 팔뚝을 만지며) 야, 완전 돌댕이네.
강 칠	너 외롭냐? 왜 자꾸 들이대? 부담스럽게?

그때, 분희, 리어카 끌고 오며,

분 희	동네서 잘한다, 잘해!
강 칠	(분희 보고, 효숙에게) 거봐, 조심해. (하고, 가면)
분 희	풍기문란도 이런 풍기문란이 없네.
효 숙	참내, 남녀 만나는 기 뭔 풍기문란? 당연지사지. (하고, 가는데)
분 희	니는 헛물 키는 것만 알아라.
효 숙	(보며) 헛물?
분 희	(가며, 놀리듯) 양강칠이는 정샘하고 얼레리 꼴레리 한다, 니가 아이고. (하고, 가는)

효숙   뭐요, 정샘? (하고, 보면)

지나, 오는 게 보이는, 효숙, 지나 보고, 가는 강칠을 보는,
강칠, 생각 많은,

씬35.   정이의 학교, 교실 안, 낮.

유진, 책상 들고 와 나가려는, 정이를 치고,
정이와 유진이 육탄전을 벌이는, 유진, 정이를 죽어라 패고,
선생님, 둘을 말리며,

선생님   야야, 너 뭐야, 그만해, 그만!

씬36.   문화원, 낮.

강칠, 뛰어와, 트럭에 타고 가는,
국수, 가는 강칠 보고 자재 들고 가며,

국 수   조용히 잘 해결하고 와! (하고, 가며) 진짜 하루가 조용할 날이 없네.

씬37.   정이의 학교 교무실 앞, 낮.

정이, 얼굴에 멍든 채, 서있는,

민 희   (교무실 창가 보고, 정이에게) 니네 아빠가 선생님하고 말이 기네? 내가
보기엔 넌 별로 잘못 없는 거 같은데. 니네 아빠도 그거 아시겠지?

그때, 교무실 문 열리고, 강칠, 나와 말하는,
강 칠   들어와.
정 이   (화나는, 참고, 들어가는)
민 희   (보다가, 가는)

씬38.　　　교무실 안, 낮.

　　　　　강칠, 정이, 선생님과 유진 (정이보다 덜 다친) 있는,

강 칠　　(정이에게) 유진이한테 사과해.
정 이　　(보면, 화난) 내가 왜요?!
선생님　(소리치는, 삿대질하며) 니가 수업 시간에 유진이 책상 때려 부숴 이렇
　　　　게 된 거 아냐, 자식아!
정 이　　(지지 않고, 소리치는) 쟤가 나 공부하는데, 수업 시간에 지우개 던지
　　　　고, 연필 던진 건 괜찮고, 제가 재 책상 부순 게 문젭니까! 제가 선생님
　　　　한테 수업 시간에 손 들고 일어나서 유진이가 절 괴롭히니까, 좀 도와
　　　　주십시오, 정중하게 말씀드렸죠! 근데 선생님은 제 말은 아랑곳 않고
　　　　수업만 하셨죠!
선생님　임마, 니가 그렇다고 유진일 패면 되냐?!
정 이　　전 첨에 쟤 책상만 던졌어요! 유진이가 절 책상으로 깐 건 안 보셨어요!
　　　　얘가 이 학교 이사장 아들이라 이러는 겁니까!
선생님　(정이의 뺨 치는) 이, 자식이, 말이면 단 줄 아나!
정 이　　(화나 보다, 나가는)
선생님　(씩씩대며) 새끼가, 공부 좀 잘한다고 오냐오냐했드니..
강 칠　　(정이 속상하게 보다, 선생 보며) 정이가 뭘 그렇게 잘못했습니까? 딱
　　　　봐도 (유진 턱으로 가리키며) 얜 멀쩡하고, 정인, 여기저기 쥐터져, 피
　　　　가 나는데... 그리고 먼저 선빵한 놈은 얘라면서요?! 지금 애 아버진 이
　　　　사장이고, 정이 아버지인 (버럭) 난 깡패라, 만만히 보는 겁니까?!

씬39.　　　학교 운동장, 낮.

　　　　　정이, 어이없게 웃고 가는,

강 칠　　야야야, 너 이리 안 와!
정 이　　(가다, 돌아와, 강칠 보며) 만약 나한테 아들이 있다면... 나는 이렇게
　　　　안 갈쳐요.

강 칠   (보며, 답답한) 조용히 살자.

정 이   자식한테 잘못한 것도 없는데, 비굴하게, 빌라는 말은 안 갈쳐!

강 칠   (답답한) 할머니 생각해서,

정 이   (눈가 붉어, 버럭 소리치는) 우리 엄만 나한테 당당하랬어! 잘못한 것도
         없는데 기죽어 살지 말라고 가르쳤어! 살인자 누명 썼댔죠?

강 칠   (보는, 속상한) ?

정 이   내가 만약 그런 누명을 썼어도, 그렇게 말할래요? 참고 살면서.. 누명
         쓴 게 억울하다고 징징대면서 살라고. 당신처럼. (하고, 가는)

강 칠   (가는 정이 보며) 그럼 어떡해! 학교 짤려! 그게 맞아!

정 이   (강칠 보며, 뒷걸음치고, 가며) 학교보다, 정의! 난 그게 자식에게 아빠
         가 할 말이라고 봐! (하고, 뒤돌아 가는)

강 칠   (가는 정이 보며, 웃으며, 놈이 멋지단 생각을 하고, 가는) 자식. 잘 컸네.

씬40.   재래시장, 난전 음식점, 낮.

         용학, 음식을 먹으며, 전화 받고 있는,

찬 걸   (E) 니가 원하는 돈, 줄게. 대신 증거물 넘겨.

용 학   (작게 웃음 번지는) 전에 말한 거 두 배 주면... 증거물 다 넘기지. 증거
         물만 너한테 넘김 강칠이 걱정은 덜걸.

씬41.   사무실 안, 낮.

찬 걸   좋다. 두 배. 그리고 돈은 내가 원하는 방식으로 받아가. 다시 연락할
         게. (하고, 끊는)

씬42.   국도변, 달리는 강칠의 트럭, 낮.

         강칠, 차를 몰고 가다, 멈추는, 앞을 보면, 지나의 차가 서있는,
         강칠, 내리는, 수로 쪽으로 다가가는,

× 점프컷 〉〉
지나, 수로에서 뭔가를 (동물 사체) 찾고 있는,
강칠, 지나를 발견하고, 지나를 보며,

강 칠   (작게 웃음 번지는) 뭘 찾아요?
지 나   (놀라, 소리난 쪽 보며, 웃고) 다친 동물이요. 가끔 동물들이 여기서 다
         쳐요.. 원래, 그냥 평평한 길인데, 이렇게 인공 수로를 만들어놓음, 야
         생이들이.. 다니질 못해서.. 자주 빠져 죽거든요.
강 칠   ?
지 나   지난번에도 오소리랑 내가 세상에서 젤 좋아하는 수달까지 빠져 죽었
         어요.
강 칠   수달 좋아해요?
지 나   (안 보고, 가며) 나한테 말 시키지 말아요, 아직 나한테 하루 남았어요.
강 칠   (불쑥, 진지하게 보며) 혹시 지나 씨도 내가 뻔뻔하다고 생각해요?
지 나   (보면) ?
강 칠   가진 거 없고 배운 거 없고, 그런 놈이 사랑하자고 하니까, 뻔뻔한 거
         같냐구요?
지 나   (보면) ?
강 칠   내가 사랑이란 걸 너무 대단하다고 생각하는 건가? 난 그딴 거 땜에 사
         랑을 못 한다면... 사랑이 우스워져서.. 싫은데. 낼 봐요. (하고, 가는)
지 나   (가는 강칠 보며, 편안한 웃음 짓고, 일하는)

씬43.   낚시터, 낮.

         영철, 라면을 끓이는,
         민식, 생선을 라면에 넣는,

영 철   아, 그걸 지금 넣음 어떡해요? 비린내 나게!
민 식   아무렇게나 먹어, 그냥. 생리하냐, 까탈은? (하고, 가는)

         * 점프컷, 낚시터, 밤 〉〉

민 식   (미끼를 갈며, 영철에게 오는 전화를 신경 쓰며) 야, 지나 전화 오잖니?
        좀 받어.

영 철   (호수만 보며) 지 할 일 다 하고, 남은 시간에 하는 전화 필요 없어요.
        낚시나 해요,

민 식   그럼 낚시라도 잘하든가, 임마! 너, 고기 잡혔잖아!

영 철   (그제야, 낚싯대를 잡아채고, 고기를 빼는)

민 식   그만 갈래?

영 철   일주일 휴가라며요, 나도 일주일 휴가예요.

씬44.   PC방, 밤.

        정이, 인터넷으로 전에 보았던 미국 대학 사이트 한쪽에 떠있는 남자의
        얼굴을 보다가, 메일 창을 열어, 작심하고 편지를 쓰는,

        * 인서트, 메일 내용 〉〉
        저는 임수미 씨의 아들입니다. 혹시, 임수미 씨와 관계가 있으시다면,
        저한테 연락 부탁드립니다. 제 전화번호는 010.. (뒷번호까지 쓰는데)
        강칠 모, 목소리 들리는,

강칠 모   정이야!

정 이   (강칠 모 보고, 빠르게 이메일을 전송하고, 다시 강칠 모 보며, 불편한)
        왜요?

씬45.   동네 일각, 밤.

        정이, 화나 앞서 가는,

정 이   (멈춰 서서, 강칠 모 보며) 할머니한텐 미안해도, 난 학교보다 정의가
        중요해요.

강칠 모   (아무렇지 않게) 근데?

정 이   아빠.. 학교가 중요하다고 내 잘못도 없는데, 빌래요, 난 그렇게 못해

요, 학교에서 쫓겨나고, 집에서 쫓겨나도.

강칠 모 	(버럭) 아빠가 그리 말하지, 그럼 뭐라 말해!

정 이 	(화나 가는)

강칠 모 	그라도 닌 밝히라.

정 이 	(멈춰 서서, 보는) ?

강칠 모 	핵교가 중하긴 해도, 밝힐 건 밝혀야지. 닌 머리 좋은까, 학교 안 다녀
	도 대학 갈 기고, 좋은 기술 배워 훌륭한 사람 될 기고.. 됐다, 그럼. 니
	아빠처럼 억울하게 살지 마라. 니는.

정 이 	?!

강칠 모 	(속상하지만, 감추고, 데면데면 말하는) 근데 세상 일이 억울하다고 다
	밝혀지진 않는다, 그라도 기죽지 마라, 하늘이 알고 땅이 알고, 내가 알
	고, 니 아빠가 알면 된다.

정 이 	(따라가며) 아빤 그렇게 생각 안 할걸.

	정이의 얼굴 위로,

강 칠 	니가 어떻게 알어?

정 이 	(보면)

강 칠 	엄마 고기 샀어, 고기 먹자. (하고, 앞서 가는)

씬46. 	강칠 모의 방 안, 밤.

	강칠 모, 강칠, 국수, 효숙(영자 안고), 정이 고기를 한 쌈씩 싸서 먹는,
	효숙, 밥만 젓가락으로 먹으며, 강칠을 꼬나보듯 보는,

국 수 	(아구지게 먹으며, 소리치는) 야, 그런 학교 관둬 관둬! 학교가 말이야,
	인간성을 갈쳐야지, 뭐야? 이사장 아들이면 단가? 검정고시 해서 미국
	대학 가!

정 이 	돈도 없으면서, 뻑함 큰소린.

국 수 	우리가 지금 돈 없지, 끝까지 돈이 없을 줄 아냐? 자식이. 니 아빠랑 엄
	마 나 잘나가는 기술자야, 오늘 일 하루 했는데, 소장님이 여기저기 우

리 일거리 소개시켜준다고 난리났어, 짜샤? 우리 밑에 일꾼도 수두룩 빽빽이고... (강칠 보며) 그지, 형?

강 칠   (쌈을 아구지게 먹고)

정 이   (꼬나보며) 아..빤.. 내가 빌었으면 싶은가 본데, 뭐?

강 칠   (보며) 깐죽깐죽..

정 이   (싫은)

강칠 모   (버럭) 니나 깐죽대지 마라, 니나! 말을 해도 꼭, 아깐 뭐 정이 놈이 정 신머리가 바로잡혔다며, 니 닮았다며, 낄낄대고, 기특하다며?!

정 이   ? (강칠 보는)

강 칠   (강칠 모 보며) 그런 말을 애 듣는데, 뭐하러 해? 지 잘난 줄 알고, 까불 면 어쩔라고?

국 수   까불고 좀 살면 어때? 그지, 정이야? (하고, 쌈 먹는)

정 이   (강칠 보며, 좋은, 웃음 번지는 걸 참고, 국수에게) 그러다 입 찢어지겠다.

강 칠   (정이 입에 고기 넣어주며) 고기나 먹어, 자식아. (하다, 효숙 보며) 야, 넌 왜 먹는 게 그래?

효 숙   (젓가락 놓으며) 밥맛이 없다.

강칠, 국수, 강칠 모   왜?

효 숙   (강칠만 보며) 니 정샘 좋아하나?

강 칠   (아무렇지 않게) 어.

모두, 강칠을 보는,
강칠, 쌈만 맛있게 먹는,

씬47.   앞 씬 수로 근처, 어두운 새벽.

강칠, 트럭을 몰고 와 내려서, 자재를 꺼내, 들쳐메고, 수로로 내려가는,

* 점프컷 〉〉
땀을 흘리며 사다릴 만들고 있는, 동이 트는,

* 점프컷, 아침 〉〉

강칠, 수로에 사다릴 세우는,

씬48.　수로 근처(앞에 나왔던), 달리는 지나의 차, 아침.

지나, 차를 달려 가는, 그러다, 강칠의 트럭을 보고, 이상한, 내리면,
쿵쿵 소리가 나는, 이상해서, 수로 쪽으로 가보면,

씬49.　수로, 아침.

강칠, 사다릴 시험 삼아 타보는(그 바람에 쿵쿵 소리가 난),
지나, 그런 강칠을 조금은 감동해 보고, 작게 웃는데,
강칠, 뭔가 이상해, 한쪽을 보면, 토끼가 사다릴 타고 가는,
강칠, 눈이 휘둥그레지는, 좋은, 토끼가 놀라지 않게 보고 있다가, 토끼
가 가면, '와우!' 하고 탄성을 지르며 좋아하는,
지나, 그런 강칠이 신기하고 좋은, 편안하고, 밝은 웃음 짓고, 물끄러미
보는,

강 칠　(가는 토끼 보며) 야, 담에 또 와! (하고, 돌아서다, 지나 보고, 놀란) ?!
지 나　(강칠 쪽 보며, 웃음 띤) 사람 은근 감동시킨다!
강 칠　(가며, 웃으며) 근데, 이렇게 만드는 거 맞어요?
지 나　(강칠에게서 눈 안 떼고, 보며) 네.
강 칠　(차에 타는) 역시, 내가 머리가 좋다니까.
지 나　(강칠에게 가며) 어디 가요?
강 칠　혹시나 싶어 저쪽으로 가봤는데 사다릴 놀 곳이 더 있드라구요. 그래서
자재 사러 갈라고, 여기 있을래요, 내가 휑하니, 갔다 올게?
지 나　(감동한, 애써 참고, 뛰어가서, 차에 타며) 같이 가요.
강 칠　(웃으며, 좋은) 자, 그럼 속도 좀 냅니다. (하고, 가는)

씬50.　철물점 앞, 낮.

강칠, 나무를 사는, 지나, 좋은, 거드는,

강 칠   놔둬요, 내가 할게. (하고, 지나의 물건을 받아서, 차에 싣고) 가요, 이제.
         강칠, 지나 차 타고 가는,
         그때, 강칠 모, 오다 그걸 보고, 멍한,

씬51.   수로, 낮.

         강칠, 지나, 톱질을 하는,

강 칠   근데 언제 말할 거예요. 오늘이 일주일짼데.
지 나   (일하며) 아직 7시간 남았어요.
강 칠   아, 그냥 말하지? 답답해 죽겠네.
지 나   진지해져요, 좀.
강 칠   진지가 좋은 거예요?
지 나   (일만 하는)
강 칠   톱질을 할람 제대로 하든가. 자를 나물 발로 콱 고정하고,
지 나   (강칠이 시키는 대로 하는) 이렇게.
강 칠   (뒤에서 지나 안고, 가르쳐주는) 이렇게, 죽 가서, 이렇게 죽 당기고..
지 나   (열심히, 배우는) 이렇게 가서, 이렇게 당기고.
강 칠   (귀여운, 작게 웃고, 계속 가르치는) 다시 한 번 죽 가고, 당기고,

         * 점프컷, 낮 〉〉
         강칠, 수로에 뛰어들어가, 완성된 사다릴, 세우고,

강 칠   이제 놈들.. 좋겠다.. 수로로 빠져도 사다리 타고 나옴 되니까.
지 나   (신난) 나, 소원 있어요.
강 칠   ?
지 나   하나 더 만들어줘요.
강 칠   대신 한 시간 땡겨요.
지 나   ?
강 칠   사귀자 말자 대답해주는 거 한 시간 땡겨요, 그럼 만들어줄게.
지 나   치사하게...

강 칠   싫음 말고.

지 나   좋아요, 한 시간 땡겨!

강 칠   (사다리 오르며) 신난다!

씬52.   다른 수로, 낮.

        강칠, 다른 모양의 사다릴 만드는, 지나도 열심히 돕는,
        강칠, 그런 지나가 이쁜, 열심히 일하며,

강 칠   난 멍청한 거 같아요. 사다리 만들어줄 때마다 한 시간씩 땡길 거면..
        첨부터 사다리 한 백 개 만들고, 그 자리에서 대답 듣는 건데..

지 나   (웃고)

        그때, 천둥 치고, 비 오는,

강 칠   (비 보며) 소나기다!

씬53.   들판 일각, 낮.

        지나, 강칠, 강칠의 옷을 뒤집어쓰고, 나무 밑으로 달리는,
        즐거운,

씬54.   나무 밑, 낮.

        지나, 강칠, 와서 숨을 고르며, 서로 보고 웃고,
        그때, 강칠 배에서 꼬르륵 소리 나는,
        지나, 보면,

강 칠   춥고, 배고프고,

지 나   (웃으며) 거지다.

강 칠   (웃고) 저쪽 산으로 넘어가면, 작업실로 쓰는 내 폐가 나오는데, 죽어라

뛸래요? 차 가지러 갈려면 너무 돌아가니까.

지 나　거기 가면 밥 있어요?

강 칠　라면이랑.. 사과.. 오이...

지 나　(순간, 불쑥) 그럼, 오이 내 꺼. (하고, 죽어라 강칠 옷 뒤집어쓰고, 뛰는)

강 칠　같이 가요! (하고, 달려가, 앞에 서서, 뒷걸음질로 가며) 완전 다람쥐다!
　　　근데 오인 내 꺼. (하고, 마구 뛰어가는)

지 나　오이 줄게, 같이 가요!

강 칠　(뛰어가며) 거짓말하는 거 다 알아요! 절대 오인 못 줘!

지 나　근데 이쪽이 폐가 가는 길 맞아요?

강 칠　(멈춰 서서, 돌아보며) 이런 저쪽이다. (하고, 가는)

지 나　(보는, 뛰어가며) 같이 가.

씬55.　폐가 안, 밤.

바닥에 웅덩일 파고, 모닥불 피운,
지나, 강칠과 휴대용 가스레인지에 라면 끓이는,

지 나　라면 세 개 넣지.

강 칠　두 개밖에 없는데..

지 나　(추운, 떨며, 옆에 있는 사과를 칼로 잘라, 라면에 넣는)

강 칠　뭐 해요?

지 나　(옆에 있는 오이를 주고, 칼로 사과를 자르기만 하며) 그것도 잘라 넣어
　　　요, 옆에 있는 나무도 삶아 먹을 지경이야.

강 칠　(깔깔대고 웃는)

지 나　(칼로, 사과를 잘라 먹으며, 좀 창피한)

＊ 점프컷 〉〉
강칠, 맛있어서, 먹다.. '가가가가' 괜히 소릴 내며, 먹는,

＊ 점프컷 〉〉
지나, 코펠째 들고 국물을 먹으며, 기분 좋은,

강칠, 코펠을 뺏으려 하며,

강 칠　나도 좀 먹자, 국물.
지 나　한 모금만 더. (하고, 안 뺏기려 하며, 먹는)
　　　그렇게 실랑이하는 두 사람.

씬56.　긴식의 방 안, 밤.

영철, 술을 마시는, 민식, 샤워하고 나와, 영철 앞에 앉으며,

민 식　고만 마시고, 집에 가 임마! 낼은 나도 출근해야 돼?
영 철　(술만 마시며, 안 보고) 아버지도 내가 완전 뺑구라, 바람둥이로만 보이죠?
민 식　(자리에 앉으며, 안쓰런) 나도 알어, 니가 첫 번째 여잔 첫사랑이라 우유부단했던 거고, 두 번째 여잔 별일도 아닌데.. 지나가 과민 반응한 거.
영 철　(술이 취한) 지난 나한테 절대 다신 안 올 거예요.
민 식　(안된) 그래도 나랑 한 약속은 잊음 안 된다.
영 철　(보며) 뭐였지?
민 식　나 죽어도 지나 옆에 있어주기로 한 거.
영 철　(고개 돌리며) 아.. 지나가 딴 놈이랑 결혼해도... 있어주기로 한 거 말이구나.
민 식　너 그거 안 지킴 나한테 죽는다! 내가 너 그 약속 땜에 여적 지나한테 니가 상처준 거 알면서도.. 안 패고, 옆에 있게 놔둔 거 알지?
영 철　(안 보고) 지나가 딴 놈을 좋아해요. 벌써벌써 맘 간 지 오래예요. 미치겠다, 진짜.
민 식　뭐라구?

씬57.　폐가 안, 밤.

강칠, 지나 차를 마시며, 모닥불을 보는, 모포를 뒤집어쓴,

지 나   (모닥불 보며, 수줍게 웃으며) 난 달걀 좋아해요. 흰자만.
강 칠   난 노른자만 잘 먹는데...
지 나   (웃고) 색은 파랑.
강 칠   나도 파랑. (하며, 생각하는)

씬58.   교도소 면회실, 회상, 낮.

         지나 모, 강칠 서로 수줍게 말하는,
         지나 모, 강칠을 기특하게 보고, 강칠은 지나 모가 좋은,

지나 모   (웃으며) 여름.
강 칠   (수줍은, 웃음 짓고) 난 가을. 꽃은요?

씬59.   폐가 안, 밤.

지 나   흰 패랭이.

씬60.   교도소 면회실, 회상, 낮.

지나 모   외래종 말고, 재래종.
강 칠   (모르겠는) 패랭이? 그게 그렇게 이뻐요?

씬61.   폐가 안, 밤.

지 나   작은 국화꽃처럼 생겼는데, 아주 이뻐요,
강 칠   (지나 모 생각하며) 정원에 심으면, 물만 줌 잘 자라죠.
지 나   ?
강 칠   똑같이 말한다, 내 첫사랑도 그렇게 말했는데...
지 나   ?
강 칠   (작게 웃고) 아마.. 그 여자는.. 자기가 내 첫사랑인 줄도 모를 거예요.
지 나   (담백하게) 화난다.

강 칠   (웃고, 귀엽게 보는) 화내봐요. 어떻게 내나 보게.

지 나   계속 첫사랑 얘기나 하시죠. 언제 만났어요?

강 칠   교도소에서. 면회실 안.

지 나   (이상한) 그럼.. 수녀님? 비구니 스님?

강 칠   (고개 젓고, 맘 짠해, 지나 보며) 그냥 내가 무죄라고 믿어준 여자. 나하곤 별로 좋게 본 것도 아닌데, 어느 날 찾아와, 어쩌면 니가 거짓말을 하는 게 아닐지도 모르겠다면서.. 아무도 안 믿었는데.. 변호사도 날 안 믿었는데.... 내가 무죄라는 걸 믿어준 사람. 내 눈이... 거짓말을 하고 있지 않다면서.

지 나   (따뜻하게 보며, 짐짓 분위기 바꾸려 농담조로) 그래서 사랑하고, 손도 잡고, 진하게,

강 칠   (웃고, 고개 젓고) 난 죄수였어요.

지 나   ?

강 칠   우리 사인엔 언제나 유리벽. 그냥 보기만 했어요. 7년 정도. 그러다, 어느 날부터 안 왔어요. 날 교도소에서 빼준다고 변호살 만난다고 하고선. 그 후로.

지 나   (걱정스런) 왜요?

강 칠   첨엔 내가 싫어졌나 보다, 내가 하는 모든 말들이 안 믿겼나 보다, 내가 뭘 잘못했나 보다, 그렇게 생각해서 화가 났었는데... 아니었어요. 사고로..

지 나   (안쓰레 보는)

강 칠   내가 열심히 자격증 따고 모범수 되고 그런 건 다 그 여자 때문이에요.

지 나   앞으로도 잘 살아야겠다, 강칠 씨.

강 칠   (보면)

지 나   그분이 하늘에서 보고 계실 테니까, 울 엄마가 날 보듯. (하고, 차 마시는)

강 칠   (지나의 손을 잡아, 지나 손목의 시계를 보며) 휴.. 아직 2시간이나 남았네.. 지나 씨, 대답 들을라면..

지 나   (웃고, 옆의 물 마시고) 인내심 좀 키워요.

씬62.   폐가 밖, 비가 계속 오는, 밤.

폐가 창가로, 강칠과 지나 내다보고 있는.

지 나   비가 너무 온다. 집에 가야 하는데..
강 칠   여기서 자야겠다.
지 나   (보면)
강 칠   (웃고) 차 가지고 올게요. (하고, 나가는)
지 나   조심해, 다녀와요!

씬63.   폐가 밖, 비 그친 밤.

강칠, 차를 몰고 와 세우고, 폐가 안으로 들어가는,

씬64.   폐가 안, 밤.

강칠, 들어오며,

강 칠   지나 씨, 집에 가요..비 그쳤어요. (하다, 멈추는)
지 나   (강칠이 만들어놓은, 침대맡에 앉아, 기대, 자고 있는)
강 칠   (지나를 가만 보다가, 웃고, 그 옆에 가서, 앉아, 자는 지나를 가만 이쁘
         게 보는)
지 나   (자는)
강 칠   (보다가, 조심스레 입을 맞추려는데)
지 나   (눈을 뜨는)
강 칠   (보는)
지 나   ?
강 칠   내가 지금 입 맞출려 그러는데, 이번에도 생각이 필요함.. 나중에 해요.
         (하고, 입을 맞추려 다가가는데)
지 나   (기다리지 않고, 강칠의 입을 맞추는)

그때, 작게 천둥과 번개 치고, 비가 오는,
지나는 침대맡에 앉아, 강칠은 지나 앞에 무릎을 꿇고, 입을 맞추는,
그런 두 사람 모습에서 엔딩.

제 9 부

그와 그녀의 심장 박동 소리 *Padam Padam…*

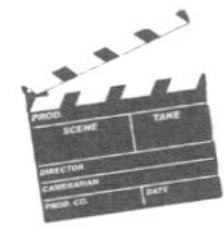

씬1.   폐가 안(8부 엔딩 씬 축약), 밤.

강 칠   (보다가, 조심스레 입을 맞추려는데)
지 나   (눈을 뜨는)
강 칠   (보며)
지 나   ?
강 칠   내가 지금 입 맞출려 그러는데, 이번에도 생각이 필요함.. 나중에 해요.
        (하고, 입을 맞추려 다가가는데)
지 나   (기다리지 않고, 강칠의 입을 맞추는)

        그때, 작게 천둥과 번개 치고, 비가 오는,
        지나는 침대 맡에 앉아, 강칠은 지나 앞에 무릎을 꿇고, 입을 맞추는,

씬2.   민식의 방 안, 밤.

        민식, 자고, 한쪽에 메모지 놓인,

        * 인서트, 메모지 〉〉

영 철   (E) 아버지, 나 집에 가요. 지나 지켜주기로 한 아버지하고 약속 지킬
        게. 걱정 말고. 전화할게요.

씬3.   거리, 밤.
영철, 답답하게 걸어가는,

씬4.   강칠 모의 방 안, 밤.

강칠 모 이불 깔고 있는데, 효숙, 문 열며,

효 숙   엄마 강칠이 안 왔나?
강칠 모 이 밤에 강칠인 와 찾어? 낮에 정선생이랑 있든데.. 일 끝나고 밥을 먹
        든지, 술을 먹든지 하겠지. 집에 가 애나 봐라. (하고, 자리에 와 눕는)
효 숙   (들어와, 앉으며) 뭐, 강칠이가 정샘이랑 밥을 먹고 술을 먹어?

씬5.   폐가 안, 비 오는 밤.

강칠, 지나 입을 맞추다, 잠시 후, 지나, 강칠을 조금 밀어내는, 강칠,
어색한, 지나에게서 몸을 떼고, 지나 옆에 앉아, 잠시, 숨을 고르는,

지 나   (어색한) 비가.. 그쳤네. (하고, 창가로 가서 서는데)

다시, 작게 번개와 천둥 치는, 그리고 비 오는,

강 칠   (걸어와, 옆에 서며, 어색한) 비가 또 오네, 집에 못 가겠다. 더 있다 가요.
지 나   ?
강 칠   (버벅대며) 아니.. 그게.. 진짜 지금은 못 가요.. 내..내가 올라올 때만
        해도, 요..요 앞에 물웅덩이가 생겨서 차바퀴가 빠져 되게 고생했는데,
지 나   ?
강 칠   지, 진짜! 차, 차가 못 간다니까...
지 나   (웃고, 창가 보면)
강 칠   내가 버벅댄다고 안 믿나 본데, 진짜예요! 저번날 비 왔을 때도 차 빠져가
        지고 내가 비 맞으며 차 빼느라 을마나 고생을 했는데.. 내가 지나 씰 잡
        아둘라고 그러는 게 아니라, 진짜예요, 내가 그런 거짓말은 안 한다니까,

지 나　(강칠 웃으며 보다, 창가 보며, 웃음 띤) ..

강 칠　어, 안 믿나 보네, 아, 그럼 가요, 뭐 나만 고생하나, 자기도 고생하지,
　　　　가요, 그럼!

지 나　(가볍게, 웃음 띤) 비 그치면 가죠, 뭐.

강 칠　(좋은, 애써 웃음 감추고) 일주일간 나 안 만나고 무슨 생각 했어요?

지 나　(창가 보며, 담담한, 거짓말하는) 아무 생각.. 안 했어요.

강 칠　생각한댔잖아요? 근데 왜 생각 안 했어요?

지 나　(거짓말하는, 담담한) 그냥... 뭘 생각할지 잘 모르겠어서 안 했어요.

강 칠　돈 없는 거.

지 나　(보면)

강 칠　못 배운 거, 전과잔 거.

지 나　　..

강 칠　(아무렇지 않게, 웃으며) 몸 아픈 거. 생각할 게 왜 없어, 수두룩한데?

지 나　(보면) ?

강 칠　(따뜻하게 웃으며) 김샘한테 들었어요. 예전에 지나 씨가 나 차로 쳤다
　　　　면서요? 그래서 내가 암 걸린 거 안다면서요?

지 나　(신기한, 안 웃고) 그런 얘길 어떻게 웃으면서 해요?

강 칠　(웃으며) 그럼 울면서 해요? (웃으며, 지나의 눈에서 눈을 못 떼는) 몸은
　　　　무지 좋아요. 정말? 내 몸에 백혈군가 뭔가가 암세포랑 맞짱을 떠서 다
　　　　이겨버렸대요. 완전 승리.

지 나　(진지한) 그래도 병원 치료 받아야 해요.

강 칠　아닌데, 난 그냥 났는데?

지 나　(진지한) 그래도,

강 칠　내가 병원 치료받음 뭐 해줄래요?

지 나　(웃음기 있는, 어이없게 보면)

강 칠　난 어려서 심부름을 해도 엄마한테 심부름 값 꼭 받았었어요, 찐 감자
　　　　라도. 내가 치료 받음 뭐 해줄 건데요?

지 나　(웃고) 뭐 해줄까요?

강 칠　(좋은) 생각해볼게요... 음... 뭘 해달랠까? 뭐가 좋지? 음..

지 나　(강칠 보고, 웃고, 창가 보는)

강 칠　(지나를 물끄러미 보며, 좋은, 설레는)

찬 결   (E) 증거물은 들고 왔지?

씬6.   도로, 일각, 밤 (지역이 다르므로 비 안 오는).

용 학   (E) 당연하지.

찬 결   (전화하는) 알았어, 돈은 미음사거리 신호등 콘솔 박스 위에 있어. (하고, 전화 끊고, 차에 타, 다시 전화하고) 떠나, 용학인 바로 그리로 갈 거야. 이번에 용학이 놓치면 다신 못 잡아. 마지막이야, 애들 쫙 깔어! (하고, 전화 끊고, 차 몰아 가는)

씬7.   소도시 도로, 달리는 용학의 트럭 안 + 차 밖, 밤.

       용학, 긴장한 얼굴로 빠르게 운전해 가는,

씬8.   도로, 달리는 차 전경, 밤.

       배식, 짱구의 차가 각각 다른 곳에서 달리는,

씬9.   짱구의 차 안, 밤.

짱 구   그쪽은 내가 돌 거야, 넌 반대편으로 돌아!

씬10.   로터리(가운데 화단 있고, 콘솔 박스 있는), 밤.

       용학의 차, 한쪽에 멈춰 서면,
       찬결의 차, 반대편에 멈춰 서는,
       용학, 차 문 열고 나와, 비닐에 싸인, 피 묻은 칼을 들어 보여주는,
       찬결, 봉투의 돈을 꺼내, 돈다발을 돈이란 걸 확인하게 후루룩 넘겨보이는.
       용학, 찬결 콘솔 박스로 걸어가, 둘이 콘솔 박스를 중심으로 한 바퀴 돌며,

용 학   둘 다, 동시에 다섯 셀 때 놓자. 하나.

찬 걸   (도는)

용 학   둘.. 셋..

찬 걸   ..

용 학   넷, 다섯, (하고, 동시에 놓고, 동시에 빠르게 상대방 걸 들고 차에 타,
         가는)

찬 걸   (차로 가며, 한쪽 보고, 차 타고 가는)

         * 점프컷 〉〉
         근처에서, 짱구의 차, 전력 질주해, 용학의 차를 뒤에서 들이박고,

         * 점프컷 〉〉
         용학, 차가 빙그르르 돌면, 또 다른 배식의 차가 와서 박고, 용학의 트
         럭 전복되는, 짱구와 배식, 번호판 없는 차들, 떠나는,

         * 점프컷, 전복된 용학의 차 안 〉〉
         용학, 피를 흘리며, 차 밑에 깔려있는, 돈 봉투에서 진짜와 가짜 돈(다
         발 중간에 있는 빈 종이)만 수북이 흩어진,

씬11.   도로, 찬걸의 차 안, 밤.

         찬걸, 차를 끽 하고 세우고, 봉지 속의 증거물을 보는,

찬 걸   (땀벅범이 된, 의미심장한 웃음 짓고, 차에 기대 숨을 몰아쉬는)

씬12.   폐가 전경, 밤.

         밤에서 희뿌연 새벽이 되는,

씬13.   폐가 안, 새벽.

지나, 강칠 침대 위에 앉아 벽에 기대 자는,

* 점프컷 〉〉
지나의 고개가 강칠의 몸에 기대게 되는, 지나, 다시, 몸을 바로 하고
자는,

* 점프컷 〉〉
강칠이 지나 옆으로 쓰러지고, 지나, 옆으로 쓰러지고, 그 바람에 강칠
은 지나의 몸 뒤로 쓰러지는, 강칠, 지나 몸에 팔을 올리고 곤히 자는,

씬14.　풍경 몽타주, 새벽.

지저귀는 새, 물 떨어지는 처마 등등

씬15.　폐가 안, 밝은 아침.

지나, 모로 누워 자고, 강칠, 자는 지나를 물끄러미 보며, 대충 키를 가
늠해보기 위해 손으로 몇 뼘쯤 되나 재보고, 웃고, 이불을 들춰 지나의
발을 보고, 제 발을 대보고, 웃고, 그러다, 자는 지나의 얼굴을 보다, 머
리카락을 넘겨주는데,
그때, 뭔가 부스럭거리는 소리가 나고,
강칠, 이상해, 소리 난 쪽을 보면,

* 점프컷 〉〉
새끼 멧돼지가, 주변의 뭔갈 먹고 있는,

강 칠　(신기한, 지나를 작게 흔들며, 작게) ...지나 씨, 눈떠요.
지 나　...
강 칠　(작게) 눈떠봐.. 지나 씨,
지 나　(눈뜨는, 눈부시고, 졸린, 강칠 쪽으로 고개 돌리는데)
강 칠　나 말고 저기. (손으로 멧돼지 가리키는)

지 나   (그 말에 강칠이 가리킨 쪽 보고, 졸리면서도 조금 놀라는) 와..

강 칠   (지나의 등 뒤에서, 새끼 멧돼지를 보며) 내가 저놈 잡아 올까요? 가까
        이서 보게.

지 나   (졸린) 안 돼요, 사람 손 타면 산에 돌아갔을 때 무리에서 왕따 당해요.

강 칠   (알겠다는 듯) 아..

지 나   그냥.. 봐요.

강 칠   (아무렇지 않게, 불쑥) 참, 사랑해요.

지 나   (멧돼지 보다, 어이없이 강칠 보고) ?!

강 칠   그게 사랑한단 말은 해야겠는데, 언제 하는 게 좋은지 몰라서.. 이렇게
        하면 안되는 거예요? 이상했어요?

지 나   (어이없게 웃고) 됐어요. (하고, 멧돼지 보는)

강 칠   (용기 내, 누워, 지나를 안고, 멧돼지만 보며) 우리, 이러고 쟤 갈 때까
        지만, 이렇게 있어요.

지 나   (웃고, 멧돼지 보고)

강 칠   (웃고, 지나를 꼭 안고, 멧돼질 보며, 흉내 내는) 우적우적우적..

지 나   (웃는, 같이 흉내 내는) 우적우적..

씬16.   지나의 집 안, 아침.

        영철, 텅 빈 실내에 앉아, 땡이를 만지며, 생각 많은,

씬17.   폐가 안, 낮.

        지나, 페인트칠을 하고 있는, 강칠, 입에 빵을 물고, 바깥에서 페인트칠
        을 하는,

강 칠   (페인트칠하며, 신난) 요즘 부산으로 세미나 가죠?

지 나   (웃으며, 일하며) 서울이 넘 멀어서.

강 칠   나, 부산 동물원 일할지도 몰라요.

지 나   ?

강 칠   밑져야 본전이다 싶어서, 문화원 소장님한테 거기 아냐고, 알면 일거리

좀 소개해 달랬더니, 동물원 보수 담당자가 필요하대요. 문화원 일 끝 나면 곧 하기로 했어요. 내가 워낙 일을 잘하니까, 그냥 일이 덤비는 거 지! 히히. (하다, 지나 일하는 거 보고) 아, 그렇게 말고, 이렇게.

지 나 하란 대로 했는데...

강 칠 아.. 고집도 내가 언제 그렇게 하랬어요.. (하며) 이렇게, 이렇게 하랬지.

지 나 (똑같이 하며) 이렇게 이렇게 했는데,

강 칠 나 이제 일 가야 되는데 그렇게 했다간 일 못 끝내고 가겠다..나와봐요. (하고, 롤러에 페인트 묻히다, 페인트를 털어서, 지나의 얼굴에 페인트 묻히며) 아이고, 이런.. (하고, 페인트 묻은 손으로 지나의 얼굴을 닦아 주며, 더 묻히는) 뭐가 많이 묻었네.

지 나 (그런 줄 모르는, 아기처럼 가만있다) 됐어요, 이제 일해요. (하고, 페인 트칠을 하는)

강 칠 (지나가 귀여운, 일하며) 우리 말 놓래요?

지 나 (가만 보고) ?

강 칠 (일하며, 어색한) 요즘은 다들 친하면 말 놓는 거 같든데. 놓자, 우리도. 내가 너보다 나인 훨 많지만 참아줄게, 싫어?

지 나 (가만 보다)... (담백하게) 아니. (일하며) 야, 근데 넌 참 일 잘한다. 나 중에 뭘 해도 먹고 살겠다 야?

강 칠 (어이없는)

지 나 (웃음 띤, 농담조) 자식, 뭘 봐? 가서 밥이나 하지?

강 칠 뭐, 뭐, 뭐, 자, 자식?

지 나 왜 내가 반말하니까 싫으니? 무를까? 물러?

강 칠 (버벅대며, 첨엔 호기롭게 가다) 야, 남자가 한 입 갖고 두말하냐, 무르 긴.. 뭐, 뭘 물..러! 니가 날 잘 모르나 본데, 난 한번 말한 거 막 뒤집는 그런 사람 아니야? 알어? 나는 말이야, 뭐든 한다면 끝까지... (하다가, 갑자기) 물러요.

지 나 (웃으며) 왜? 내가 반말하는 게 넘 귀여워서..

강 칠 어, 그래서, 자빠트릴 거 같애, 안 되겠어..

지 나 (황당한) ?!

강 칠 그러니까 남자 속맘을 다 알려고 하지 마요, 놀래잖아. (하고, 나가는)

지 나 (어이없는, 고개 절레절레 저으며, 웃으며, 일하는)

씬18.   국도변, 낮.

강칠의 트럭 오고, 지나의 차 앞에서 서는,
강칠, 지나 내리는, 지나, 차로 가서, 문 여는데,

강 칠   우리 언제 만난다고?
지 나   일요일.
강 칠   (환하게 웃고) 누가 전화한다고?
지 나   니가. (하고, 차 타는)
강 칠   (웃는, 어이없는, 지나 보는)

두 사람의 그 모습 위로,

분 희   (E) 저게 뭐냐?

* 점프컷, 조금 떨어진 길가 〉〉
분희, 경운기 타고, 오다, 멈추고, 둘을 보는,
강칠, 지나, 분희 있는 것을 모르는,

* 점프컷 〉〉

강 칠   나한테 반말하는 게 재밌어요?
지 나   (웃으며) 어!
강 칠   그래, 야, 근데 너 어젯밤 나랑 입 맞춘 사람 맞니?
지 나   (쑥스러운, 조금 놀란) ?!
강 칠   (웃으며) 놀라긴.. 전화할게요. (지나 보고, 웃고, 트럭 타고 가는)
지 나   (웃으며, 차 몰아 가는)

* 점프컷 〉〉

분 희   (놀란) 에베베베, 뭐 뭐야, 서로 막 웃고, 다정하게... 에베베베... 일 났

네, 일 났어. (하고, 가는)

씬19. 문화원, 낮.

　　　　국수와 강칠, 정이, 땀 흘려 목수 일을 하는데,

강 칠　　(정이에게 말하는) 뭐, 교내 봉사 7일?
정 이　　(일하며) 잘못한 것도 없는데, 사과하느니, 그게 나.
강 칠　　(기특한, 웃으며) 자식.. 너 일 제법 한다. 놀토엔 아빠랑 일하자, 이렇
　　　　게, 내가 일당 확실히 쳐줄게.
국 수　　그 얘긴 나중에 하고, 수로 고치고 그담은 뭐했냐고?
강 칠　　(좋지만 아닌척하는) 뭘 자꾸 물어, 묻긴? 그렇게 궁금함 너도 연애하
　　　　든가?
국 수　　내가 천사 짓 하기도 바쁜데 연앨 언제 해? 그냥 형 하는 거 대리 만족
　　　　으로 끝낼 거야, 난! (기대에 찬) 그래서 둘이 수로 만들고, 폐가 가서
　　　　바로 막 (강칠의 얼굴 잡고, 입 맞추는 시늉하는)
강 칠　　(밀치며) 야!
국 수　　(낄낄대고, 웃고) 그런 담에 이랬지, (강칠의 옷을 벗기려 하며) 옷을 막..
강 칠　　(국수의 등짝을 패며) 이게, 이게 하는 짓마다 양아치처럼.. 새끼야, 정
　　　　이 있잖아, 이게 애 보는 데서!
정 이　　(일하며) 나도 알 건 다 알거든요. (하며, 다른 데로 일하러 가는)
강 칠　　알긴 니가 뭘 알아, 까져가지고..
국 수　　(강칠 보며, 심드렁) 옷 안 벗겼어?
강 칠　　죽는다, 너? (하고, 일하며, 정이 간 것 확인하는)
국 수　　(심드렁하며) 그래? 그럼 뭐 들을 것도 없다. 난 또 뭐 진도 좀 나갔다
　　　　고. (하고, 일하는)
강 칠　　(자랑하듯) 진도는 나갔거든?
국 수　　안 듣고 싶어, 잤냐 말았냐, 잤으면 형이 위냐, 지나 씨가 위냐, 대체 둘
　　　　은 어떤 자세로 잤냐, 그것만 말해, 그거 말 안 할 거면 하지 마.
강 칠　　얌마, 사랑이 그런 것만 있는 줄 아냐?
국 수　　(일하며) 난 사랑엔 관심 없거든.

강 칠 그럼 말아라.. (하고, 일하다, 국수 보며) 진짜 관심 없어?

국 수 (일하며) 어. (하다, 무심히) 근데 뭐 말하고 싶음 하든가, 들어줄 순 있
       어. 재민 없지만,

강 칠 (좋은, 수줍은) 키슨.. 했어.

국 수 (갑자기, 강칠에게 헤드락을 하며) 와! 와와와!

   * 점프컷 〉〉

   정이, 일하다, 둘을 보고 웃고, 일하는,

   * 점프컷 〉〉

강 칠 (국수를 떼내며) 야, 정신없어, 그만해 임마.

국 수 (버럭, 탄성 지르며, 주먹 쥐는, 좋은) 아자! (손가락으로 강칠 가리키며)
       오케이, 그래서 넌 행복한 거지, 그럼 난 이제 곧 천사가 되겠다! 아자!

강 칠 (웃고, 일하다, 문자 오는 소리에 정이를 무심히 보는)

정 이 (문자 보는, 굳어진)

강 칠 (가며) 뭐야?

국 수 (강칠에게 가며) 뭔데?

정 이 (핸드폰 뒷주머니에 넣으며) 유진이가 자꾸 붙재요! (하고, 일하는데)

강 칠 그래? (하고, 정이 주머니에서 핸드폰 뺏어서 문자 보고, 답장 보내는)

정 이 (핸드폰 뺏으며) 뭐 해요?

강 칠 7시 방파제에서 보겠다.

국 수 (침을 캭 모아, 뱉으며) 잘했다! (강칠 어깨에 팔 두르고) 오늘 몸 한 번
       제대로 풀자고, 이런 놈은 한 번 끝장나게 밟아줘야 끝나, 그지, 형?

강 칠 (가며) 말해 뭐 해! 확실하게 밟아주자!

정 이 (보며, 어이없는) 정말 둘이 내 아빠고 삼촌이고 그런 거 맞아요!

강칠, 국수 (동시에, 서로 얼굴 보며, 장난) 아마 그럴걸. (하고, 낄낄대고 웃고,
       일하는)

정 이 (황당한) ?

씬20. PC방, 낮.

유진, 문자 보고, 입에 야비한 웃음 띠고, 주변에 소리치는,

유 진   야, 애들 불러! 오늘 뜬다! (하고, 나가는)

남학생들, 여럿 PC방 곳곳에서 책상 위로 걸으며, 나오며, 신난,

남학생들   이히, 재밌겠다, 재밌겠다!

씬21.   동물병원 안, 낮.

지나, 개를 안고 있는 여자1과 농림수산부 사이트를 보며, 말해주는,

지 나   여기에 유기견 콜센터가 있거든요, 이쪽에 들어가서 신고하시면 지자
        체 보호 센터에서 데리러 올 거예요.
여 자   아 네.
지 나   (개를 만지며) 이렇게 이쁜 놈을 누가 버렸을까.
여 자   그러게요.. 감사합니다. (하고, 인사하고 가는)
영 철   (한쪽을 보며, 커피를 타 한쪽에 와서 마시는)
지 나   (영철의 눈치가 보이는) 어제 들어온 쌤, 코로나 맞췄어?
영 철   어.
지 나   (괜히 말을 거는) 지자체에서 백신 접종 지원하는 거 소 사육 농가에 알
        렸어?
영 철   (일하며) 했어, 니가 안 하니까 나라도 해야지.
지 나   오늘은 내가 다 할게, 일 있음 가. (하고, 인터넷을 보면)
영 철   둘이 밤을 지샌 기분이 어때?
지 나   (인터넷만 보는)
영 철   (차 마시고, 맘 아픈, 참고) 난 니가 생각이 좀 있는 앤 줄 알았는데, 뭐
        하는 짓이야?
지 나   (차를 따르는)
영 철   이제부터 생각 안 하고 살기로 했어? 너 좋아하는 놈이 생각 없는 뻔뻔
        한 놈이니까, 그놈이랑 만날려면 (서서히 격앙되는) 왜, 너도 같이 생각

이 없어야 될 거 같디? 그래서, 생각 많은 놈이, 앞뒤 생각 없이, 하고 싶은 대로, 멋대로 그놈 장단에 맞춰, 살기로, 이 자식아!

지 나   (담담하게 영철 보며) 생각이 필요 없드라.

영 철   뭐?

지 나   오빠 만날 때.. 정말 생각 많이 했는데, 결과는 지금이잖아. 생각이 뭐가 필요해?

영 철   (속상한, 맘 아픈, 깊게 한숨 쉬고, 보며, 말하는) 유학은? 1년 후, 유학은?

지 나   그때 가서 생각할라고. (하고, 다시 한숨 쉬며, 머리 쓸어 올리며, 인터넷을 보는)

영 철   (화나, 나가는)

지 나   (영철 보는)

씬22.   통영 시장, 낮.

분희, 강칠 모 각자들 자리에 앉아, 말싸움하는, 그 옆에서 여자들 구경하는.

분 희   내가 본 걸 봤다 카지, 아무렴 안 본 걸 봤다 칼까! 강칠이랑 정샘이랑, 붙어서 히히덕거리는 거 내 이 두 눈으로 똑똑히 봤다, 목에 칼이 들어와도 본 건 본 기라!

강칠 모   그 눈알을 콱! 눈구녕으로 봤음 그게 다 진짜가? 우리 강칠이가 정샘 동물병원 일 하니까, 서로 말도 주고받고 그런 거지, 알지도 못하면서, 지랄하고?! 우리 강칠이가 무슨 정샘을 후려!

분 희   (비아냥) 아참.. 그렇구나.. 둘이 일하니까, 동물병원... 근데 그긴 일 끝났다꼬 카지 않았나... 그리고 내가 둘을 본 기는, 동물병원 앞이 아이라, 산 밑이었거덩? 둘이 신새벽에 산 밑을 와 기어다녔을꼬?

강칠 모   뭐, 뭐, 산 밑?

분 희   (기가 살아, 소리치는) 한동네 살매 그라는 거 아이지, 정샘이 아줌마, 딸년이라 카면 강칠이 같은 놈 만나라 카겠소!

강칠 모   ?

분 희   정샘이 분수 없이 착해가.. 강칠이한테 잘해도, 그럼 안 된다꼬 캐야지!
         내람 그란다, 내 자식이 강칠이면 내람 혼내! 꿈 깨라꼬! 아무리 정샘이
         욕심이 나도, 그람 안 되지, 인간의 탈을 쓰고, 지 자식만 좋쿠로. 그라
         는 거 아이지!
강칠 모   (버럭) 우리 강칠인 효숙이랑 결혼할 기다!
분 희   ?
강칠 모   알지도 못하면서. 정샘은 내도 싫다! 내도 싫어!

         그때, 효숙, 국수 가져오다, 뭔가 싶은,

효 숙   엄마 뭐가 싫어, 그래 소릴 질러쌌노?
분 희   (효숙 보며) 니 강칠이랑 결혼하나?
효 숙   (웃으며, 농담) 하자캄 할라꼬, 와?
분 희   (생선 정리하며) 그람 강칠이한테서 정샘은 정리하고 시작해라. (궁시
         렁) 꼴에 양다린가 보네?
효 숙   (강칠 모 보며) 엄마 저 아주매 뭐라케?
강칠 모   (국수 먹으며, 화난) 니 강칠이랑 날 잡아!
효 숙   ?

씬23.   통영 시내, 해질녘.

         유진, 남학생들 여럿, 오토바일 타고 굉음 내며, 가는,

씬24.   한적한 바닷가 가는 길 (혹은 공원, 들), 해질녘.

         강칠, 정이 목을 끌어안고 노랠 부르며 즐겁게 가는,

정 이   (맘에 안 드는) 뭐가 그렇게 신나요?
강 칠   (노래 멈추고, 보며, 웃음 띤) 넌 뭐가 그렇게 신이 안 나? 오늘 아빠랑
         일하고, 돈도 벌고, 그리고 너 괴롭히는 놈 잡아 족칠 건데 뭐가 불만이
         야, 넌?

정 이   난 싸우기 싫어요!

강 칠   누군 싸움이 좋은 줄 아냐? 내가 한 방 때림 두 방은 맞을 각올 하는 게
         쌈질이야? 나도 별로야? 쌈?

         그때, 오토바이 소리 나고, 강칠, 정이 보면,
         유진의 오토바이가 앞장서 두 사람 사이로 달려들고, 그 바람에 강칠과
         정이, 넘어져 구르는,
         어느새, 오토바이가 와서, 두 사람 주변을 굉음 내며, 빙빙 도는,
         정이, 강칠, 그 오토바일 피하려 이리 뛰고, 저리 돌고, 난리가 난,
         그러다, 일정하게 오토바이가 둘을 가운데 두고, 돌면, 강칠, 정이 등지
         고, 그 오토바일 긴장해 보는,

강 칠   (웃으며, 애들을 보며) 와와... 떼로 왔네, 이것들이... 대체 몇이야, 하
         나둘, 셋, 넷, 다섯, 여섯..

정 이   (긴장한, 강칠과 등지고) 국수 삼촌은 대체 어디 갔어요?

강 칠   (정이와 등지고) 나 혼자 될 거 같아, 일 좀 시켰는데, 같이 올 걸 그랬
         나? 부를까?

정 이   (맘에 안 드는) 진짜 맘에 안 들어!

유 진   (웃으며, 강칠 보며) 야... 아부지 덱고 왔네.

남학생1   (낄낄대고 웃으며) 아빠가 왔어? 어이고, 아빠가 여기 뭐 하러 왔을까?

남학생2   우리, 용돈 주러 왔나?

         하며, 낄낄대고 웃는,

강 칠   (웃으며) 야, 이건 너무하지 않니, 쪽수가?

유 진   뭐가 너무해? 깡패랑 붙는데, 이만은 해야지?

강 칠   깡패는 전직, 현직은 잘나가는 목수, 자식아! 나에 대해 알려면 제대로
         알어?!

유 진   (오토바이에서 내리며, 몽둥이를 돌리며) 그 꼰대 말 많네?

강 칠   (긴장한, 웃음 짓고) 너 그거 휘두름 살인미순 거 아냐?

유 진   깡패 말을 언 놈이 믿어주기나 하고?

강 칠   안 믿어줄까?

유 진   (웃으며) 그람 정이 말도 선생들이 반 애들이 다 증인 서도 안 믿잖아? 그
         란데 깡패 말을 믿을까? 에이.. 설마? (하며, 정이에게 몽둥일 휘두르는)

강 칠   (순간, 정이를 밀치고, 넘어져, 자기가 등짝을 맞는, 아픈)

남학생들 와! 눈물겹네, 아부지 사랑이! (하고는, 모두들 몽둥이며 무기 등을 휘
         두르며, 다가서는)

정 이   (화나, 강칠을 밀치고, 유진에게 달려들며) 너 죽었어, 이 새끼! (하는데)

강 칠   (넘어진 채, 정이의 발을 잡아, 넘어지게 하며, 버럭) 국수야, 아직이냐?!

유 진   (넘어진 정이의 얼굴을 걷어차는)

강 칠   야! 국수야!

국 수   (E) 다 됐어!

         우진, 남학생들, '뭐야, 뭐야?' 하며, 주변 돌아보면,
         국수의 목소리 들리는,

국 수   애들아, 여기!

         유진 외, 모두 돌아보는데,
         국수, 나무 위에 앉아, 핸드폰 두 개를 들고, 마구 플래시를 터트리는,
         유진 외, 놀란,

강 칠   (일어나, 먼지 털며) 다 찍었냐?

국 수   (아무렇지 않게, 안 보고, 휴대폰을 작동하며) 어.. 이제 이걸.. 010-
         9876-654 (하다가, 유진 보며) 야.. 654 담에 뭐냐, 니 아빠 핸드폰 번
         호가? 내가 니 엄마 건 확실히 알았는데, 니 아빠 게 헷갈린다. 니가 저
         꼰대 아저씨 각목으로 내리찍는 기막힌 동영상을 보낼라 그러는데, 뭐
         야, 아빠 번호가?

         유진 외, 모두 놀라, '저 새끼 잡아!' 하며 나무로 달려가면,
         국수, 나무 위에서 일어나 보며,

국 수 (웃으며) 생각났다! (하고, 번호 찍고, 시작 버튼 누르고) 눌렀다! 오케이! 그리고 이번엔.. (하고, 전화하는) 여보세요, 거기 경찰이죠, 여기 패싸움이 났는데.. (하다, 송화기 가리고 애들 보며, 버럭) 튀어 임마, 뭘 봐! 짭새 부르는데!

유진 외 (모두 어이없는, 긴장한, 멈춰 선) ?

남학생들, '튀어!' 하며, 오토바이 타고 가는,
유진, '야, 새끼들아, 어디 가?!'

강 칠 (당황한 유진의 목을 끌고 가며) 넌 따라오지, 일단.
유 진 (버티며) 놔, 이거, 놔!
국 수 (전화하며) 아이고, 죄송.. 장난전홥니다. (하고, 끊고, 나무 위에서 뛰어 내려오며, 웃고, 정이 목에 팔 두르고, 신나게) 가자, 정이야!

씬25. 효숙의 국숫집, 밤.

강칠, 국수, 정이, 국수를 맛나게 먹고 있는, 유진, 안 먹는,
효숙, 그 옆에 앉아, 강칠을 꼬나보다, 문자 오는 소리를 듣고, 유진에게,

효 숙 야, 너 핸드폰 자꾸 삐삐대잖어, 받아라?
유 진 (짜증) 냅둬요! 내 받든 말든.
국 수 니네 아빠가 너 찾나 보다, (화난) 이 새끼가.. 사람을 각구목으로! ..하면서, 화가 잔뜩 나서, 그지?
유 진 (째려보면)
강 칠 (먹으며) 받어.
유 진 싫거든?
정 이 우리 아빠한테 반말하지 마, 콱!
국 수 (웃으며, 박수 치며) 잘한다, 우리 정이!
강 칠 (유진 보며) 너 전화 안 받냐?!
유 진 (짜증스레, 전화 보면, 자기 사진이다, 이상한, 국수 보고, 강칠 보면)
강 칠 한 번만 더 우리 정이 건딜면, 너 그땐 니가 아니라, 진짜 니네 아빠한

테 보내고 경찰한테 보내, 알았어? (버럭) 국수 먹어!

유 진   (미안한, 가만있다, 국수를 먹는)

국 수   너 좋은 어른들 만난 줄 알어라, 우리도 어릴 때 못된 짓 해봐서 아는데
         그거 절대 할 게 못 돼. 그리고 빵엔 갈 데가 못 되고.. 자식.

정 이   (국수 다 먹고, 유진 보며) PC방 가서 게임 한 판 할래?

유 진   됐거든. (하고, 가려 하면)

국 수   (발을 걸어 휘청이게 하고) 그냥 가냐?

유 진   (어색한, 싫은, 일어나, 인사하고) 안녕히 계세요. (하고, 가는)

정 이   (가는 유진 보며 웃고, 그때 문자 와 보면, 메일이 온 표시 뜨고, 보려다
         가, 뭔가 이상해, 일어나며) 아빠 나 PC방 좀 다녀올게. (하고, 나가는)

강 칠   (정이 나간 쪽에 대고) 정이야, 너무 많이 놀지 말고, 집에 일찍일찍 들
         어와!

효 숙   너나 일찍일찍 다니지?

강 칠   ?

씬26.   효숙의 국숫집 앞, 밤.

         정이, 뛰어가는,

씬27.   효숙의 국숫집 안, 밤.

효 숙   말해봐, 니 정샘이랑 사귀나? 동네 소문이 자자하대?

강 칠   (웃으며) 벌써.. 소문났냐?

국 수   (강칠의 발을 콱 밟는)

강 칠   아! (하고, 국수 보면)

국 수   (효숙에게, 버럭) 누가, 그래, 누가? 미쳤나, 지나 누나 같은 훌륭한 사
         람이 우리 형 같은 양아칠 미쳤어!

강 칠   ?

효 숙   (국수 보면)

국 수   누난 이혼녀, 이혼녀는 이혼남, 형은 양아치, 양아치한텐 양색시!

강 칠   (냅다 뒤통수를 치는)

국 수	암튼.. 끼리끼리 노는 거지, 감히 지나 누날, 어디다 붙여! (국수 그릇 주며) 한 그릇 더,
효 숙	고마 처묵어? 넌 뭘 그리 처묵어?
국 수	맛나서 그러잖아! 좀 줘라, 좀!
효 숙	진짜로.. (하고, 주방으로 가면)
국 수	(효숙 보고, 강칠에게) 야, 등신아, 지나 누나 만난다 그럼 어떡해? 안 만난다 그래야지?!
강 칠	그런 걸 왜 속여? 속일 게 없어서, 그런 걸 속여?
국 수	아직 진실 찾기도 못 했는데, 지나 누나 아버지가 알면? 형, 넌 머리가 돌이지? 나, 오늘 서울 집에 가서 아빠 보고 낼 용학이 아버지 보고 올 거야. 그러니까 진실을 증명할 때까지 형 너 입 닫어, 알았어?
강 칠	나 평생 거짓말하는 놈들한테 지친 놈이야. 거짓말 같은 건 절대 안 해. (하고, 나가는)
국 수	(가는 강칠 보며) 야야야야! (하고, 답답해 고개 돌리는데, 효숙 보고, 굳는) ?!
효 숙	(국수 그릇 들고, 국수 보며) 강칠이가 지나 사랑하네, 그쟈?
국 수	갑자기 배부르네. (하고, 나가는)
효 숙	(생각 많은)

씬28. PC방 안, 밤.

정이, 메일을 읽는, 심각하고, 진지한,

| 이 석 | (E) 네 멜을 받고 많이 반가웠다. 임수미, 너의 엄마를 알고 있다. 만나고 싶구나. 내가 담 학기에 서울에 한 달간 세미나가 있어서 가게 됐다. 그때 보자. 엄마 돌아가신 건 맘이 아프구나. |
| 정 이 | (뭔가 싶은) ? |

씬29. 강칠 모의 집 전경, 아침.

| 강칠 모 | (E) 뭐 한다꼬, 옷을 갖고 쌩지랄이야! |

씬30.　　강칠 모의 방 안, 낮.

　　　　강칠 모, 방을 닦고, 강칠, 거울 보며, 옷을 이것저것 입어보며, 멋을 부
　　　　리는,

강칠 모　(답답하고, 속상하게 보며) 옷을 입을람 입고, 벗을람 벗지, 입었다 말
　　　　았다.. (방 닦으며) 아이고, 내가 콧구녕이 둘이니까 숨을 쉬지, 한 개만
　　　　있었어도 숨차 뒤지겠네. 정선생이 미쳤다고 너까짓 걸 좋아해?! 둘이
　　　　좋아하긴 뭘 둘이 좋아해, 니 혼자 지랄 방구지.

강 칠　(웃으며) 좋아하면 어쩔 건데?

강칠 모　뭐?!

강 칠　(거울 보고, 멋부리며, 편하게 웃음 띤) 내가 있잖아, 엄마, 살면서.. 요
　　　　즘처럼 행복한 적이 없어. 엄마도 알지만, 내가 어려서부터 뭐 딱히 하
　　　　고 싶은 게 없었거든. 근데 지금은 막 뭐가 하고 싶어, 막 돈도 벌고 싶
　　　　고, 막 잘나고 싶고, 막 착하고 싶고, 막 즐겁고 신나고 싶고,

강칠 모　(황당하게 보면)

강 칠　(강칠 모 앞에서, 쪼그려 앉아, 빤히 보며, 웃으며) 난 엄마 그 여자가
　　　　오람 오고, 가람 가고, 죽으람 죽는 시늉 아니라, 죽기를 각오하고, 머
　　　　리가 아닌 가슴으로, 정말 진하게, 진심으로, 사랑할 거야. 이렇게. (하
　　　　며, 강칠 모 입에 입 맞추는)

강칠 모　(밀치며, 때리며) 미칠람 곱게 미쳐? 이게 와 이래!

강 칠　(낄낄대고, 웃으며) 좋으면서 싫은 척. (하고, 다시 거울 보는)

강칠 모　아이고... 빵간서 여자 구경 못 해, 미쳤나 보네, 진짜로. (하고, 나가는)

강 칠　(웃으며) 엄마, 내가 넘 좋아, 기분이! 세상이 다 내 것 같다고, 알어?!

씬31.　　강칠 모의 부엌 안, 낮.

　　　　강칠 모, 일하며,

강칠 모　(문 쪽 보고, 일하며, 궁시렁) 젊은 걸 혼자 살라 그럴 수도 없고... 효숙
　　　　인 싫은 거 같고... 지 혼자 좋아하는 거야, 뭐 죄 돼. 저러다 말겠지..

씬32.   요양원 안내대, 벤치, 낮.

        국수, 용학 부 (어눌한) 벤치에 앉아, 얘기하고 있는,

국 수   (깔깔대고, 웃으며) 아이, 왜 그래, 아버지 나 진짜 몰라? 용학이 형 고
        등학교 후배, 내가 몇 번 집에 찾아가, 신세도 지고 그랬는데.. 기억 안
        나요?
용학 부   (의심스런, 어눌한, 다리에 깁스한) 기억.. 안 나?
국 수   참 아버지도 늙으셨네, 늙으셨어. 내가 어머니 닮았다고 이쁘다고 몇
        번을 그러시드니.
용학 부   암튼 난 너 기억 안 나. 그리고, 우리 용학이가 아무랑도 말하지 말래.
        (하고, 일어나는데)
국 수   (잡으며) 아부지 내가 용학이 형을 꼭 만나야 돼요. 용학이 형 어딨어?
        아버진 알지?
용학 부   (뿌리치며, 강한 부정) 몰라, 나는?! 용학이가 지난주 와선 절대 말하지
        말랬어, 증거물 뺏긴다고. (하고, 가는)
국 수   (웃으며) 아... 그랬구나, (떠보듯) 증거물 뺏긴다고 말하지 말랬구나..
        그럼 안 해야지, 알았어요, 나중에 또 올게요, 몸조심하시고 계세요!
        (하고, 가는)
용학 부   (국수 한 번 보고, 가는데)

        그때, 직원 뛰어오며,

직 원   아저씨, 오씨 아저씨!
용학 부   (보면) ?
직 원   이 일을 어째요, 아드님이 차 사고가 났대요!
용학 부   (놀라) 뭐?

씬33.   길가, 낮.

        국수, 걸어와 트럭에 타며, 전화하는,

국 수 　그렇다니까, 무조건이야, 백 프로. 증거물은 아버지가 가지고 있어. 용
　　　학이가 아니라.

씬34.　국도변, 낮.

강 칠　증거물 있는 델 아버지가 우리한테 말할까?

씬35.　길가 + 트럭 안, 낮.

국 수　말 안 함 찾음 그뿐이지. 아버지가 어눌하신 게, 잘만 구슬림 말할 거 같
　　　드라고, 일단 형은.. 지나 누나랑 신나게 놀아. 사랑은 즐기는 거다, 알지?

씬36.　도로, 낮.

강 칠　(웃고) 그래, 알았다, 끊어. (하고, 전화 끊고, 뭔가 이상해, 한쪽 보면)
지 나　(차를 몰고 와서, 서는)
강 칠　(차에 타며, 웃는)
지 나　(작게 웃고, 가는)
강 칠　(괜히 웃음이 나는, 설레는, 창가로 고개 틀고) 날 좋다...

씬37.　찬걸의 사무실 안, 낮.

　　　찬걸, 참담한 얼굴로 의자에 앉아, 피 묻은 칼을 봉지에서 꺼내, 만져보
　　　는, 손에 피가 묻는, 봉지 안에 함께 있는 쪽지를 꺼내 보면,

용 학　(E) 박찬걸, 난 널 믿지 않아. 케첩이 진짜 피 같지, 히히!
찬 걸　(화나는 것 참고, 봉지에 쪽지와 칼을 넣고, 신문지로 둘둘 마는데)

씬38.　검찰청 복도, 낮.

　　　청소부, 일하고,

찬걸, 걸어와 신문에 싼 걸 한쪽 휴지통(입구 큰 플라스틱통)에 버리는,
그때, 주검사, 가는 찬걸을 부르는,

주검사   박검사! 일요일도 일이 많나 보네?
찬 걸   (긴장한, 돌아보면) ?
주검사   (껌을 까서 씹으며, 휴지통에 껌 종이를 버리는)
찬 걸   (긴장하는)
주검사   (오며, 웃으며) 이번에 아주 큰 공 세웠드라. 마약 사범 70여 명.. 야, 어
          떻게 그런 큰일을 번번이 척척 해내지? 노하우가 뭐야?

          그때, 청소부, 플라스틱 휴지통을 밀고 가는,

찬 걸   (그걸 보며, 애써 담담히) 열심히 뛰는 것밖에 노하우랄 게 뭐 있나요?
          (가면)
주검사   (웃고, 찬걸과 다른 쪽으로 가려다가 보며) 참, 오용학 사건 말야.
찬 걸   (가려다, 뒤돌면) ?
주검사   뭔가 재밌을 거 같지 않아? 그거 내가 한번 맡아볼까 싶은데.. (하고,
          웃고 가는)
찬 걸   ?!

씬39.   상천 경찰서 숙직실 안, 낮.

          민식, 안형사, 밥을 먹으며 텔레비전을 맘에 안 들게 보는,

          * 인서트, TV 〉〉
          마약 사범들이 줄줄이 수송차에 타는 장면 나오고, 찬걸, 검찰청에서
          나오는,

기 자   이번 마약단 검거도 서울지검 박찬걸 검사의 활약이 눈부십니다. 이번
          에 소탕된 마약 사범들은 총 72명에 달하며, 역대 마약 사범 검거 중 가
          장 많은 수입니다. 이들은 나이트클럽이나 PC방 등에서, 엑스터시나,

필로폰을 음료에 주입해 마시고,

안형사 재들, 내가 잡힌 애들 알아봤는데, 완전 불쌍한 애들이에요. 그냥 클럽
이나 PC방에서 누가 주는 음료 먹었는데, 갑자기 경찰이 들이닥쳤대!
박찬걸이 작전에, 경찰이 손잡고, 명수만 채우는 거라니까!
민 식 (리모컨으로 TV 끄고) 알어, 나도, 근데 어쩌라고, 난 경무과 소속인데..
(하고, 옆의 신문을 뒤적이다, 뭔가 이상해, 넘긴 곳을 다시 펴면) ?!

* 인서트, 신문 〉〉
현장 사진과 함께, 작은 난에 삼중 교통사고가 나서, 운전하던 오용학
(34세, 무직) 씨가 의식불명 됐단 내용이다. 이동침대에 누워, 용학이
앰뷸런스에 실린 사진이 나오는.

안형사 왜 그래요?
민 식 내 동생 사고났을 때 같이 있던 친구 놈인데... 사고가 나, 의식불명이
라네?

씬40. 동물병원 안, 낮.

영철, 문 열고, 들어서면, 땡이 따라 들어오는,

영 철 (주변 보고, 땡이 만지며, 씁쓸한 웃음 지으며) 니네 주인이 연애 안 할
땐, 일요일 날도 보통 문 열었는데.. 땡이야, 난 평생 후회 같은 건 안
하고 살 줄 알았는데, 네 주인을 놓친 건 후회가 된다...

씬41. 레스토랑 안, 밤.

지나와 강칠, 테이블에 앉아있고,
지나, 와인 리스트를 보며, '이건 어때요?' 하고 물으면,
종업원, 설명하고,
강칠, 지나를 이쁘게 보며,

강 칠　　무조건 비싼 거 시켜요!

종업원　　?

지 나　　(보면) ?

강 칠　　(수줍게 웃으며) 나 돈 많아요. (하고, 물 마시며, 좋은) 여기 분위기 좋다.

　　　　* 점프컷 〉〉
　　　　종업원, 음식을 가져오는, 와인도 오는,

종업원　　테스트해보시겠습니까?

강 칠　　(뭐라 그러는지, 잘 모르겠는) ?

지 나　　제가 할게요. (하고, 종업원이 주는 와인을 마시는) 좋네요.

종업원　　(강칠을 보면)

강 칠　　(잔을 들고)

종업원　　(잔에 반 잔 정도만 따라주면)

강 칠　　꽉!

종업원　　? (잔에 따르면)

강 칠　　더더더.

지 나　　(웃고)

종업원　　(잔을 채워주고, 지나의 잔에도 채워주고, 인사하고 가는)

강 칠　　(잔 내밀고)

지 나　　(어색한, 잔을 내밀면)

강 칠　　(잔을 호기롭게 부딪치고, 다 마셔버리고) 캬!
　　　　주변 사람들, 그런 강칠 보며 웃는,

지 나　　(창피하기도 한, 숨 고르며, 마시고)

　　　　* 점프컷, 시간 경과 〉〉
　　　　가수 노래 부르고, 강칠, 음식 먹다가, 노래 끝나면, 크게 박수를 치고,
　　　　휘파람 부는,

지 나　　(스테이크 먹다가) ?

강 칠   (기분 좋은) 야, 노래 잘하네! (하고, 스테이크를 먹다가, 지나 보며) 근
        데 여기가 맛은 있는데, 양이 넘 작네요.
지 나   (고기 썰며) 그러니까, 내가 그냥 고깃집 가자 그랬잖아요?
강 칠   (애기처럼 웃으며, 고기 썰고) 여자랑 이런 데 한 번은 오고 싶었어요.
        이제 한 번 왔으니까, 다신 안 올 거야. (큰 소리로) 한 번으로 끝!
지 나   목소리 좀.. (낮추란 뜻으로 손짓을 하는)
강 칠   아.... (하고, 웃고, 스테이크를 맛있게 먹으며, 작게) 이 정도..?
지 나   (와인 마시며, 귀엽게 강칠 보며, 웃으며 고개 끄덕이는)

씬42.   레스토랑 계산대 앞, 밤.

        강칠, 지갑의 돈을 계산대에 만 원씩 놓는, 지나, 강칠 뒤에 있고, 계산
        을 기다리는 사람들 조금 답답해하는,

강 칠   열일곱, 열여덟.. (그러다, 종업원 보며) 이십오만 육천 원이라구 했죠?
        (만 원짜릴 하나씩 바닥에 놓으며, 열심히 세는) 열아홉, 스물.. (수를
        세는)
손 님   (계산을 기다리다, 짜증나는, 한숨 쉬는)
지 나   (난감한, 웃음 짓고, 다른 데로 시선 돌리는)

씬43.   레스토랑 앞 근처 길, 밤.

        강칠, 지나 걸어가는,
        강칠, 지나가다, 남녀가 한쪽에서 입 맞추는 걸 슬쩍 보고 그냥 가며,
        지나에게 어색하게.

강 칠   우리 이제 뭐 해요?
지 나   강칠 씨 하고 싶은 거 다 말해요, 다 해줄게.
강 칠   와! 진짜, (불쑥) 그럼.. 입 한 번 더 맞춰요.
지 나   (어이없는) 진짜... (하고, 가려 하면)
강 칠   (팔 잡으며) 내가 원하는 거 다 해준다면서요? 그리고 내가 입 맞추자는

건.. 다른 뜻이 아니라, 우리가 입을 맞췄는데도 자꾸 어색하니까..

지 나 어색하면 입 맞춰요?

강 칠 ?

지 나 혹시 지난번에도 나랑 있는 게 어색해서 입 맞췄어요?

강 칠 아뇨, 사랑해서. (사이) 아! 입은 사랑할 때 맞추는 거구나. 어색할 때가
아니라. (하고, 자기 머릴 툭툭 치며) 바보, 바보.. (하다, 지나 보며) 지
금은 입 맞춰도 돼요, 사랑하는 거 같은데?

지 나 (어이없는 웃음 짓고) 내가 말을 말지.. (하고, 가는)

강 칠 (따라가며) 왜 말을 이랬다저랬다 해요, 아깐 분명히 사랑할 때 입 맞추
는 거라면서요, 그래서 내가 지금 사랑해서 입 맞출라고 하는데,

그때, 뒤쪽 골목에서 여자의 '놔!' 하는 비명 소리 나는,

지 나 (멈춰 서며) 무슨 소리 났죠?

강 칠 (보며) 아니, 못 들었는데? (하고, 두리번거리는)

지 나 (골목 쪽 살피며) 무슨 소리가 분명 났는데..

여자의 울먹이는 목소리 들리는,

여 자 (E) 진짜, 왜 이래, 싫어, 모텔은 안 된다고 했잖아!

지 나 (뒤돌아, 골목 쪽으로 가는, 걱정스런, 가며) 거기 누구 있어요?

강 칠 에헤헤! (하고, 지나 팔 잡으며) 어디 가요?

지 나 여자가 당하는 거 같아요!

강 칠 (앞을 가로막으며) 가지 마요, 남녀 사랑싸움이야. 내가 아까 둘이 봤는
데, 진하게 키스했어

남 자 (E, 버럭) 키슨 되고, 잠은 왜 안 돼?!

여 자 (E) 그건 싫다고 하지 말라고?! 팔 놔!

지 나 (강칠에게) 여자가 싫다잖아요!

강 칠 (못 가게, 말리며) 여자가 괜히 그러는 거예요. 지나 씬 아니어도, 딴 여
자들은 다 그런대요, 좋아도 싫다 그러고, 안 돼요, 돼요, 돼요, 돼요,
돼! 그러는 게 여자래요? 내가 연애 많이 한 선배랑 동기들한테 들은 말

이라니까, 진짜!

지 나   어떤 선배, 어떤 동기가 그래요?

강 칠   (아무렇지 않게) 감빵 선배, 감빵 동기.

지 나   진짜 감빵은 갈 데가 못 되는 거구나. (하고, 가려다) 악! (하고, 보면)

지나 앞으로 남자가 여자의 머리챌 잡고, 골목에서 나와 내팽개치며,

남 자   (소리치는) 사랑한다고! 자자고!

여 자   (빌며, 두려운) 야, 너 왜 이래? 사랑하면, 이러지 마, 이러지 마!

강 칠   (놀란, 여자 남자 보며) 쟤 뭐야?

지 나   설마, 아직도 사랑싸움으로 보이진 않죠? (하고, 강칠 밀치고, 뛰어가
         서, 남자에게) 여자가 싫다잖아요!

남 자   (여자 멱살 잡고 가며) 이리 와!

여 자   안 돼, 살려줘요!

지 나   (뛰어가, 멱살 잡은, 남자를 가방으로 때리며) 이거 놔요! 여자가 안 된
         다잖아요, 놔요!

남 자   (다른 한 손으로 지나를 치려 하며) 이 기집애가!

강 칠   (놀라) 야 새끼야! (하고, 뛰어가, 남자 뒷덜밀 잡아, 주먹으로 치고)

남 자   (아파하며, 넘어지고)

여 자   (도망가는)

지 나   (여자의 백 들고, 뛰어가며) 백 가져가요, 백! (하고, 집어던지면)

여 자   (떨어진 백 들고, 마구 뛰어가는데, 핸드폰을 흘리는)

지 나   (숨 고르고, 기분 좋게, 돌아보면)

강 칠   (지나 보며, 옷을 추스리며) 가요, 이제!

지 나   (놀라) 강칠 씨.. 뒤에?!

남 자   (쇠파이프를 들고, 치려는)

강 칠   (지나의 말 듣고, 뒤로 돌려차기 해, 남자를 넘어뜨리고) 너 죽었어. (하
         고, 남자의 배 위에 올라타, 주먹으로 치는데)

지 나   (전화하며) 경찰이죠, 여기, 부산 동구,

강 칠   (주먹으로 치다, 지나 보며) 안 돼!

지 나   (멍한, 순간) 맞다, (손가락으로 강칠을 가리키며) 전과자! (하고, 전화

끊는)

강 칠　(남자 보며) 너 내가 전과자만 아님 바로 경찰 불러 콩밥인데,

지 나　(강칠 팔 잡으며) 가요, 이제. 아까 보니까, 경찰들 순찰 돌든데..

강 칠　내가 전과잔 거 감사해, 자식아! (하고, 남자의 머리 치는)

남 자　(한쪽 [순찰하는 경찰 본 것] 보고, 버럭) 여기 전과자가 사람 쳐요!

그때, 순찰하던 경찰들, 강칠 쪽 보고,

강 칠　이런.. 튀어! (하고, 지나의 팔 잡고 뛰는)

지 나　(뛰며) 어머머머머, 어떡해, 어떡해!

경 찰　(호루라기 불며) 야, 니들 뭐야?!

강 칠　(뛰며, 뒤쪽 보고) 쟤가 나쁜 놈이에요! 난 그냥 과거가 전과잘 뿐이고!

지 나　(뛰며, 뒤쪽 보며) 맞아요, 그 사람이 여자 겁탈하려고 했어요!

경찰들　(쫓아가며) 거기 서!

지 나　(뛰며) 뭐야, 왜 안 믿어?

강 칠　(뛰며) 저 사람들이 왜 믿어, 날?! 이제 나 같은 사람이 얼마나 사는 게 힘든지, 알겠죠! (하고, 철창 담을 타며) 빨리빨리빨리!

지 나　(뒤돌면, 거의 경찰에게 잡힐듯한, 강칠의 팔 잡고, 담을 타서, 아래로 내려가는)

강칠, 지나 손 잡고 뛰며,

지 나　(뛰며, 웃긴) 스릴 있다!

강 칠　(울상) 평생 이렇게 살아볼래요, 얼마나 힘든지!

씬44.　바닷가, 밤.

강칠, 지나, 손 잡고 뛰어와 헉헉대며, 모래사장에 엎어지는,

지 나　(힘든, 웃는) 재밌다!

강 칠　(헉헉대며) 퍽이나 재밌기도 하겠다! 의외로 욱하네!

지 나　(웃고, 누운 채, 강칠 보며) 아까 내가 뭐랬죠? 여자가 안 된다 그럼?

강 칠	안 된다. 절대 안 된다. 안 된다는데, 만지면, 사랑해도 감방 간다.
지 나	그리고?
강 칠	아까 같은 여자 만나면, 도와줘야 한다.
지 나	(머리 만지며, 귀여운, 웃으며) 잘했어.
강 칠	(보며) 잘한 건 같은데, 아깐 도로 감빵 가는 줄 알고... 심장 떨려 죽는 줄 알았어요.
지 나	담 주엔 우리 산에 가요.
강 칠	(보면)
지 나	(하늘만 보며) 강칠 씨가 가고 싶은 설악산은 아니더라도, 산에 가서 등산하고, 시골 장 구경도 하고, 시장에서 파는 팥죽도 사 먹고, 또, 또,
강 칠	(웃음 띤) 뭘 그렇게 한꺼번에 다 해요.. 아껴서 해야지, 담 주엔 산만 가요.
지 나	(보고, 웃으며) 아니, 다 해요. (하늘을 보고) 언제나 지금, 이 순간, 할 수 있을 때, 할 수 있는 만큼 다.
강 칠	나랑 곧 헤어져요? 이제 사귀니까, 맨날 맨날 볼 건데, 뭘 한꺼번에 다 해요? 조금씩 조금씩, 나눠서 야금야금 즐기면서,
지 나	(하늘을 보다) 야, 별 많다.
강 칠	왜 말꼬릴 돌려요?
지 나	(하늘 보며, 가리키며) 저 별 이름 알아요?
강 칠	(보며, 심드렁) 내가 그걸 알 거 같아요?
지 나	(일어나며, 반색) 저건 붙박이별 항성이라고 하는 직녀성인데, 내가 별자리들 이름 갈쳐줄까요?
강 칠	(일어나, 싫은) 지나 씬 날 보면 뭘 막 가르치고 싶어요?
지 나	?
강 칠	내가 막 모잘라 보여서 뭐라도 막 갈쳐야 할 거 같아요? 그래서, 내가 묻는 말엔 대답도 안 하고, 자기 하고 싶은 말만 해요? (하고, 가는)
지 나	(보며, 어이없는, 일어나 가며) 말하다 갑자기 집엘 왜 가요? 삐졌어요?

씬45. 주차장, 밤.

강칠, 걸어와 조수석에 앉고, 지나, 걸어와 운전석에 앉는,

씬46.   차 안, 밤.

지 나   (답답한, 조금 격앙된) 그게 그렇게 화가 날 일이에요? 여자가 안 된다
         고 하면 건들지 말라고 한 게 그렇게 화가 나요? 아님 별자리 이름 말해
         줄려고 한 게, 화가 나요?

강 칠   (뚱해선, 창가만 보는)

지 나   진짜 어이없다, 그리고 잘 놀다, 갑자기 집에 간다는 건 대체 어디서 배
         웠어요? 애도 아니고.. 화가 나면 뭐가 화가 난다, 말하는 거예요. 이렇
         게 삐쳐서 가는 게 아니라. (하고, 안전벨트 하며) 혹시 그것도 몰라요?

강 칠   ..

지 나   (강칠 보며) 진짜 화 안 풀 거예요?

강 칠   (안 보고, 아이처럼) 나도 지나 씨한테 뭐 갈쳐주고 싶다구요!

지 나   (황당한) ?

강 칠   (투덜대듯, 수줍은, 어색한) 텔레비전 보면 다 남자들이 뭘 갈쳐주는
         데.. 난 맬 혼나는 것처럼, 이러지 마라, 저러지 마라, 그건 잘못된 생각
         이다. 아까도 내가 레스토랑에서 말하는 거 갖고, 목소리 낮춰라, 마라,

지 나   (아이 같아, 웃긴, 웃음 참으며, 머리 쓸어 올리는)

강 칠   입 맞추고 싶어할 때도 난 잘 알지도 못하겠는데, 무슨 때를 말하면서..
         자꾸 깐죽대고,

지 나   (웃기지만, 참고) 그건 깐죽이라고 하는 게 아니라...

강 칠   또 깐죽댄다, 말꼬리 잡고. (하고, 창가 보다, 문득 생각난) 아참! (주머니
         에서 지나의 새로운 목각 [지나와 강칠이가 입 맞추는 목각을 꺼내는,
         두 개의 목각이 따로따로인] 내가 이거 어떻게 만들었는지 갈쳐줄까요?

지 나   (놀라고, 좋은, 얼른 목각을 뺏으려 하며) 어머, 그거 뭐예요?

강 칠   (목각 뒤로 숨기며) 어허!

지 나   (뺏으려 하며) 줘봐 봐요, 나 좀 보여줘 봐.

강 칠   알았어요, 알았어요, 보여줄게, 보여줄게. (하고, 슬쩍 보여주고, 감추
         며) 봤죠?

지 나   그러지 말고 보여줘 봐.
         강칠, 지나 서로 뺏으려 하고, 안 뺏기려 하며, 장난치는,

씬47.　　달리는 지나의 차 전경 + 차 안, 밤.

　　　　강칠이 운전하고, 지나가 조수석에서 목각을 보며, 앉아있는,

강 칠　　(신나서, 잘난체하듯, 말하는) 그게 그냥 조각도로 막 깎는다고 이런 게
　　　　나오진 않아요. 보기보다 되게 어려워요. 이게 머릿속으로 그러니까,
　　　　막 컴퓨터처럼 입체적으로 먼저 구상을 쫙 한 담에,
지 나　　(강칠 보며, 조금 과장되게 긍정하는) 아.. 구상.
강 칠　　그지, 구상. 만약 이때 구상을 안 해놓고 먼저 칼을 들이댔다간, 작품이
　　　　작품답게 나오지 않고 아주 개작살나요.
지 나　　(강칠이 귀여운, 과장되게 호응하는) 아.. 개작살..

씬48.　　동네 일각 + 차 안, 밤.

　　　　차 와서 멈춰 서는,

강 칠　　(신중한) 그담 최종적으로 빼빠질,
지 나　　(웃으며, 고개 저으면)
강 칠　　아, 사포질.
지 나　　(웃고, 강칠 머리 흐트리며) 잘했어요.
강 칠　　(기분 좋은) 근데 왜 여기 세우래요? 집에 안 가요?
지 나　　편의점 들렀다 갈려구요.
강 칠　　뭐 살 건데, 내가 뛰어갔다 올게.

　　　　그때, 강칠의 얼굴 위로, 차 창문에서 노크 소리가 나는,
　　　　놀라, 강칠과 지나 보면,
　　　　효숙 (영자 업은) 문 여는,
　　　　강칠, 지나 내리는,

효 숙　　둘이 뭐 하노?
강 칠　　(효숙 보고) 가게 끝났나?

효 숙   (영자 업고, 지나 보고, 강칠 보고) 둘이 어데 놀러 갔다 왔나?

강 칠   어.

지 나   (강칠과 동시에) 아뇨.

강 칠   ?

지 나   (난감한) 그게 제가... 부산 갔다가 오는 길에.. 강칠 씰 길에서 만나서,
         잠깐 태워드린 거예요.

효 숙   (이상한, 강칠[멍한]을 밀치며, 지나 보고) 안 믿기는데, 혹시 둘이 사귀
         나, 정샘?

지 나   (강칠을 보면)

강 칠   (화나는, 머리 긁는)

효 숙   말해보소, 둘이 사귀요?

지 나   아뇨. 안 사겨요.

강 칠   (지나 보는) ?!

지 나   (효숙만 보며) 저 일이 있어서 그만 먼저 가볼게요. (하고, 운전해 가는)

강 칠   (가는 지나를 보는)

효 숙   (강칠 보며) 둘이 사귀재?

강 칠   애 감기 들어, 집에나 가. (하고, 가는)

효 숙   (가는 강칠을 보는데, 어이없는)

씬49.   지나의 집 안, 밤.

         지나, 집에 들어오며, 전화를 거는, 신호음 가지만 안 받는,

씬50.   강칠 모의 방 안, 밤.

         강칠, 벨 울리는, 전화기를 보고 있는,
         정이, 벨 소리에 뒤척이고,
         국수, 짜증 내는,

국 수   아, 전활 받든가, 끄든가, 해봐 봐 좀!

정 이   나 낼 시험이에요!

강 칠 · (전화를 끄고, 눈 감는, 굳은)

씬51. 문화원 공사장, 낮.

강칠, 국수, 일을 열심히 하는,
강칠의 전화 계속 울리는,

국 수 (일하다, 보며) 내가 그놈의 전화벨 소리에 아주 머리가 돈다! 전화 받어!
강 칠 (답답한, 전화 받으며) 나예요.
지 나 (E) 어젠... 미안했어요.
강 칠 왜 그랬는데요?

씬52. 동물병원 안, 낮.

지 나 (미안한) 만나요. 지금 어딨어요?

씬53. 문화원 공사장, 낮.

강 칠 지금은 안 돼요, 문화원 일해.

씬54. 동물병원 안, 낮.

지 나 옆에 누구 있어요?

씬55. 문화원 공사장, 낮.

강 칠 (아무렇지 않게) 국수랑, 일하는 아저씨들 몇 명..

씬56. 동물병원 안, 낮.

지 나 그럼 나중에 다시 할게요. (전화를 그냥 뚝 끊고, 난감한)

씬57.   문화원 공사장, 낮.

강 칠   여보세요, 여보세요? (하다가, 전화 보고, 끄고, 화가 나는)
국 수   뭐래?
강 칠   (화나, 일만 하는)

씬58.   폐가 밖, 해질녘.

강칠, 트럭에서 내리는데, 지나, 자기 차에 기대서서 강칠 보는,

씬59.   폐가 안, 해질녘.

강칠, 커피를 끓여, 지나에게 한 잔 주고, 그 옆에 기대서서, 커피를 마
시는,
지나, 어색하게, 찻잔을 만지는,

지 나   (강칠 안 보고, 조심스레 말하는) 난... 아마도 또 그럴 거예요.
강 칠   (지나 보고) ..뭘 또.. 그럴 건데요?
지 나   (강칠 보며, 미안한 눈가 붉은, 단호한) 누군가 또.. 강칠 씨를 만나냐고
         물으면.. 어제처럼 아니라고.. 할 거예요.
강 칠   (착잡한, 작게 한숨 쉬는, 속도 상한)
지 나   난 이런 애예요, 나밖에 모르는. 일주일 동안 생각 안 한 게 아니라, 이
         런 상황이 오면 내가 어떻게 해야 되나? 그 생각 했어요, 만약 동네 사
         람들이.. 아니 무엇보다 아빠가 강칠 씨가 전과잔 걸 알고 나한테 물으
         면 내가.. 사실대로 말할 수 있을까?
강 칠   (맘 아픈, 그랬겠다 싶다) ..
지 나   (눈가 붉은, 안 보고, 미안한) 다 지난 일이다. 누명이다. 그러니 이해해
         달라, 좋은 사람이다, 당당히 말할 수 있을까? 할 수 없겠다. 그럼 안
         만나야 되나?
강 칠   (미안한, 맘 아픈)
지 나   나는 강칠 씨가 좋은데.. 어떡하지? 그 생각 하다 보니까 어느새 일주

일이 다 가드라구요.

강 칠   (맘 아픈, 씁쓸히 웃으며) 그래서, 어제 지금 이 순간, 할 수 있는 걸 다 하자 그랬구나. 나중을 모르니까. 역시 난 생각이 없고, (눈가 붉은) 주제 파악을 못한다.

지 나   미안해요.

강 칠   지나 씨.

지 나   ...

강 칠   (맘 아프지만, 진심인) 내가.. 말하는 거 잘 들어요. 누가, 날 만나냐 그럼 어제처럼 아니라고 해요. 만약 아빠가 물으면, 더더욱 아니라고 해요.

지 나   (미안한, 보는)

강 칠   절대 모른다고, 절대 안 좋아한다고. 아까 지나 씨가 말한 거처럼 이기적으로. 자신만 생각해요. 절대 나란 놈은 눈곱만큼도 생각하지 말고. (지나 보며, 맘 짠해 웃으며) 근데 진짜 겁 없다.

지 나   (눈물 닦다가, 보면)

강 칠   (맘 아픈 웃음 짓고) 어떻게 그런 생각을 하면서도... 안 도망가고 나한테 왔나? 꼴통이죠?

지 나   (고개 끄덕이는)

강 칠   내가 그렇게 좋았어요?

지 나   (맘 아픈, 고개 끄덕이면)

강 칠   (벅찬, 맘 아파도 짐짓 큰소리) 됐다, 그럼! 남한테 말 못 하는 거 암것도 아니에요. 뭐 사랑을 남한테 자랑할라고 하나? 남들 모르게 사랑하는 것도... 생각해보니까 뭐 나쁠 거 같지도 않네, 뭐.. 스릴 있고.. (지나 보며) 그죠? 우리 둘만 좋음 됐지 뭐? 그죠?

지 나   (미안한, 못 보는) ..

강 칠   (안쓰럽게, 지나 보다, 휘파람을 휙 부는)

지 나   (보면) ?

강 칠   (순간 살짝 지나의 입을 맞췄다, 떼고, 웃음 띤 농담) 가는 게 있음 오는 게 있어야지!

지 나   (맘 아픈, 강칠 보고) 미안..해요.

강 칠   (맘 아픈, 짐짓 밝게) 나 라면 좀 끓여줄래요, 난 일하고 와서 샤워 좀 해야겠어요. (하고, 웃으며, 지나의 머리 흐트려주며, 돌아서는데, 맘이 아픈)

씬60.　폐가 밖, 간이 샤워장 안 + 밖, 밤.

　　　　강칠, 샤워장에서 샤워를 하는, 그러다 주변 보면, 수건이 없는,
강 칠　지나 씨! 지나 씨! 나, 수건 좀 갖다줘요! 침대맡 수납장 아래에 있어!
　　　　(사이) 내말 들었어요! 지나 씨!
지 나　(E) 알았어요!

씬61.　폐가 안, 밤.

　　　　지나, 코펠을 휴대용 가스레인지에 올려놓고, 수납장으로 가, 문을 여
　　　　는, 강칠의 옷이 가지런한,
　　　　지나, 웃고, 다른 서랍을 열면, 속옷이 가득한, 그 옆에 포장지가 보이
　　　　는, 무심히, 보고, 다른 서랍(수건 있는)을 열다, 이상한,
　　　　지나, 속옷 있던 수납장을 열어보는, 조심스런,

　　　　* 인서트 >>
　　　　포장지 안 뜯은 속옷들과 속옷과, 포장지가 보이는,
　　　　지나, 가슴이 쿵 하는, 포장지를 들어 펴보면, 윤미혜의 이름이 적힌,
　　　　다른 포장지를 들어보면, 모두 같은 윤미혜다.
　　　　지나, 놀라고, 숨이 멎는듯한,
　　　　그때, 지나의 얼굴 위로 강칠의 목소리가 들리는,

강 칠　지나 씨,
지 나　(놀라, 포장지를 수납장에 넣고, 수납장을 등지고 서서, 강칠을 보는,
　　　　두려운)
강 칠　(옷을 입고, 수건으로 머리 말리며, 지나 보고, 아무렇지 않게 [상황을
　　　　모르는] 보는) ?

　　　　그런 두 사람 모습에서 엔딩.

제 10 부

그와 그녀의 심장 박동 소리 *Padam Padam…*

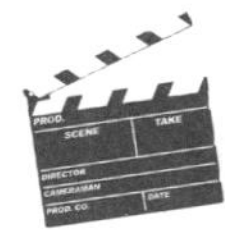

씬1.   간이 샤워장 안, 밤.

강칠, 샤워하는,

씬2.   작업실 안, 밤.

지나, 코펠을 휴대용 가스레인지에 올려놓고, 수납장으로 가, 문을 여
는, 강칠의 옷이 가지런한,
지나, 웃고, 다른 서랍을 열면, 속옷이 가득한, 그 옆에 포장지가 보이
는, 무심히, 보고, 다른 서랍(수건 있는)을 열다, 이상한,
지나, 다시 좀 전에 열었던 속옷 있던 수납장을 조심스레 열어보는,

* 인서트, 수납장 안 〉〉
포장지 안 뜯은 속옷들과 속옷과, 포장지가 보이는,
지나, 가슴이 쿵 하는, 포장지를 들어 펴보면, 윤미혜의 이름이 적힌,
다른 포장지를 들어보면, 모두 같은 윤미혜다.
지나, 놀라고, 숨이 멎는 듯한,
그때, 지나의 얼굴 위로 강칠의 목소리가 들리는,

강 칠   지나 씨,
지 나   (놀라, 포장지를 수납장에 넣고, 수납장을 등지고 서서, 강칠을 보는,
두려운)

강 칠   (옷을 입고, 수건으로 머리 말리며, 지나 보고, 아무렇지 않게 ([상황을
        모르는] 보고, 웃음 띤) 수건이 샤워장 뒤에 있드라구요? 라면 끓였어요?
지 나   (긴장한, 애써 침착하게) 아뇨, 지금 막.. 라면 널려다가..
강 칠   (가스레인지 보며) 이런 물 끓네. 참 파 널까요? (주변의 봉지를 찾으며)
        파가 어디 있냐? (하며, 한쪽으로 가 봉지를 뒤지고) 여깃다! (하며, 나
        가는)
지 나   (그 사이 수납장을 빠르게 정리하는)
강 칠   (들어오고)
지 나   (수납장을 정리하다, 빠르게 문 닫는)

        그 바람에, 포장지 하나가 삐죽이 서랍장에 낀,
        지나, 모르는,

강 칠   (가스레인지 앞에 앉아, 라면과 파를 넣고, 젓가락으로 휘저으며) 맛있
        겠다. (하고, 지나 보면, 이상한) 근데 가방은, 왜?
지 나   (가방을 들다, 난감한, 애써 감추며) 그, 그게.. 갑자기 병원에,
강 칠   (보는, 이상한) ?
지 나   (거짓말하는) 급한 화, 환자를... 두고 온 게, 생각이 나서,

        그때, 지나의 전화벨이 울리는,
        지나, 몸을 움찔하며, 놀라는,

강 칠   (귀여운, 웃음 띤) 왜 그렇게 놀라요?
지 나   (전화기를 찾으려 가방을 뒤지는데, 손이 떨려, 필통이며, 다른 집기들
        을 바닥에 흘리는)
강 칠   에헤, 칠칠맞게.. (하며, 떨어진 물건들을 줍는)
지 나   (전화기를 찾아, 들려 하는데, 전화기가 떨어지는)
강 칠   (전화기를 집는)

        화면을 보면, '아빠' 라고 쓰인,

지 나   (두렵고, 긴장한) ?
강 칠   (전화기 보고, 순간 가슴이 쿵 하는, 짐짓 담담하게 전화기를 주며, 어
        색하게 웃으며) 아버진가 보다.
지 나   (긴장한, 강칠이 주는 전화기 받으며) 어, 아빠.
강 칠   (지나의 가방에 물건을 넣어주고, 가스레인지로 가서, 불 끄는, 두 사람
        의 전화 내용이 신경 쓰이는)
지 나   (강칠이 신경 쓰이는) 어.. 나.. 밖에 있어요..외, 외진 나왔어.

씬3.   민식의 집 안, 밤.

        민식, 지나 모의 사진을 보며,

민 식   (서운한 웃음 짓고) 어, 그랬구나. 난 너 집에 있음 갈까 싶어서.. 별일
        은 무슨.. 그냥 집에서 네 엄마 사진 보다 갑자기 네 생각이 나서, 전화
        한 거야.. 전화도 통 없길래.

씬4.   작업실 안, 밤.

지 나   (맘 아픈, 애써 참고) 죄송해요, 제가 한 번.. 갈게요. 나중에.

씬5.   민식의 집 안, 밤.

민 식   (웃으며) 니가 임마 오긴 뭘 와, 맨날 말만.. 알았어, 조심해 다녀, 몸 잘
        챙기고.. (하고, 전화 끊고, 사진을 내려놓다가, 문득 뭔가가 생각난, 스
        크랩북을 펴서, 민호의 사건을 보는, 그리고는, 어린 강칠이 수갑 차고
        가는 사진을 보며, 생각하는) 이놈은 지금쯤.. 출솔 했나?

씬6.   작업실 밖, 밤.

        지나, 나와서 차에 타면,
        강칠, 뒤따라 나오며,

강 칠   저.. 지나 씨, 저번에,

지 나   (운전석에 앉아, 보면) ?

강 칠   (어색하게 웃으며, 조심스레 묻는) 왜.. 아버지하고 사이가 별로라고 했
         잖아요? 왜 그런 거예요?

지 나   (강칠을 보는) ..

강 칠   (어색하게 웃으며) 그냥 궁금해서, 딸하고 아버지 사인 왠지 다 좋을 거
         같은데, 왜 사이가 안 좋은가... 싶어서?

지 나   ...그 얘긴 나중에.. 하면 안 될까요?

강 칠   (서운한, 웃음 짓고) 안전벨트 해요!

지 나   (안전벨트 하는)

강 칠   (지나를 보며, 좀 이상한) 근데, 지나 씨, 나한테 뭐 화났어요?

지 나   (긴장해, 보면) ?

강 칠   (어색하게 웃으며) 아니.. 그런 거 같아서, 급한 환자가 있으면 가야 하
         는 건 알겠는데, 그래도 인사는 제대로 하고 가도 되지 않나 싶어서..
         혹시 내가 모르는 무슨 일이 있는 거예요?

지 나   아뇨.

강 칠   지금 지나 씨 얼굴 되게 이상해요. 어둡고, 불안하고.. (어색하게 웃으
         며) 마치 싫은 사람 피해서 가는 것처럼,

지 나   (보는) ?

강 칠   (웃으며, 갑자기 밝게) 아, 나 왜 이렇게 징징대지! 그냥 남자답게 환자
         잘 봐요, 함 될걸. 연앨 안 해봐서 뭘 모르나 보다, 그렇게 이해해요!
         (웃으며) 전화할게요! (하고, 차 문 닫는)

지 나   (안 보고, 서둘러 기어를 움직여 가는)

씬7.   달리는 지나의 차 안, 밤.

         지나, 백미러로 강칠(밝게, 손 흔드는)을 보는데, 두려운, 눈가 붉은,

지 나   (E) 무서운 건 뭐고, 두려운 건 뭔데요?

  * 플래시백(5부) 〉〉

강 칠   사람.

지 나   그럼 두려운 건?

강 칠   그것도 사람이네요.

    * 플래시백 〉〉
    민식, 어린 강칠을 때리던,

    * 플래시백(5부) 〉〉

지 나   (조심스런) 강칠 씨, 감옥에 간 게.. 누명이라고 했잖아요? 그럼 누명 씌운 사람은 어떻게 됐어요?

강 칠   (쓴웃음 짓고) 내 복술 기다리고 있겠죠.

    * 현실 〉〉
    지나, 눈물 나는, 두려운,

지 나   (E) 계속 첫사랑 얘기나 하시죠. 언제 만났어요?

    * 플래시백(8부) 〉〉

강 칠   교도소에서. 면회실 안.

씬8.   국도변, 밤.

    지나, 차를 끽 소리 나게 멈추고, 차에서 나와 차에 기대, 지나 모처럼 숨을 거칠게 쉬며, 우는,

    * 플래시백(8부) 〉〉

강 칠   (고개 젓고, 맘 짠해, 지나 보며) 그냥 내가 무죄라고 믿어준 여자.

* 플래시백 >>
포장지의 윤미혜란 이름,

* 현실 >>
지나, 숨을 못 쉬는,

* 플래시백(8부) >>
강칠의 대사, 편집하여,

강 칠   날 교도소에서 빼준다고 변호살 만난다고 (중략) 사고로..

* 플래시백(7부) >>

민 식   (E) 너 민호 죽인 놈 빼낼려고 변호사 찾아가기만 해! 니가 그놈 엄마
         야, 뭐야! 너 내 말 들어? 지나야! 지나야! 지나야!

         뒤차, 경적 울리고,

지나 모   (흡입기를 포기하고, 운전하기 위해, 액셀 밟다가, 그냥 앞차를 쿵 하
         고, 들이박고, 힘들게, 차 밖으로 나와, 차에 기대 힘들게 숨을 몰아쉬
         는데)
민 식   (E) 지나야! 지나야!

* 현실 >>
지나, 땀이 범벅인, 운전석에 앉아, 콘솔 박스를 열어, 봉지를 꺼내, 입
에 대고, 숨을 들이쉬었다 내쉬었다 하는,

* 플래시백(7부) >>
공중전화 부스 앞에서 지나를 보던 강칠,
민식의 모습, 지나 모습.

* 플래시백 〉〉

강 칠   (어색하게 웃으며, 조심스레 묻는) 왜.. 아버지하고 사이가 별로라고 했
       잖아요? 왜 그런 거예요?

* 현실 〉〉

지나, 눈물이 나지만, 있는 힘껏 정신을 차리고 진정이 된, 운전을 해
가는,

지 나   (E) 그럼 누명 씌운 사람은 어떻게 됐어요?

* 플래시백 〉〉

강 칠   (쓴웃음 짓고) 내 복술 기다리고 있겠죠.

씬9.   달리는 지나의 차, 전경, 밤.

       지나, 이를 앙다물고 가는, 실망감과 배신감이 뒤범벅이 된,

씬10. 강칠 모의 방 안, 밤.

       국수, 영자 안고 있는, 강칠 발톱을 깎는, 효숙, 그 옆에 앉아, 다그치는,

효 숙   (안 믿고, 강칠 보며, 화나 소리치는) 사내자슥이 한 입 갖고 두말하
       나, 니?

강 칠   (큰 소리로) 내가 무슨 한 입 갖고 두말을 해! 나는 좋다고, 정샘. 근데,
       정샘은 아니라고. 내가 엊그제 너 보고 정샘도 나 좋아한다 그랬냐? 그
       랬어?

효 숙   정샘이 그리 시키드나, 절대 그리 말하라꼬?

강 칠   (답답하게 보며, 버럭) 내가 시킨다고 할 놈이냐?

효 숙   (아랑곳없이 말하는) 닌 니 사귀는 것도 챙피해 남들한테 사귀면서도

안 사귄다 하는 여잘 뭐 한다꼬 좋아하는데?

강 칠   (효숙 보며, 버럭) 내가 몇 번을 말해, 정샘은 나 안 좋아한다니까!

효 숙   (버럭) 정샘 그년 못됐네!

국 수   (효숙 보며, 고개 저으며) 년 나왔다, 년. 막간다, 아주.

강 칠   (황당한) 뭐, 뭐, 년?!

효 숙   내 니들 눈 마주치고, 실실 쪼개는 거 몬 봤는 줄 아나? 내가 니들이 차
        같이 탄 것만 보고 넘겨짚고 우기는 줄 아나? 정샘이 널 안 좋아하면서
        도 그리 실실 쪼갰다 카면, 그년은 진짜 못된 년인기라, 어데 남자를 꼬
        실라꼬 그리 여우처럼 웃어쌔!

강 칠   (화나) 진짜, (하고, 손톱깎이 던지고, 효숙 보며) 야, 너 내가 여적 나보다
        나이 어려도 야야 그러는 거, 다 참아줬는데, 진짜 쌍스런 건 못참겠다.

효 숙   (일어나며) 뭐 쌍스러?!

강 칠   그래, 쌍스러, 자식아! 이게 왜 괜찮은 기집애가 이혼을 당했나 했더니,
        너 니 남편한테도 이랬냐? 별일도 아닌 것 같고, 그렇게 눈에 쌍심지
        켜고 달려들고, 쌍스런 말 해대면서! 야, 만약 그랬담 내가 니 남편이래
        도 너 버려!

효 숙   (뺨 치는, 눈가 그렁해) 개자슥. (하고 울며, 나가는)

국 수   (강칠 보며) 잘했어, 형이 이렇게 안 했음 효숙이 누나, 절대 안 믿는다.

강 칠 모 (일 마친 듯, 들어오며) 효숙이가 왜 여기서 울고 나가.

강 칠   효숙이한테 가, 소주나 한 잔 마셔주고 와.

국 수   오케이. (하고, 나가는) 엄마 밥 해놨어.

강 칠 모 (가는 국수 보며, 이상한, 강칠 보며) 왜 그래?

강 칠   (발톱을 깎으려다 보며, 버럭) 고만해, 좀!

강 칠 모 (뒤통수를 냅다 치며, 보며) 사람 놀라게, 내가 뭘 했냐?!

씬11.   지나의 방 안, 밤.

        지나, 가방을 팽개치고, 정수기에서 물을 따라 마시는,
        그때, 영철 들어오는, 동시에 가방에서 전화벨 울리는,

영 철   (가방 보고, 지나 보는) 전화 왔어.

지 나 (물만 마시는)

영 철 전화 줘?

지 나 아니, 놔둬. (하고, 잠시 싱크대에 기대, 눈가 붉어, 머릴 쓸어 올리고, 안 보고)

영 철 왜 그래? 울었어?

지 나 (안 보고, 생각하며) 오빠 나 혼자 있고 싶어, 좀 가.

영 철 (전화 끊겼다, 또 오면) 전화 자꾸 온다.. 끄자. (하고, 가방 안에서 전화 꺼내면, 양강칠이다, 지나 보며, 불편한) 양강칠 씬데.

지 나 (소파에 앉는)

영 철 (끄고, 맘 불편해, 어색해 웃으며) 둘이 사랑쌈 했나 보다? 그래?

지 나 (안 보고, 맘 아픈) 오빠 나 좀 그냥.. 가만두면 안 돼?

영 철 (지나의 맞은편 자리에 앉으며, 지나의 얼굴을 두 손으로 잡고) 지나야, 나 기다릴게.

지 나 (맘 아픈, 보면)?

영 철 (맘 아픈, 작심하고 말하는) 내가 너 놔두고 바람 폈던 것처럼 너도 나 놔두고, 바람 핀다고 생각할게. 내가 너 한 2년 정도 속 썩였으니까, 너도 한 2년 정도만 내 속 썩여라.

지 나 (영철의 손을 잡아 빼고, 외면하며) 그러지 마.

영 철 (서글픈, 그러나 짐짓 밝게 웃으며) 너무 심각하겐 생각 말고. 어쩜 나 2년은커녕 2개월도 안 지나서 다른 여잘 만날 수도 있어, 그냥 내가 이 말을 하는 건, 서울은 형이 싫어 가기도 싫고, 너랑 어떻게든 여기 통영에서 있는 게 재밌는데, 가축 공부한 것도 아깝고, 근데 너랑 얼굴 볼 때마다 서먹할까 봐 그게 싫어서 그런 거야. (하고, 일어나, 방으로 가서, 이불을 깔아주고, 나오며, 어색한 웃음 지으며) 혹시 모르니까, 그래도 너한테 점수 딸 짓은 하고. (지나의 머리를 만져주고) 잘 자라. (하고, 나가는)

지 나 (생각 많은, 그려다, 한쪽을 보면, 지나 모와 찍은 사진이 보이는, 강칠 생각에 두려운, 맘 아픈, 자신이 복수의 대상인가 싶은, 그러다 엄마 생각이 나 일어나, 방으로 가는)

씬12. 지나의 방 안, 밤.

지나, 방 한쪽 구석에 놓아둔 상자를 꺼내 열어보는, 지나 모의 유품이 있는, 상자 안에 지나 모의 육아 일기가 보이고, 어린 지나에 대한 자세한 내용이 들어있는, 지나, 그걸 맘 아프게 보다가, 지나 모가 보낸 크리스마스 엽서 등을 열어보는, 목걸이, 반지 상자 등이 있는, 그걸 하나씩 빼서 놓고, 그러다 작은 수첩이 나오는, 수첩을 열어보면, 지나의 생일, 지나와 영화관 간 날, 남편과 산책 간 날, 남편과 지나와 외식한 날, 그리고, 속옷 보낸 날이 보이는, 이상한, 뒷장을 열어보면, 속옷 보낸 날과 그 아이가 자격증 딴 날, 그 아이 만난 날이란 글자가 거의 매달 보이는, 그리고, 뒷장은 지나 모의 죽음으로 빈칸인, 지나, 맘이 아픈, 수첩을 닫고, 상자를 닫으려다가, 한쪽에 종이봉투로 봉인된 스크랩북을 보게 되는, 이상한, 봉인된 걸 뜯고, 스크랩북을 열어보면, 그 안에 공인 자격증 증서들이 복사된, 목공, 전기, 미장 등등 강칠의 자격증이다. 맘 아픈, 스크랩북에 봉투가 들어있는, 봉투를 열어보면, 보낸 이에 김종국이라고 쓰인, 그리고 편지가 있는, 펴보면,

김교도관 (E) 강칠일 만나러 오지 않으셔서, 혹시 이 스크랩북을 보시면 오실까 싶어서 보냅니다. 강칠이가 새로이 많은 자격증을 땄습니다. 모두 윤미혜 씨 덕분입니다. 그 아일 위해 면회를 와주십시오. 이즘 너무 면횔 안 오셔서 강칠이가 좀 힘들어합니다. 부탁드립니다.

지 나 (생각 많은)

씬13. 효숙의 국숫집 전경, 아침.

국수, '한 여자'를 아주 구슬프게 부르는 게 들리는,

씬14. 효숙의 국숫집 주방, 아침.

국수, 설거지하는 효숙 보며, 노랠 부르는,

효 숙 주둥이 안 닫어, 식전 댓바람부터, 뭐 한다꼬 와, 자꾸 슬픈 노랠 불러싸, 미친놈아. (하고, 나가는)

국 수 (놀리듯) 누나 슬프니까, 더 슬프게 할라고? (하고, 노래 부르며, 따라
      가는)

씬15. 국숫집 안, 낮.

      효숙, 대걸레질하는,

국 수 (한쪽에 서서, 노래하다 멈추고, 효숙 귀엽단 듯 보며) 어젠 펑펑 울더
      니, 오늘은 울진 않네.. 근데 누난 남자가 왜 필요한 거야?
효 숙 (걸레질만 하는)
국 수 (웃으며) 난 솔직히 그렇다, 애 있는 엄마가 남자 만날 생각하는 게, 그
      냥 애나 잘 키워! 뭐 한다고 남잘 만나? 성적인 것 땜에 그래?
효 숙 (속상한, 보며) 니 죽을래?
국 수 내가 보기엔 있잖아, 누난 강칠이 형을 좋아하는 게 아냐.
효 숙 ?
국 수 그냥.. 누난 남자가 필요한 거야. 누나가 형을 좋아할 이유가 없잖아?
      둘이 뭐 같이 밥 먹으며 데이트한 것도 아니고, 영화 구경을 간 것도 아
      니고, 서로에 대해 깊은 얘길 나눈 것도 아니고, 그냥 심심한 어느 날
      갑자기 눈앞에 강칠이 형이 딱, 나타난 거지!
효 숙 (서운해 보는)
국 수 그래서, 잠깐 맘이 흔들렸는데.. 이게 웬걸, 만만한 줄 알았던 양강칠이
      가.. 쎄하네, 그래서 화가 불같이 확! (효숙 보며, 진지하게) 화가 불같
      이 확!이야, 사랑이 불같이 확!이 아니라. 화난 거랑, 사랑이랑 구분 못
      해? 바보야?
효 숙 (버럭) 니가 사랑을 뭘 알어? 미친놈 연앤커녕 키스도 몬 해본 기?
국 수 (어이없게 보면)
효 숙 (때릴 듯이, 걸레 들며) 콱 쥐 패버릴라.. 어디서 암것도 모르는 기 남
      연애사에 껴들고 지랄,
국 수 (순간 효숙의 입을 맞추는)

      효숙, 놀라, 떼어내려 하지만, 국수, 계속 입을 맞추고, 조금 있다, 떼어

내며, 기분 안 좋은 듯, 입을 닦으며, 어이없단 듯,

국 수 키스 뭐 별것도 아니고만, 이게 사랑이냐?
효 숙 (뭔가 느낌이 온듯한 얼굴로 국수를 멍하니 보는)
국 수 뭘 봐, 청소나 해. (하고, 돌아서는데, 가슴이 아픈, 땀이 나고, 이상한, 순간 느낌이 이상해, 거울 앞에 걸어가 서면, 온몸에서 땀이 나는, 이마와 겨드랑이가 젖어오는, 바닥에 무릎을 꿇는)
효 숙 니 와 그래?
국 수 (효숙을 보는데, 멍하고, 지친) 누나, 나 천사라 키스하면 안 되는데..
효 숙 (놀란) 야, 니 와 그래?
국 수 키스해서.. 이런가 봐... (하고, 앞으로 고꾸라지는)
효 숙 (놀란, 국수의 뺨을 치며, 소리치는) 국수야, 국수야, 국수야!

씬16. 동네 일각, 아침.

강칠, 죽어라 뛰어가는.

강칠 모 (E) 강칠이 국수 전화 받고 나갔는데, 와?

씬17. 강칠 모의 부엌, 아침.

강칠 모, 설거지하고, 효숙, 놀라고, 땀 흘리며, 숨을 몰아쉬며, 한쪽에 앉는,

강칠 모 근데 국수 니랑 안 있었나?
효 숙 그게.. 걔가 국숫집서 갑자기 막 앓았다! 끙끙 앓았다! 그러다 미친 애처럼 뛰쳐나갔다!
강칠 모 (이상한, 걱정스런) 앓다, 왜 바닷간 가?
효 숙 (강칠 모 보며) 바닷가?
강칠 모 강칠이 보고 바닷가로 오라는 거 같든데?

씬18.   바닷가, 낮.

강칠, '국수야, 국수야!' 하며 죽어라 뛰어가는데,
갑자기, 무언가가 강칠 앞에 휙 지나가는,
강칠, 그 바람에 '악!' 하며 놀라, 넘어지는, 그러다, 놀라, 주변을 보면,
뭔가(국수)가, 멀리 백사장에 처박히는 게 보이는,
강칠, 놀라, 그걸 좀 자세히 보려 하면,
국수(검은 날개가 있는), 일어나, 다시 발돋움하며, 뛰어서 날아가려
하는,
강칠, 놀라, 입을 못 다무는,
국수, 다시 강칠을 빠르게 지나쳐, 저공비행을 하다, 다시 멀리 백사장
에 처박히는, 땀이 난, 헉헉대는,

강 칠   (놀라, 멍한) 국수야..
국 수   (다시 일어나, 죽어라 날기 위해, 달리다, 이번엔 강칠의 앞에 넘어지
        는, 지친)
강 칠   (놀라, 걱정된, 국수에게 다가가는) 국수야..

국수의 날개가 점점 작아지더니, 등에서 없어지는,
강칠, 놀라, 국수에게 기어와 국수의 등을 보기 위해 옷을 들춰보면,
국수의 날개가, 손바닥만 하게 접혀있다, 쑥 몸속으로 들어가버리는,

국 수   (힘든, 백사장에 얼굴을 처박고) 형.. 봤어?
강 칠   (놀란 마음을 진정시키고, 숨을 몰아쉬고, 옆에 드러눕는, 지친) 어..
국 수   이제 내가.. 천산 거 진짜 믿겠지?
강 칠   (국수 얼굴의 땀을 닦아주며, 걱정스런) 너도 나도 미친 건 아니었네?
국 수   (힘들게 웃으며) 난 천사 넌 인간, 이제부터 나한테 무릎 꿇어.
강 칠   (일어나, 앉으며) 만약 날개가 완전히 나서.. 니가 훨훨 날아다니게 되
        면.. 우린 헤어지나?
국 수   (웃으며, 일어나 앉아, 보는) ?
강 칠   넌 저기 하늘로, 난 여기서. 그런 거야?

국 수   왜, 겁나냐? 나 없이 혼자 살기?

강 칠   그렇담, 날개 나도 안 갈래?

국 수   걱정 마, 내가 형 네 옆에 없을 땐 지나 누나가 있을 거니까, (일어나며)
         난 형 네 수호천사거든. (순간, 진지한) 젠장, 설마.

강 칠   (일어나 서서) 뭐가?

국 수   내가 혹시 이렇게 덜떨어진 천사가 되는 건 아니겠지?

강 칠   ?

국 수   (답답하고, 화나는) 그렇잖아, 뭔가 이상하잖아?! 천사가 될라면 확실히
         되든가, 날개 돋을 때마다 죽었다 살아나는 것처럼 아프고, 날개가 있
         어도 날지도 못하고, 날개가 생겼다 말았다, 설마.. 평생.. 내가 이렇게
         덜떨어진.. 천하에 쓸데없는 돌연변이 변태 같은 천사로 사는 건 아니
         겠지?

강 칠   (어깨동무하며) 넌 이미 나한텐 완벽한 천사야.

국 수   (뿌리치며 버럭, 진지하게 강칠 보며) 필요 없어! 하늘에 가지도 못하는
         천사가 무슨 천사야!

강 칠   ?!

국 수   난 형이 세 번의 기적을 만나고, 행복하면 임무 끝이야! 그땐 형이 잡아
         도 갈 거야! 알아들어! (하고, 가는)

강 칠   (걱정스레 보다, 가며) 야, 이국수, 나랑 얘기 좀 해, 야, 너 거기 서! 야,
         너 내 수호천사라며, 정말 말 안 들을 거야, 야, 야!

씬19.   달리는 지나의 차 전경 + 차 안, 낮.

         지나, 빠르게 운전해 가는, 옆에 어젯밤 보았던 상자가 있는,

씬20.   문화원 공사장, 낮.

         국수, 강칠, 일하는,
         국수, 심각한, 강칠, 조심스레 말하는,

강 칠   얌마, 얼굴 풀어? 너 천사가 아닌 인간으로도 지금까지 잘 살았잖아.

그럼 된 거지? 갑자기 천사가 막 돼서 뭐 하게?

국 수 그런 넌 복수해 뭐 할 건데?

강 칠 ?

국 수 그거나 그거나야, 각자 자기가 맡은 임무가 있는 거라고.. 알지도 못하
면서.. (하고, 일하는)

강 칠 (귀여운) 몸은 괜찮지? 마무리 나 혼자 해도 되는데, 좀 쉬든가?

국 수 괜찮아!

강 칠 (웃으며) 아우, 성질머리 진짜..

씬21. 교도소 근처 거리, 낮.

김교도관, 뛰어가는,

씬22. 소도시 카페 안, 낮.

김교도관, 지나 (눈가 붉은) 앉아있고,
김교도관, 테이블 위의 스크랩북을 멀뚱히 보는,

김교도관 (맘 아픈) 양강칠에게 속옷이 계속 오길래.. 따님이 보낸 줄도 모르고...
어머니 일은 뭐라 드릴 말씀이 없습니다.

지 나 (떨리지만, 차분히) 양강칠 씨에 대해 알고 싶어요.

김교도관 왜? ..걔가 혹시 무슨 일이라도 저질렀습니까?

지 나 (물 마시고) 아뇨. 그냥.. 어머니가 돌보던 사람이 어떤 사람이었는지
궁금해서요. 양강칠 씨가 저희 삼촌과 연관이 있었던 건 아시나요?

김교도관 압니다. 첨엔 그 때문에 우리 교도소 내에서도 말이 많았어요, 가해자
와 피해자의 면담이 너무 잦아서, 혹시나 서로가 복수심을 갖고 만나는
건 아닌가 싶어서.. 면회를 계속 허락할지 말지에 대해, 논의가 많았습
니다. 당시엔 강칠이도 싫어했구요. 그래서, 제가 어머닐 따로 만난 적
까지 있습니다.

지 나 (보면) ?

김교도관 어머닌 양강칠이가 살해범이라고 해도 우발적인 사고에 어린아이에게

형량이 너무 과중하다 여기셨어요. 남편을 대신해 사죄하고 싶어했습
니다. 당시 사건에 연루된 애들 중, 한 명은 부친이 판사였고, 피해자인
삼촌도 그쪽 아버님이 형사라.. 힘없는 양강칠만 형량이 과중하게,

지 나　　(말꼬리 자르며, 화난, 참으며) 그 말씀은 마치, 저희 어머니께서 저희
　　　　아버지가 양강칠 씨에게 근거 없는 형량을 주었다고 믿었단 말씀처럼
　　　　들리네요.

김교도관　제 얘기가 그렇게 들렸다면 미안합니다. 다만 제가 드리고 싶은 얘긴
　　　　강칠이가 싫다는데도 어머니가 자비심을 가지고 꾸준히 강칠일 설득하
　　　　고, 달래고, 그래서 놈이 여기서 맘 잡고 기술도 배우고, 모범수로 교화
　　　　가 되었단 말씀을 드리고 싶은 겁니다.

지 나　　하지만 저희 아버지에 대한 복수심은 있었겠죠, 여전히.

김교도관　(가만 걱정스레 보는)

씬23.　　카페 밖, 낮.

　　　　지나, 김교도관, 지나의 차로 걸어가는,

지 나　　(김교도관에게) 이제 들어가세요. 오늘 고마웠습니다. (하고, 차 문을
　　　　열려 하는데)

김교도관　이제 속옷은 안 보내시겠네요.

지 나　　(맘 아픈) 그럼.. 전 이만.. (하고, 차에 타는데)

김교도관　(문을 톡톡 치면)

지 나　　(차 창문 내리면)

김교도관　저기.. 제가.. 참 외람된 부탁인데,

지 나　　?

김교도관　강칠이한테 속옷을 계속 보내주시면 안 될까요?

지 나　　네?

김교도관　지금까지 그쪽이 보내준 속옷을 제가 강칠이한테 보냈는데.. 안 보내주
　　　　면 어머니가 돌아가신 걸 말해야 하는데.. 개한테 그건 너무 잔인한 일
　　　　이라... 어머니가 면회를 안 오고부터 많이 힘들어했거든요. 놈이 어머
　　　　니한테 의지를 많이 했어요.

그때, 지나의 전화 울리면,

김교도관 일단 받고 말씀하시죠.
지 나 (답답한, 가방을 열어, 무심히 전활 받는) 여보세요.

씬24. 문화원 공사장, 낮.

강 칠 (웃으며) 야, 어떻게 하루 종일 전화 한 통 안 하냐? 나 오늘로 문화원
일 끝나고, 담 주부턴 부산으로 일 가요, 잘됐죠?

전화가 끊기는,

강 칠 여보세요, 여보세요?
국 수 (일하며) 왜 그래?
강 칠 전활 끊었어.. (하고, 다시 하는데)

씬25. 카페 밖, 낮.

지나, 전화벨 울리는, 가방에 넣고, 김교도관을 보는.

지 나 (맘 아픈, 눈가 붉은) 양강칠 씬, 제 어머니한텐 의지하고, 제 아버지한
텐 복수심을 갖고 그런 건가요?
김교도관 ?
지 나 어머니가 원하는 게 그 사람이 끝까지 복수심을 가지는 건 아니었을 거
예요. 교도관님이 하신 부탁은 들어드릴 수가 없겠네요. 죄송합니다.
(하고, 차 운전해 가는)
김교도관 (답답하게 가는 지나를 보는)

씬26. 달리는 지나의 차 안, 낮.

지나, 맘 아프게 가는,

씬27.   국도변, 달리는 강칠의 트럭 안, 낮.

            강칠, 국수, 신나게 노래를 부르며 가는,
            그때, 영철의 차가 반대편으로 스쳐 지나가는,
            강칠의 차, 서고, 경적 울리는,
            영철(수의사 차림), 룸미러로 강칠의 차 보고 서는, 답답한,
            강칠, 차에서 내리는,
            반대편에서 영철, 차에서 내리는,

강 칠   (웃음 띤) 김샘, 잘 지냈어?
영 철   (어이없는, 강칠 보며) 당신이랑 나랑 서로 인사할 사이 아니지 않나?

          * 점프컷 〉〉

국 수   (차에서 백미러로 두 사람을 보며, 재밌단 듯 보는) 뭘 말로 씨불씨불,
            남자끼리, 콱 붙지. 히히.

          * 점프컷 〉〉

강 칠   (웃으며) 나한테 맞은 덴 괜찮고?
영 철   (맘에 안 드는) 용건이 뭐야?
강 칠   (웃으며) 볼 때마다 이럴 거요? 시비 붙듯, 입에 칼 물고?
영 철   용건이 뭐냐고?
강 칠   (애 보듯 웃으며) 정샘이 전활 안 받는데, 동물병원에도 없는 거 같고,
            어디 갔나 해서? 알면 좀 갈쳐달라고,
영 철   (어이없이 보며) 알아도 안 갈쳐줄 거고, 지금은 몰라서 못 갈쳐준다.
            (하고, 차로 가는)
강 칠   (어이없단 듯, 웃으며) 야, 김샘 우리가 뭐 철천지 웬수도 아니고, 보면
            인사는 하고 지내자야! 난 너 괜찮은데, 친구하면 좋겠는데!
영 철   (보는, 맘에 안 드는)
강 칠   진짜야, 난 너 맘에 들어. 사내자식이 속은 좀 좁아터져도 싫음 싫다,

좋음 좋다 말하고, 주먹 들고 뎀빌 줄도 알고, 재밌어. 그리고 난 친구
도 없거든. 친구하자? 어?

영 철   (화나 보며) 너 지날 왜 울려?!

강 칠   (모르겠는) 뭐?

영 철   너 내가 지나 포기한 줄 알지? 천만의 말씀이다. 자식아! 지나가 너 같
은 쌩양아치가 지금 당장은 원숭이 보듯 신기하고 재밌어서 만날지 모
르지만, 장담하는데 얼마 못 갈걸.

강 칠   (재밌는) 뭐, 원숭이? 겁 안 먹고 물주먹 가지고 뎀비는 게 기특해서 귀
여워해줄라 그랬더니.. 새끼가.. 말 막하네.

영 철   지나가 너 질려 나한테 오는데, 길어야 몇 달이다, 자식아. 그동안 지나
한테 인생이나 배워, 새끼야! 울리지 말고. (하고, 가는)

강 칠   (가는 영철 보며, 허허 웃으며) 자식.. 볼수록 귀엽네, 저거. (하다, 문
득, 궁시렁) 근데, 지나 씨가.. 왜 울어? 뭔 소리야? (하다, 전화 오면,
받으며 걸어가는) 네, 여보세요? (반가운) 교도관님 웬일이세요? (굳은,
멈춰 서는, 담담한, 긴장한) 윤미혜 씨가.. 돌아가셨다..구요? 근데.. 그
걸 교도관님이.. 어떻게 아세요?

국 수   형 뭐 해, 안 오고?!

씬28.   교도소 일각, 낮.

김교도관 (답답한) 좀 전에 정지나라고 윤미혜 씨 딸이 찾아왔어. 보내던 속옷을
이젠 못 보낼 거 같다고... 그러드라.

씬29.   국도변, 낮.

강 칠   (가슴이 쿵 하지만, 차분한) 정지나...요?

국수, 차에서 내리며, '왜 그래, 형' 하며, 귀를 강칠이 전화하는 핸드
폰에 대는,

강 칠   (가라앉은, 긴장된) 다른 말은..요?

씬30.　교도소 일각, 낮.

김교도관　없었어.. 그냥 좀 많이 슬퍼 보이드라.. 안됐드라.

씬31.　국도변, 낮.

강 칠　(문득, 생각하는)

  ＊플래시백 〉〉
  앞 씬, 지나가 수납장을 보다, 뒤돌아, 놀라, 강칠을 보는,

  ＊현실 〉〉

강 칠　(참담한, 급한) 교도관님, 나중에 전화해요. (하고, 달려가, 트럭에 앉는)
국 수　(타며) 내가 못 산다... 근데, 지나 누나가 어떻게 알았지?

씬32.　작업실 안, 낮.

  강칠, 멍한, 눈가 붉은, 수납장 앞에서, 수납장을 보면,

  ＊인서트 〉〉
  수납장에 삐죽이 나온, 포장지,
  강칠, 맘 아픈, 수납장을 열어보면, 조금은 산만하게 정리된 포장지가
  보이는,
  국수, 전화하며 문가에 서서 난감하고, 속상해, 말하는,

국 수　잘한다, 잘해, 그러게, 등신아, 그걸 왜 저기 두냐! (하고, 전화하는) 아
　　　　녜요, 교도관님한테 한 말. 그리고 뭐래요? 지나 누나가,
강 칠　..

씬33.　회상(중략된 씬).

강 칠   (지나를 보며, 좀 이상한) 근데, 나한테 뭐 화났어요?
지 나   (긴장해, 보면)?
강 칠   (어색하게 웃으며) 마치 싫은 사람 피해서 가는 것처럼,
지 나   (보는)?

* 점프컷 〉〉

강 칠   (웃으며) 전화할게요! (하고, 차 문 닫는)
지 나   (안 보고, 서둘러 기어를 움직여 가는)

씬34.   작업실 안, 낮.

강칠, 침대맡에 앉으며, 멍한, 눈가 붉은, 맘 아픈, 국수, 걸어와 강칠옆
에 앉으며,

국 수   교도관님이 지나 누나가 형이 자기 아빠한테 복수할려고 하는 거 같다
        그러드래.
강 칠   (답답한, 눈가 붉은, 얼굴 두 손으로 비비는)
국 수   그 생각까진 못했는데.. 그렇게 생각할 수도 있겠네, 젠장. 기운 빠지지
        마. 형이 뭐 거짓말을 했어, 뭘 했어? 지금 지나 누나가 형을 피한 건
        오해 때문에 당황해 그런 거야? 그게 전불 거라고.. (하고, 문자 오는
        소리에 핸드폰 열어보고) 이런 용학이 아버지신데.. 용학이가 혼수상태
        로 병원에 입원했대.
강 칠   (보는)?
국 수   여기서 질질 짤래, 아님 한시라도 빨리, 진실을 밝힐(래).
강 칠   (말꼬리 자르며, 일어나, 가며) 가자.
국 수   (좋은, 버럭) 그지! (하고, 일어나 쫓아가는) 그래야, 양강칠이지!

씬35.   달리는 강칠의 트럭 전경, 낮.

국 수   (E) 전화 주세요, 지나 씨, 하고 그담에 뭐라 그래?

씬36.   달리는 강칠의 트럭 안, 낮.

강 칠   (작심하고, 운전해 가는) 만나자 그래. 꼭 할 말이 있다고, 피하지 말라고.
국 수   (문자 넣으며) 만납시다, 피하지 말고.. (하고, 문자 보내고, 강칠 보며)
         했어.
강 칠   ..

씬37.   민식의 방 안, 낮.

         지나, 사건 스크랩북을 보며, 눈가 붉은, 그러다 한쪽을 보면, 민호와
         민식의 사진, 민호, 지나 모, 민식, 지나의 사진이 보이는, 눈가 붉어,
         맘 아픈데, 문자 오고, 보면, 강칠의 문자다, 지나, 전화하는,

지 나   어, 아빠.. 나, 지난데, 어딨어요, 나 아빠랑 저녁 먹을라고 왔는데?

씬38.   병원 일각, 낮.

         민식, 안형사 병원으로 걸어가는,

민 식   얌마, 아빠한테 올 거면 말하지, 아빠 지금 서울인데.. 아냐, 늦진 않어,
         근데 너 무슨 일 있어, 목소리가 왜 그래?

씬39.   민식의 방 안, 낮.

지 나   무슨 일은.. 아냐.. 그냥 아빠가 보고 싶어서,

씬40.   병원 안내 데스크, 낮.

         안형사, 데스크에서 용학의 병실을 물어보고 있고,
         민식, 한쪽에 서서 전화하는,

민 식 (좋은) 너도 아빠 보고 싶을 때가 다 있냐? 그럼 기다릴래? (사이) 일 있
       구나... 그럼 가야지 뭐.. 뭐, 여행? (좋은) 정말?

씬41. 민식의 방 안, 낮.

지 나 아빠, 우리 산 가자, (강칠 생각에 눈물 참고) 멀리 있는 덴 못 가도 가까
       운 데라도.. 그럼 진짜지? (사이) 가서, 둘이 산행도 하고 시골 장터 구
       경하고.. 집에 와서 같이 밥도 해 먹고.. (사이) 그래요, 그럼 담 주에 봐
       요. (하고, 전화 끊고, 스크랩북을 덮으려다, 이상해, 뒷장을 보면, 변호
       사 명함이 보이는, 뭔가 짚이는 게 있는, 명함을 빼서, 제 가방에 넣는)

씬41. 병원 중환자실, 낮.

       민식, 안형사, 호흡기를 달고, 누워있는 용학을 보는,

안형사 얘랑 친하셨어요?
민 식 (착잡한) 어. 민호랑, 찬걸이랑, 얘랑 단짝이었어. 민호 사건 이후로 1년
       만인가 술 먹고 찾아와 미안하다며 엉엉 울고 가고... 이제야 보네.
안형사 뭔가 냄새가 이상해요. 번호판 없는 무적 차량이 두 대씩이나, 충돌을
       하고, 종이 돈을 들고, 혼수상태. 단순 뺑소니 사건은 아니에요.
민 식 (용학의 머릴 만져주며) 친동생 같은 놈인데,

       그때, 용학 부의 목소리가 들리는,

용학 부 누구신지?
민식, 안형사 (보면)

       용학 부, 주검사 서있는,

용학 부 어떻게,
민 식 (인사하며) 아 네, 전.. 용학이 친구였던 민호 형 됩니다. 신문에서 소식

을 듣고,
주검사   (민식을 보는)

씬43.   병원 일각, 낮.

민식, 안형사, 주검사 나오며,

주검사   (편하게 웃으며) 아, 서울에서 근무하시다, 상천을 가셨구나, 그럼 박검사
랑 마약 건으로 연계를 하셨겠네. 지금도 박검사랑 같이 일을 하시나요?
안형사   박검이 물 먹였어요.
주검사   ?
안형사   우리가 잡은 애를 풀어주고, 그거 갖고 브레이크 거니까, 정선밴 경무
과로 보내고,
민 식   쓸데없는 소리.
안형사   (가며) 내가 없는 말 해요. 뭐.
주검사   (민식 보며) 정형사님, 저한테 연락처 하나 주시죠?
민 식   ?

씬44.   대법원, 찬걸 부 사무실 안, 낮.

찬걸 부, 찬걸 마주 앉아있는,
찬걸 부, 신문을 펼쳐 찬걸 앞에 던지며,

찬걸 부   (의심스런, 맘 아픈) 정말 그 사건에 대해 모르나?
찬 걸   (신문 보고, 찬걸 부를 보며) 모릅니다.
찬걸 부   4년 전, 이 양강칠이 묻지 마 폭력 사건도, 2년 전, 오용학이가 당한 무
적 오토바이 사건 역시 넌 관계가 없댔지?
찬 걸   관계없습니다.
찬걸 부   네 그 휘황찬란한 마약 사범 구속 건을 내가 다 믿는다고 생각하나?
찬 걸   ?!
찬걸 부   내 아버지도, 내 할아버지도 법관이셨다. (맘 아픈) 니가 내 자식이라고

해도, 두 분의 이름을 더럽히면, 용서 않는다.
찬 걸   네. 압니다.

씬45.   도로 + 달리는 민식의 차 안, 낮.

민식, 운전하고, 안형사, 조수석에 탄,

안형사   주검사는 뭔가 박검사랑 사이가 안 좋은 거 같죠?
민 식   넌 참 궁금한 것도 많다.
안형사   (생각하며) 내가 이 궁금증 땜에 푼 사건이 몇이나 되는 줄 아세요?
민 식   (착잡한) 용학이나 깨어났음 좋겠는데... (하다가, 사거리 신호등에 멈
          춰 서며, 무심히 옆을 보는데)

          * 점프컷 >>
          강칠의 트럭, 대각선으로 반대 차선에 서있는,

민 식   (한 번은 무심히 보고, 뭔가 이상해, 다시 강칠을 보는) ?!

씬46.   플래시백, 회상.

          민식에게 맞던, 어린 강칠,

씬47.   도로, 낮.

          강칠, 민식의 시선을 못 알아채고, 서있다가, 신호등 바뀌면, 차를 몰아
          가는,

          * 느린 그림 >>
          강칠과, 민식(강칠을 알아본)의 얼굴이 느리게 스쳐 지나가는,

          * 점프컷 >>

민식, 놀라, 차를 몰다가, 급하게 유턴을 하는데,

안형사   선배님, 왜 그래요!
민 식   (급하게, 운전만 하는)

민식의 차, 유턴하다 다른 차량과 부딪힐뻔하는, 둘 다 멈춰 서는,
다른 차량의 운전사, 고개를 디밀고,

운전사   (민식에게) 야, 너 뭐야, 자식아!
민 식   (운전대 잡고, 숨을 몰아쉬며, 멀리 보면)

    * 점프컷 〉〉
이미, 보이지 않는, 강칠의 트럭.

    * 점프컷 〉〉
민식의 차, 길가에 서는,

씬48.   민식의 차 안, 낮.

안형사   (놀란) 왜 그랬어요, 왜?
민 식   (숨을 몰아쉬며) 아까.. 반대 차선에... 양..강칠이가.. 있있어..

씬49.   중환자실 안, 낮.

강칠, 용학을 보며, 멍한, 생각 많은, 그러다, 문득, 침대 옆에 있는 수
납장을 보고, 열어보면, 용학의 옷들이 있는, 강칠, 주변을 보고, 바지
를 들어서, 주머닐 뒤져보면, 아무것도 없는,

용학 부   (E) 뭘 뒤져?
강 칠   (놀라, 보면) ?

용학 부, 국수 오고,

국수, 용학 부 뒤에서, 뭔가 알아내지 못했단 뜻으로, 고갤 절레절레

젓는,

용학 부 (강칠 옆에 앉는)

강 칠 (담담히, 바지를 다시 수납장에 넣고) 용학이한테 받을 게 있어서요.

용학 부 (용학 보며, 맘 아픈) 얘가.. 그리 나쁜 놈은 아니다. 넌 알지?

강 칠 글쎄요..

용학 부 용학이가 너한테 줄 게 있다든데..

강 칠 ?

국 수 (옆에 앉으며) 그게 뭔데, 아버지?

용학 부 글쎄, 그건 용학이가 알지.... (맘 아픈) 강칠아, 또 와라. 우리 용학이

보러.

강 칠 (답답한, 가는)

국 수 다리 조심하시고요. (하고, 일어나 가는데)

강 칠 (다리 조심하란 소리에 용학 부를 보고, 깁스를 보는데 이상한)

국 수 (어느새 와, 강칠 보며) 왜?

강 칠 (깁스 보다, 가며, 생각하며) 아버지가 깁슬 너무 오래 하고 계시네. 용

학이가 찬걸이가 오토바이로 아버질 쳤다고 하면서, 나한테 보낸 사진

에도 아버지가 깁스를 하고 있었는데.. 그럼 벌써 두 달이 다 돼 가는데,

국 수 그러네.. 진짜..

강 칠 (생각 많은)

씬50. 찬걸 부의 사무실 안, 밤.

찬걸 부, 핸드폰에 용학이와 찬걸이가 만나는 사진과 통장을 찍어 보낸

메시지를 보고 있는, 긴장한, 걱정스런,

강 칠 (E) 아마, 네 아버님이 많이 놀라셨을 거다.

씬51. 찬걸의 사무실 안, 밤.

찬 걸　　(화나고, 긴장한, 전화를 받는) ...그거 무서웠으면 용학이 안 쳤지, 내
　　　　가. 담 차롄 너야. 그리고, 넌 결정적 증거물이 없어. 있음 벌써 나한테
　　　　든 우리 아버지한테든 증거물을 넘겼겠지, 안 그래?

씬52.　　달리는 트럭 안, 밤.

　　　　국수, 운전하는,

강 칠　　(비아냥 섞인 웃음 띠고) 아니, 증거물은 있어.
국 수　　？
강 칠　　근데 왜 안 넘기냐, 내가 당한 게 있는데... 쉽게 끝냄 재미없지. 잘 지
　　　　내라. 다시 볼 땐 법정에서 보자. (하고, 끊고)
국 수　　증거물이 있어?
강 칠　　어딨는지 알 거 같애.

씬53.　　강칠 모의 방 안, 아침.

　　　　강칠, 벽에 기대 앉아, 지나의 문자를 확인해보지만, 없는,
　　　　그때, 강칠 모, 밥상 들고 오며,

강칠 모　　밤새 잠도 안 자고, 핸드폰 뒤적이고, 뭐 한다고, 눈뜨자마자 그걸 보고
　　　　있어, 상이나 받지?
강 칠　　(핸드폰 보며) 그냥.

　　　　그때, 국수, 방으로 들어오는, 세수 한,

국 수　　지나 누나, 문자나 전화 아직도 안 왔어?
강 칠　　(생각하며) 어.
국 수　　(밥상에 앉는) 이대로 끝내겠다는 거야, 뭐야?
강칠 모　　(걱정스런) 지나가 누구야?
국 수　　(밥 먹으며) 정샘.

강칠 모 (강칠 보며) 니, 정샘 진짜 만나? 효숙이가 아이고?

강 칠 엄마, 밥이나 드셔, 아우! (하고, 나가는)

강칠 모 저게.. (하고, 국수 보며) 쟤 정샘 만나, 안 만나?

국 수 (밥만 먹으며) 엄만 형이 정샘 만났으면 좋겠어, 안 만났으면 좋겠어?

강칠 모 정샘을 지가 뭐 하러 만나! 지 주제 맞는 여자가 천지 빽깔인데!

국 수 안 만나.

강칠 모 진짜?

국 수 형이랑 나랑은 엄마가 싫은 짓은 절대 안 해, 진짜로! (하고, 밥을 한 입
넣는)

강칠 모 (국수에게, 걱정되는) 진짜지?

씬54. 부산 동물원, 낮.

국수, 관계자와 어딜 고칠지 말하고 있는,
강칠, 멀리서 전화하고 있는, 신호음 울리고, 통화 떨어지면,

지 나 (E) 전화하지 마. 누군지 알아.

강 칠 (맘 아픈) 만나서.. 얘기해요.

지 나 (E) 난 널 만나도 할 얘기도 들을 얘기도 없어.

강 칠 이렇게 끝낼 순 없어요, 우리 만나서, 만나서 얘기해요. (하다가, 뭔가
이상해, 한쪽을 보면)

* 점프컷 >>
지나(수의복 입은), 전화를 하며 강칠을 보고 있는,

강 칠 ?!

지 나 (맘 아픈, 단호한, 강칠 보며, 전화하는, 차분한) 왜 지금에서야 할 얘기
가 있는 건데? 지난 시간 동안.. 날 만날 땐 왜 못 했는데?

강 칠 (지나 보며, 맘 아프게 전화기 내려놓고, 눈가 붉어 보며) 미안해.

지 나 (전화기 내려놓고, 강칠 보며, 눈가 붉어 맘 아픈, 왈칵 눈물 나는) 미안
하단 말로 모든 걸.. 끝내기엔 너무 늦었지 않니?

그때, 수의사들 (뒤에 동물연대 사람들과 중복되는, 몇몇 있는) 부르는,

철 호   지나야, 이동이야!
지 나   (전화 끊고, 공부하는 수의사들 무리 속으로 가는)
강 칠   (맘 아픈, 전화하는)

＊점프컷 〉〉
지나, 사람들과 가다, 전화기 끄고, 가는,
그때, 국수 달려와 (지나 못 본) 강칠 끌며,

국 수   형, 단가 얘기하재, 얼른 와!
강 칠   (맘 아픈, 돌아서 가는)

씬55.   동물병원 안, 낮.

영철, 지나, 동물을 수술하고 있는,
전화가 오지만, 지나, 신경 쓰지 않는,

영 철   (한쪽에 놓인, 지나의 전화를 보다, 지나를 걱정스레 보며) 오늘 어디
         안 가면, 영화 구경 갈래?
지 나   아빠랑 산에 가기로 했어.
영 철   양강칠 안 만나고?
지 나   (일만 하는)
영 철   (걱정스런) 비아냥 아냐. 그냥 내 말투가 그런 거야.
지 나   알어.
영 철   지나야, 나 요즘 뭐 하는 줄 아냐?
지 나   ..
영 철   너랑 갔던 카페 가고, 니가 나한테 했던 상처준 말들 기억해서 곱씹고
         그러고 산다. 인간 같지 않다, 우유부단하다, 못되처먹었다, 다신 안 볼
         거다, 그런 말들..
지 나   (일만 하는)

영 철   근데 이상한 게 그런 말들 곱씹으면 니가 그립지 않을 줄 알았는데, 안
        그런 거 있지. 더 보고 싶고,
지 나   마무리 오빠가 해. 동물연대 사람들 만나기로 했어. (하고, 가는)
영 철   (가는 지나 보며, 서글프게 웃으며) 하나도 안 먹히네, 젠장.. 전엔 내가
        입만 열면 뭐든 먹혔는데, (하고, 일하는)

씬56.   국도변, 해질녘.

        지나, 동물연대 (앞 부에 나왔던) 사람들과 차를 타고 가다 서는, 그러
        고는 한쪽에 죽은 동물의 사체를 보고, 목에 손을 대보는,

진 영   언니, 죽었어?
지 나   (일어나서 가며, 속상한) 사체 치우자, 사냥꾼들한테 들키면 먹잇감 돼.
        (하고, 가는)
진 영   (동료들에게) 얘들아, 치우자!

씬57.   동물병원 밖, 밤.

        강칠, 초인종을 누르는, 국수, 옆에 서서 답답한,

국 수   언제까지 이러고 있을 거야?

씬58.   지나의 방 안, 밤.

        땡이, 소리 나는 인터폰(강칠의 얼굴이 비치는)을 보며, 지나를 보는,
        지나, 아랑곳 없이 엄마의 수첩에 송영 변호사 만나는 날이라고 쓰인,
        글과 명함(송영 변호사)을 함께 보며, 생각 많은, 그러다, 전화 해보는,
        안 받는, 문자 넣는,

        * 인서트, 핸드폰 문자판 >>
        저는 정지나라고 합니다. 변호사님을 만나고 싶습니다. 연락 바랍니다.

초인종은 계속 울리는, 지나, 아랑곳 없는,

씬59.　동물병원 앞, 밤.

강칠, 초인종을 담담히, 조금은 화나, 누르고 있는,

국 수　(초인종 누르는 강칠의 팔 잡고, 버럭) 고만해, 그렇게 보고 싶음, 쳐들
　　　　어가든가!
강 칠　(생각하는)
국 수　쳐들어가자, 어? 내가 담 타? 들어가서 문 열어? 어?

그때, 분희, 오다가 보며,

분 희　뭐 해, 남 집서.
강 칠　(그 소리에 분희 보고, 답답한 맘에, 땅바닥만 보는)
국 수　(웃으며) 마실 다녀오시나 봐요. 정샘한테 임금 안 받은 게 있어서..
분 희　참내, 그럼 담에 받음 되지, 오밤중에.. 무슨.. (하고, 가는)
국 수　(가는 분희 보며) 조심해 가세요! (하고, 강칠 보며) 방법은 두 가지, 지
　　　　금 당장 담 넘어 들어가거나, 아님 지나 누나가 연락할 때까지 기다리
　　　　는 거.
강 칠　(동물병원을 맘 아프게 보다, 집 쪽으로 가는)
국 수　난 효숙이 누나한테 갔다 갈게, 집에 가 있어, 딴 데 가지 말고!
강 칠　(맘 아픈, 가는)
국 수　(가는 강칠을 보다, 주변 확인하고, 문자를 넣는 '저 국순데, 지금 누나
　　　　네 담 탑니다' 하고, 전송하고, 담을 타 넘어가고, 땡이 한쪽에 앉아있
　　　　는 것 보곤) 안녕, 친구! (하고, 가는)
땡 이　(보는)

씬60.　지나의 집 안, 밤.

지나, 문자 온 것 보고, 난감한, 일어나, 문을 걸어 잠그려 하는데,

문이 열리는,

국 수   (고갤 빼꼼히 디밀고, 작게 웃으며) 안녕, 누나?
지 나   ?

씬61.   거리, 밤.

강칠, 가다가, 멈춰 서는,

씬62.   지나의 현관문 앞, 밤.

지나, 문을 활짝 열어놓는,
그리고, 국수에게로 가는, 긴장하고, 속상한, 국수를 보는,

국 수   (집 안을 구경하며, 지나 모의 사진 보고, 편안하게 웃으며) 이분이구
         나, 형이 말한 윤미혜 씨가..
지 나   나가요.
국 수   (아랑곳 없이, 지나 모의 수첩을 들어 보고, 넘기는)
지 나   (화나, 눈가 붉어, 수첩을 뺏으며, 버럭) 나가라고 했지!
국 수   (가만 지나를 보다, 한쪽 벽에 서서, 팔짱 끼고 보며, 진지한) 형한테 화
         났어요?
지 나   (눈가 그렁해 보는)
국 수   그럼 가서 싸워요. 이런저런 생각으로 머리가 복잡하죠?
지 나   ...
국 수   그럼 가서 물어요. 궁금한 게 뭔지? 입 놔두고 뭐 해?
지 나   국수 씨가 끼어들 일 아냐.
국 수   형이.. 누명 쓰고, 빵에 살다 나와서, 어느 날 우연히 누날 봤어요. 첨엔
         형도 누나가 누군지 몰랐어요. 그냥 좋아만 했지. 근데.. 지난번 상천
         가서 누나 아빠 보고... 그때, 알았어요. 누나가 누군지.
지 나   (안 믿는, 눈가 그렁한) 그럼 그때라도 날 떠났어야지. 내가 누군지 알
         았을 때, 갔어야지.

국 수   (화난, 참으며) 왜?

지 나   ?

국 수   사랑하는데,

지 나   ?

국 수   왜 떠나? (격앙되는) 형이, 범인도 아닌데, 형이 삼촌을 죽인 것도 아닌데, (버럭) 왜 떠나야 되는데요?! 형도 피해잔데, 왜?!

지 나   (안 믿는, 맘 아픈) 그 사람이 범인이 아니란 증거는.. 아무것도 없어.

국 수   (가만 보다, 어이없고, 맘이 아픈) 증거? 아, 증거가 없으면 누난 안 믿는구나! 사람들하고 똑같네.

지 나   ?!

국 수   (맘 아픈, 진지하게) 증거? 힘 있는 놈들이 아무렇게나 조작한 증거? 그래요, 맞아요. 형이 살인자가 아니란 증거, 없어요. (사이) 그럼 둘이 이제 헤어지는 건가? 그럼 그렇게 하면 되겠네.

지 나   ?!

국 수   증거가 없는데.. 헤어져야지 뭐. 근데, 내가 빵에 있을 때요, 형이 그러드라구요. 난 억울한 누명을 썼다. 19살에 빵에 와서 누명 쓰고, 16년형, 감형돼서 12년. 그리고 다시 누명 쓰고 4년을 살았다.

지 나   ..

국 수   나도 안 믿었어요, 증거가 없으니까. 형 말만 들은 거니까. 근데 어느 날 믿어지더라구요.

지 나   ?

국 수   형이.. 날 구하면서 맞을 때, 형이, 힘자랑 안 하고, 약한 애들 편들 때, 그리고.. 나머진 그냥. 믿어지더라구요. 근데.. 누난 형을 사랑을 한다면서도.. 못 믿네? 그럼 헤어져야지, 뭐. 별 수 있나. 힘없는 놈이 채여야지. 잘 먹고 잘살아요. 형한텐, 내가 전할게요. 누난 사랑보다 증거라고. (하고, 가려는데, 멈춰 서는) ?!

강 칠   (눈가 붉어, 멍한, 맘 아프게 있는)

국 수   얘기 다 들었지? 지나 누나 잊어라. 여잔 많다. (하고, 가는)

강 칠   (지나에게로 가는)

민식, 안형사 서서 말하는,

민 식   (보며) 양강칠이가 출소한 지 석 달이 넘어? 그래서 놈은 어딨어? (하고, 침 뱉는)

안형사   어딨는진 모르겠는데, 놈 고향이 통영 근처 남해드라구요?

민 식   (바닥의 침을 발로 문지르다가, 보며, 조금 놀란) 뭐?

씬64.   지나의 방 안, 밤.

지 나   (눈물이 나는, 오기에 찬, 눈물 닦고, 가방을 챙기는)

강 칠   (보며, 맘 아픈, 차분히) 지나 씨, 나랑 얘기해요.

지 나   (가방 메고, 땡이에게) 땡이 나가!

땡 이   (나가는)

지 나   (창 닫고, 맘 아픈, 강칠 보며) 당신도 나가!

강 칠   (눈물 그렁한, 맘 아픈) 이러지 말고, 나랑.. 얘기해.. 지나 씨.

지 나   할 말 없어. (하고, 나가려는데)

강 칠   (팔을 잡으면)

지 나   놔!

지나, 울며, 이 앙다물고, 오기에 차, 가방으로 강칠을 여러 번 때리는,
가방의 집기들이 다 흩어지고,
강칠, 맞다가, 지나의 양팔을 잡아서 벽에 밀치는, 그 바람에 주변의 집기가 넘어지고, 두 사람이 가까이 서게 되는,
강칠, 눈물이 흐르는, 숨을 고르는데, 지나 모의 사진이 보이는, 맘 아픈,

지 나   (지나 모의 사진을 보고, 강칠 보며, 울음 참으며) 내 엄만.. 너 땜에 죽었어.

강 칠   (맘 아픈, 눈물 나는, 고개 숙이고, 눈물을 참으려 하지만, 안 되는)

지 나   (눈물 나는, 격앙된 맘을 누르고) 복술 한다고? 니가 그랬지, 복수하겠다고? 내가 너한텐.. (맘 아픈, 큰 소리) 내가 너한텐.. 한낱 복수거리로밖엔 안 보였니?!

강 칠 (못 보고, 맘 아픈) 아니..

지 나 국수 씨 말대로, 너도 첨엔 몰랐다고 하자. 그럼 (버럭 소리치는) 내 존재에 대해서 안 그때라도 날 떠났어야지! 내가 너였으면 그래! 내가 너였으면, 내 엄말 죽이고, 내 삼촌을 죽이고, 여기 이렇게 내 앞에 못 있어! (울며, 소리치는) 너 뭐야, 너 뭐야, 이, 자식아!

강 칠 (고개 숙이고, 울며, 맘 아픈, 가라앉은) 당신 엄마가.. 믿은 사람..

지 나 ...?!

강 칠 (지나를 보며, 맘 아픈, 울며) 당신 엄마가.. 믿은 사람...

지 나 (맘 아픈, 그러나, 단호한) 하지만, 내 아빠는 안 믿은 사람.. 그지?

강 칠 (고개 끄덕이고, 맘 아픈) 난 증거를 찾을 거예요. 죽어도.. 무슨 일이 있어도..

지 나 (눈물 나는, 맘 아픈, 단호한) 그래도, 그래도 난 너랑.. 헤어질 거야.

하는 데서 엔딩.

이 책의 저자 인세와 출판사 수익의 일부는
기아 · 질병 · 문맹이 없는 세상을 만들어 가고자 하는
JTS에 기부합니다.

배고픈 사람은 먹어야 합니다.
아픈 사람은 치료 받아야 합니다.
아이들은 제때에 배워야 합니다.

이것은 인종과 국가, 민족, 종교, 계급, 남녀에 관계없이
모든 인간이 누려야 할 기본 권리입니다.
그러나 이 지구상에는 이 기본적인 권리마저
누리지 못하는 사람들이 많이 있습니다.

JTS는 이렇게 고통받는 사람들을 돕고자 하는
따뜻한 마음을 가진 사람이라면
누구나 각자가 가진 것을 내어놓아
서로 만나서 함께하고자 합니다.

희망을 일구어 가는 사람들 JTS와 함께하고 싶으신 분들은
www.jts.or.kr을 통해 회원 가입하시거나
02-587-8992로 문의 전화 주시기 바랍니다.

JTS 는 유엔 경제 사회이사회로부터
특별 협의 지위를 부여받은 국제 개발 및 구호 NGO입니다.

• 전화 02-587-8992   • 홈페이지 www.jts.or.kr
• 후원 국민은행 086-01-0339-254 (사)한국JTS

| 좋은벗들 www.goodfriends.or.kr | 평화재단 www.peacefoundation.or.kr |